특별한 그녀들의 노벨상 *Story*

특별한 그녀들의 노벨상 Story

초판 인쇄 2011년 4월 20일
초판 발행 2011년 4월 25일

지은이 Charlotte Kerner | **옮긴이** 김영희

펴낸이 이방원

편집 김명희 · 안효희 · 채지민 | **디자인** 황은경 | **마케팅** 최성수

펴낸곳 세창미디어 | **출판신고** 1998년 1월 12일 제300-1998-3호

주소 120-050 서울시 서대문구 냉천동 182 냉천빌딩 4층

전화 723-8660 | **팩스** 720-4579

이메일 sc1992@empal.com

홈페이지 http://www.scpc.co.kr

ISBN 978-89-5586-127-3 03800

값 15,000원

Madame Curie und ihre Schwestern by Charlotte Kerner

특별한 그녀들의 노벨상 Story / 샤를로트 케르너 편저 ; 김영희 옮김
— 서울 : 세창미디어, 2011
p. ; cm

원표제: Madame Curie und ihre Schwestern
원저자명: Charlotte Kerner
독일어 원작을 한국어로 번역

ISBN 978-89-5586-127-3 03800 : ₩15000
990.94-KDC5
920.72-DDC21 CIP2011001654

특별한 그녀들의 노벨상 Story

샤를로트 케르너 편저 김영희 옮김

세창미디어

C O N T E N T S

■ 머리말 6

01_ [마리 퀴리] 세계에서 가장 값비싼 원소 12

02_ [베르타 폰 주트너] 젊은이여, 왜 아무 일도 하지 않느냐? 36

03_ [셀마 오틸리아 루이사 라게를뢰프] 나는 듣고 다시 전하는 사람이다 60

04_ [시그리 운세트] 풍습과 습관은 매일 변한다. 그러나 인간의 마음은 그렇지 않다 83

05_ [에밀리 그린 볼치] 내 조국은 지구이다 108

06_ [로잘린 수스만 얄로우] 우리 여성들은 우리를 믿어야만 합니다. 그렇지 않으면 아무도 그렇게 하지 않을 것입니다 131

07_ [마더 테레사] 나는 주님의 손에 쥐어진 도구요, 몽당연필일 뿐입니다 156

08_ [거트루드 벨 엘리언] 진실한 보답은 환자들을 치료하는 일이다 179

09_ [아웅산 수치] 인간을 타락시키는 것은 권력이 아니라, 공포이다 201

10_ [나딘 고디머] 글쓰기는 자기 자신을 창조하기 위함이다 225

11_ [리고베르타 멘추] 나는 하늘을 들여다보며
두 다리로 땅 위에 서 있습니다 248

12_ [토니 모리슨] 공기에 열중하는 사람은
공기에 올라탈 수 있다 273

13_ [크리스티아네 뉘슬라인-폴하르트]
생명이 어떤 기능을 하는지 이해하기 295

14_ [비슬라바 쉼보르스카] 시련에서 눈물로 가는 길은
혹성 사이에 있다 320

■ 작가소개 342

머리글

퀴리부인이 노벨상을 받은 이후로 2010년까지 39명의 여성이 노벨상을 받았다. 그러나 최초의 여성 노벨상 수상자로, 그것도 1903년과 1911년 두 번이나 이 상을 받은 프랑스 여성 물리학자만큼 잘 알려지고 사랑받은 사람은 별로 없다.

폴란드의 서정시인 비슬라바 쉼보르스카가 1996년 노벨상에 대해 감사했을 때, 그녀는 아주 많은 여성들의 본보기이자 자극이었던 마리 스클로도브스카 – 퀴리를 상기한다: "나의 동향사람 퀴리가 '나는 몰라요'라고 말하지 않았더라면, 그녀는 아마도 사립여자 고등학교에서 화학을 가르치며, 훌륭한 이 직업을 천직으로 알고 인생을 보냈을 것입니다. 그러나 그녀는 항상 말했죠. "나는 몰라요." 그런데 "모른다"라는 이 말은 그녀를 한 번이 아닌 두 번씩이나 끊임없이 탐구하는 인물들에게 노벨상이 수여되는 스톡홀름으로 인도했습니다."

질문을 하고 답변을 듣기 위해서 여성들은 교육과 전문교육에 대한 권리를 쟁취해야만 했다. 알프레드 노벨이 죽기 1년 전인 1895년에 유언으로 노벨상을 제정했을 때, 여성들은 고등교육기관과 대학에 다니는 일이 허락되지 않았었다. '여성의 학문연구기능'에 대한 1897년 설문조사에서 물리학자 막스 플랑크는 "아마존족은 정신적 영역에서도 자연법칙에 반하고 있다"라고 주장했다. 그의 이름은 오늘날 연구소의 자랑이 되었는데, 그 연구소의 최근 책임자가 1995년 최초로 여성 노벨의학상을 수상한 독일 여성 크리스티아네 뉘슬라인-폴하르트이다. 그녀는 발생생물학 분야의 책임자이다. 여성들이 세기의 전환기 이래 어떻게 자신들을 관철시켜 왔는가를 이처럼 극명하게 보여주는 예는 없다. 오늘날 소녀들은 자유롭게 교육을 받을 수 있다. 전체 학생들의 약 43%가 여성이다. 이것이 1세기 만에 이룬 커다란 성과이다.

그러나 성공의 사다리가 가파르면 가파를수록 점점 더 많은 여성들이 탈락했는데, 노벨상 수상자들에서도 여성기근현상은 나타난다. 오늘날까지 40명(퀴리부인은 2번)의 여성이 노벨상을 받았는데, 이는 전체 노벨상 수상자들의 5%에 불과하다. 예외적인 자, 즉 최초의 사람이나 유일한 사람이 되는 일은 긴장을 불러일으킨다. 모범적인 인물들 옆에서 끝까지 버티는 일도 중요하다. 그런데 이 책에 소개된 노벨상 수상 여성들은 나름대로 대단한 자기주장과 의지, 강한 자의식이란 무기를 지니고 있었다. 그들은 부모님으로부터, 또 종종 여학교에서 무제한으로 지원을 받아 전형적인 여성역할에서 벗어날 수 있었다. 노벨 의학상 수상자인 로잘린 얄로우는 그녀의 사무실 벽에 흥미로운 격언을 걸어 놓았다: "여성은 무슨 일을 하든지 여성이 남성의 절반만큼 대접받기 위해서는 남성의 두 배 이상 잘해야 한다."

모든 여성 노벨상 수상자들은 직업과 사명감에 무조건 헌신했다. 작가인 셀마 라게를뢰프, 자연과학자 거트루드 B. 엘리언, 정치가 아웅산 수치 그리고 마리 퀴리는 남편과 팀을 꾸렸으며, 다른 사람들은 관대한 동료들이 곁에 있었다. 몇몇 여성 노벨상 수상자들은 아예 결혼하지 않고 평생 독신으로 살았다. 그렇지만 대다수는 결혼했고, 아이들 양육과 성공에의 길을 병행했다. 24시간 내내 보모와 가정주부, 이해심이 많은 남편과 할머니의 도움을 받아 일상의 잡동사니에서 벗어날 수 있었다.

이는 어쩌면 소수 특권층이 누리는 가능성들인지도 모른다. 그러나 오늘날 여성들의 노동시간에 맞춰 문을 여닫는 유치원과 학교가 어디에 있는가? 부인이 자신의 성공을 앞질러서 다른 사람들로부터 비웃음을 당하고 싶은 남편들은 또 어디에 있겠는가? 여전히 두 가지가 다 너무 부족하다. 이런 점이 또한 노벨-사회에서 '여성의 기근'을 부추기는 이유이다. 상승곡선이 너무 밑에서부터 시작하기 때문이다.

가정과 직업을 통합하는 일은 여성들에게 근본적인 딜레마로 남아 있기 때문에 특히 어려운 일이다. 가정을 이루는 시기가 가장 창조적인 연구시기와 작업시기에 해당한다. 여성이라는 것이 20세기 초처럼 더 이상 장애는 아니지만, 어머니가 되는 일과 어머니라는 것 자체가 커다란 방해로 작용하는 것만은 분명하다.

이 책에 소개된 14명의 노벨상 수상자는 모두 지난 세기 말부터 오늘날까지 여성의 생활에 대한 교과서이다. "오늘날 우리가 존재하는 것은 모든 것이 앞서 간 세대들의 큰 노고로 쟁취되었기 때문입니다"라고 노벨 평화상 수상자인 에밀리 볼치는 말한다. 이는 과거를 불손하게 바라보지 말라는 경고와 아울러 계속 전진하고 질문하라는 자극인 것이다.

여성시인 쉼보르스카는 말한다. "나는 몰라요. 이 문장은 짧다. 그러나 이 문장은 넓은 날개에 의지해서 날아간다. 이 문장은 우리 존재를 내부의 세계로, 동시에 우리의 작은 지구가 매달려 있는 외부의 세계로 확대해 준다."

질문하고 연구하는 노벨상 여성들의 공통점은 무엇인지 그리고 그들의 '손자들'을 생각해서 무엇을 넘겨줄 수 있는지를 로잘린 얄로우는 한마디로 요약했다: "우리 여성들은 우리 자신을 믿어야만 합니다. 그렇지 않으면 아무도 그렇게 하지 않을 것입니다."

—샤를로트 케르너

오늘날 존재하는 모든 것은 앞서 간 세대들의
커다란 노고에서 쟁취된 것이다

특별한 그녀들의 노벨상 Story

01

Marie Curie

세계에서 가장 값비싼 원소

마리 퀴리(1867–1934)
노벨 물리학상 1903, 노벨 화학상 1911

마리 퀴리는 오늘날에도 여전히 세계에서 가장 잘 알려져 있고 가장 인기 있는 자연과학자이다. 그녀의 이름을 듣는 사람은 라듐을 발견하고 노벨상을 두 번씩이나 받은 최초의 여성이라는 점을 기억한다. 그렇지만 그녀의 생애는 마리 퀴리로 활동하거나 마리 퀴리로 불렸던 것처럼 순탄하지는 않았다. 당시 결혼한 여성은 남편의 성으로 부르는 것이 관례였기에, 그녀는 퀴리 부인이었고 또한 피에르 퀴리의 부인이었다. 그렇지만 그녀의 경우 그것은 부인의 겸손함과는 아무런 관계가 없다. 남편의 성을 따랐다는 것이 그녀가 남편의 등 뒤로 물러날 준비가 되어 있었다는 것을 보여주는 것은 아니다. 그랬다면 그녀의 출판물 중 많은 것에 그녀의 처녀 시절 이름을 덧붙여 쓰지는 않았을 것이다. 당시 이런 일은 결코 흔한 일이 아니었다. 퀴리는 그녀의 이름이 아닌 남편의 이름이다. 그녀는 마리 스클로도브스카로, 본래는 폴란드어로 마리아 스클로도브스카이다. 마리 퀴리는 폴란드인이며, 이 폴란드라는 뿌리가 없이는 그녀의 비범한 생애 또한 이해될 수 없다.

1867년 11월 7일 바르샤바에서 다섯 명의 아이를 둔 한 가정의 막내딸로 태어난 마리 스클로도브스카는 태어나는 그 순간부터 끊임없이 학생들과 교사들에게 둘러싸여 있었다. 그녀의 아버지 블라디슬라우 스클로도브스키는 고등학교에서 수학과 물리학을 가르쳤다. 어머니 브로니슬라바는 여학생 기숙사를 운영했다. 가족은 기숙사 건물에서 살았다. 그래서 마리는 사실 여학생들이 보는 앞에서 태어났다. 아버지가 얼마 후 교사직 외에 장학사의 자리를 얻어 가족이 더 큰 집으로 이사했을 때, 어머니는 여학생 기숙사를 포기해야만 했다. 그렇지만 벌써 학교에 다니고 있던 네 남매는 그곳에 그대로 계속 머물렀다. 브로니아로 불렸던 그녀보다 세 살 위의 언니 브로니슬라바로부터 마리아는 이미 네 살 때부터 책 읽는 법을 배웠다. 마리아가 여섯 살 때 아버지는 정치적 이유로 직장을 잃었다. 가족을 부양하기 위해 아버지는 작은 하숙집을 차렸다. 그때부터 스클로도브스키 집에는 10여 명의 학생들이 함께 살았다. 그리고 마리아는 매일 아침 정각 6시에 학생들이 아침 식사를 할 수 있도록 주방에 있는 그녀의 간이침대를 치워야 했다. 그녀의 딸 이브가 훗날 썼던 것처럼 마리아가 '세계를 하나의 커다란 학교'로 표현했던 것도 놀라운 일이 아니다.

마리아를 임신했을 때 어머니는 결핵에 감염되었다. 당시 결핵은 치유될 수 없을 뿐만 아니라, 특히 전염성이 강했기 때문에 그때부터 어머니는 아이들에 대한 모든 애정행위를 금지당했다. 마리 퀴리가 훗날 지성적이고 고상한 어머니의 위대한 사랑을 증명했을지라도, 어린 마리아는 이해할 수 없는 어머니의 이런 태도에 매우 고통을 받아야 했다.

어머니는 마리아가 막 열 살이 되던 1878년 5월에 돌아가셨다. 2년 전에 이미 가족 중 한 사람이 세상을 뜬 적이 있었다. 브로니아와 마리아의 큰 언니 소피아가 어느 하숙생에게서 티푸스에 감염되었다. 소피아는 병을 이겨내지 못했다. 그래서 마리아는 아주 어린 시절 어른들의 보살핌 없이 지낼 수밖에 없었다. 언니가 죽었을 때 어머니는 이미 병이 들어 허약해지셨기 때문이다. 아버지 역시 어머니가 돌아가신 뒤로는 한동안 슬픔을 이겨내지 못해 아이들을 제대로 돌보지 못했다.

마리아는 배움과 독서에서만 위안을 찾았다. 그녀는 자기 주위의 모든 것을 잊을 정도로 철저히 독서에 빠져들었다. 아버지의 서재에서 찾아낸 시문학, 모험소설, 심지어 기술서적과 일찍부터 매력을 느꼈던 물리 교과서까지 모조리 읽을 정도였다. 아버지는 틈만 나면 모든 기회를 이용하여 아이들에게 자연과학에 대해 설명했다. 어머니 또한 아버지와 같은 생각으로 보조를 맞췄다. 책을 통해 마리아가 어려운 가정사에서만 도망친 것은 아니었다. 그녀는 책을 읽을 때면 온 나라를 내리누르고 아이들의 삶마저 해치고 있던 정치적 억압을 잊었다. 스클로도브스키 가족이 살았던 폴란드는 1815년 러시아에 점령당해 있었기 때문이다. 폴란드 국민은 여러 번 점령군에 대항했다. 저항은 매번 피를 뿌린 채 1863/1864년에는 끝내 좌절되었다. 그 후 나라는 참혹하게 러시아의 지배체제에 들어갔다. 정치가, 교사와 행정 공무원은 러시아인이었다. 더구나 그들 대부분은 특히 폴란드에 적개심을 가지고 있던 사람들이었다. 폴란드어로 말하는 것은 물론 금지되었고, 신문이나 서적, 학교, 교회, 모든 것이 통제되고 감시당했다. 모든 폴란드인은 폴란드 사람이라는 이유 하나만으로도 쉽게 의심을 받았다.

조금 떨어진 곳에 있는 폴란드 사립학교에서만 민족적인 고유의 생활을 조금이나마 지키는 일이 가능했다. 그래서 마리아는 정규수업과 병행하여 폴란드어와 역사를 가르치는 폴란드 기숙 여학교에 다녔다. 이런 행동이 위험하지 않은 것은 아니었다. 러시아 감독관들이 여학생들과 여교사들을 통제하기 위해 언제나 갑자기 나타날 수 있었기 때문이다. 그럴 때면 아이들은 그들이 규정된 과제를 얼마나 잘 수행하고 있는지, 그리고 예를 들어 러시아 지배자의 혈통을 실수 없이 얼마나 잘 암기하고 있는지를 증명해 보여야만 했다. 마리아는 기억력이 좋았기 때문에 종종 그런 질문에 대답하도록 요구받았다. 그녀는 잘 해내기는 했지만 항상 불안에 떨곤 했다.

폴란드 학교는 국가가 인정하는 증명서를 발급할 수 없기 때문에 마리아는 몇 년 뒤 러시아 상급 여학교로 옮겼다. 이 러시아 학교에서 '영원히 의심을 받으며 미행당하는 아이들'은 특히 두 가지, 불신과 모반이라는 것을 배웠다. 마리아 또한 그녀가 강요받았던 위장을 싫어했다. 그녀는 참혹한 압박에 시달렸고, 마음속으로 조국의 해방을 꿈꿨다. 그러면서도 학교 또한 사랑했다. 그 어떤 것, 그 누구도 마리아에게서 배움에 대한 열정을 빼앗아 갈 수는 없었기 때문이다.

1883년 6월 열다섯 살 때 그녀는 같은 학년의 수석으로 학교를 마쳤다. 그 뒤로 그녀는 완전히 허약해져서 건강을 회복하기 위해 시골에 있는 친척집으로 갔다. 일 년 내내 그녀는 거기서 머물다가 1884년

9월에야 바르샤바로 돌아왔다.

이 시기에 아버지는 바로 면직되었다. 그는 고령이어서 더 이상 하숙생을 받을 수 없었기 때문에 마리아와 언니 헬레나, 브로니아 그리고 오빠 요세프가 생활비를 보태야 했다. 그들은 아주 힘든 보습수업 시험을 치렀다. 경쟁은 심했으며, 보수는 형편없었다. 그렇지만 마리아와 언니들은 이 시기에 '함께 배우기 위해 결성된 동시에 사회적이고 민족적인 문제들을 다루는, 영감에 찬 청소년들의 모임'에 발을 들여 놓았다. 그리고 이 접촉은 그녀들의 인생을 바꿔 놓았다.

러시아 점령국에 대한 저항이 실패한 뒤, 폴란드의 저항 청소년들 중에는 정치적 문제의 해결이 무장투쟁이 아니라, '각고의 노력', 마리 퀴리가 훗날 스스로 표현했던 것처럼 "민족의 지적이고 도덕적인 힘을 전개하는 데 있다"라는 신념이 만연했다. 청소년들이 프랑스 철학자 어거스트 콩트로부터 물려받은 신조는 "우선 인식하라, 그 다음에 개선하라"였다. 1830년과 1854년 사이에 발표된 그의 주저 〈실증철학〉에 따라서 그들은 자신들을 실증주의자라고 불렀다. 마리아가 어린 시절 누렸던 고향의 폴란드어 수업은 이미 전형적인 실증주의적 행동이었다.

마리아는 헬레나, 브로니아와 함께 실증주의자들에 의해 설립된 '이동대학'의 강좌에 참석했다. 언제나 러시아 비밀경찰들에게 들킬까봐 불안해하며 청소년들(그들 중에는 많은 여성들도 있었다)은 그곳에서 비밀리에 만났다. 그리고는 자연과학과 의학적 테마, 또한 그 시대의 사회적 문제들을 토론했다.

대략 같은 시기에 압제자의 나라 러시아에서도 교육받은 청년들 사이에서 아주 유사한 운동이 일어나고 있었다. 자기 나라에서 억압과 반동에 대응해서 싸우는 일 외에 폴란드인의 민족적 해방투쟁을 지지하던 젊은 러시아인들은 조상의 가치와 전통을 거부했기 때문에 자신들을 실증주의자가 아닌 무정부주의자라고 불렀다. 그러나 그들은 폴란드의 동년배들과 동일한 이상주의, 자연과학에 대한 동일한 영감, 억압받고 교육받지 못한 굶주리는 민족을 돕겠다는 동일한 의지에 고무되었다. 그리고 그 때문에 러시아 관청에 의해 폴란드 청소년들처럼 그들도 감시를 받았다.

무정부주의자들과 실증주의자들은 남녀가 평등하다는 생각과 모든 이와 관련된 관습을 경시하는 점에서는 공통적이었다. "통상적인 관습에서 벗어나 말할 수 있는 자의식 있는 소녀들을 본 것은 그때가 처음이었다"라고 폴란드 소설가 스테판 제롬스키(실증주의자)는 젊은 여성 실증주의자들에 대해서 썼다. 그들의 러시아 자매들처럼 이 폴란드의 젊은 여성들은 예쁜 옷과 무도회 대신에 학업이라는 진지한 학문적 탐구를 꿈꿨다. 그렇지만 당시 러시아에서도 폴란드와 마찬가지로 여성들은 공부를 할 수 없었다. 그래서 최초의 러시아 신여성들은 서유럽 대학에 들어가 무엇이든 배우기 위해 자신들의 고국을 떠나곤 했다. 그들은 전 유럽에서 여성들의 모범이 되었다.

이런 여성들 가운데 마리도 속해 있었다. 마리는 어떤 전공을 선택해야 할지 정확히 결정하지는 못했지만, 당시 그들의 본보기를 따르기로 결심했다. 언니 브로니아도 외국에서 공부하기를 꿈꿨다. 그녀는 오빠 요세프처럼 의학을 공부하고 싶었다. 그것도 파리에서* 공부하고 싶었다. 그렇지만 이 꿈을 실현할 가능성이 없었다. 그들은 대학에 다닐 만큼 넉넉한 돈이 없었다. 언니를 몹시 사랑하던 열일곱 살의

* 파리에서는 1863년 이래로 여성들도 대학에 다니는 것이 허용되었다.

마리아는 철두철미하게 '실증주의적 이상주의자'의 정신에 상응하는 제안을 언니에게 제시했다. 보습수업으로는 충분한 돈을 벌지 못했기 때문에, 그녀는 입주 가정교사 자리를 얻어서 그 수입으로 브로니아가 파리에서 공부하는 것을 도와주려는 것이었다. 그리고 언니가 공부를 마쳤을 때 그 역할을 바꾸자는 거였다. 이렇게 해서 결국 마리아는 언니의 원조로 공부를 했다.

그녀는 '이동대학'과의 접촉을 끊고 싶지 않아서 1885년 10월 우선 바르샤바에 있는 한 법률가의 가정에 자리를 얻었다. 그렇지만 그녀는 '부를 통해 탈도덕화 된' 가정에서 지내는 것이 죄수처럼 생각되어 무거운 기분으로 바르샤바를 떠나기로 결심했다. 시골에서 마리아는 더 많이 벌어 더 많이 저축할 수 있기를 바랐다. 그래서 그녀는 1886년 1월 바르샤바에서 전차로 3시간, 말(馬)로는 4시간을 가야 하는 마을에서 가정교사 자리를 얻었다. 마을이 사탕수수밭 외에는 아무것도 없는 황량한 지방에 있었어도 마리아는 그곳에서 편안함을 느꼈다. 가족은 친절했다. 두 딸과의 수업도 재미있었다. 그녀는 마을행사에 참여하고, 일요일에는 기특하게도 교회에 나갔으며 가능한 한 여성해방에 대한 모든 대화를 피했다. 하지만 그녀는 여기 시골에서도 그녀의 실증주의적 이상을 잊지는 않았다.

실증주의자들의 목표 가운데 하나는 민족을 계몽하는 일이었다. 이미 바르샤바에서 마리아는 재단실에 근무하는 여성 노동자들 앞에서 강연했으며, 그녀들을 위해 작은 폴란드어 도서관을 마련했다. 여기 사탕무 마을에서 그녀는 날마다 농부와 노동자들의 궁색하게 차려입은 아이들을 만났다. 그들 대부분이 문맹이었으며, 학교에 다녔던 몇 명도 러시아말만을 배웠다. 조라브스키의 큰 딸과 함께 마리아는 이 아이들에게 자신의 방에서 날마다 적어도 두 시간, 가끔은 다섯 시간까지 비정규적으로 폴란드어를 가르쳤다. 틈틈이 그녀는 자신도 계속 공부하려고 노력했다. 그녀는 설탕공장의 감독이나 노동자들로부터 빌릴 수 있었던 책에 의존했다. 그럼에도 불구하고 그녀는 훗날 회고록에 썼듯이 이를 통해 많은 유용한 지식을 얻었으며, 무엇보다도 자립적으로 공부하는 법을 배웠다. 마리아가 문예나 특히 사회정치적 관심을 가지고 있었을지라도, 그녀는 이미 이때 궁극적으로 수학과 물리학을 전공으로 택할 것을 결심하고 있었다.

당시에 마리아는 상당히 만족했으며, 무언가 유용한 일을 한다는 느낌이었다. 그녀가 바르샤바에서 자연과학을 공부하던 조라브스키의 아들과 사랑에 빠지지만 않았다면 계속 그곳에서 그럭저럭 살아갔을지도 모른다. 사랑은 오고 가는 정이다. 두 사람은 결혼을 계획했다. 하지만 그의 부모가 그 사실을 알았을 때, 그들은 즉시 관계를 끊었다. 가정교사인 마리아는 그들의 수준에 맞지 않았던 것이다. 그 후 모든 친절은 완전히 자취를 감추었다. 특히 그 집 어머니는 상당한 불신감을 가지고 마리아를 대했다. 마리아는 조라브스키댁에서 3년 동안 일하기로 되어 있었고, 그 자리는 보수도 매우 좋았기 때문에 싸늘한 분위기와 그녀에 대한 거부감에도 불구하고 남아 있는 2년을 더 꾹 참고 지내기로 결심했다. 이렇게 하는 일은 물론 너무 힘에 부쳤고, 그래서 그녀는 때때로 심한 우울증에 시달리기도 했다.

1889년 여름에야 비로소 마리아는 조라브스키 댁을 떠나게 되었다. 바르샤바에서 친절한 어느 기업가 가정에 새로운 일자리를 찾았던 것이다. 그러자 마리아는 즉시 '이동대학'의 여성들과 접촉을 다시 시작했다. 그러나 가장 중요한 것은 책에서만 얻었던 물리학적 지식을 처음으로 실험을 통해 검토해 볼 기회를 얻었다는 사실이었다. 마침 마리아의 사촌이 젊은 폴란드인들을 물리학과 화학분야에서 양성하기 위해 '산업과 농업 박물관'으로 위장된 불법학교를 운영하고 있었다. 그곳에서 마리아는 저녁과 일요일에 틈틈이 실험해도 좋다는 허락을 받았다. 마리아의 위대한 '실증주의적' 본보기인 어거스트 콩트는 한때 실험을 통해 입증될 수 없는 것은 과학에 속하지 않는다고 말했다. 그래서 그녀는 완전히 단독으로 그리고 열정적으로 일에 착수했다. 작은 성과를 통해 고무 받고, 가끔은 실험이 실패해서 좌절하면서도 마리아는 이 첫 번째 시작에서 두 가지를 배웠노라고 훗날 적고 있다: 하나는 과학적 진보는 빠르게 달성되지도 쉽게 달성되지도 않는다는 것, 그리고 다른 하나는 그녀가 미래에 무조건 실험을 바탕으로 연구하고 싶어 했다는 것이다.

그러는 사이에 마리아의 가정 형편 또한 어느 정도 나아졌다. 그녀의 아버지는 감화원의 감독이라는 좀 달갑지 않은 자리를 맡았지만 보수는 좋았다. 덕분에 언니 브로니아는 파리에서 큰 어려움 없이 지낼 수 있었다. 마리아 역시 여행할 돈을 저축할 수 있었다. 그러나 브로니아가 1890년 3월 마리아에게 이제 파리로 와도 좋다는 편지를 썼을 때 마리아는 주저했다. 그녀는 파리로 갈 수 없다는 여러 가지 이유를 찾아냈다. 아버지를 홀로 남겨둘 수 없다는 것, 또 요세프는 그녀를 필요로 한다는 것 등 핑계를 둘러댔다. 이런 도피는 인간이 너무 오래 무엇인가를 기대하고 간절히 동경했다면, 결코 그리 이상한 반응은 아닐 것이다. 마리아가 마침내 모든 망설임을 털어내고 파리행 기차에 몸을 싣는 데는 일 년 이상이 걸렸다. 이때가 1891년 9월이었다. 마리아와 브로니아가 함께 계획을 세운 지 6년이나 흐른 것이다. 그 사이 마리아는 어느덧 스물네 살이 되었다.

아주 어릴 때부터 강한 의지를 보였고, 특히 지난 몇 년간 끝까지 관철시키는 능력을 길러왔으며, 자기 자신에 의존해서 목표를 결코 잃어버리지 않았던 마리아였다. 그랬기에 그녀는 파리에서 일어나는 모든 어려움을 극복해냈다. 예컨대 그녀의 프랑스어는 강의를 따라갈 만큼 충분하지 못해 그녀는 끈기를 가지고 어휘와 문법에 집중했다. 수학 지식 또한 부족해서 동료들보다 두 배는 더 공부를 많이 했다. 그 사이 언니가 결혼했고, 언니의 집에서는 공부를 충분히 하기가 어려워 작은 다락방으로 이사를 했다. 그 다락방은 겨울이면 세숫대야의 물이 얼어붙을 정도로 추웠다. 마리아는 돈을 낭비하지 않았다. 특히 요리하느라 허비하는 시간이 아까워 거의 전적으로 차와 버터빵으로 끼니를 때웠다. 그 때문에 몸이 허약해져서 가끔 정신을 잃곤 했다. 그녀는 밤낮으로 책만 읽었으며, 자신의 변화를 허락하지 않았다. 며칠씩이나 누구와도 대화하지 않았을 정도였다. 그러면서도 그녀는 커다란 내적 만족을 느꼈다. 이것이야말로 그녀가 원했던 삶이었다.

그녀는 가끔은 고독을 느꼈을지라도 사교라든가 오락, 비과학적인 대화를 시간과 정력의 낭비로만 생각했다. 그녀는 이런 느낌을 일생동안 유지해야 했다. 흔들림 없이 다만 일을 위한 약간의 휴식만으로 열심히 노력했다. 지치고 병들거나 즐겁지 않아도 그녀는 어렸을 때 독서에 몰두했듯이 그렇게 했다. 마치 다른 모든 것은 중요하지 않을 뿐만 아니라, 존재하지도 않는 것처럼.

1893년 여름, 채 스물여섯 살이 되기도 전에 마리 ―프랑스에서는 그렇게 불렸다― 는 전체 학년 수석으로 물리학 수업을 마쳤다. 그리고 일 년 뒤 수학시험 또한 차석으로 합격했다. 이 마지막 수업년도에 마리는 한 여자 친구의 중재로 바르샤바에서 6백 루블의 장학금을 받았다. 이 돈은 그녀에게 부족하나마 걱정 없는 생활을 보장해 주었다. 이 장학금은 갚을 필요가 없는데도 마리 퀴리는 훗날 이 6백 루블을 자신의 첫 수입에서 저축해서는 기금으로 보상했다. 이제 그녀는 돈이 더 이상 필요하지 않았기 때문에 다른 자력이 없는 소녀가 그 기금으로 공부할 수 있기를 바랐다.

마리는 청소년 시절처럼 여전히 '실증주의적 이상주의자'였다. 즉 각자는 모든 일에 스스로 책임이 있다는 것을 잊지 말고 일해야 하며, 각자는 쓸모 있는 곳에서 자신을 쓸모 있게 만들어야만 한다는 것이다. 마리 자신은 과연 어디에서 가장 쓸모 있을까 하는 것이 1894년 여름 아주 분명해졌다. 그녀는 자신의 지식을 억압받는 조국을 위해 쓰려고 폴란드에 돌아갔다.

이런 결정 때문에 그녀는 얼마 전에 마음이 끌렸던 한 남자의 결혼신청을 거절했다. 피에르 퀴리와 마리는 이미 1894년 4월, 그들이 처음 만났을 때 몇 분도 지나지 않아 흡인력 있는 대화 속으로 빠져들었다. 마리는 훗날 "아주 다행스럽게도 내가 그의 견해에 던진 과학적 질문들, 그리고 우리 두 사람이 관심을 가졌던 사회적이고 아주 인간적인 질문들이 우리에게는 중요했다"라고 말한다. 그의 사물에 대한 견해와 나 자신의 견해 사이에는 민족성의 차이에도 불구하고 놀라울 정도의 유사성을 보여 주었다. 그 유사성은 의심할 것도 없이 부분적으로는 우리가 성장했던 가정의 유사한 도덕적 분위기 탓이었다.

당시 서른다섯 살이었던 피에르 퀴리는 의사의 아들이었다. 아버지는 자유 사상적이고 사회개혁적 관념 때문에 파리에서 직업적으로 기반을 잡지 못했다. 결국 20여 년 전부터 그는 가족과 함께 물질적으로 검소하게, 그러나 만족하면서 시골에서 살았다. 피에르보다 3년 6개월 위인 그의 형 야스케스도 아버지가 학교를 비생산적인 강제시설로 간주했기 때문에 정규적인 학교교육을 받지 못했다. 처음에는 어머니로부터, 그 다음에는 아버지와 친한 수학교사로부터 수업을 받았다. 그럼에도 피에르는 열일곱 살 때 프랑스 고등학교 졸업시험에 합격했으며, 2년 후에는 물리학 수업도 마쳤다. 그런 뒤 그는 형과 공동으로 몇 가지 매우 중요한 물리학적 발견들을 해냈다. 1883년 야스케스는 결혼했으며 몽펠리에에 있는 대학의 부름을 받았다. 피에르는 그로 인해 절친했던 형과의 밀접하고도 규칙적인 집촉이 끊어졌을 뿐만 아니라, 그의 과학적 토론 파트너 및 공동연구자 또한 잃어버렸다. 그때부터 그는 의식적이든 무의식적이든 야스케스를 대신할 사람을 탐색 중이었다. 그는 이제 그 사람을 마리 스클로도브스카에게서 찾았다고 믿었다.

피에르가 마리의 사회, 정치적 참여에는 양보했을지라도, 그는 근본적으로 활동적인 정치적 간섭행위를 신뢰하지 않았다. 그는 사람이 사회질서를 변화시킬 수 있다는 것, 그것을 시도할 경우 무언가 도움이 될 것이라는 사실을 믿지 않았다. 이에 반해 과학에서는 '바탕이 보다 확고하며', 모든 발견은 하나의 순수한 진보를 의미한다고 폴란드에 있는 마리에게 편지했다. 그녀에게 파리로 돌아오라고 부탁한다면 그것이 이기주의는 아닐 것이며, 다만 그녀가 여기서 보다 나은 진척을 보이고 '보다 가치 있고 보다 유용한 연구를 수행할' 수 있을 것이라고 그는 또 다른 편지에서 쓰고 있다.

이는 옳은 말이었다. 폴란드에서 모든 노력을 기울였음에도 불구하고 적절한 연구를 찾지 못했던 마리는 파리로 되돌아왔다. 물론 그녀는 피에르 퀴리의 구혼에 동의하고 1895년 7월 26일 결혼할 때까지 몇 달을 망설였다.

이렇게 해서 특별한 관계가 시작되었다. 이 관계는 부부로서보다는 과학적 연구팀으로서의 유사성을 더 많이 갖고 있었다. 피에르는 마리에게 과학적 연구를 포기하고 가정생활과 어머니로서 자신을 희생해야 한다는 것을 결코 요구하지 않았다. 오히려 그 반대였다. 마리가 1897년 9월 12일 그들의 첫 딸 이렌느를 낳은 후, 마리가 그의 의견에 따라 아이와 많은 시간을 보냈을 때는 심한 질투심마저 보였다.

마리는 딸들을 양육하는 데 있어서 시아버지에게 의지할 수 있는 행운을 가졌다. 1904년 12월 6일 두 번째 딸 이브가 태어났다. 이렌느가 태어난 뒤 얼마 안 돼 시어머니가 돌아가셨는데, 시아버지는 손녀들을 돌볼 수 있게 된 것을 무척이나 기뻐했다. 2년 뒤 시아버지는 퀴리집으로 이사했다. 그때부터 1910년 세상을 뜰 때까지 두 손녀를 사랑스럽게 돌봤다. 그러므로 마리는 특별한 남편 외에도 할머니들만이 준비되어 있는 과제를 떠맡은 할아버지까지 두고 있었던 셈이었다.

그녀 자신은 이런 상황의 특별함에 별로 혹은 전혀 의식하지 못하는 것 같았다. 또한 자신의 어머니로서의 소홀함이 아이들의 환경에 얼마나 자극적으로 작용하는지도 모르는 것 같았다. 관습을 무시하는 '실증주의적 이상주의자'인 그녀에게 가족과 직업의 통일은 언제나 조직의 문제였지 도덕의 문제가 아니었다.

그럼에도 불구하고 아이들의 교육이 문제 되었을 때, 마리 퀴리는 수고와 비용을 아끼지 않는다. 그녀는 프랑스의 고전적 여자고등학교의 방법을 신뢰하지 않았기 때문에 자신이 곧바로 일종의 사립학교를 조직한다. 거기서 그녀는 스스로 수업을 하고 학교를 위해 다른 유명한 과학자들 또한 초빙했다. 아이들은 이때 그들의 교사의 집이나 연구실을 방문해서 연구에 직접 참여할 수 있었다. 특히 당시 아홉 살이던 이렌느는 약 2년 동안 누릴 수 있었던 이 진기한 수업으로부터 대단한 이익을 얻었다.

마리와 피에르는 결혼 첫해에는 서로 다른 연구 영역에서 일했었다. 그렇지만 그 다음 마리는 자신의 박사학위 연구를 위한 주제를 찾다가 프랑스 물리학자 헨리 베크렐의 출판물을 접하게 되었다. 그는 우라늄이 외부의 작용 없이 광선을 발한다는 사실을 우연히 발견했었다. 그러나 이 광선의 유래와 생성을 그는 설명할 수가 없었다. 마리는 이 비밀에 가득 찬 현상을 연구하기로 결심했다.

피에르는 당시 엔지니어들을 양성하던 시립 전문학교에서 물리학과 화학을 가르쳤다. 그는 자신의 실험을 위해 학교 일층에 있는 작은 공간을 이용했다. 그리고 마리도 거기서 연구하도록 허락을 받았다. 나중에 —실험이 점점 더 큰 규모로 발전했을 때— 교장은 그들에게 전에는 해부실로 이용되던 운동장 근처 간이건물을 사용토록 해주었다. 이 간이건물은 지붕이 유리라서 여름이면 실내는 온실 안에 있는 것만큼이나 더웠다. 그리고 겨울에는 물이 얼었다. 유출 장치가 없어서 많은 실험들을 밖에서 실시해야만 했다. 민감한 실험은 게다가 끊임없이 철분과 탄진에 의한 전염의 위험에 노출되어 있었다.

이 간이건물에서 퀴리 부부는 물리학의 총체적 세계상을 변화시킬만한 연구를 수행했다. 그때까지 원자는 물질의 가장 작은 분할할 수 없는 구성요소(분자)로 여겨졌다. 이제 원자는 물질의 에너지의 방사 하에 붕괴될 수 있다는 것이 밝혀졌다. 마리 퀴리가 이 원자핵 붕괴의 포괄적 이론을 스스로 형식화하지는 못했을지라도 —이는 추후 영국 물리학자 어니스트 루터포드가 해냈다— 그녀의 실험들은 이 새로운 인식을 위한 토대를 제공했다. 그녀는 이 새로운 현상에다 '방사능'이라는 이름을 지어 주었다.

1897년 말 마리는 본격적인 연구를 시작했다. 우선 당시 잘 알려진 모든 화학적 요소의 연구를 통해서 토륨 역시 우라늄과 같은 방식으로 방사한다는 것을 입증했다. 소위 역청우라늄이라고 불리는 우라늄미네랄을 분석할 때, 그녀는 이것이 그 안에 함유되어 있는 우라늄 성분에 따라 기대보다 4배나 높은 복사강도를 가지고 있다는 것을 발견했다. 물론 결론만이 밝혀진 것이었다. 역청우라늄광은 우라늄보다 훨씬 강하게 방사하는 이제까지 알려지지 않은 요소를 포함하고 있음에 틀림없었다. 1898년 7월부터 마리 퀴리는 역청우라늄에 있는 이 새로운 요소를 찾기 시작했다. 몇 주 뒤 피에르는 마리를 곁에서 도와주기 위해 그 자신의 연구를 중단했다. 그 또한 마리처럼 이 새로운 연구 분야에 대해 열정적인 홍미를 갖게 되었다.

1898년 7월 퀴리 부부는 프랑스 과학아카데미의 소식지에 '역청우라늄광에 함유되어 있는 새로운 방사물질에 대해서'라는 그들 최초의 보고서를 공표했다. 마리는 조국에 대한 경의로서 새로운 물질을 '폴로늄'으로 부르기로 했다. 그리고는 새로운 요소에 대한 소식을 바르샤바에 있는 그녀의 사촌에게 보냈다. 사촌의 '산업과 농업 박물관'에서 마리는 그녀의 첫 번째 실험을 했었다. 퀴리 부부의 공동연구 보고서는 '마리 스클로도브스카와 피에르 퀴리의 공동 연구에 대한 상징'이라는 제목으로 폴란드와 프랑스에서 동시에 출판되었다.

계속된 연구는 역청우라늄광 안에는 폴로늄 외에도 제2의 훨씬 강하게 방사하는 요소가 틀림없이 존재하고 있다는 것을 입증했다. 퀴리 부부는 1898년 12월의 두 번째 출판물에서 이것에 '라듐'이라는 이름을 붙여 주었다.

두 요소는 이제까지 그들의 방사 특성을 통해서만 입증되었다. 마리는 그렇지만 화학자들은 새로운 물질을 실제로 한 번 볼 필요가 있다는 생각이 들었다. 피에르가 새로운 물질의 특성 연구에 헌신하는 동안 그녀는 라듐을 화학적으로 고립시키는 일에 착수했다. 이는 꽤 힘들고 육체적으로도 믿을 수 없을 만큼 스트레스를 받는 작업이었다. 20kg에 이르는 결과물질을 끓이고 오랫동안 접촉하는 일뿐만 아니라, 언제나 다시 다른 그릇으로 옮겨 붓고, 한 장소에서 다른 장소로 옮겨야만 했다. 마리는 그녀의 연구를 위해 필요로 했던 거대한 양의 역청우라늄광을 빈에 있는 과학아카데미의 중재를 통해 유리산업 부산물로 역청우라늄이 다량으로 들어오는 뵈멘사로부터 비용을 들이지 않고 얻었다. 수송비만큼은 퀴리 부부가 지불해야 했다. 처음에 그들은 역청우라늄광은 약 1퍼센트의 라듐을 함유하고 있을 것이라고 계산했었다. 실제로는 단지 100만분의 1퍼센트뿐이었다. 그래서 마리가 1902년 3월 28일 마침내 10분의 1그램의 순수한 라듐염을 고립시킬 때까지는 4년이 걸렸다. "연구에 들어간 비용을 계산한다면, 그것은 확실히 세계에서 가장 비싼 요소이다"라고 마리의 아버지는 죽기 며칠 전인 1902년 5월에 그의 딸에게 편지를 보냈다.

아버지는 1903년 6월에 있었던 마리의 박사학위 시험합격을 더 이상 보지 못했으며, 퀴리 부부가 헨리 베크렐과 함께 자연발생적 방사능과 방사현상의 발견을 통해 획득했던 특별한 공적을 인정받아

1903년 11월 노벨상을 받는 것도 보지 못했다. "교수와 퀴리 부인의 위대한 성과는 옛 속담 '단결은 강하게 만든다'의 최고의 해명입니다"라고 스웨덴 과학아카데미 회장은 그의 송사에서 말했다. "이 성과는 우리에게 새로운 빛 속에서 신의 말씀을 이해하도록 해주었습니다. '남자가 혼자 있는 것은 좋은 일이 아니니다. 나는 그에게 여자 동행인을 주고 싶다'라는 말씀을. 그러나 그것이 다는 아닙니다. 이 학식 있는 부부는 서로 다른 국적의 공동연구를 보증하고 있습니다. 즉 그들은 과학의 지속적 발전을 위해 힘을 합친 인류를 위한 행운의 징후인 것입니다."

이 경우 마리에게 상을 주어야 한다는 것이 처음에는 결코 자명한 일이 아니었다. 일 년 전에는 두 사람이 함께 지명되었다 하더라도 이번에는 피에르만이 단독 추천되었다. 20년 전 러시아의 수학자 소피아 코발레브스카야는 최초의 여성으로서 유럽 대학의 교수직을 얻었었는데, 당시 그녀를 도와준 스웨덴의 수학자 괴스타 미탁-레플러의 의도적인 누설로 피에르는 사전에 이 사실을 알았다. 피에르는 마리 퀴리와 함께 수상받기를 고집했다. 그러자 미탁-레플러는 전년도 마리의 추천은 1903년에도 여전히 유효하다고 노벨상위원회를 설득했다. 퀴리 부부는 지난해에 너무 힘들어서 상을 받으러 갈 수 없을 만큼 지쳐 있었다. 일 년 반이 지나서야 비로소 그들은 함께 스톡홀름으로 향했다. 거기서 피에르는 미리 쓰인 노벨상 수상 강연을 했다.

마리와 피에르가 그렇게 아프고 지쳤다고 느낀 적이 처음은 아니었다. 두 사람은 연구를 시작했을 때부터 거의 끊임없이 염증, 관절통, 피로, 불면증과 우울증에 시달렸다. 1903년 8월에 마리는 심지어 유산까지 했다. 그러나 이 모든 것이 방사선의 결과라는 것을 그들은 깨닫지 못했다. 피에르는 직접 실험을 마친 뒤 광선이 초래한 고통스러운 화상을 가장 정확하게 서술했으며, 독일인 동료와 함께 방사선은 병든 세포를 파괴하고 그래서 —당시는 간단하게 퀴리 치료라고 불렀다— 특정 암세포에 유용하다는 것을 밝혀냈다. 그러나 피에르나 마리도 광선이 건강한 세포에도 해를 끼칠 수 있다는 생각은 못했다.

퀴리 부부가 상상할 수 없을 정도로 힘들었던 일이 발생했다. 피에르나 마리도 그들의 연구 결과로 돈을 벌지 못했다. 두 사람은 —1896년 그녀의 프랑스 국가시험을 끝냈던 마리도— 그들의 힘에 부치는 과학적 연구 외에 교사로도 활동했다. 파리 대학, 즉 소르본의 정규 교수직을 얻으려는 피에르의 노력은 두 번이나 좌절되었다. 마찬가지로 프랑스 과학아카데미의 임용 신청도 좌절되었다. 마리가 여성이자 외국인이어서 방해가 되었다고는 할 수 없다. 그보다는 피에르 역시 특수한 교육과정을 거쳤고, 비관습적인 태도를 보였기에 아카데미 세계에서는 아웃사이더였다. 퀴리 부부는 아주 유리한 제안을 했던 제네바로 갈 수도 있었다. 그러나 그들은 당시 파리에서의 연구 활동을 중단하고 싶지 않았다.

노벨상을 받은 후에야 비로소 피에르와 마리는 마침내 프랑스에서도 자리를 얻었다. 1904년 11월 피에르는 파리 소르본 대학의 교수직에 초청을 받았다. 그리고 1905년에는 파리 과학아카데미가 그를 그들의 동료로 받아들였다. 마리가 여성으로서 관리해야만 하는 세 개의 조교 자리는 피에르의 교수직과 연관되어 있었다. 그 결과 그녀 또한 생애 처음으로 자신의 과학적 연구를 위해 돈을 지급받게 되었다. 그 밖에도 아카데미는 끈질긴 토의 뒤에 퀴리 부부에게 그들이 언제나 꿈꿔왔던 연구실을 약속했다.

마리부부는 자신들의 실험실을 갖고 싶다는 꿈을 오래 전부터 가지고 있었다. 그리고 그들이 자신들의 성과를 재정적으로 충분히 이용했더라면 이미 훨씬 오래 전에 그 꿈을 실현시킬 수 있었다. 그렇지만 그런 태도는 그들의 이상주의적 확신과 일치하지 않는 것이었다. 과학은 인류의 복지에 봉사해야 하고, 과학은 인간에게만 속하는 것이 아니며, 또한 돈을 추구하여 오염되어서도 안 된다는 게 그들의 생각이었다. 이런 확신을 피에르와 마리 퀴리는 그 시대의 많은 과학자들과 함께 했다. 예를 들어 1901년 첫 번째 노벨상을 받았던 콘라트 뢴트겐은 그가 발견한 뢴트겐 광선을 경제적으로 충분히 이용하는 일을 무시했다.

갈망했던 실험실 완성을 피에르 퀴리는 보지 못했다. 1906년 4월 19일 그는 정신이 산만해져서 무심코 짐마차에 뛰어들었다. 뒷바퀴가 그의 머리 위로 굴러갔다. 그는 즉사했다. "나의 삶은 더 이상 정돈이 되지 않을 정도로 파괴되었다"라고 마리는 이 불행을 겪은 뒤 폴란드의 여자 친구에게 편지를 썼다. 11년 동안 그녀는 피에르와 거의 떨어져 본 적이 없었다. 모든 것을 그와 함께 나눠 왔었다. 그녀는 "이제 과학적인 연구가 무의미하고 아무 기쁨도 없는 것처럼 여겨졌다"라고 일기에다 적고 있다. 어려서 엄마가 돌아가셨을 때처럼 마리는 고통을 혼자서 끌어안으려고 했으며, 다만 피에르와 대화를 계속 나눴던 일기에다 자신의 슬픔을 털어놓았다. "내가 당신의 교수직을 대신 얻었군요. 그런데 그걸 축하해주는 천치들이 있었다는 걸 당신에게 말해주고 싶군요"라고 그녀는 1906년 5월 14일 일기장에다 적고 있다.

그녀에게 그렇게 많은 고통이 따랐을지라도, 교수직을 받아들이는 것이 명예와 한 번 뿐인 기회로 생각되었다. 처음에 그녀에게 제공된 연금을 그녀는 얼마 전 자선으로 경멸해 거부했었다. 그러나 마리는 제안을 받아들였으며, 1906년 11월 5일 그녀의 첫 강의를 시작했다. 한 마디 서론도 없이 그녀는 피에르가 마지막 강의를 했던 정확히 그 자리에서 강의를 했다.

마리 퀴리는 처음에는 임시 교수로 초빙되었다. 1908년에야 비로소 그녀는 정교수에 임명되었다. 이때 그녀는 1884년부터 1891년까지 스톡홀름 대학에서 가르쳤던 러시아인 소피아 코발레브스카야 이후로 유럽에서 대학 교수직을 얻은 두 번째 여성이 되었다. 거기까지 오기 위해 두 여성은 우선 과부가 되어야 했다. 소피아 코발레브스카야는 마리 퀴리와는 달리 남편의 후속인은 아니었다. 그러나 그녀는 결혼은 했어도 남편과는 떨어져서 살았다. 때문에 그녀는 학자로서 얼마나 훌륭한 가와는 무관하게 사회적으로 완전히 인정받을 수 없었다. 그녀는 남편이 죽고 과부라는 명예로운 지위에 오른 후에야 비로소 스톡홀름 대학의 교수 자리를 얻을 수 있었다. 두 여성은 게다가 같은 정치적 뿌리를 가지고 있었다. 마리는 실증주의자였다. 어렸을 때 폴란드의 해방투쟁에 강한 인상을 받았던 마리보다 거의 열여덟 살이 더 많은 소피아는 마리 역시 영향을 받았던 러시아 무정부주의자에 속했다.

피에르가 없어도 마리는 지칠 줄 모르고 아주 성공적으로 계속 활동했다. 그녀가 추후로 닦아나간 삶은 온 세상의 칭찬과 존경을 받았다. 특히 그녀에게는 장차 방사선의 방사능 측정단위를 확인하는 명예로운 임무가 주어졌다. 그때부터 1퀴리는 초당 1그램의 순수한 자연적 라듐의 활동도에 해당한다는 공식이 생겨났다.

그렇지만 모든 인정에도 불구하고 마리가 과학아카데미에 지원했을 때, 그녀는 피에르처럼 좌절했다. 아카데미 측의 인색한 결정에도 불구하고 언론은 한 프랑스 과학자와 아카데미의 자리를 놓고 경쟁했던 '외국 여성'에 반대하는 목소리를 내고 있었다. 몇 달 뒤 그녀는 프랑스 언론의 아주 선동적인 캠페인의 희생자가 되었다. 그녀의 오랜 친구이자 공동 연구가였던 기혼남 폴 랑방과의 사건으로 그녀에게 비난이 쏟아진 것이다. "외국 여인이 프랑스인 여성으로부터 그녀의 남편을 훔쳤다." 이것이 대략 그녀에 대한 기사의 취지였다. 마리에게는 쓰라린 경험이었다. 그녀가 프랑스에서 아직도 외국 여자로 간주된다는 사실이 그녀에게 고통스럽게 인식되었던 것만이 아니다. 그녀는 이미 그의 부인과 떨어져 살고 있던 랑방과 실제로 사랑하고 있었다. 그래서 그녀의 가장 내적이며 가장 사적인 감정이 크게 상처를 입게 된 것이다.

이런 비난의 정점에서 1911년 11월 마리 퀴리는 두 번째로 노벨상을 받았다. 이번에는 화학과 라듐의 발견에 대한 것이었다. 얼마 전 그녀는 라듐염을 처음으로 기초적인 라듐으로 변환시키는 데 성공했다. 그녀의 첫 번째 노벨상 수상심의에 참여했던 화학자들은 당시 라듐의 발견을 수상의 대상으로 삼지 말 것을 주장했었다. 그러나 이번에는 이 거대한 업적에 대해 특별히 존중할 수밖에 없게 되었다. 수상식이 끝난 뒤 마리는 육체적, 정신적으로도 완전히 허물어졌다. 그녀는 신장수술을 받아야만 했으며 회복하는 데 몇 달이 걸렸다.

회복 중에도 마리는 그녀의 라듐연구소 완성을 걱정했다. 그 연구소는 마리가 가장 현대적인 기준에 따라 사소한 부분까지 스스로 계획을 세웠던 파스퇴르 연구소와 소르본의 공동 프로젝트를 담당하고 있었다. 연구소는 1914년 7월에 완공되었다. 그 후 얼마 지나지 않아 제1차 세계대전이 발발했다. 이 무렵 "내 의견은 내 지식을 일반 국민들을 위해 쓰는 일이 가장 좋다는 것이다"라고 마리 퀴리는 회고록에 썼다. 그리고 그녀는 정확히 이를 실행했다. 그녀는 병이 들어 몸이 쇠약함에도 불구하고 자신의 불굴의 실행력으로 야전병원을 위해 이동할 수 있는 뢴트겐 봉사대를 조직했다. 운전사가 충분하지 못했기 때문에 그녀는 곧 자기도 자동차 운전을 배웠다. 당시 그녀는 이미 마흔 일곱이었다. 그리고 그 사이 열일곱 살이 된 딸 이렌느와 함께 기계를 조작할 인원을 교육시키기 위해 교과 과정도 마련했다.

전쟁이 끝난 뒤에야 그녀는 새로운 라듐연구소에서 연구를 시작할 수 있었다. 거기서 그녀는 끊임없이 성장하고 있는 우수한 공동연구진을 자기 주변으로 불러 모았다. 그 연구진은 1919년부터 1934년 마리가 사망할 때까지 이 연구소로부터 총 483건의 출판물을 낼 정도로 대단한 성과를 거두었다. 그렇지만 연구소는 처음에는 커다란 재정적 어려움과 싸워야 했다. 국가는 연구를 위해 자금을 마음대로 쓸 수가 없었다. 그런데 마리는 자신의 재산인 두 번의 노벨상 상금도 완전히 전시 공채에 날려 버렸다. 이런 상황에서 마리는 그녀를 찬미하던 미국의 여성 저널리스트인 마리 멜로니의 지원을 받았다. 이 여성은 미국 부인들을 상대로 유례없는 후원회 활동을 펴서 당시 1그램의 라듐을 살만한 10만 달러를 모았다. 그리고 마리 퀴리는 1921년 대통령인 워런 하딩으로부터 친히 약제를 받기 위해 딸들과 함께 미국으로 여행을 떠나게 되었다. 1929년 마리 퀴리는 두 번째로 미국에 갔다. 다시 그녀에게 1그램의 라듐이 양도되었다. 이번 여행은 그녀의 이름을 따서 바르샤바에 건축 중이던 마리 라듐 연구소를 위해서였다.

마리는 틈만 나면 연구실에서 연구를 강행했다. 그러면서도 그녀는 자기 생애의 최근 몇 년 동안 공공활동에 헌신했으며, 필생의 사업을 추진할 자금을 마련하려고 세계의 거의 절반을 여행했다. 1922년 마리 퀴리는 생애 처음이자 유일하게 공식적인 정치적 관직을 맡았다. 그녀는 국제연맹에서 국제위원회의 일원이 되었으며 일시적으로 위원회의 부위원장을 맡았다. 이 위원회는 1차 세계대전 때문에 흩어진 연구자들을 다시 책상으로 불러들이는 임무를 띠고 있었다. 마리 퀴리의 좋은 친구인 알베르트 아인슈타인 또한 이 위원회의 회원이었다.

마리 퀴리의 건강상태는 전쟁 후 계속해서 나빠졌다. 그녀는 무엇보다도 청각장애와 시각장애에 시달렸으며, 장님이 될까봐 두려워했다. 통틀어 네 번이나 눈 수술을 받아야 할 정도로 심각했다. 그런 이유로 1932년 마리는 최근 몇 년 동안 그녀의 가장 가깝고 믿을 수 있는 친구이자 최고의 공동연구자였던 딸 이렌느에게 라듐연구소의 감독권을 넘겨주었다. 이렌느는 박사학위를 받은 지 일 년 뒤인 1926년 동료인 프레데릭 욜리오트와 결혼했다. 이렌느와 프레데릭 또한 그들 생애의 대부분을 함께 과학 연구에 힘썼다. 그러므로 이렌느는 부모로부터 보고 배웠던 것과 유사한 부부관계를 영위했다. 1934년 그들은 인공방사능을 발견했고, 그 공적으로 노벨상을 받았다. 딸의 노벨상 수상의 영예를 마리 퀴리는 보지 못했다. 그러나 −그녀에게 보다 중요할− 인공방사능의 발견과 나중에 핵물리학자가 된 손녀 헬레네의 출생도 보지 못했다.

1934년 7월 4일 마리 퀴리는 출혈성 백혈병에 걸려 67세의 일기로 딸 이브의 팔에 안겨 세상을 떠났다. 음악가이자 소설가인 이브는 훗날 −필자의 생각으로는− 마리 퀴리에 대해 최고에 속하는 전기, 어머니의 생생하면서도 특별한 감정을 담은 전기를 편찬했다.

'세계에서 가장 값비싼 원소'인 라듐에 마리 퀴리는 많은 것을 쏟아 부었다. 그녀의 건강, 힘, 가끔은 개인적 삶의 기쁨과 일의 기쁨까지도. 하지만 마리는 자신의 비밀스러운 특성을 최대한 발휘하는 일에 성공했다. 그리고 ―그녀 역시 이렇게 말했을 것 같은데― 그 대가를 받았다. 마리 퀴리는 죽기 일 년 전 강연에서 다음과 같이 말했다: "나는 과학이 무엇인가 아주 아름다운 것이라는 것을 믿는 사람에 속합니다. … 우리는 과학적 진보가 고유한 아름다움이 전혀 없는 메커니즘, 즉 기계나 그밖에 여러 톱니바퀴에 의존하고 있다고 믿어서는 안 됩니다. 늘 미지의 것에 대한 사랑과 커다란 모험에의 열망이 파괴된 시대인 오늘날 위협받는 것을 두려워하지 않습니다. 내가 내 주위에서 관찰한 모든 것 중 가장 활동적인 것은 바로 열망과 사랑 그것입니다. 근절될 수 없으며 과학적 호기심과 아주 밀접하게 연관된 그런 열망과 사랑 말입니다."

―코르둘라 톨미엔

02
Bertha von Suttner

젊은이여, 왜 아무 일도 하지 않느냐?

베르타 폰 주트너(1843–1914)
노벨 평화상 1905

늦은 저녁 무렵, 빈에서 온 마차 한 대가 성문 앞에 있는 작은 요양소 바덴의 도박장 옆에 멈춰 선다. 마차의 유일한 승객은 열세 살짜리 소녀이다. 베르타 킨스키는 좀 더 나이가 들어 보이도록 약간의 치장을 하고 있었다. 그녀는 의식적으로 도박장 입구로 발길을 향한다. 그러나 문지기는 속지 않는다: 미성년자 출입금지!

그때 다 큰 것처럼 보이고 싶었던 소녀는 다시 어린아이로 돌아간다. "아주 잠깐만 저 안에 있는 엄마한테 갔다 올게요." 소녀는 애원한다. 그러나 문지기는 무정하게 고개를 젓는다. 마침내 베르타는 지갑에서 마지막 남은 돈을 꺼내서는 그가 엄마에게 소식을 전하도록 서투른 글씨로 몇 마디를 적어서는 두 가지를 그 남자의 손에 건네준다. 엄마는 나와 함께 집으로 가야 해요!

잠시 후 문지기가 돌아온다. 그는 베르타의 어머니인 소피 킨스키의 지시라며 베르타를 마차에다 앉히고는 빈으로 돌아가도록 한다. 그러나 베르타는 포기하지 않는다. "잠깐만요!" 그녀는 몇 미터쯤 간 뒤 마부석의 남자에게 말한다. "요금이 없어요. 내려 주세요." 베르타는 밤새도록 걷는다. 바덴에는 엄마의 친구인 백작이 살고 있다. 그분의 도움이 필요해! 소녀는 백작을 문 앞으로 불러내고는 그에게 고통을 호소한다. "엄마가 저녁에 집으로 돌아오지 않았어요. 에르나 아주머니와 가정부 미지는 엄마가 지난 생활비를 가져오지 않아 많이 걱정하고 있어요. 그녀는 지난번 노름빚도 갚지 못했어요!" 백작은 베르타를 집 안으로 데리고 가서 따뜻한 카카오를 한 잔 주고는 아이가 밤을 이곳에서 보낼 수 있도록 잠자리를 마련해 주라고 시킨다. 그리고는 모든 필요한 것을 해결해 줄 것을 베르타에게 약속한다.

다음 날 아침 딸을 백작댁에서 데려온 소피 킨스키는 매우 화가 나 있었다. 그녀는 자기 아이를 몹시 사납게 다루려고 한다. 이날 아침 룰렛게임에서 충분히 돈을 땄는데, 이런 일이 벌어질 줄이야.

1843년 프라하에서 베르타 킨스키로 태어난 베르타 폰 주트너는 어머니를 기억할 때면 거의 뭐라고 할 말이 없었으며, 오히려 자신을 허영심이 강한 아이, 바보 같고 이기적인 아이로 기술하고 있다. 나중에 노벨 평화상을 받은 유명한 여성과는 거의 공통점이 없는 소녀처럼 말이다. 그러나 이 에피소드는 어머니와 딸의 전혀 다른 모습을 단적으로 보여준다. 에피소드는 어머니를 돌본 자상한 아이, 살아가는 데 현명하고 자립적인 용감한 아이를 나타내고 있는 것이다. 반면 베르타의 어머니는 제대로 어른이 되지 못한, 변덕스럽고 예측할 수 없는 부인임이 밝혀지고 있다. 아무리 자신의 의도가 좋았어도 그녀는 계속해서 룰렛게임에 빠져 지냈으니 말이다. 우리는 오늘날 그녀를 도박광이라고 부르게 될 것이다. 오랫동안 그녀는 자신의 운명에 완전히 새로운 전환기를 제공함직한 복권에 당첨된 것처럼 보였다. 딸 베르타는 한편으로는 미래에 대한 그녀의 선택이었으며, 다른 한편으로는 그녀의 방해물이었다.

좋은 가정에서 태어났으나 명백한 귀족 태생은 아니었던 소피 킨스키는 막 열여덟 살이 되었을 때 자기보다 거의 쉰 살이나 나이가 많은 킨스키 남작과 결혼했다. 그녀의 두 번째 아이인 베르타가 태어났을 때 그녀는 채 서른 살도 안 되었으나 이미 과부신세를 면치 못했다. 그녀는 명망 있는 남작 부인으로서 오스트리아 명문의 세계에 접근하려는 목표에 다가가긴 했으나 실패했다. 상류 사회는 늙은 킨스키의 후광으로 그녀가 그동안 관대하게 대접받았다는 것을 그녀에게 빠르고 분명하게 보여 주었다. 그가 죽은 후 그녀는 적정한 연금, 즉 보장된 생활비에 기대를 걸 수는 있었다. 하지만 더 이상 귀족사회의 초대는 기대할 수 없었다. 그녀는 킨스키 가문이 기거하던 프라하 성에서 나와 프리드리히 퓌르스텐베르크가 지배하는 브륀으로 이사했다. 그곳의 영주였던 그는 후견인으로서 장래 킨스키 아이들의 교육을 돌보아 주게 된다.

병약하고 어딘가 좀 괴벽스러운 베르타의 오빠 아더는 아버지가 죽자, 곧 사관학교에 들어가 어머니와 동생과는 멀어졌다. 소피 킨스키의 모든 희망, 모든 미래의 꿈은 이제 명랑하고 학문을 좋아하고 음악적 재능이 뛰어난 아이로 성장한 그녀의 작은 딸에게 집중된다. 어머니는 오페라 가수로서 겉으로 보기에는 전도유망했던 성공을 결혼을 위해 포기했었다고 한다. 그리고 이에 대해서는 항상 쓰라린 진술을 한다. 끊임없는 돈 걱정, 상류사회에 속하려는 헛된 시도, 그 모든 것은 언젠가 딸이 어른이 된다면 변화되어야 마땅한 일이었으나 그렇질 못했다. 그러니 자기 딸이 커서 미모와 성공을 통해 이목을 끌게 되는 것 외에는 다른 목표를 알지 못했다는 것도 그리 놀라운 일은 아니다. 그녀는 가수로서의 경력을 통해서나 오스트리아 귀족가문 중 한 가문과의 결혼을 통해서 사회적 계급의 사다리를 오르려고 했다.

브륀에서 베르타는 다른 아이들과 접촉하지 않고 혼자 지냈다. 공립학교의 입학은 남작의 딸에게는 신분에 걸맞지 않은 일이었다. 가정교사와 여선생들이 그녀에게 영어, 프랑스어와 이탈리아어, 피아노와 노래를 가르쳤다. 열두 살이 되었을 때 그녀는 어머니와 함께 빈으로 이사해서 그곳에서 동갑내기 사촌인 엘비라를 통해 최초의 놀이 친구를 만난다. 일찍 아버지를 여읜 엘비라는 어느 정도는 아버지의 큰 서재에 파묻혀 성장했으며, 베르타에게 책에 대한 열정을 심어 준다. 한 때 두 10대 소녀는 함께 시간을 보내면서 세계문학을 탐독했으며, 빅토르 위고와 데카르트, 칸트와 조지 샌드에 대해 토론했다. 하지만 19세기에 있어 베르타같은 소녀에게 이런 비범한 정신적 지평이 문을 열고 있었다 해도 그녀의 생활 관념은 독서에 의해 완전히 고취된 것은 아니었다. 그녀는 최고의 신랑감을 낚을 공상에 젖어 있었다. 그것도 가장 잘생기고 똑똑한 사람, 가장 부유하고 귀족적이어서 마음이 쏠리게 될 유일한 남자를 낚을 준비가 되어 있었다.

이 위대한 순간에 대비하기 위해 두 소녀는 끝없이 역할놀이를 하면서 일찍부터 '유일한 사람'과의 만남을 연습한다. 그들의 역할놀이는 탕!으로 시작해서 빵!으로 끝난다. 엘비라는 매혹적인 사촌 베르타를 위해 속담 제공자로 활동하며 항상 남자 역할을 맡았다. 베르타에 비해 좀 매력이 떨어지던 엘비라는 특히 정신적 영역에 관심이 컸으며, 무조건 소설가가 되고 싶어 했다. 그녀는 재능이 있었으며, 동시대의 훌륭한 작가들에게 신간 주문서를 보내서는 그들의 관심을 자신에게 돌리려고 했다. 마리 에브너-에센바흐와 프란츠 그릴파르쩌가 엘비라와 사귀기 위해 방문했다. 그런데 그들은 예쁘고 명랑한 사촌 베르타에게 넋을 잃는다.

그런 일이 있은 후 베르타가 열일곱 살 때 그녀는 다만 '질투와 모방본능'에 의해 쓴 첫 번째 이야기로 즉각 성공한다. 「독일 여성」이라는 잡지가 이 이야기를 발표하고는 그녀에게 계속해서 글을 쓰도록 고무했던 것이다. 두 소녀의 인생이 어떻게 뒤바뀌게 되는지는 참으로 기묘하다. 얼마 지나지 않아 엘비라는 실제로 그녀의 '유일한 남자'를 만나게 되어 짧은 인생을 행복한 부부생활로 보내는 동안, 베르타는 훗날 엘비라의 꿈을 실현시키고 유명한 소설가가 된다.

베르타는 소녀 시절에는 이런 결과를 전혀 예감하지 못했다. 늘 그녀는 귀족사회로의 동화 같은 진출을 꿈꾸고 있었다. 그러던 어느 날 고대하던 날이 찾아왔다. 몹시 흥분한 예쁘고 명랑한 18세 소녀는 어머니와 함께 빈의 무도회에 첫발을 내딛게 된다. 그렇지만 이날 저녁 베르타에게 관심을 갖는 사람은 거의 없었다. 사람들은 그녀와 그녀의 어머니에게 냉담한 태도를 보였다. 다만 얼마 안 되는 댄서들만이 붉은 장미꽃 장식의 무도회복을 입은 매력적인 소녀가 있다는 것을 느꼈을 뿐이다. 고귀한 귀족 부인들은 소피 킨스키를 거들떠보지도 않았다. 두 사람이 몇 달 전부터, 아니 몇 년 전부터 열망했던 사건은 그녀의 가장 쓰라린 패배로 기억에 남게 되었다.

베르타는 '서민', 즉 다른 계층에서 태어난 자손들을 업신여기는 한계가 정치적 이유라는 것을 그때까지도 이해하지 못했다. 귀족은 소외된 사람들에게서 나타날 수 있는 것처럼 단단하게 기틀을 잡지 못했다. 베르타는 혁명의 시대 속에서 태어나게 되었다. 1789년 파리 코뮌은 '자유, 평등, 형제애!'를 요구했다. 그리고 이런 외침은 유럽 곳곳에서 들려 왔다. 게다가 1840년대 새로운 생산수단, 교통기술과 통신기술이 사회를 빠르고 급진적으로 변화시켰다. 증기기선, 철도와 통신이 세계시장을 개척했다. 자유 자본주의는 경제가 '여러 세대를 거쳐 더 이상 안락한 생계를 보장해주지 않는 물려받는 자산구조 이상'이라는 인상을 남겼다. 이렇게 되면서 귀족의 경제적, 정치적 주도권은 위협받았다. 이 계층은 이제 그들의 특권을 점점 더 필사적으로 방어한다. 젊은 남자나 젊은 부인은 이 사회에서 같은 가문으로 간주되기 위해서 16대까지 귀족의 고조부모를 입증할 수 있어야만 했다. 게다가 결혼식은 잘 생각해 봐야만 하는 경제적 합병이었다.

베르타 킨스키는 귀족적 계보도, 돈이나 부동산도 제공할 수 없었다. 그녀가 재빨리 파악한 그녀의 자산은 단지 그녀의 젊음, 그녀의 아름다움과 교육수준뿐이었다. 그리고 그것은 가능한 한 실 수입액으로 곧 환산되어야 했다. 첫 번째 기회는 스스로 개척하는 일이다. 보수적이고 강력하며 부유한 신문 편집자인 쉰두 살의 구스타프 폰 하이네 남작은 소피 킨스키에게 그녀의 딸을 간절히 원했다. 그는 돈과 정치적인 업적을 통하여 스스로 귀족 타이틀을 얻었으며, 그의 신부의 출생이나 지참금은 개의치 않았다. 그에게 중요한 것은 미래의 부인이 예쁠 뿐만 아니라, 그의 여행과 많은 사회적 의무를 행하는데 올바른 동반자가 되기 위해 교육을 받았고 어학에도 재주가 있어야 한다는 것이었다. 그는 베르타에게 빌라와 성과 마차를 약속한다. 그는 그녀를 빈으로 데려가서는 가장 값비싼 옷과 보석류를 사준다. 그래, 당연한 일이지. 그녀는 이 남자와 결혼하기를 원했다! 베르타는 감동했다. 그녀는 이때 그를 자신의 남편으로서 키스하기를 바랐고, 이런 풍요로움을 누릴 가치가 있다는 예감도 들었다. 그러나 베르타의 마음속에는 또 다른 저항이 일었다. "늙은 남자, 사랑하지 않는 남자 – 나는 구역질 나는 외침을 억지로 참으며 이런 마음을 뿌리쳤다. 내 속에 열정적인 저항이 싹터 올랐다. 아니야, 이건 아니야!" 어머니의 반대를 무릅쓰고 베르타는 약혼을 취소하고 선물도 돌려주었다.

때때로 올바른 남편을 찾으려는 쓸데없는 노력은 어머니와 딸 킨스키에게 그 후 12년 동안이나 가장 중요한 생활이 되어 버렸다. 그들은 함께, 그리고 꾸준하게 그들이 꿈꾸는 인생의 행복을 찾아 헤맸다. 빈에서, 베니스에서, 파리와 베를린에서 그들은 '상류사회'가 무도회와 향연을 준비하는 곳이면 어디든 달려갔다.

이 시기에 사회적, 정치적으로 일어나는 일에 베르타는 그저 약간의 관심만 있을 뿐이었다. 아주 가까이서 발생한 두 번의 전쟁, 즉 1866년에 있었던 오스트리아와 프로이센의 전쟁과 4년 뒤 독일과 프랑스의 전쟁도 그녀의 일상을 건드리지는 못했다. 그녀의 곁에 있는 사람들 가운데 군인은 한 사람도 없었다. 어떤 경우에도 전쟁은 그녀에게 흥미로운 광경에 지나지 않았다. 후일 베르타는 다음과 같이 회고한다. "베를린 중심의 발코니에서 나는 프랑스에서 고향으로 돌아오는 병사들의 대열을 보았다. 나는 그 모습을 기억하고 있다. 가득한 햇빛, 환호성, 펄럭이는 깃발들, 뿌려지는 꽃송이, 개선문과 대단한 역사적 축제를. 오늘날 나의 견해가 얼마나 달라졌는가? 그렇지만 이런 변혁의 역사는 훨씬 늦게 찾아온다!"

그해에도 장래의 남편감들이 베르타 곁을 무수히 지나갔다. 때때로 그들은 사회적 지위가 낮아 모욕을 받았으며, 또 때로는 '부유한' 것처럼 보이는 그녀를 보고 달려든 사기꾼들로 정체가 드러나고는 했다. 그 모든 실망 뒤에 베르타는 어머니의 강요로 두 번째 선택, 즉 가수로서 무대에 서보려고 시도하게 되지만 무대에서 느끼는 심한 압박감을 극복하는 데 성공하지는 못한다. 그녀는 음악적 재능이 있었음에도 불구하고 음악에서 실제적인 열정을 촉발해 내지는 못한다. 사회적으로 상류층이나 화려한 무대에서 성공하려는 그녀의 모든 수고는 목적을 위한 수단으로만 남았고, 아마도 그랬기에 실패할 수밖에 없었을 것이다.

베르타는 서른 살이 되어서도 결혼하지 못한 상태였고, 이 무렵에는 거의 결혼이라는 부담에서 벗어난 것처럼 보인다. 그녀의 청춘은 거기까지였다. 그리고 어머니 킨스키의 재정적 가능성도 결국 바닥이 드러났다. 이제 노처녀 베르타는 또 다른 인생에 대해 숙고하지 않을 수 없었다. 베르타는 실망과 좌절을 통해 오히려 강건해졌다. 이제 그녀는 용기로 가득 차 그녀의 미래를 향해 발을 내딛는다.

오스트리아 최고의 귀족 주트너 가문은 베르타 킨스키를 열다섯에서 스무 살까지 줄 이은 네 딸의 말동무이자 교사, 동반자로 고용했다. "이곳에서야 비로소 나는 내 인생의 영예를 얻었다"라고 베르타는 그녀 특유의 과도한 말투로 이야기한다. "나를 이 집으로 인도한 날이여, 축복이 내리길!"

주트너 가족은 빈에 있는 성에서 겨울을 보내고 여름은 시골에 있는 하르만스도로프 성에서 보냈다. 이런 삶에 무슨 굴곡 같은 것은 없어 보였다. 산책과 오페라 구경, 그럴듯한 대화와 파티, 피크닉과 무도회 따위에 만족을 느끼며 살아간다. 주트너 가문의 늙은 남작만이 이런 무위도식적이고 안락한 생활이 점차 잘못된 방향으로 흘러갈지 모른다고 걱정하고 있었다. 주트너 가족은 분에 넘치는 생활을 하면서 세계의 경제위기와 싸워야 했다. 한때 주트너 가문의 토대였던 채석장의 채굴도 더 이상 큰 수익을 가져다주지 못했다. 그러나 하르만스도로프 성에서의 생활은 거액의 돈이 들었다.

겉으로는 아무 근심도 없어 보이는 분위기 속에서, 또 좋은 남편감에 대한 희망을 포기한 뒤에야 베르타는 최초로 사랑에 빠지는 자신을 발견한다. 함께 침묵하는 주트너 자매들의 눈초리를 대하며 사랑할 만한, 그 집에서 가장 어린 아더를 향해 그녀는 애정을 느꼈다. 하지만 베르타는 착각하지 않았다. 그녀는 주트너 가족들에게 진정으로 받아들여진 적이 없었다. 게다가 아더는 그녀보다 일곱 살이나 어렸다. 그의 가족은 그를 부유한 귀족가문의 딸과 결혼시켜 경제적 문제를 해결하려고 했다.

그 사이에 베르타는 오랜 친구인 민그레리엔 후작 부인과 열심히 편지를 주고받았다. 코카서스에 있는 후작부인의 성은 전쟁으로 말미암아 파괴된 상태였다. 이때 베르타는 후작부인의 편지를 받았다. 성은 곧 재건될 테니 공사가 끝나면 꼭 와달라는 내용이었다. 일자리가 약속된 것이다. 그렇지만 성이 완공되기까지는 상당한 시간이 필요했다. 그래서 3년에 걸쳐 주트너 집에서 결국은 여주인도 알게 되는 베르타와 아더의 사랑이 전개된다.

어느 날 남작부인은 다정하나 '냉담하게' 그녀의 고용인에게 이제 집을 떠나야 한다는 것을 설명한다. 베르타는 이미 각오가 되어 있었다. 그녀는 남작부인에게 신문광고를 건넸다: '파리에 사는 능력 있는 중년의 신사가 비서를 구함.' 이 광고를 낸 사람은 바로 다이너마이트를 발명한 알프레드 노벨이었다. 간단한 편지 교환 후에 이미 베르타가 물망에 떠올랐다. 그녀의 언어지식과 포괄적인 교육, 재치 있는 편지를 통해 그녀가 올바른 추천자라는 것이 분명해졌던 것이다. 매우 슬펐으나 이별은 불가피했다. 1876년 봄 그녀는 아더와 헤어져 파리로 갔다.

역에서 그녀를 영접한 '노신사' 알프레드 노벨은 당시 마흔 셋이었다. 과학자이자 그녀의 고용주는 대성공에도 불구하고 고독하고 우울하게 지내고 있었다. 폭약을 가지고 하는 그의 실험은 언제나 사고가 났으며 큰 희생을 요구했다. 몇몇 연구자와 알프레드 노벨의 형 에밀도 목숨을 잃었다. 베르타는 이 중년신사가 일의 능력보다는 늘 자기 옆에 있어줄 동반자를 찾는다는 것을 금방 알아차렸다. 몇 년 전이라면 그가 바로 베르타가 바라던 배우자였을지도 모른다. 더구나 알프레드 노벨은 그녀에게 아주 간절하게 요청했다. 그럼에도 불구하고 파리에 도착한 지 일주일 뒤 그녀는 단호한 결심을 한다: 단 한 사람만을 원한다. 빈으로, 아더에게 돌아가는 것이다. 그녀는 마지막 패물을 저당 잡혀 호텔비를 계산하고는 차표를 한 장 샀다.

베르타는 이 용감한 행보로 사랑만을 얻은 것이 아니다. 알프레드 노벨 또한 일관된 그녀의 결심을 받아들이고 죽을 때까지 그리고 모든 정치적 차이를 떠나서 베르타의 이념과 행동의 소중한 후원자로 남는다. 치명적인 무기를 발명한 노벨은 훗날 그녀와 열정적으로 평화와 군비축소의 문제를 토론한다. 이런 토론과 베르타에 대한 우정에서 노벨상에 대한 발상이 시작된다. 노벨의 유언에 따라 과학 및 문학의 업적을 기리는 네 개의 상과 평화상이 제정된다.

물론 베르타의 걱정은 전혀 다른 데 있었다. 빈으로 돌아간 그녀는 호텔에 방을 하나 빌리고는 가명을 써서 아더를 오도록 했다. 마침내 베르타는 뛰는 가슴을 달래며 호텔 복도에서 그의 발자국이 가까워져 오는 소리를 들었다. 베르타는 이날의 재회를 이렇게 기억한다. "나는 기뻐서 소리치며 그에게 다가갔다. '당신, 바로 당신이로군'하고 아더가 소리쳤다. 그리고 우리는 다시 이별하던 날 저녁처럼 흐느껴 울면서 서로를 꼭 껴안았다. 그러나 이번에는 고통스러운 것이 아니라, 무한히 행복한 느낌이었다."

베르타와 아더는 1876년 6월 12일 빈에서 멀리 떨어진 시외의 어느 교회에서 비밀리에 결혼한다. 그들은 민그레리엔 후작부인이 이들 도망자들에게 피난처를 제공한 코카사스 방향으로 몰래 떠났다. 주트너의 부모는 뒤통수를 얻어맞은 것처럼 배신감을 느꼈다. 그들은 아들과의 인연을 끊고 모든 원조를 중단했다.

베르타가 가끔 농담으로 '연장된 허니문'이라고 부른 변하기 쉽고 모험적인 9년의 세월 동안 두 부부는 코카서스의 서로 다른 장소에서 살았다. 베르타와 아더는 후작 저택의 최고의 손님으로 초대를 받곤 했는데, 그럴수록 그들은 자신을 지키며 겸손한 태도를 보이려고 노력했다. 베르타는 "영원히 '존경받는 손님'이란 결국 직업인이 아니야"라고 회고록에 기록하고 있다.

직업생활로 들어선 첫 발자국은 —두 사람은 개인 교사로 일한다—

잠시 동안은 성과가 있었다. 그러나 1877년에 러시아-터키 전쟁이 발발했고, 코카서스는 전쟁터가 되어 버렸다. 아무도 이제는 외국어 강의에 관심을 보이지 않았다. 빈에서 온 베르타의 어머니는 아더 누이들의 전보를 전하며 위험할지도 모르니 도피하라고 말한다. 그렇지만 베르타는 이 모든 상황을 오히려 모험으로 느꼈다. "나의 기억으로 우리는 불안을 느낀 적이 없었다. 전쟁에 대한 반감 또한 나는 대체로 1866년과 1870년보다 덜 느꼈다."

그녀에게 전쟁은 계속 피할 수 없는 재앙과 같았다. 그 가운데 서 있다는 것은 오히려 자신의 중요성을 깨닫게 한다. 베르타가 얼마간 농담 섞인 어조로 말하고 있듯이, 무기를 들고 싸우지 않는 자는 '적십자에 대한 열정'에 사로잡혀서 '불쌍한 병사'를 걱정하고 돌보려는 데서 자신의 임무를 발견한다. 아더와 베르타도 야전병원에서 자원봉사를 하려는 사람들에 속했다. 물론 그렇게 하지는 못했는데, 그들은 어떤 경우에도 서로 떨어지고 싶지 않았기 때문이었다.

훗날 베르타 폰 주트너가 접어든 길들은 항상 앙리 뒤낭의 길들과 서로 엇갈리게 된다. 베르타는 평화주의자로서 이 적십자의 설립자만이 아니라 그의 '전쟁을 전제로 한 인간화'의 노력을 매섭게 비판했다. 반면 앙리 뒤낭은 베르타의 평화적, 정치적 활동에 끊임없이 존경과 지지를 표명했다. 그런데 앙리 뒤낭은 1901년 알프레드 노벨이 어쩌면 베르타에게 주려고 생각했던 첫 번째 노벨 평화상을 받게 된다.

코카서스에서의 전쟁은 우선 주트너 가문으로 하여금 새로운 이념을 갖도록 했다. 아더는 러시아-터키 분쟁에 대한 특파원 보고서를 유럽의 여러 신문사들에 보냈으며, 그 일로 성공을 거뒀다. 베르타도 작가로서 새롭게 자신을 시험했다. 그녀는 「부채와 앞치마」라는 제목의 문예평론지에 글을 썼다. 그것은 빈의 한 잡지에 즉시 실렸고, 고료로 20굴덴을 받았다. 그녀가 평론에서 다뤘던 주제는 또한 그녀의 초기 소설의 소재가 된다. 〈도라의 고백〉에서는 한 젊은 부인을 다루는데, 그녀는 훌륭한 무대예술가와 어머니로서의 삶 또는 주부 사이의 갈등에 빠져 있다. 베르타는 이때 분명하게 자신이 그해 아더와 체험했던 가정의 행복을 지지한다. 그들 부부 사이에 아이가 없다는 것에 대해 베르타는 오히려 자신을 정당화한다. "도대체 한 떼의 굶주리는 아이들을 돌봐야 한다는 것, 그것은 우리들 삶의 2중주에서 단 한 번도 사라져서는 안 될 멋진 기분을 빛바래게 할지도 모른다."

사치를 탐하는 것이 오랫동안 그들 삶의 목표였는지는 모르지만, 이제 그녀에게 코카서스에서의 가난 따위는 별로 문제가 되지 않았다. 베르타는 "생활비가 쪼들리긴 했지만, (하나뿐인 가정부가 병이 나면) 우리는 손수 점심을 준비하고 또 —아주 즐겁게— 스스로 모래와 솔로 바닥을 청소했다. 그것은 부유한 삶이었다"라고 말했다.

어린 시절의 생활세계 그리고 젊었을 때 오페레타에 집착했던 그녀의 꿈들은 장편소설과 단편소설, 정기적으로 유럽의 편집인들과 출판사들에 보낸 잡지 기고의 소재가 되었다. 그녀는 이때 시대의 취향을 접하면서 때때로 약간은 통속적인 내용을 쓰곤 했다. 그렇지만 그녀의 창조적 생산성은 스스로에게나 고도의 문학적 요구에 대해서도 거침이 없었다.

작가라는 직업은 부부의 주요 수입원이었고, 따라서 베르타는 작가로서 실용적인 태도를 취하지 않을 수 없었다. 그럼에도 불구하고 베르타는 큰 관심을 갖고 남편 아더와 함께 동시대의 문학적 발전과 토론을 추구한다. 그들은 유럽에서 주문한 신문과 책들을 함께 읽으면서 자연과학적이고 철학적인 새로운 현상들에 대해 토론도 한다. 동시에 관용과 국제협력 및 민주주의가 큰 역할을 하는 그들의 고유한 세계관을 전개한다. 코카서스의 은거 생활에서 베르타는 끊임없이 방황하던 대도시 시절보다 정치, 사회적이고 과학적인 발전에 더욱 강도 높게 몰입한다. 처음으로 이곳에서 청춘의 소모적인 사교 생활과는 다른 생활로 접어들면서 그제서야 새로운 세계관과 함께 짜일 특별한 교육을 시작한다. 점점 더 자주 그녀는 시사적 문제를 그녀의 소설 속에 짜 넣는다. 그렇게 해서 베르타 오울 럿(필명)은 유럽에서 점차 유명한 소설가로 부각된다. 독자와 출판업자들은 오울 럿을 남자라고 생각했다.

코카서스에서 9년을 보낸 뒤 아더와 베르타는 그들 시대가 여기서 끝나가고 있음을 점점 더 분명하게 느낀다. 그들은 서로의 사랑이 변하지 않고 있으며, 그들이 자립할 수 있다는 것을 입증했다. 이제 베르타는 건강상태가 분명히 악화되고 있는 어머니를 걱정했다. 그리고 아더 역시 화해의 사절을 코카서스로 보내오던 그의 가족에 대한 향수병에 걸려 있었다.

1885년 5월 그들은 돌아왔지만 때는 너무 늦었다. 소피 킨스키는 1884년 겨울에 세상을 떴다. 베르타는 유럽에서의 첫 행로를 어머니의 무덤에서 느낀다. 얼마 후 그녀는 아더와 함께 항상 주트너 가족생활의 중심을 이루는 하르만스도로프 성으로 이사한다. 아직 결혼하지 않은 아더의 두 누이는 그곳에서 부모님과 함께 살고 있었다. 결혼한 아들과 딸들은 가족을 동반하여 이곳을 자주 방문했다. 이런 가족상황에 적응하는 일이 아더와 베르타에게는 쉽지 않았다. 9년 동안이나 그들은 자유와 단 둘뿐인 생활을 누려 왔다. 이제 그들은 날마다 여러 번씩 긴 가족식탁에 앉아야만 했으며 규칙적으로 교회에 나가고 다른 사회적 의무행사의 대열에 참여해야만 했다.

주트너 가문의 고용인이었던 베르타가 아더와의 결혼생활에서 주도적인 역할을 떠맡았다는 것, 그녀가 평화주의적인 활동의 일환으로 귀족사회의 존엄을 문제 삼고 있었다는 것, 이 모든 것이 그녀의 시부모에게는 쉽게 용납될 수 없었다. "유감스럽게도 그녀의 '평화에 대한 사랑'은 가족 내부에서는 거의 발전되지 못했다"라고 칼 주트너는 거의 백 년 뒤에 베르타 전기의 서문에 적고 있다.

베르타가 오스트리아로 돌아왔을 때 그녀는 마흔두 살이었다. 당시의 가치관으로 보면 여성으로서 그녀의 전성기는 이미 지나갔다. 그렇지만 그녀의 위대한 시기는 이제야 오도록 예정되어 있었다. 그녀는 작가로서 자리를 잡았으며, 종종 신문편집국과 작가협회에서는 손님이었다. 그녀는 문학경영의 공허를 배워 알았지만, 그녀에게 높은 차원에서 재산이 되었던 '진실성'보다는 돈이 더 자주 문제시된다는 사실이 실망스럽게도 확인된다. 그런 의미에서라도 그녀는 문학적 저술보다는 정치적이고 사회적인 문제들에 더 많은 흥미를 느꼈다.

1888년 베르타는 모든 소설형식을 무시한 책을 한 권 출간했다. 〈기계시대〉는 19세기 후반에 대한 20세기의 전망에서 쓰인 회고록이자 일종의 정치적 고백서이다. 그녀는 거기서 귀족사회의 고루성을 공격하고, 민주주의 사회와 여성의 개선된 지위, 국제적 상호이해 및 군비축소, 모든 사회적 영역에서의 '죽어버린 도그마' 대신에 과학적 인식의 응용을 주장했다. 또한 그녀는 여성으로서의 그녀의 위치를 여전히 '누군가'라는 익명 뒤에 숨겨져 있을 만큼 연약한 것으로 보고 있었다. 심지어 그녀는 수많은 비평가들 중에 한 사람도 '누군가'가 '멍청한 성(性)'에 속할 수 있다는 생각을 떠올리지 못한다는 것을 기뻐했다. 몇 명의 신사들이 그녀의 면전에서 〈기계시대〉에 대하여 이야기하면서 "오, 이것은 숙녀를 위한 책이 아니도다!"라고 말했을 때, 그녀는 그것을 반박하지 않고 받아들였다.

이 시점에서 그녀는 이미 본래의 삶의 토대를 이루고 있던 소설 원고에 몰두하고 있었다. 1886/87년 겨울 그녀는 처음으로 런던에서 국제 평화연맹이 창설되는 것을 경험했다. 베르타는 이 소식에 짜릿한 감동을 느꼈다. 무기의 폐지를 통해 전쟁을 저지할 것, 민족 간의 투쟁을 국제 중재재판소를 통해 해결할 것, 그것은 베르타에게 계몽된 세계의 모습에 적합한 이해할 만한 이념이었다. 베르타 폰 주트너가 평화주의자들을 위해 행한 의미심장한 체험은 없었다. 그녀 자신은 전쟁을 공포스러운 어떤 것으로보다는 오히려 구경거리로 경험했다. 그녀의 평화주의적 확신은 그녀가 배웠던 모든 것의 거의 불가피한 결론으로서 생겨난 것이며, 또한 진보에 대한 무조건적인 믿음의 표현이었다. 교육받고 문명화된 사람들은 서로 때려 부수는 일없이 이익투쟁을 해결할 수 있어야 한다고 베르타 폰 주트너는 생각한다. 대중을 위해 글을 쓰는 그녀의 능력을 베르타는 이제 이런 유토피아를 건설하는 데 사용한다.

〈무기를 내려놓아라!〉, 그녀는 소설 제목을 이렇게 붙였다. 줄거리는 남편을 싸움터에서 찾는 이야기이다. 장교부인인 주인공 마르타는 전쟁의 시련을 직접 눈으로 보고 마침내 무장해제와 평화를 위해 노력하는 정열적인 여전사가 된다. 베르타 폰 주트너는 이 책을 쓰기 위해 철저하게 사전조사를 마쳤고, 열정을 갖고 이 작업에 착수했다. 그녀는 이 책이 자신의 최고 걸작이 되리라는 것을 확신했다. 그러나 처음으로 그녀는 초고부터 저항에 부딪혔다. 전쟁만행의 노골적인 묘사, 군비확장의 의미와 무의미에 대한 정치적 토론과 계획적인 제목 또한 대중에게는 어필하지 못할 것이라는 점을 여러 출판사의 발행인들이 우려해서는 출간을 거절한 것이다. 게다가 이제까지 그녀의 작품들에 대해 후한 고료를 지불했던 출판 발행인 에드가 피어슨도 이 책의 폭발장치를 제거하도록 작가를 설득하려 했다.

그렇지만 베르타 폰 주트너는 확고했다. 원고는 내가 쓴 그대로 인쇄되어야 한다. 아니면 "난로 속에 집어넣어라"라고 그녀는 강경한 어조로 말했다. 피어슨은 이에 동의하고 후회하지 않는다. 1889년 서점가에 나온 첫 천 권은 곧 재판을 찍어야 할 정도로 대성공을 거뒀다. 그 후 20년 동안 37판이 팔렸으며, 게다가 보급판, 정기간행물, 거의 모든 유럽언어로 된 번역본 등이 출간되어 나온다. 책은 당시의 문학시장에서 유례없는 성공을 거뒀다.

베르타 폰 주트너는 이 소설로 동시대인들의 폐부를 찔렀다. 장교부인 마르타와 그녀의 남편 프리드리히로부터 그녀는 시대를 대변하는 정체성의 인물들을 창조해냈다. 즉 옛 세계, 귀족적이고 군국주의적 사회에 뿌리를 두고 있지만, 그 사회를 경험하면서 새로운 인간 세계에 대한 통찰과 애정을 갖게 되는 인간 형상을 말이다.

그녀는 독자에게 정당에 가입하기를 강요한다. 이 때문에 양쪽으로부터 격렬한 반응을 체험한다. 영감을 받거나 분노한 투서들이 매일 그녀의 책상 위로 날아들었다. 그 책은 신문지상에서 논란을 일으켰고, 대중들에 의해 인용되었다. 더구나 수많은 저명인사들이 입장표명을 해야 할 정도였다. '페티코트 속에 갇힌 남자들'에 대해 법률가이자 작가인 펠리히 단이 공격했다. 그는 군비를 축소하라는 요구를 통해 분명히 그들의 남성다움에 위협을 받는다고 느끼는 격분한 군국주의자에 속했다. 이와 반대로 레오 톨스토이와 오스트리아의 시인 페터 로제거는 공감과 지지를 보냈다.

알프레드 노벨이야말로 민감한 반응을 나타냈다. 그는 아주 섬세하게 짜인 그녀의 아이러니에 대해 이 책은 자신의 필생의 사업, 즉 다이너마이트 발명을 문제 삼고 있다고 생각했다. "도대체 당신은 어떤 근거로 전시가 아닌 평화의 경우에도 내가 나의 새로운 가루약(다이너마이트)을 제거하기를 원하십니까?" 그렇지만 그는 베르타의 '무기'가 더 우세함을 인정한다. "물론 그렇습니다. 당신의 매력, 당신 문체 및 다른 방식으로 표출되는 이념의 크기는 레벨의 무기, 노르덴펠트의 대포, 드 방에의 대포와 다른 모든 대장간의 공구들보다 훨씬 더 전파력이 큽니다." 베르타 폰 주트너에게 바친 그 모든 존경에도 불구하고 노벨은 평화가 무기를 통해서만 지속적으로 보장될 것이라는 관점을 고수한다. 무기가 있음으로 해서 '모든 문명화된 국가들이 두려워 물러나고 군대를 해체할 것'이라는 것이다.

전혀 뜻밖에 베르타 폰 주트너의 젊은 시절 꿈은 갑자기 영광스러운 모습으로 실현된다. 그럼에도 불구하고 베르타 폰 주트너는 좋은 일을 위해서만 살아가는 욕심 없는 여전사가 되지는 못했다. 그녀는 성공의 쾌락적인 측면을 마음껏 누렸다. 그녀는 서점에서 나오는 수입의 일부를 영락한 가문 하르만스도로프의 성에 투자하고, 또 다른 일부는 거기서 달아나는 데 이용했다. 예컨대 그녀는 아더와 함께 반년을 보내기 위해 베네치아에 있는 팔라쪼에 저택을 세내어 시녀와 시종을 고용하여 돌보게 했다. 여기서 그녀는 영국과 이탈리아, 프랑스에서 온 평화정책 자문 국회의원들과 평화주의자들을 만났다.

이제 그들은 소설가의 원조와 직접적인 사회참여를 기대한다. 정치적으로 활동하게 되는 일은 당대의 여성들에게는 신기하고도 어려웠다. 여성들은 정당의 구성원이어서도 안 되는데, 하물며 국회의원으로 선출될 수는 없었다. 하지만 베르타 폰 주트너는 무언가 영향력을 행사할 방법을 찾는다. 공식적인 조직체, 즉 평화단체와 의회를 배경으로 정치가들에게 조언을 하고, 의제와 결정을 공식화하도록 그들을 돕는다. 1891년 창설된 오스트리아 평화단체는 베르타를 의장으로 임명한다.

얼마 후에 그녀는 로마에서 열린 제3차 세계평화회의에서 세계 최초로 여성강연자로 의사당에 나타난다. 그녀는 공식석상에서 느끼는 중압감과 신경과민에 시달리며 국제적인 정계인사들과 언론 앞에 나타났지만 우레와 같은 박수갈채를 받는다.

1892년 그녀는 알프레드 프라트와 함께 「무기를 내려놓아라!」라는 잡지를 창간하고 편집장을 맡는다. 같은 해 제4차 세계평화회의를 위해 그녀는 베른으로 여행을 떠난다. 베르타가 언제나 중요한 역할을 했던 또 다른 평화정책회의 장소는 부다페스트, 안트베르펜, 헤이그였다.

왕성한 활동을 감행하는 중에도 하르만스도로프 성의 재정적인 근심이 베르타를 압박하고는 했다. 그녀는 출판업자에게 성격이 까다롭지 않은, 그러나 돈이 되는 소설원고를 넘겨주지 않을 수 없었다.

베르타가 언제나 소유적인 의미에서 '내 사람'이라고 불렀던 아더가 그의 아내의 혜성 같은 상승에 어떻게 대처했는가는 별로 알려져 있지 않다. 베르타 자신이 전적으로 그들 부부에 대해 열광적인 어조로 보고하고 있어서, 아더와 그녀의 관계는 평생 장밋빛 속에 잠겨있었던 것처럼 보인다. 그렇지만 90년대 중반에는 그녀에게 질투의 동기가 될 만한 사건이 일어났던 것 같다. 아더와 그의 어린 조카 마리 루이제가 점점 더 자주 산책을 나갔고, 또 그 시간도 길어졌던 것이다. 두 사람의 관계는 앞을 내다볼 수 없을 정도로 강렬해졌다. 마리 루이제는 그녀의 삼촌과의 사랑에 대해 거의 암호화된 소설을 쓴 적이 있었다. 그녀는 문헌으로 기록된 모든 것을 추후 출판할 것을 고려했고, 그래서 부부의 위기나 질투 등의 약점을 공개하지 않았던 것 같다.

그러나 아더와 베르타가 평화회의 등에 손님이 되어 여행할 때면, 그들은 언제나 공동 사안을 위한 동맹자였다. 아더는 충실하고 공평하게 그의 부인 편에 섰다. 이런 지지대가 베르타에게는 점점 더 중요해진다. 아무리 그녀가 커다란 홀과 연회의 화려함을 좋아하고, 행사 때 한 가운데 서는 일을 누렸다 하더라도, 그녀는 소설 출판 후 첫해의 쾌감이 점차 사라지는 것조차 면하지는 못했다.

평화정책의 유토피아와 현실은 여전히 서로 멀리 떨어져 있었다. 평화 의지를 열심히 표출했어도 정치가들은 군비확장을 포기하지 않았다. 게다가 베르타가 처음에 영감을 받아 원조하고 그들의 정당을 위해 승리를 원했던 사회민주주의자들 또한 점차 그녀에게 거리를 두었다. 그녀는 모든 정치적 방향과 사회계층의 인간결합을 통해 평화운동을 전개하고 싶었다는 점을 비정치적이고 소박하게 진술하고 있는데, 아마도 그것으로 그녀는 동시대를 앞서 간 것이다.

1896년 12월 10일 알프레드 노벨이 죽는다. 베르타는 중요한 친구이자 신뢰할 수 있는 동반자, 그녀의 간청을 여러 번 재정적으로 도와주었던 후원자를 잃는다. 이념을 위한 그 모든 논쟁거리에도 불구하고 그녀가 어떻게 노벨에게 설득력을 가질 수 있었는지 그녀는 그의 유서를 보고 알게 된다. 그녀는 감사하는 마음과 깊은 감동을 느끼며 이렇게 적고 있다: "전쟁무기의 발명가는 민족 간의 친목, 군대의 축소, 평화회의의 촉구가 인류를 위해 가장 큰 행복을 의미하는 일들에 속한다고 세계를 향해 공식적으로 설명했다."

노벨 평화상의 설립은 베르타가 경험한 고무적인 작은 징표에 속한다. 그녀는 세기말에 들어서서 오히려 침체되어가는 세계 정치적 발전을 목격하기 때문이었다. 한편으로는 미국이 스페인에 선전포고를 하고, 다른 한편으로는 독일, 프랑스와 영국이 완전 무장을 갖췄다. 1898년에는 그러나 아직도 한 번쯤 희망에 찬 신호가 있었다. 놀랍게도 러시아 황제 니콜라스 2세가 평화성명에 공공연히 나타나 군비축소 협의와 국제 중재재판소의 설립을 요구한 것이다.

베르타는 자신의 소설에 러시아 황제를 등장시켜 평화의 이념을 고취하자는 발상도 해보았다. 그렇지만 그녀는 1899년 26개국의 정부 대표자들이 헤이그로 여행한 1차 국제 평화회의를 위한 준비에 아주 진지하게 뛰어들었다. 구체적 성과 없이 끝난 이 회의는 19세기 평화 정책의 마지막 정점과 몰락을 기록한다.

20세기에 들어와 세계사는 어려운 국면에 접어든다. 베르타 폰 주트너에게도 마찬가지로 어려운 시대가 도래 한다. 평화회의와 군비축소 합의가 중지되어 버린 반면, 세계 곳곳에서 전쟁이 준비되거나 발발했다. 아울러 베르타에게 주어지던 찬사와 영광도 더욱 자주 중단된다. 알프레드 노벨의 사망 5주기인 1901년 12월 10일 그의 유산을 둘러싼 오랫동안의 가족소송이 끝나고, 마침내 첫 번째 노벨 평화상이 수여된다. 베르타 폰 주트너가 아니라, 두 명의 남자가 영예를 얻었다. 앙리 뒤낭과 프랑스 평화단체의 창설자인 프레데릭 파씨가 장본인이었다. "친애하는 부인, 노벨상은 당신의 작품입니다"라고 이번 결정에서 불공평을 느낀 앙리 뒤낭이 그녀에게 편지를 쓴다. 하지만 그것으로 위안이 되지는 않는다.

정확히 일 년 뒤 —다시 12월 10일이다— 베르타는 그녀의 인생에 커다란 손실을 입는다. 아더 폰 주트너는 쉰두 살의 나이로 모르는 병에 걸려 죽는다. 베르타는 절망했다. 아더 없는 삶은 그녀에게 무의미하고 공허하기만 한 것으로 여겨진다. 아더는 그의 유언장에서 그녀를 격려한다. "당신은 우리의 의무를 알고 있소. 우리의 작은 기부금이 세계의 복지에 기여할 것임을. 그걸 우리가 느끼고 있다는 것을… 내가 죽고 없어도 당신의 이런 의무는 사라지는 것이 아니라오."

과부가 된 베르타는 이 말을 가슴에 새기고 자신이 죽을 때까지 적극적으로 살아간다. 그녀는 미국으로 강연 차 여행을 떠나기도 한다. 하지만 모든 것이 점점 더 큰 의무가 되어 쌓여갈수록, 그녀는 점점 더 만족을 느끼지 못한다. 이런 마지막 삶의 단면에서 나온 사진들은 우울하고 슬픈 부인을 보여준다.

1905년 아주 먼 길을 왔을 때 드디어 베르타 폰 주트너에게 노벨 평화상이 주어진다. 그녀는 일기 속에서 우울한 어조로 "행운(단독 수상)에도 불구하고 정말 나는 불행하게 느낀다"라고 적고 있다. 이 기쁨, 이 승리를 아더와 함께 누릴 수 있었다면 얼마나 좋을까! 그녀는 상이 정치에 거의 영향을 끼치지 못하리라는 것도 느낀다. 베르타 폰 주트너는 저명하지만, 어느새 늙어버린 그녀의 영향력은 미미한 형편이다. 아무튼 베르타의 노벨상은 그녀가 죽을 때까지 생계를 보장해 준다.

"너희들 젊은이들이여! 왜 아무 일도 하지 않느냐? 그것은 무엇보다 너희들 일이다! 저항하라! 함께 결속하라! 모든 것을 언제나 아무도 경청하지 않는 늙은 여자가 하도록 하지 마라!" 베르타 폰 주트너가 이 문장을 거리에서 겨냥하여 던졌던 젊은 남자는 다름 아닌 슈테판 츠바이크였다. 그것은 1913년의 일이다. 그리고 많은 동시대인보다 더 분명하게 베르타는 전쟁이 예상 밖의 차원을 넘어 위협하고 있음을 느낀다. 그녀는 일기에 다음과 같이 적고 있다: "다리는 훨씬 더 노쇠해졌다. 영국인들이 말하는 것처럼 '실천하라', 독일인들이 말하는 것처럼 '완전하게', 오스트리아 사람들이 말하듯이 '나는 늙은 할멈이다'. 그래, 70세의 품위와 자질을 받아들이자. 그것은 분명히 오래 계속되지 않을 것이다."

운명은 베르타 폰 주트너에게 염려하던 일을 보여주지 않는다. 독일에서 사회민주주의자들이 보수정당의 전쟁론을 승인함으로써 제1차 세계대전이 시작되는 것이다. 그러나 베르타는 전 세계의 여성들이 일 년 뒤 헤이그에서 평화회의를 위해 만나서 평화와 자유를 위한 '국제여성연맹'을 창설한다는 소식 또한 듣지 못한다. 베르타 폰 주트너는 1914년 6월 21일 71세의 나이로 빈에 있는 그녀의 집에서 숨을 거둔다.

슈테판 츠바이크는 훗날 그가 노부인을 거리에서 당시에 진지하게 받아들이지 못했던 것을 다소 부끄럽게 기억한다. 그 시대의 많은 지성인들처럼 그 역시 '평화의 베르타'가 행한 소박한 전도를 약간은 경시했음을 느낀 것이다. 츠바이크는 그의 저서 〈유럽의 기억〉에서 베르타에 관해 평하고 있다. "그녀는 아마도 '무기를 내려놓아라!'라고 하는 단 하나의 사상만을 가지고 있었을 것이다. 그러나 그녀의 불후의 위대함은 이 사상이 올바른 사상일 뿐만 아니라, 우리 시대의 유일하게 중요한 사상이기도 했다는 점에 있다."

—이레네 슈트라텐베르트

03 나는 듣고 다시 전하는 사람이다

Selma Ottilia Lovista Lagerlöf

셀마 오틸리아 루이사 라게를뢰프(1858–1940)
노벨 문학상 1909

자신을 돌아볼 수 있는 최상의 날이다. 태양은 밝게 빛나고, 작고 흰 구름은 푸른 하늘가를 떠다닌다. 게다가 공기는 여름답게 따뜻하다. 마차는 준비되어 깨끗이 닦인 채 번쩍거리고 있다. 말들에게는 최고의 마구가 매어져 있다.

여행이 시작된다. 문과 천장을 모두 열어둬야 할 정도로 물건이 가득 찬 헛간을 지나, 잘 익은 열매무게 때문에 가지가 늘어져 있는 사과나무 곁을 한 여성이 지나간다. 호밀밭에는 호밀짚 다발이 빽빽이 세워져 있다. "라게를뢰프 소위는 이 모든 것들을 얼마나 마음에 들어 할까?" 회색 머리칼의 부인은 마차 안에서 이렇게 생각하며 어린아이였을 때 아버지와 함께 마차를 타고 교회광장을 지나갔을 때, 그 때는 어땠는지를 기억해 본다. “라게를뢰프 소위가 마차에서 기쁜 미소를 띤 채 앉아 줄곧 거수경례를 하면, 사람들은 그 앞에서 다정히 인사하며 허리를 숙였었지.”

그렇지만 지금 교회 앞 광장은 쓸쓸하고 텅 비어 있다. 그녀는 화환을 들고 마차를 떠나 교회묘지로 가서는 아버지의 무덤에 꽃다발을 놓는다. 1919년 8월 17일, 오늘 아버지는 살아 계셨다면 백 번째 생일을 맞으셨을 것이다. 전에는 생일잔치를 위해 베름란드 사람들 모두가 옛 영주의 저택인 모르바카로 몰려들었었다. 거기 온 손님들은 춤추고 노래하고 웃음꽃을 피웠다. 그들은 아버지께 시구와 산문으로 축하의 말을 전했으며, 저녁 무렵에는 정원이 축제의 조명으로 번쩍였었다.

행복한 어린 시절은 이미 오래전에 과거가 되어 버렸다. 이제 딸은 무덤 앞에 서서 거기 누워있는 죽은 사람들을 위해 눈물을 흘린다: 아버지, 어머니, 할머니, 숙모와 늙은 가정부. 그녀는 그들 모두를 여기 엠테르빅의 묘지로 데려왔다. 그녀는 그들을 그리워했으며, 그들이 그녀와 함께 모르바카에서 살기 위해 다시 올 수 있기를 끊임없이 소원했다. 그렇지만 죽은 사람들은 그녀의 소원을 듣지 못한다. 슬픔에 겨운 여인은 영혼의 고통을 다음과 같이 적고 있다: “그러나 아마도 그들은 내 목소리를 들을 것이다. 아마도 지난 몇 년 동안 내 주위를 떠돌았던 이런 기억들은 그들이 보내온 것이다! 나는 알지 못하나 나는 그것을 정말로 믿고 싶다.”

셀마 라게를뢰프가 깊이 감사함을 느끼며 잃어버린 사랑을 되찾으려는 마차여행을 〈모르바카〉라는 책에서 기술했을 때, 그녀는 64세였다. 그녀는 자신이 성장했던 중부 스웨덴의 시골 마을 베름란드에 있는 고향의 저택으로 돌아왔다. 숱이 많은 금발을 땋아 내린 진지한 소녀에서 이제는 아주 존경받는 작가가 되어 있었다. 그리고 야생거위를 타고 전 세계의 모든 어린이들의 마음속으로 직접 날아갔던 마법에 걸린 '닐스 홀거슨'의 창조자이다. 그녀는 스웨덴 아카데미의 회원이 된 최초의 여성이다. 웁살라 대학은 그녀에게 명예 철학박사 학위를 수여했다. 물론 그녀는 노벨 문학상 수상자이다.

셀마 라게를뢰프는 1909년 '그녀의 작품에 나타나 있는 높은 이상주의, 생명력 있는 상상력과 이지적인 묘사의 가치를 인정받아' 여성으로는 최초로 노벨 문학상을 받는다. 그녀는 자신의 업적을 몇 마디로 서술했는데, "이야기를 잘 듣고, 그것을 다시 얘기했을 뿐"이라고 1925년 한 편지에서 겸손하게 말했다. 그녀가 작품에서 '재현한' 것들 중 많은 것이 모르바카와 관계가 있다. 저택에서의 체험들, 베름란드의 사람들, 특히 그녀가 어렸을 때 아버지, 어머니, 할머니와 숙모, 늙은 가정부에게서 들었던 놀라운 이야기들.

이런 놀라운 이야기 중 하나가 그녀의 출생과 연관이 있다. 여시인은 어린 소녀였을 때의 사건을 이야기하듯 50회 생일에 즈음하여 과거에 대해 기록한다: 셀마 오틸리아 라게를뢰프가 1858년 11월 20일 저녁 모르바카에서 태어난 후 잠시 파스토르 베네빅 부인이 그녀의 자매인 셀마의 할머니를 방문한다. 우연처럼 베네빅 부인은 그녀의 '편물주머니'인 수공예품 주머니에다 놀이카드를 가지고 다닌다. 그녀는 처음에는 약간 정색을 하다가 새로 태어난 아이의 미래를 카드를 이용해서 점을 친다. "그녀는 결혼하지 않을 거야"라고 파스토르 부인은 유감스럽게도 할머니에게 예언한다. 하지만 그녀는 "셀마는 착하고 다정해서 오래 살 것이며, 그녀의 생은 책과 종이와 많은 관계가 있을 거야"라고 재빨리 위로의 말을 건넨다. 파스토르 부인이 카드에서 읽은 모든 것이 운명인 양 실제로 일어난다. 셀마는 한평생 병마에 시달려야 한다는 것까지도.

이 예언은 다른 모든 것들보다 빨리 왔다. 셀마는 아버지가 어느 이른 여름날 세 자식인 요한과 안나, 셀마를 데리고 해변에서 돌아왔을 때, 세살 반이었다. 아이들은 피곤했다. 보모는 아이들이 점심때까지 쉴 수 있도록 아이들을 침대에 눕혔다. 막내인 셀마가 깼을 때 언니와 오빠는 이미 일어나 있었다. 아무도 그녀를 데리러 오지 않았다. 그래서 셀마는 혼자 침대에서 나오려고 했는데, 그게 잘 되지 않았다. 셀마는 계속해서 노력했지만 자꾸만 베게 속으로 엎어지는 것이었다. 다리가 아이의 마음대로 움직여주지 않았다 — 다리의 힘이 다 빠져버렸다. "어린아이는 놀라서 제정신이 아니었다"고 셀마 여사는 훗날 적고 있다. "몸이 말을 듣지 않았을 때 엄습한 무력감은 아주 비밀스러워서 아이는 오랫동안, 전 생애에 걸쳐 당시를 생생히 기억할 수 있을 정도였다."

부모의 걱정은 컸다. 셀마를 돕기 위한 모든 가능한 조치가 취해졌다. 한 의사의 조언에 따라 온 가족이 1863년 스웨덴의 서쪽 해안에 위치한 노르웨이 국경 근처의 스트룀스타드로 여행을 간다. 해수욕이 일 년 동안이나 설 수도 걸을 수도 없는 아이에게 도움이 되기를 바랐다. 그곳에 머무르는 동안 셀마의 타고난 좌골의 잘못된 위치가 좋아진다. 많은 문헌들이 일시적 마비를 야기시키는 소아마비에 대해서도 언급하고 있는데, 어쨌든 그녀는 평생 조금은 절뚝거리게 되어 있었다.

자극적이고 많은 경험을 한 바닷가에서의 체류는 아이에게 다른 적지 않은 의미를 지니게 한다. 셀마는 다시 걷는 것뿐만 아니라 보는 것도 배운다. '여행에 대한 감사함'을 셀마 여사는 회고한다. "아이는 이제 사랑스러운 것이 어떤 모습인지를 알았다. 꽃봉오리처럼 피어나면서 삶을 즐거워하는 시기였으니… 이 여행이 없었더라면 그때의 모든 것이 아이의 기억에서 사라졌을 것이다."

특히 아버지는 좋은 기억으로 남아 있다. 수십 년 후에도 셀마 라게를뢰프는 아버지의 '인류애적 특성'을 사랑에 차서 생생하게 묘사한다. 아버지는 아이들의 친구이자 누구에게나 다정하고 사랑받는 환상적인 손님이며, 모르바카의 낙천적인 소유주였다. 거주지는 18세기 초부터 1910년 다니엘 라게를뢰프가 결혼할 때까지 목사의 사저였다. 목사의 아들인 셀마의 아버지 에릭 구스타프 라게를뢰프 소위는 그 저택을 더 매력적이고 관대한 손길로 기꾸면서 틈틈이 징세관으로 일했다. 그는 피아노를 치면서 아이들과 함께 밝고 낭만적인 스웨덴의 민족 시인들 중의 한 사람이던 칼 미하엘 벨만의 가곡들을 부르고, 옛 베름란드의 이야기들을 수집했다. 그의 딸은 훗날 그것들을 정리해서 그것으로부터 첫 소설 〈외스타 베를링〉과 다른 작품들에 대한 풍부한 동기로 사용하게 된다.

셀마가 자신의 어린 시절을 묘사할 때면 아버지의 활달한 모습이 전면에 부각된다. 어머니로부터 그녀는 지극히 사소한 것만을 보고하고 있다. 셀마가 어머니에 대해 말할 때면 상당히 공격적이다. "어머니는 외삼촌 가르트스외를 닮았다. 똑같이 영리한 얼굴, 똑같이 명석한

머리, 똑같이 진지한 태도, 일에 대한 똑같은 사랑, 만족에 대한 똑같은 무관심, 모든 불확실한 것과 모험적인 것에 대한 똑같은 꺼림."

셀마의 어머니 루이제 엘리자베스 라게를뢰프는 부유한 상인과 필립스타드의 탄갱 소유주의 딸로 발롯에서 태어났다. 셀마는 요한과 안나에 이은 그녀의 세 번째 아이였다. 여동생 게르다와 남동생 다니엘이 그 뒤로 태어났다. 동시대인들은 루이제 라게를뢰프가 조용하고 과묵한 부인이었다고 묘사한다. "그녀가 사랑했던 사람들의 마음속에서 읽은 것은 책에서처럼 쉽게 읽힐 수 있었다"라고 셀마는 그녀의 어머니를 특징짓는다. "그러나 흥분한 순간 자신의 생각들을 말로 나타내는 일은 히브리어로 말하는 것만큼이나 불가능했다."

모르바카에서 솟아난 문학에 대한 사랑을 라게를뢰프 부인도 함께한다. 긴긴 겨울밤 벽난로 앞에서 그녀는 아이들에게 한스 크리스티안 앤더슨의 동화와 유명한 핀란드 시인 요한 루트비히 루네베르크의 이야기들을 읽어 주었다. 할머니는 온종일 아이들에게 옛날이야기를 들려주셨다. "할머니는 아침부터 저녁까지 이야기를 해주셨다"라고 셀마는 말한다. 라게를뢰프의 아이들은 옛날이야기를 듣는 동안 침실 소파에 계신 나이 든 할머니 옆에 조용히 앉아 이야기에 감탄하며 귀를 기울인다. "참 멋진 생활이었다. 우리처럼 멋지게 지내는 아이들은 없었다."

1864년 어느 날 아침 침실의 그 소파는 텅 비어 있었다. 셀마는 다섯 살이었다. 정말 그녀는 '커다란 고통'을 느꼈다. 셀마 여사는 이처럼 큰 슬픔을 느껴본 적이 없었다고 고백한다. 할머니와 옛날이야기가 없는 날들을 어떻게 보내야 하는가? "나는 동화와 가곡들이 기다란 검은 자루 속에 넣어져서 어떻게 집을 떠나 다시는 돌아오지 않았는지를 기억한다. 또 나는 삶에서 무엇인가가 사라져 버렸음을 기억한다. 우리가 전에 들락날락하던 아주 아름다운, 마법의 세계로 향하던 그 문이 닫혀 버린 것 같았다. 그리고 이제 아무도 그 문이 열릴 것이라고 생각하지 못했다."

처음으로 라게를뢰프 아이들은 점차 장난감과 인형을 가지고 노는 법과 다른 아이들처럼 사는 법 또한 배운다. 모르바카의 분위기는 셀마의 두려움에도 불구하고 할머니가 세상을 떠난 뒤에도 동화와 옛날이야기로 충만해 있었다. 특히 마야 페르스도터라는 나이 든 가정부는 많은 놀랄만한 사건들을 이야기해주곤 했다. 그리고 오틸리아나 숙모도 있었다. 숙모는 나이가 많아 가난해진, 그러나 쉬지 않고 한 저택에서 다른 저택으로 옮겨 다니면서 삶과 모험을 즐기는 매우 뻔뻔스러운 베름란드 기사들의 이야기로 아이들을 매료시켰다.

항상 베름란드의 대저택에서만 살았던 셀마가 할머니도 숙모도 당시 얘기해주지 않았던 세상을 배워서 알게 되었을 때, 그녀는 일곱 살이었다. 셀마의 미지의 생활세계에 대한 이런 통찰은 인디언 소설인 〈오세올라〉의 덕이었다. 거의 읽기 힘든 상태였던 셀마는 이 두꺼운 책을 끝까지 탐독했다. 그녀는 사랑과 증오, 고귀한 영웅과 천한 악당, 기쁨과 슬픔, 행복과 고통에 대해 읽었다. '삶의 완전한 재산'이 하루 종일 독서에 빠져 '아주 넋이 나간, 아주 매료된' 일곱 살짜리 소녀 앞에 펼쳐져 있었다. 훗날 셀마 라게를뢰프가 이미 유명한 소설가가 되었을 때, 그녀는 어느 역의 서점에서 그녀가 예전에 좋아했던 책을 발견한다. 그녀는 책의 페이지를 넘기면서 실망한다. 그녀가 어렸을 때 그렇게 깊은 감명을 받았던 소설이 '시시하고 지루한, 번역도 제대로 안된 책'이었던 것이다. 그렇지만 그 헌 책은 당시에는 그녀에게 '무엇인가 멋진 것'을 성취하려는 '깊고 강렬한 욕구'를 일깨워 주었다. 셀마가 〈오세올라〉를 읽은 이래로 그녀는 어느 날 자신이 무엇에 열중하고 싶은지를 알았다. 셀마는 소설을 쓰고 싶었던 것이다.

이어서 그녀는 손에 넣을 수 있는 모든 책들을 탐독했다. 열다섯 살 때 그녀는 라게를뢰프 도서관에서 찾을 수 있는 모든 작품들을 읽었다. 그리고 1874년의 어느 봄날 저녁에 이 소녀는 첫 시를 쓰는 데 성공한다. "상상해보라, 네가 눈이 멀었는데 갑자기 보게 되는 일을, 구걸할 정도로 가난했는데 갑자기 아주 부자가 되는 일을…. 상상해보라, 네가 무엇을 원했든 기대하지도 못했던 커다란 행운, 그리고 너는 그것을 내가 이 순간 느꼈던 것보다 더 커다란 것으로 생각할 수는 없을 것이다…." 이렇게 열다섯 살짜리 소녀는 자신의 곧바로 밝혀질 능력에 대해서 쓰고 있다.

셀마는 이제 아침부터 저녁까지 하루 종일 시 구절들을 모으는 일을 몇 년 동안이나 계속한다. 그녀는 자신의 첫 습작을 돌이켜 '졸작'이라고 부른다. 그렇지만 셀마는 아직도 아버지의 조용한 벽지의 대저택에 앉아서 자신의 작품을 발견하고 그녀를 찾아오게 될 누군가를 기다린다.

이 일은 1880년 8월 13일에 일어난다. 셀마 라게를뢰프는 스물두 살이었고, 신부의 들러리로 베름란드의 어느 결혼식에 참석한다. 거기서 그녀는 신부의 들러리 축사를 각각 6행으로 이루어진 12연으로 된 시 형식을 빌어서 낭독한다. 결혼식 손님 중에 소설가이자 스웨덴 여성운동의 지도자들 중 한 사람인 에바 프리셀이 있었다. 운을 맞춘 축사가 그녀의 마음에 들었다. 그녀는 셀마에게 써놓은 시들 가운데 가장 좋은 몇 편을 스톡홀름으로 보내달라고 부탁한다. 그녀는 이 시들을 한 신문사에서 평가해 보도록 하고 싶었다.

젊은 시인 지망생은 매우 행복했다. 그렇지만 결과는 대단한 실망으로 돌아왔다. 오랫동안 기다린 뒤인 1881년 봄에 두툼한 편지가 그녀의 모든 시를 담고 되돌아온 것이다. 아무도 그녀의 시를 인쇄하고 싶어 하지 않았다. 그렇지만 활동력 있는 에바 프리셀은 그것으로 그만두지 않았다. 그녀는 셀마에게 부족한 것이 무엇인지 깨닫는다. 생활경험과 지식이 아직 결핍되어 있었다. 셀마가 언제나 그 좁은 집구석에만 박혀있는 한, 그녀는 결코 아무것도 이룰 수 없을 것이라고 에바 프리셀은 솔직하게 말했다. 셀마는 그녀를 믿는다. 1881년 셀마는 사랑하는 모르바카를 떠나 스톡홀름으로 여행을 떠난다.

거기서 셀마는 일 년 동안 여자 사범학교의 채용시험을 준비하기 위해 스외베르크의 여자 고등학교에 다닌다. 교사가 되기 위한 길을 택한 것이 지식을 얻고 시의 기법을 개선하기 위한 것만은 아니었다. 또 다른 이유가 있었다. 작은 저택인 모르바카가 점점 더 쇠락해가고 있었던 것이다. "우리는 몇 년 전부터 꽤 가난하게 지냈다. 내가 비참한 처지에 빠지지 않으려면, 나는 생활비를 버는 법을 배워야만 했다"라고 대지주의 딸은 고백한다.

1882년 가을에 셀마는 교사채용시험에 합격했다. "나는 이제 의존하지 않아도 된다"라고 그녀는 행복한 마음으로 적고 있다. "나는 이제 스스로 생활비를 벌 수 있게 되었다. 나는 스스로 나의 일거수일투족에 대해 결정하게 될 것이다. 장래에 내가 이루고 싶은 것을 이루게 될

지는 오직 내게 달렸다."

같은 해 그녀는 스톡홀름의 여교사가 되기 위한 세미나에 참석했는데, 나이는 당시 스물네 살로 열일곱 내지 열여덟의 다른 학생들보다 나이가 훨씬 많았다. 시골 처녀차림의 당황하는 듯한 젊은 여자가 아직도 숱이 많은 머리를 양 갈래로 땋아 등 뒤로 내리고 있었다. 이 세미나에서 그녀는 많은 사랑을 받는다. 교사가 되기 위해 노력하는 여학생으로서 3년 동안 정열적으로 목표를 의식하며 열심히 공부했다. 물론 시인이라는 꿈을 실현할 시간은 없었다. 그럼에도 불구하고 그녀는 끊임없이 습작을 했으며, 교사와 동료들의 장점과 약점을 묘사한 소네트(14행의 시)를 쓴다. 이런 생각을 '작고 깨끗한 가죽조끼 속에다 새겨넣으려는 것'은 그녀를 기쁘게 했다.

1885년 봄 셀마 라게를뢰프는 '수업능력이 훌륭함'이라는 보기 드문 평가를 받고 세미나를 마친다. 그녀는 스톡홀름에서 교사로서 아주 자랑스럽게 남을 수 있을 것으로 생각했다. 그러나 같은 해 시골의 란스크로나 소재 여자 고등학교로 발령받았다는 것은 처음에 그녀에게는 기만 같았다. 남스웨덴의 항구 도시인 그곳에서 12년 동안 지내다 보니 점점 더 마음에 들기 시작했다. "나는 란스크로나처럼 작은 도시에서 이렇게 많은 훌륭한 사람들을 만난 적이 없었다"라고 그녀는 수년 후에 말한다. 그녀의 생활은 검소했다. 보수는 일 년에 천 크로네를 받았는데, 이 돈으로 살아가는 일이 쉽지만은 않았다. 더욱이 그녀가 학업을 마친 해 봄에는 아버지가 66세를 일기로 세상을 떠났는데, 셀마가 받은 유일한 유산이라고는 이천 크로네의 부채뿐이었다.

이전에 자신이 배웠던 것처럼 셀마는 더욱 열심히 가르치려고 노력했다. 그녀는 역사, 자연과학, 지리학과 수학을 가르치고 있었다. 그리고 가르치는 일에서 많은 기쁨을 느꼈다. "아이들이 관심을 보이고, 시간이 흐른다고 생각할 만큼 좋은 시간을 보낸 것이 나의 유일한 기쁨, 나의 최고의 열정이다"라고 셀마는 그녀의 세미나 동료에게 편지했다. 그리고는 "이 말이 멋지게 들리지 않니?"라고 덧붙이면서 "그러나 나는 정말 내 말을 학생들이 귀담아듣는 것인지는 잘 모르겠어"라고 의혹을 던진다.

여학생들은 셀마 선생님에게서 감명을 받았다. 그들 가운데 한 학생인 앤 클라라 알벤-로마누스는 셀마 선생님 수업의 특징을 기술한다. 선생님께서 가르치는 모든 시간은 "아주 자유로웠어요." 그리고 모든 것을 이해하도록 묘사하고 설명하는 '놀랄만한 능력'을 가지고 있어서 학생들은 "때때로 시간과 장소를 잊어버렸고, 수업종료를 알리는 종이 울릴 때면 깊은 한숨을 내쉴 정도였습니다."

셀마는 빡빡한 여가 시간을 쪼개서 습작에 열중했다. 그녀는 오틸리아네 숙모가 들려준 베름란드 고향의 진기한 현상인 '기사'를 드라마 속으로 끌어들이려고 시도했다. 특히 그녀가 읽었던 모든 희곡작품의 남녀 영웅들을 끌어낸 '무대의 인상'이라는 소네트도 썼다.

이런 소네트들을 예전 세미나 동료인 구를리 린더가 셀마도 모르게 소피 아들러스파레에게 보낸다. 스톡홀름의 남작부인은 스웨덴 여성운동의 선구자이자 「다그니」라는 잡지의 발행인이었다. 1886년 가을, 란스크로나의 28세 여교사는 영향력이 큰 이 남작부인의 편지를 받았다. 편지에서 그녀는 셀마의 소네트를 '그림처럼 아름답고 통찰력이 있으며, 동시에 놀라울 정도로 잘 다듬어진 작은 장신구'라고 평가했다. 몇 년 동안 소피 아들러스파레는 셀마의 일련의 시들을 「다그니」에 발표했는데, 정작 시와 작가에 대한 평은 전혀 없었다.

문예학자 발터 브렌드쇤은 말한 바 있다. "그것은 습작품 수준이랄까, 문체 연습과 같은… 인쇄된 시를 근거로 해서 볼 때에는 말입니다…. 실제로는 아무도 그녀의 독자적인 재능을 예감할 수 없었습니다. 천부적 재능은 다른 데 있었죠."

문예학자들이 흔히 정의하듯이 다른 영역이란 '똑바로 방향 잡은, 리듬과 운율을 통해서 묶이지 않는, 악센트에서 자유로운 일상어의 화법'인 산문이다. 그리고 셀마가 어린 시절 이야기의 힘을 통해 흡수한 것이 바로 그런 산문체였다.

후원자 소피 아들러스파레 또한 셀마의 표현수단이 형식에 강요받는 것이 아니라, 자유로운, 생생하게 이야기하는 언어라는 것을 인식했다. 그녀는 셀마에게 그 자신이 오랫동안 느껴왔던, 진실로 믿었던 것에 주목하라고 이른다. 이미 청소년기에 그녀는 디킨스, 도데, 플로베르, 투르게네프나 톨스토이 같은 산문체의 대가들을 배워서 알고 있었다. 그녀는 세미나 기간에 스코틀랜드의 사상가이자 역사학자인 토머스 칼라일에게 특히 깊은 감명을 받았다. 칼라일의 책 〈영웅, 영웅숭배와 영웅다움〉을 읽었을 때 그녀는 드문 인상… 무언가 유사한 것을 소유할 수 있었다. 마음에서 곧장 끌어내어 쓰는 능력, 즉 자유롭고 방해받지 않고 독자를 다루는 능력"에 놀라워했다. 그리고 자신도 그러한 산문을 쓸 수 있다는 '분명한 느낌'을 가졌다. 그렇지만 셀마 라게를뢰프가 시에서 벗어나 독자적인 재능을 찾을 수 있기까지는 또 다른 사건이 일어나야 했다.

1888년 아버지가 돌아가신 후 고향 집을 물려받은 오빠 요세프는 파산신청을 하고 모르바카를 팔려고 내놓는다. 장원이 다른 사람의 손에 넘어가기 전에 셀마는 작별을 고하기 위해 다시 한 번 집으로 여행을 떠난다. 이 어린 시절의 친밀한 환경에서 그녀는 중요한 결심을 한다. 셀마는 그녀의 삶을 변화시켜야했던 결정에 대해 〈이야기의 이야기〉에서 설명 한다: "그곳을 떠나오기 전날 저녁에 그녀는 이 소중한 장소를 다시는 볼 수 없다는 생각에 자신의 방식대로 그리고 자신의 작은 능력에 따라 책을 쓰겠다고 아주 겸손하게 결심한다. 그 책은 그녀가 희망했던 것처럼 대작이 되지는 못할 것이다. 아마도 사람들이 비웃을 수 있는 책이 될지도 모른다…." 이런 두려움에도 불구하고 '그녀는 고향에서 아직 구할 수 있었던 것을 구하기 위해' 책을 쓰고 싶어 했다. '사랑하는 옛날이야기. 걱정 없는 날들의 맑은 평화 그리고 길게 뻗은 호수와 푸르게 빛나는 언덕을 가진 아름다운 풍경.'

'사랑하는 옛날이야기'를 다룬 셀마의 의도는 용감한데, 그럼으로써 시대의 흐름에 역행한다. 왜냐하면 80년대의 스웨덴은 특히 그들의 분석적인, 감정 없는 언어를 가진 노르웨이 희곡작가 입센(1828-1906)과 스웨덴 작가 오거스트 스트린드베리(1849-1912)로 대표되는 '자연주의'라는 철저한 현실묘사의 특징 속에 들어 있었기 때문이다. 그러나 셀마 라게를뢰프는 낭만주의, 초현실적인 것, 기적적인 것과 두려운 것을 좋아했다. 그녀의 환상은 유령과 분방한 사랑, 멋진 숙녀와 모험적인 기사에 대한 것으로 가득하다. 이 모든 것은 무덤덤한 현실적 언어로는 표현될 수 없는 것이었다.

잃어버린 모르바카로의 여행은 셀마의 마음에 파도를 일으키고 옛 기억들을 자유롭게 했다. 그녀는 란스크로나에 있는 그녀의 책상에 붙어 앉아서 지칠 줄 모르고 그 일에 착수했다. 자신을 장원에서의 청소년기와 묶어주는 이야기를 서술하고, 서로 연결하고 계속 전개한다. 그녀는 이제 더 이상 '강한 말, 선언, 질문'이 무섭지 않다. 그녀는 '자기 자신에게 완전한 순진함과 꿈을 주는 일'을 더 이상 두려워하지 않는다. 그녀의 펜은 자유롭게 비상하고 옛날이야기는 저절로 종이 위로 달려든다. 셀마 라겔를뢰프는 이제 책을 자기 자신의 문체로 쓸 수 있다고 확신한다.

1890년 봄에 여성잡지 「이둔」은 단편소설 한 편에 5백 크로네의 상금을 걸고 공모한다. 여동생 게르다의 강요에 못 이겨서 셀마는 여름방학 동안에 쓴 이야기 중 다섯 편을 하나의 단편소설로 묶을 것을 결심한다. 그녀는 7월에 그녀의 작품을 제출하고 기다린다. 이야기 중 하나의 제목은 〈외스타 베를링〉이다. 한 달 후 「이둔」지는 20편 이상의 작품이 접수되었으며, 그 중 몇 편은 처음부터 제외되어야 할 정도로 형편없다고 알려왔다. 셀마 라게를뢰프는 상금에 대한 희망을 포기한다. 그런데 11월에 가서야 그녀는 예전의 세미나 동료들로부터 '열렬한 축하'라는 말이 적힌 전보를 받는다. 다음 날에서야 그녀는 스톡홀름 신문에서 란스크로나 출신의 셀마 라게를뢰프에게 「이둔」지의 상금이 돌아갔음을 읽는다.

1890년 크리스마스 휴가 때 셀마는 스톡홀름으로 여행을 떠난다. 잡지사 발행인은 이 무명작가의 작업을 '꽤 진기한 것, 독창성이 있는 산문'으로 특징짓고 셀마의 작품을 '외스타 베를링, 옛 베름란드의 이야기'라는 제목의 소설로 출간할 것을 관심 있게 고려한다. 하지만 이제까지 셀마는 연속성이 없는 개별적인 이야기만을 써 왔다. 소피 아들러스파레는 작품을 완성하도록 그녀를 도와준다. 남작 부인은 셀마에게 그녀가 학교에 일 년간 휴가를 내도록 하기 위해 상당액의 기부금을 추가로 줄 것을 자발적으로 결정한다. 셀마 라게를뢰프는 이 후원자의 청을 받아들이고, 쇠름란드 주의 록클룬다 장원에 있는 친구들에게로 돌아간다. 거기서 그녀는 1891년 봄과 여름 동안 소설을 완성한다.

"온종일 서서, 앉아서 그리고 누워서 쓰고, 언제나 쓰기만 했다"라고 그녀는 학교 동료에게 편지한다. "뇌는 달궈진 청동과 같아서 그것이 아직 뜨거울 때 모든 것을 동시에 형태로 녹여야 한다." 이렇게 말하며 흰 머리칼과 주름살을 얻었노라고 유머러스하게 고백하는 것 또한 그녀는 잊지 않는다.

글쓰기는 그녀에게는 힘든 일이고 언제나 그럴 것이다. 나중에 셀마가 여자 친구에게 자신이 작가로서 적합한지 조언을 구했을 때, 우울하게도 그녀는 작가의 험난한 상황만을 대답으로 듣는다. "네가 건강한 육체와 단련된 신경을 가지고 있지 않다면, 문학에 열중해서는 안 돼. 네가 그 일이 좋아서 하겠다면, 다른 모든 일은 제쳐놓는 초인간적인 작업을 해야만 해…. 다른 사람의 사상을 자기 것으로 만드는 일은 자신의 사상을 창조해 내는 일에 비하면 하찮은 것이야."

〈외스타 베를링〉은 1891년 크리스마스 얼마 전에 이둔출판사에서 발간된다. 일련의 느슨하게 연결된 에피소드에서 셀마 라게를뢰프는 거리낌 없이 향락에 젖어 살다가 자살 직전에 구출되어 마침내 그의 잘못을 후회하는 타락한 사제 외스타 베를링의 운명을 이야기한다. 그렇지만 굉장한 노력으로 생겨난 처녀작은 서른세 살의 여성작가가 남몰래 바랬었던 놀랄만한 성공은 거두지 못한다. 스웨덴의 주요 비평가들은 매우 퉁명스러웠다. 그리고 책은 잘 팔리지 않았다. 1880년대의 문체를 완전히 벗어난 표현방식은 너무 이상한 것이었다. 즉흥적으로 만들어진 우연에 가까운 형식 그리고 동화적인 인물과 사건의 자의적인 혼합이 비난을 받는다. 어느 비평에 의하면, 그것은 특히 결론에서 '과도하게 형상화된 영웅의 따뜻함과 교육학'이 깔려 있다는 것이다. 반면 시인이자 비평가인 오스카 레버틴은 셀마의 데뷔에서 스웨덴 문학의 새로운 시대가 열리고 있음을 인식한다.

1892년 〈외스타 베를링〉은 덴마크어로 번역 출간된다. 영향력 있는 덴마크 문학사가이며 비평가인 게오르그 브란데스는 그 작품에 주목하고, 젊은 재원의 호의적인 후원자로서 그 책을 변호한다. 브란데스는 문체와 내용의 독창성을 칭찬하지만, 동시에 이 여성작가가 다음 책에서는 소재를 보다 덜 낭비하게 되기를 바란다. 명망 있는 비평가의 판단은 스웨덴 독자들에게도 강한 인상을 심어 주었고, 그 결과 1895년 2판이 출판된다. 이미 란스크로나의 교단으로 돌아가 자신의 작가적 실패가 〈외스타 베를링〉 때문에 계속될까 두려워하고 있던 셀마는 오스카 왕과 유겐 왕자로부터 천 크로네의 장려금을 받는다. 1895년 봄, 그녀는 교사직을 영원히 그만둔다.

1895년부터 셀마는 획득한 자유를 폭넓은 여행에 이용한다. 그녀는 이탈리아, 스위스, 독일과 벨기에를 방문한다. 남쪽으로 향했던 이일 년 동안의 여행에서 얻은 문학적 수확물이 바로 1897년 출판된 〈반그리스도의 기적〉이다. 그 안에서 그녀는 그 시대의 사회문제를 고찰하고, 사회주의의 인도주의적 이념과 그 이념이 지닌 깊은 그리스도적 믿음 사이에 다리를 놓으려고 노력한다. 세기 말 무렵에는 가까운 동양으로의 여행, 즉 이집트와 팔레스타인, 터키와 그리스 등지를 여행한다.

성지 예루살렘을 방문한 뒤 셀마 라게를뢰프는 두 권짜리 작품 〈예루살렘〉(1901)의 영감을 얻게 된다. 거기서 그녀는 종교적 이유에서 성지로 순례여행을 하고 있는 스웨덴 달라르네 출신 농부들의 진실한 이야기를 그린다. 무엇보다 이 소설에서는 박애, 겸손, 자선의 미덕을 찬양하는데, 이 〈예루살렘〉으로 그녀는 첫 번째 커다란 성공을 거둔다.

대부분의 여행에 셀마 라게를뢰프는 소피 엘칸과 동행한다. 소피는 부유한 악보상인의 부인이었으나 남편이 죽었다. 세상 물정을 잘 알고 재능이 풍부한, 재치 있고 매우 박식한 이 과부도 역시 작가였다. 셀마 라게를뢰프와 소피 엘칸이 1894년 스톡홀름에서 처음 만났을 때, 소피는 〈외스타 베를링〉으로 많이 알려진 저자가 그 책보다 더 마음에 든다고 인사말을 건넸다. 이런 솔직한 말에도 불구하고 두 사람 사이에는 근본적으로 서로 다른 기질 사이에서 오히려 아주 가까운 우정과 상호 고무적인 연구회가 발전되었고, 이 관계는 거의 30년간 지속된다. "그녀는 나의 인생을 더 밝고 풍요롭게 했습니다"라고 셀마는 고백한다. 셀마는 소설 〈예루살렘〉을 '인생과 문학에서의 내 친구에게'라는 말과 함께 소피에게 헌정했다.

소피 엘칸은 1904년 여름 북스웨덴 학술조사 여행에도 셀마와 함께 간다. 여행 목적은 스웨덴 어린이들을 위한 독서교본을 쓰려는 셀마 라게를뢰프의 계획에 의한 것이었다. 이 책에서 그녀는 닐스 홀거슨이라는 이름의 어린 소년을 난쟁이로 변화시키고, 거위의 등을 타고 스웨덴 방방곡곡을 날아다니도록 한다. 그렇게 함으로써 어린이들에게 그들이 태어난 스웨덴의 고향을 더욱 친근하게 느끼게 한다. 물론 닐스를 이 여행에 보내고자 한 저자 셀마는 많은 것을 자신의 눈으로 직접 보아야만 했다.

이미 2년 전 스웨덴 교육청은 작가에게 아홉 살에서 열한 살의 연령대 스웨덴 어린이들을 위한 지리교과서를 저술해달라는 부탁을 했었다. 셀마 라게를뢰프는 그런 부탁을 한 교육학자가 마음에 들었다. 그녀는 이 진기한 부탁을 받아들였지만, 막상 처음에는 어떻게 소재를 시적으로 형상화해야 할지 알지 못했다.

평소처럼 어려운 결정 국면에 있을 때, 그녀는 지금은 다른 사람의 소유인 선조의 땅 모르바카로 여행을 떠난다. 이때의 여행을 그녀는 〈닐스 홀거슨〉 49장에서 '작은 귀족의 저택'이라는 표제로 회고한다. "그녀는 수년 전부터 더 이상 그곳에 살지 않았다.… 본디 그녀는 언제나 그곳을 동경했었다. 그녀는 다른 곳이 더 아름답고 더 좋다는 것을 잘 알고 있었다. 그러나 어디서도 그곳에서처럼 보호된 느낌과 안락함을 찾을 수는 없었다."

친밀한 고향의 분위기에서 그녀는 실제 있었던 한 사건을 떠올린다. 늙은 가정부가 그녀에게 아주 진지하게 해주었던 이야기였다. 봄에 집거위 수컷이 집 앞을 지나가는 야생거위와 어떻게 한 무리가 되고, 가을에는 야생거위 한 마리와 한 무리의 새끼를 데리고 돌아오는가 하는 내용이었다. 그녀는 새 책을 쓰기 위한 근본 발상을 이 이야기에서 끌어왔다. 그것은 1906년 〈야생거위와 함께 한 어린 닐스 홀거슨의 놀라운 여행〉이라는 제목의 동화책과 교과서로 출간된다. 거위 등에 타고 모험적인 여행을 떠나 스웨덴 전역을 돌아다니는 마법에 걸린 농부 아들은 곧 세계적으로 유명인사가 되었고 오늘날까지도 그렇게 남아 있다.

〈닐스 홀거슨〉은 셀마 라게를뢰프의 대작으로 간주된다. 그 책이 얼마나 널리 보급되었는가는 1925년 3월 10일 자 '스벤스카 다그블라데트'의 한 기사에서 유추해 볼 수 있다. 기사를 쓴 작가는 알기어의 한 서점에서 스트린드베리와 입센에 대해 문의했으나 헛수고였다고 진술한다. 그 대신에 그는 셀마 라게를뢰프의 작품 여섯 편을 발견했다. 〈닐스 홀거슨〉이 가장 잘 팔린다는 것이 서점 주인의 말이었다.

〈놀라운 여행〉이 출판된 후 셀마는 베름란드에 여섯 살짜리 고아인 실제의 닐스 홀거슨이 살고 있다는 것을 알게 된다. 1897년부터 그녀는 어머니, 숙모와 함께 결혼한 언니 게르다가 가까이 살고 있는 팔룬에서 그 아이를 양자로 맞아들였다. 그때부터 그녀는 닐스 홀거슨의 교육을 돌봐주고 한평생 그의 두 번째 엄마로 살아가게 된다.

셀마 라게를뢰프가 50세가 되었을 때, 전 스웨덴은 사랑받고 대성공을 거둔 작가에게 생일 축하를 건넸다. 그렇지만 아직도 부정적인 목소리가 없는 것은 아니었다. 가령 〈외스타 베를링〉이 출판되었을 때 전부터 그녀에게 호의를 보이지 않았던 비평가이자 작가인 다비드 아프 비르센은 그녀의 생일에 즈음하여 신문에다 비난조의 기사를 싣는다: "셀마 라게를뢰프는… 과장과 허식을 피하는 법을 배워야만 했다." 이에 대해 다른 사람, 가령 스웨덴 문학사가인 루벤 베르그는 처음으로 "왜 우리는 그녀에게 노벨상을 수여하지 않는가"라고 공식적인 질문을 던진다.

1909년 12월 10일 셀마 라게를뢰프는 스웨덴의 구스타브 국왕으로부터 직접 노벨 문학상을 받는다. 노벨재단 회장은 그녀의 문학적 특징을 말해 주는 독특함의 진가를 인정한다. “셀마 라게를뢰프의 작품에 나타나 있는 유산을 그녀는 순수한 마음으로 관리했습니다. 이런 원천으로부터 그녀의 작품을 특징짓는 언어구성의 순수성, 표현의 명확성과 힘찬 화음이 유래했습니다.”

셀마 라게를뢰프는 수상식에 관례적으로 따르는 강연을 함으로써 감사를 대신한다. 그녀는 자기 고유의 성격인 겸손하고도 비학술적인 방법으로 이 강연을 한다: 그녀는 옛날이야기를 하나 꺼낸다. 그 이야기 속에서 그녀는 자신의 재능을 일깨우고 촉진시켰던 모든 사람들에게 어떻게 감사의 마음을 전달할 수 있을까 하면서 돌아가신 아버지께 말한다. “대체로 나는 아버지만을 생각합니다.” 그녀는 노벨상 축사에서 말한다. “확실히 그들이 주었던 것은 존경과 돈만이 아닙니다. 그것은 그들이 나에 대해 좋은 생각을 가지고 있었다는 것, 다시 말해 그들은 감히 나를 전 세계인의 눈에 띄게 했다는 것입니다.”

그녀는 노벨상을 받은 뒤 즉각 아버지에 대한 감사의 빚을 갚는다. 17만 크로네에 달하는 상금을 셀마 라게를뢰프는 경작지와 숲, 농사용 건물과 일꾼들의 집을 포함한 모르바카의 전 재산을 다시 사들이는 데 사용한다. 많은 세월이 흐른 뒤 노벨상이 그녀에게 개인적으로 가졌던 의미에 대해 진술해 줄 것을 부탁받았을 때, 그녀는 상금을 자신의 작품, 학술 연구소 후원이나 커다란 이념의 장려를 위해 쓰지 않았다는 것을 조금은 부끄러워한다. 하지만 아무튼 알프레드 노벨이 그녀를 확실히 조금은 이해했을 것으로 생각한다. 셀마 라게를뢰프가 모르바카, 그러니까 ‘아주 오래된 관목들, 수많은 전설과 옛날이야기가 있고 선하고 부드러운 사람들이 살았던’ 그곳에서 자라지 않았다면, 그녀는 결코 대작가와 노벨상 수상자가 되지 못했을 것이기 때문이었다.

셀마가 재산을 다시 사들였을 때, 노령으로 접어든 셀마는 아버지의 시대로 다시 돌아온 것 같았다. 커다란 지붕 밑 사면에 작은 다락방을 가진 낮은 단층건물, 셀마 라게를뢰프는 이 저택에서 지내는 동안 아버지가 예전에 꿈꿨던 일들을 재개한다. 크고 품위있는 흰색의 농가, 그녀는 우선 이곳에서 어머니와 함께 여름을 보낸다. 노부인 라게를뢰프가 1918년 88세의 일기로 모르바카에서 세상을 떴을 때 셀마는 언니 게르다에게 팔룬에 있는 집을 넘겨주고는 그녀의 생가로 이사한다. 그녀는 그동안 다시 번창한 농업을 돌보면서 자전적인 책 〈모르바카〉(1922), 〈내 어렸을 적에〉(1931), 〈일기〉(1932)를 출간하고 그녀의 삶을 솔직하게 회고한다. 1925년에서 1929년까지 출판된 〈뢰벤스콜드〉 3부작은 그녀의 펜에서 나온 마지막 방대한 작업이다. 세 편의 장편소설은 인간들이 서로 사랑하지 않고는 신은 아무도 사랑할 수 없다는 통찰로 끝맺는다. 이런 복음은 신념을 가진 여기독교도의 모든 작품을 통해서 붉은 실타래처럼 이어진다.

모르바카로 돌아온 후 셀마는 자신의 행복했던 어린 시절과 청소년기의 장소를 떠날 생각을 좀처럼 하지 않는다. 그녀는 더 이상 먼 여행길에 오르지도 않는다. 그녀와 사귀고 싶은 사람은 조용한 베름란드의 은거지로 찾아가면 되는 것이다.

노벨상 수상자는 많은 시간을 그녀의 길게 뻗은 작업실에서 보낸다. 작업실에 있는 3개의 창을 통해 셀마는 훌륭한 정원과 농장의 넓은 들판을 내다본다. 서가 위에는 게오르그 파울리의 〈외스타 베를링〉의 스케치가 걸려 있다. 마법에 걸린 소년을 태운 나뭇조각의 금박거위는 닐스 홀거슨을 기억하게 한다. 방의 중앙에는 그녀가 앉아서 책을 읽는 —특히 고전문학과 주로 괴테, 그러나 젊은 동료들과 후배들의 책 또한— 큼직한 책상이 놓여 있다. 때때로 그녀는 글을 쓰기도 하는데, 특히 그중에서도 1921년에 죽은 그녀의 여자 친구 소피 엘칸의 자서전을 쓴다. 그녀는 예전의 기억이 많이 숨어 있던 아이들의 동화방을 침실로 꾸몄다. 그 옆에는 먼저 세상을 떠난 소피의 가구가 들어 있는 거실이 있다. 셀마 라게를뢰프는 늙으면 늙을수록 점점 더 '깊은 고독'에 빠진다. 그녀는 점점 더 자주 죽은 사람들을 생각한다. 그들이 마치 살아서 움직이는 듯한 모습을. 셀마는 한 친구에게 편지를 쓴다. "너는 아니? 늙는다는 것은 결코 아름다운 일이 아니야. 하지만 우리가 인생에서 아주 멀리까지 왔다면, 세월의 짐에 대해 하는 말이 더 이상 웃음거리일 수는 없는 거야."

그녀는 1938년 11월 20일 자신의 여든 번째 생일을 정신적으로 건강하게 보낸다. 그렇지만 그녀는 늙고 허약하고, 몹시 피곤함을 느낀다. 그녀의 머리칼은 눈처럼 새하얗게 변했고, 그녀의 얼굴은 깊게 팬 주름살로 뒤덮여 버렸다. 활기찬 연설은 그 힘을 잃었고, 고령의 그녀는 점점 더 침묵하게 되었다. 말을 해야 할 때면 낮고 침침한 목소리만 새어 나왔다.

그 시간에 셀마는 손님 가운데 한 사람과 시인의 과제에 대해서 말한다. "나는 내가 썼던 것에 어떤 의도를 가져본 적이 없어요." 그녀는 계속한다. "나는 내가 하고 싶었기 때문에, 해야만 했기 때문에 작품을 썼어요. 도덕적으로 계몽하고 가르치는 일은 내게 그리 중요하지 않았어요. 그렇지만 언제나 추한 것보다는 아름답고 선한 것이 더 내 마음에 들었습니다. 내 책들이 뜻밖에 어떤 영향을 끼쳤을 수는 물론 있었겠지요."

셀마 라게를뢰프는 1940년 3월 16일 모르바카에서 죽는다.

—클라우디아 에버하르트-메츠거

04 Sigrid Undset
풍습과 습관은 매일 변한다. 그러나 인간의 마음은 그렇지 않다

시그리 운세트(1882–1949)
노벨 문학상 1928

시그리 운세트는 화가가 되려고 했다. 그녀는 이미 초등학교 시절부터 스케치와 수채화로 스케치북을 열심히 채웠다. 그리고 풍경화, 집들과 식물 그림 옆에다 점점 더 자주 자신의 생각과 느낌을 적어 넣었다. 그렇게 해서 스무 살이 되었을 때, 최초의 유일한 시들이 생겨난다. 그 시들은 '벌거벗은 봄'과 '영원'이라고 불리며, '교회묘지에서의 저녁'과 '사월의 태양'을 기술하고 '위로'와 '비애'를 다루고, 물론 '사랑에 대해서'도 이야기한다. 그 시들은 훨씬 뒤에야 〈청춘〉이라는 제목으로 출간된다.

어른이 된 운세트는 "나는 작가가 되고 싶다…. 내 속에서 무언가를 성취하라고 소리친다"라는 것을 더욱 분명하게 느낀다. 그녀는 열아홉 살 때 여자 친구인 데아에게 털어놓는다. "나는 예술을 창조하고 싶어. 그것이 내 유일한 소원이야. 정말이지 나는 예술가이고 싶어. 즉 여성 예술가가 되고 싶지 펜대만을 지닌 부인이 되고 싶지는 않아." 이런 높은 요구가 그녀를 고무시켜서 27년 뒤 운세트는 노벨 문학상을 거머쥔다.

1882년 5월 20일에 시그리 운세트는 노르웨이가 아닌 그녀의 어머니 고향인 덴마크의 소도시 칼룬드보르그에서 태어난다. 저명한 법률가 집안의 딸이었던 어머니는 1881년 여름 스물다섯 살 때 고고학자인 잉그발 운세트와 결혼했다. 그는 트론드하임 출신으로 그녀보다 세 살 위인 노르웨이인이었다. 그녀는 항상 남편이 여행할 때면 따라갔고, 그를 위해 번역도 하고 그의 출판물에 삽화도 그려 넣었다. 두 사람이 결혼한 그해에 잉그발 운세트 가족은 '북유럽 철기시대의 시작'에 대해 대단히 기릴만한 고고학적 저서를 발간한다.

자부심이 강한 아버지는 억세고 땅딸막한 딸을 자기 이름의 여성형인 '잉그빌' 로 칭하고 싶어 한다. 그렇지만 어머니는 '시그리'를 끝내 고집한다. 시그리의 어린 시절과 청소년기에 대한 자서전적 화고록 〈11년〉에서 시그리 운세트는 비로소 아버지의 소원을 들어주고, 자신을 '잉그빌'라고 부른다. 이는 아버지가 그녀의 생애에서 얼마나 중요했던가에 대한 표시였다.

처음 2년 동안 잉그빌 시그리는 조부모집에서 보호를 받으면서 성장한다. 그녀는 조부모의 훌륭한 정원에서 흙을 가지고 노는 것을 좋아한다. "조용히 불타는 여름의 따뜻함과 가벼운 돌풍은 어린아이를 정원에 살고 있는 모든 다른 사물들의 일부로 만든다. 여기서 아이는 일종의 열정적 기쁨을 느끼게 된다."

15개월 된 아이의 이런 최초의 행복감은 소녀의 첫 번째 의식적인 혐오의 체험과 강렬하게 대비된다. 숙모가 시그리에게 풀 먹인 겨자색 옷을 입은 딱딱한 도자기 머리를 가진 인형을 선물한다. 인형은 그녀가 다리만을 누를 수 있는 죽어 있는 물건이다. "낑낑거리는 소음은 아이를 기쁘고 자랑스럽게 한다. 아이는 깔깔거리며 웃음을 터트린다. 그리고 그렇게 웃으면 다른 사람들도 따라 웃는다는 것을 아이는 잘 알고 있다. 그러면 아이는 인형을 던져 버린다. 처음보다 훨씬 더 멀리."

시그리 운세트는 쉰두 살 때 기술한 이 두 모습을 통해 자신이 한때 그랬던 어린아이의 본질을 솔직하게 표현한다. 그녀는 〈11년〉에서 자신을 매우 의지가 강한, 즉 다른 인생들보다 많이 느끼고 강렬하게 살았고 또 만족한, 그러나 그만큼 고통이 심했던 사람으로 묘사한다. 시그리는 모든 것에 감각적으로 반응하는 내적 감정에 충실한 인간이었다. 어린 시절 그녀는 모든 것을 색깔로 생각한다. 가령 월요일은 은회색, 토요일은 초록색이며, 사람들의 이름 또한 색깔과 형태로 기억한다. 가령 잉에보르크의 이름은 오렌지색 장미라는 식이다.

운세트가 두 살이 되었을 때 여동생 라인힐드가 태어났다. 그리고 가족은 1924년부터 오슬로의 경계에서 멀지 않은 노르웨이의 크고 조용한 정원이 딸린 집으로 이사한다. 운세트가 모든 면에서 사랑한 아버지는 고고학자인 슐리만이 트로이에서 발굴한 테라코타상을 아이가 가지고 놀도록 해준다. 그녀는 바이킹 시대의 옛날 용구들과 도끼, 장식품과 항아리들을 포함한 아버지의 수집품을 '아빠의 박물관'이라고 부른다. 운세트는 아버지와 함께 오래된 교회를 돌아보고, 루네문자를 연구하거나 대학연구소로 가는 아버지를 따라가 전공분야에 관해 대화하는 것을 주의 깊게 듣는다.

훗날 시그리는 아버지와 어머니에 대해 기록한다: "아버지의 삶들과의 관계는 어머니처럼 문화가 아닌 그의 천성의 일부였다." 어머니는 수채화 화가로서 장녀를 격려하여 스케치를 시킨다. 그뿐만이 아니라 보모의 이야기들, 드라마, 동화 및 옛날이야기는 일찍이 운세트의 문학 전반에 걸친 욕망을 일깨운다. 어머니는 그녀가 학교에 들어가기도 전에 벌써 책 읽는 법을 가르친다. 그녀는 방문하는 곳마다 늘 서가에서 새로운 읽을거리를 찾는다.

조부모가 사는 덴마크로의 수많은 여름여행에서 운세트는 바다를 발견한다. 그녀는 산과 바람 또한 사랑하고 즐겁게 환호한다. "자연에 동화하고 소멸하는 것을 느끼고 생각하는 일은 행복하다. 그것은 열반이다." 청소년기에 야생화의 이름을 외웠던 사람은 결코 불행할 수 없다고 그녀는 훗날 말하게 된다. 자연은 그녀에게 일생동안 피난처로 남아 있는다. 모순을 사라지게 하는 장소, 위로와 휴식의 장소가 바로 자연이다.

그러나 이미 일찍이 어두운 그림자가 시그리의 어린 시절을 우울하게 한다. 네 살 때부터 아버지가 몹시 아프다는 사실을 알게 된다. 그리고 세월이 흐를수록 아버지는 점점 더 병마에 시달린다. 가족은 대학연구실과 더 가까이 있기 위해 1886년 가을 크리스티아니아의 퍽 외진 곳에 우선 아파트를 하나 빌린다. 거기서 1887년 3월에 세 번째 딸이며 막내딸인 시네가 태어났다. 3년 뒤 다섯 식구는 대학에서 훨씬 더 가까운 곳으로 이사한다. 시그리가 훗날 그곳을 다시 찾게 되는, 수도의 중심지에 있는 4층짜리 임대아파트로 이사한다. 이번 이사는 '아름다운 청소년기'의 끝을 의미한다. 그녀는 자신을 '태양빛에 따뜻해진 언덕 위의 어린 뱀처럼' 느꼈던 에덴동산에서 내쫓긴다.

아버지는 아마도 척수로라고 불리는 매독의 말기상태에 시달렸던 것 같다. 1883년 베니스의 한 의사가 진단을 했다고 한다. 오늘날에는 항생제로 간단히 치료될 수 있는 이 성병은 당시에는 전염성이 아니었다. 그렇지만 감염은 중추신경 체계를 해치고 평행 장애를 야기한다. 병이 든 아버지는 점점 더 움직임과 보행이 불편해지고 술에 탐닉한다. 그 때문에 이웃들은 이 술고래에 대해 소곤거린다. 당시 매독은 오늘날과는 달리 별로 명예를 훼손시키는 병이 아니었다. 오랫동안 매독은 예술가의 병으로까지 간주되었다. 그러나 아버지의 상태는 가족 모두를 확실히 고립시키고 압박했다.

운세트는 그럴수록 깊은 생각에 잠기곤 한다. 그녀는 자기 인생을 행복하게 살고 싶었다. 그녀는 말하고 싶을 때만 말하게 되는데, 다른 사람들에게 자신의 수 시간 동안의 침묵을 존중해달라고 요구한다. 어머니는 '이 괴팍하고 미성숙한 아이'가 아침마다 '아무 말 없이' 집을 떠나서 저녁때 여러 종류의 동물과 식물을 양철로 된 식물 채집통에 담아가지고 돌아오면, 자신의 불안을 숨기고 바라만 본다. 한번은 시그리가 직접 때려죽인 커다란 살무사 한 마리를 가지고 돌아온다. 뭔가 영감에 가득 찬 소녀는 뱀의 '놀라운 그리고 완전한 신체구조'와 '이빨배열'에 감탄사를 터트리며 다른 사람들에게도 그렇지 않느냐고 묻는다.

시그리는 아버지를 굉장히 사랑했다. "아버지는 그녀가 어떻게든 닮으려고 했던 유일한 사람이었다." 그가 병이 심해지면 질수록 그들은 더욱 가까워진다. 그리고 아버지가 언젠가는 자신의 뒤를 따라줄 것을 기대했다면, 그녀는 아마도 그 의견에 반대하지 않았을 것이다. 시그리 자신은 물론 고고학자가 되고 싶다는 말을 결코 하지 않는다. 더구나 어머니는 그녀를 타고난 원예가라고 생각한다.

1891년 할아버지한테 가는 여행길에서 9살짜리 소녀는 '내 인생의 전환점이 되는 책'을 발견한다. 그 책은 아버지가 더 이상 혼자서는 책을 읽을 수 없어서 그녀가 아버지한테 읽어준 〈니엘스-전설〉이다. 그녀는 자기의 심금을 울리는 아이슬란드의 이야기 세계에 빠져든다. 그녀는 매료되었으며 처음으로 인생의 '영원한 갈등'에 대해 무언가를 예감 한다: 한 남자의 양심과 그의 환경, 세대들과 부부 사이의 갈등.

1893년 12월 당시 겨우 마흔이었던 아버지가 세상을 뜬다. "그녀가 죽은 아버지의 몸을 만졌을 때 손에 닿은 차가움은 이상한 느낌이었다. 죽음의 차가움은 어떤 다른 차가움과 똑같지 않았다." 운세트는 죽은 자와 살아남은 자 사이에는 뭔가 소통할 수 없는 경계가 존재한다는 것을 이해하게 된다. 그러나 아버지의 죽음은 고통과 불행만을 의미하는 것은 아니었다. 아버지의 병은 사실 딸에게도 감옥이었다. 이제 그녀는 자유롭고 어른이 될 수 있는 것이다. 아버지가 돌아가신 다음 날 아침 시그리가 창밖을 내다보았을 때, 아침 해는 맑고 푸른 하늘가에서 빛나고 있었다. "밖에 누워서 반짝이던 산, 한 사람이 떠남으로써 비틀어졌다가 다시 회복하기 시작한 나의 집, 저 벌판 위에서 기다렸던 자유 – 그녀는 환희를 느꼈다. 거의 참을 수 없었던 그 모든 것을 채워주는 그런 기쁨으로 충만해 있었다."

비망록 〈11년〉과 특히 그 책의 결론은 시그리의 전체 삶을 특징짓고 있으며, 작품에 등장하는 여러 주인공들에게서 보이는 특징이 부각된다. 구속되지 않으려는 삶의 의지와 살아남으려는 의지, 즉 큰 행복에의 동경과 능력, 독립에 대한 강한 소망이 바로 그것이다. "아버지가 돌아가신 후 어느 누구에게도 구속당하고 싶지 않았다. 어머니에게도 아니었다."

남편이 죽은 후 일자리를 찾아야 했던 시그리의 어머니는 주방가구, 많은 책들과 남편이 수집한 골동품 가운데 얼마를 팔았다. 어머니는 돈이 필요했다. 물론 새로 이사한 스텐스가텐의 싸구려 아파트에는 이런 물건들을 놓을 자리가 어차피 없었다. 이렇게 진행되는 몰락의 분위기 속에서도 운세트는 새집에서 다시 원기를 돋우며 시를 쓴다:

> "나는 이 거리의 모습을 사랑하네,
> 아주 더럽고—회색의, 아주 황량하고 아주 우울한,
> 여기서 나는 부드러운 동경을 배웠네,
> 내가 거부한 모든 것을 향한 동경을"

'예술가적 천성' 때문에 그녀는 학교에서는 더 이상 중요한 무엇인가를 배울 수 없는 자신과 마주친다. 일곱 살 때부터 다녔던 라그나 닐센의 저명한 사립학교도 그녀는 어쨌든 좋아 보이지 않았다. 이 학교는 최초로 설립된 학교들 가운데 하나로, 남녀공학을 도입하고 여교사들을 많이 채용했기 때문에 상당히 진보적인 곳이었다. 그렇지만 이런 자유정신과 '진보의 기쁨'이 운세트는 싫었다. 거기서 경험한 신교도적 믿음이 즐거움 없는 삭막한 것으로 느껴졌다. 그녀는 다른 확고한, 영원한 가치를 요구한다. 그렇지만 그녀의 종교적 감정들은 자유로운 부모들도 이해하지 못했으며, 학교도 이런 동경을 진정시키지 못했다.

운세트는 매번 성급한 '아니요'로 아버지의 사후 3명의 운세트 딸들에게 학비를 면제해주고 졸업시험을 치르게 해준 닐센 여교장을 매정하게 뿌리친다. 그녀는 특히 그녀가 할 수 없는 분야에서 계속 열심히 배워야만 하는 의무가 두려웠다. 어떤 경우든 공부하려 하지 않는 시그리는 중학교 입학시험 뒤에는 학교를 그만두고 비서학교에 입학한다.

1899년 봄에 그녀는 독일 AEG의 노르웨이 지사에 일자리를 얻는다. 시그리가 '사무실의 노예들'의 무리 속에 참가했을 때, 그녀는 열일곱 살이었다. 시그리는 우선 가족의 생계를 돕고 싶었고, 또 '실제적 삶'을 배우고 경험할 수 있었기에 이 일을 택했다. 그런데 진짜 인생은 퇴근 후에야 비로소 시작된다. 퇴근 후 그녀는 독서를 하고, 훗날 노르웨이의 지도적 지성인들 가운데 한 사람이 되기 위한 준비를 닦아 나간다.

그렇게 10년 동안이나 그녀는 밤늦게까지 글을 쓴다. 무조건 작가가 되고 싶었던 젊은 여성은 그러는 사이에 자기만의 문체와 주제를 찾게 된다. 간단히 데아라고 불렀던 스웨덴의 펜팔친구인 안드레아에게 보낸 편지들에서도 그것을 알 수 있다. 두 사람은 1898년 책의 소개비평을 통해서 사귀게 되었는데, 그 후로도 편지교환은 40년 동안이나 계속된다. '사랑하는 데아'로 시작하는 편지들은 운세트에게는 혼자 지내는 환경에서 활력소였다.

그녀는 한평생 공식석상에서 비사교적이고 접근할 수 없도록 행동했다. 그만큼 그녀의 과묵함은 대단했다. 그래서 얼핏 그녀의 태도는 건방지다는 인상을 심어주기도 했다. 그렇지만 운세트가 데아에게 쓴 편지들은 그녀의 인격의 전혀 다른 측면들을 보여 준다. 유머라든가 믿기지 않을 정도의 진실성, 따뜻한 마음씨와 솔직함 등. 그렇지만 그렇게 알고 있는 사람은 아주 적은 수의 가까운 사람들뿐이었다.

"나는 네가 내게 썼듯이 예뻐", 열아홉 살의 운세트는 편지를 쓴 친구를 위해 사진설명을 해준다. "나는 키가 크고 체격도 좋단다. 예쁜 손을 가졌고 멋진 연갈색의 머리칼, 꽤 예쁜 눈과 내가 가끔 거울 속을 들여다보면 종종 나도 반하게 되는 예쁜, 아주 매력적인 입을 가졌지. 나는 또 나의 어디가 예쁘지 않은지도 정확히 알고 있어. 내 얼굴은 너무 둥글어. 머리숱도 너무 많아서 예쁘게 꾸밀 수가 없어. 나는 장화를 신고는 삐딱하게 걷지. 예쁘게 웃을 수는 있지만, 웃음은 내 얼굴을 일그러지도록 만들어. 춤을 출 줄도 교태를 부리고 눈길을 던질 줄도 몰라. 나는 그저 지겹고 우스꽝스러운 인상을 주게 될 거야… 더구나 현대적인 의상이 내게는 어울리지 않아. 유행에 뒤진, 레이스가 달린 리넨 컬러와 커다란 소매의 주름장식을 단 검은 광택의 옷, 은색 머리핀과 가슴 위의 장미 – 그런 것들이 내게 어울려…"

본래 두 개의 인생을 지닌 운세트는 동료들과 구별된다. 그녀는 많은 동료들만큼이나 고독하고, 때로는 사랑을 동경했지만 결혼하는 것은 나쁠 것이라며 결혼하지 않았으며 부인들의 불행을 딱하게 여긴다. 그녀는 전혀 연애를 해보지 못했다. '이제까지 만났던 학생들, 사관생도, 엔지니어, 기술자' 가운데 누구도 다시 보고 싶다는 소망을 불러일으키지 않았다. "만일 반대의 경우가 있다면, 내가 요구하게 될 모든 것이 한 남자의 사상 속에 들어 있는, 다만 아주 약간의 정신적 특징이나 지식과 매력이야. 그가 못생겼어도 괜찮아… 주 하나님, 데아야, 내게 대답해 봐, 아직도 남자들이 있는 거야, 아니면 놈팽이들만 있는 거야?"

운세트는 벽은 빨강으로, 가구는 진녹색으로 칠해진 방에 거주한다. 거기서 그녀는 밤이 늦도록 글을 쓴다. 그러나 잠자기 위해서는 어머니의 아파트로 돌아온다. 어머니와 딸은 가깝게 결합되어 있다. 운세트가 의지할 곳은 언제나 가족뿐이다.

"내가 내 사고의 형태를 편안히 기술할 수 있기 전에, 그것의 운명과 근심에 악몽처럼 철저히 시달려야 한단다…." 그녀는 1902년 데아에게 고백한다. "나는 단 하나의 위로물을 가지고 있어: 나는 정말 뭔가가 되고 싶고, 그게 유일한 희망이야. 그게 안 된다면, 나는 그저 내가 할 수 있는 것을 할 따름이지. 그리고 그것도 잘못되면, 내게 남는 것은 아픈 책임과 형벌뿐이겠지."

1904년 봄 〈아게 닐슨 데 울볼름〉이라는 그녀의 첫 번째 소설이 완성된다. 밝은 색 옷과 머리에는 꽃으로 장식한 여름 모자를 쓰고 그녀는 원고를 들고 덴마크의 한 출판사에 들른다. 한 달 후 그녀는 거절한다는 통보와 함께 좀 '현대적인 것'을 써보라는 충고를 듣는다. 그녀는 '화가 머리끝까지 나서는' 집으로 돌아오자마자 '마르타 울리에 부인에게' 편지를 쓰기 시작한다. 그것은 충분히 현대적이었다고 그녀는 생각한다. 2년 후 "나는 내 남편을 속였다"라는 당시로는 모험적인 문장으로 시작하는 80쪽짜리 박력 있는 소설이 출간된다. 주인공은 자신이 철저히 속여 왔던 남편의 임종 자리에서 청소년기 남자친구와의 간통에 대해 일기형식으로 회상한다. 운세트의 이 작품은 노르웨이 문학에서 '신사실주의'가 탄생한 해인 1907년에 출간된다.

성공을 통해 용기를 얻은 25세의 운세트는 일 년 뒤 〈행복한 나이〉라는 단편소설집을 낸다. 그녀는 네 편의 이야기에서 '먹고 살기 위해서' 일을 하는 현대적인 동시에 지조가 없는 크리스티아니아의 부인들을 무자비한 시선으로 묘사한다. "우리는 물론 일을 위해서 살 수는 없다." 그녀는 우울한 일상과 반짝이는 꿈 사이의 무미건조한 생활, 방랑과 정착생활 사이의 추함, 옳은 것에 대한 그녀의 헛된 기대에 대해 이야기한다. 가령 1917년에 출판된 장편소설 〈힐데 부인〉같은 후기의 작품에서도 그것은 중심테마다: 어떤 식으로 여성들의 이상과 소망이 현실에서 파괴되는가, 아니 파괴되어야만 하는가. 이때 모든 여성은 평등을 갈망한다. "우리의 완전한 존재를 가지고 내부로 향하며 유일한 순간을 사는 까닭에 우리는 우리 자신의 타는 듯한 심장만을 바라본다."

두 번째 책은 운세트에게 국비장학금을 조달해 준다. 덕분에 운세트는 1909년 5월, 10년 동안의 강제노동 후 '이 지긋지긋한 사무실'을 떠날 수 있게 된다. 그녀는 1909년 가을에 짐을 꾸려 이탈리아로 여행을 떠난다. 유럽문화의 발상지이자 가톨릭 세계의 중심지인 로마에서의 체류는 그녀의 인생을 변화시킨다.

그녀는 스칸디나비아 예술가들의 영역 속으로 빠르게 흡수되어 오렌지와 레몬이 피어 있는 하숙집에 두 개의 방을 빌려 생활한다. 그런 가운데 노르웨이 신문에다 '기행문'을 쓰고 새로운 소설에 착수한다. 그럴 즈음 화가 스바스타드가 반구 모양의 지붕을 가진 이 영원의 도시로 찾아온다. 눈에 띄는 그 남자는 노르웨이의 인상파 화가였다. 키가 크고 민감한 입을 가진 그는 새의 옆얼굴을 연상시키는 남자였다. 그는 시그리 운세트보다 열세 살이 많은 결혼한 세 아이의 아버지였다. 그가 바로 그녀의 첫 번째 유일한 사랑이 된다. 그녀가 스바스타드에게 자신의 스케치북을 보여주었을 때, 1910년 실제로도 발간되었던 청소년용 시집 출판을 종용한다. 그녀는 '영원한 사랑'이라는 시로 그에게 감사한다.

둘의 관계는 스캔들이 된다. 그렇지만 어머니는 언제나처럼 침묵하며 미래의 사위를 영접한다. 2년 동안 두 사람은 약간은 비밀리에 동거한다. 신선한 분위기 속에서 사랑받는 운세트는 예술가의 삶을 즐긴다. 파리로의 여행에서 스바스타드는 챙이 넓고 고풍스러운 모자를 쓴 그의 애인의 유명한 초상화를 그린다. 그녀는 위엄 있고 접근하기 어려우며 영리해 보인다. 머리는 가운데 가르마를 탔으며, 튀어나온 이마는 곱슬곱슬한 머리카락으로 살짝 가려져 있다. 그 아래로는 관찰자를 멀리서, 그러나 깊이 응시하는 것처럼 보이는 큰 눈이 있다. 약간은 불안한 것처럼 보이는 검붉은 '아주 멋진' 입은 꼭 다물어져 있다. 유화는 그녀의 인생에 있어서 아마도 가장 행복한 시간을 보여주는 듯하다. 그리고 1911년 출간된 새 소설의 주인공인 동갑내기 제니처럼 모든 것이 잘되어가지 않는다 해도 그녀는 '은총의 시간을 가졌다.' 프랑스와 독일에서도 번역 출간된 〈제니〉는 오늘날로 치면 베스트셀러이며, 세인의 주목을 끈 '아이들을 위한 식사도, 어른들의 약한 위를 위한 식사도 아닌' 여성예술가의 소설이다.

이 소설에서 천재화가 제니는 로마에 산다. 그녀에게 평범한 결혼이란 안중에도 없다. 제니는 '갑자기 자신을 전혀 다른 사람으로 만들어 줄 벼락같은' 사랑을 원한다. "그녀는 애인을 원치 않았다. 군주를 기대했기 때문이다." 열정에 넘치는 여성은 얼마간은 충실하게 헤르게와 약혼한다. 제니가 노르웨이에서 그녀의 장래의 시부모를 방문했을 때, 그녀는 헤르게의 아버지에게 반해서 비정상적인 사랑에 빠진다. 그녀가 임신했을 때, 그녀는 애인과 헤어진다. 아이는 출생 후 바로 죽는다. 그녀가 로마로 돌아왔을 때, 그녀의 약혼자는 그녀를 박해한다. 제니는 자신을 위한 출구가 더 이상 없음을 안다. 제니는 독백한다. "한 여성의 인생은 그녀가 어떤 남자의 기쁨을 위해 봉사하지 않는다면, 아무 의미도 없다. 나는 그런 것을 전혀 부여받지 못했다…" 사랑과 예술과 모성애를 하나로 통일시키는 일이 가능하다 할지라도, 나이가 훨씬 많은 화가와의 사랑에서 그런 것은 이뤄질 수 없다. 제니 —그녀는 여자 베르테르라고 불린다— 는 동맥을 끊는다. 헤르게는 그녀의 관을 향해 묻는다: "무엇 때문에 그런 짓을 했지? 나 때문에, 아니면 그 때문에, 너 때문에?" 그리고 화가는 대답한다. "아니야, 너는 너 때문에 그랬어."

이 소설에는 많은 자전적 요소들이 있다. 그렇지만 운세트는 제니가 아니다. 작가는 이 소설 인물에다가 현실에서는 완성되지 않는 문제적 존재의 가능성을 자신과는 분리시켜 놓는다. 보수적 계층은 여성 성(性)의 솔직한 묘사에 대해 충격을 받았지만, 여성 옹호론자들은 박수갈채를 보냈다. 운세트는 나중에 〈제니〉가 그녀에게 가져다준 '악평'에 대해 유머러스한 태도로 반응했다. 한 숙녀가 어떤 것이 그녀의 주제들이었는지 알고 싶어 했을 때 일화이긴 하지만 여작가는 무뚝뚝하게 '비도덕적인 것'이라고 대답했다.

스바스타드가 전 부인과 1912년 6월 헤어졌을 때, 운세트는 이미 임신 중이었다. 그들은 안트베르펜에서 결혼했으며, 신혼여행은 영국으로 갔다. 거기서 그녀는 데아에게 편지를 쓴다. "우리의 생활은 활기차고 신기하단다." 그럼에도 불구하고 전통적인 부부에 대해서는 회의적인 답변을 고수한다. "나는 나 자신을 결코 올바른 아낙네처럼 느끼지는 못할 것 같다." 분만이 임박했을 때 부부는 로마로 여행을 하고, 그들이 만났던 그 당시와 같은 커다란 지붕테라스가 있는 방에서 산다. 그렇지만 로마의 겨울은 춥고 황량했다.

앤더스 주니어가 1913년 1월에 태어났을 때, 그는 허약했다. 시그리 운세트는 아무래도 그의 목숨이 우려된다. 그녀는 아이를 건강하게 돌보기 위해 아이를 데리고 어머니가 계신 크리스티아나로 여행한다. 작업을 더 중요하게 생각한 스바스타드는 로마로 돌아간다. 그것이 그들의 부부생활과 사랑의 미몽에서 깨어나게 한 동기였는지 모른다. 운세트는 〈제니〉에서 다음과 같이 쓰고 있다: "어떤 여성도 임신했을 때마다 자신이 꿈꾸던 아이를 낳을 수는 없다. 어떤 예술가도 그가 영감을 받은 시간 바로 그 앞에서 보았던 작품을 매번 생산해 내지는 못한다. 우리는 여름마다 경험한다. 그러나 우리가 몸을 숙여서 봄의 폭풍우 속에서 축축히 젖은 첫 번째 꽃을 꺾었을 때, 어느 누구도 왔으면 하고 바랐던 그 사람은 아니다. 처음으로 서로 키스했던 두 사람이 꿈꾸었던 것 같은 그런 사랑은 없다."

운세트-스바스타드 가족은 그런 뒤 노르웨이에서 한동안 함께 살아간다. 처음에는 스키에서, 다음에는 크리스티아나 근교의 소도시 신센에서. 운세트는 1914년 그녀의 가장 낙관적인 가족소설 〈봄〉을 출간한다. 다음 해 가을 마렌 샤롯테가 태어난다. 그녀는 자기와 똑 닮은 아이를 모세라고 부른다. 슬프게도 일 년 뒤 딸에게 장애가 있다는 것이 확인된다. "아이는 말을 잘 못하고, 혼자서는 제대로 거동도 하지 못한다. 언제나 누군가가 곁에서 신경을 써서 돌봐야 했다. 그 때문에 이 아이가 집에서 가장 응석꾸러기이다. 내가 쉬기 위해 작업실에서 나오면, 아이는 인형을 품에 안고는 노래를 불러준다." 운세트는 가끔은 다른 세계에 살고 있는 딸에 관해 어느 책에서 서술한다. "이 어린 소녀 때문에 나는 집에서 떠나 있으면 마음이 편치 않았다. 여행이 길어지기라도 하면 늘 슬펐다." 여작가는 시간제 보호를 계획한다. 그리고 가끔 달리 방도가 없으면, 그녀는 아이를 책상다리에 묶어 놓는다. 훗날 그녀는 노벨상 상금의 1/3을 장애아를 돌보는 부인들을 지원하는 재단에 기부한다.

부부관계에서 어려움이 늘어난다. 두 사람이 서로 떨어져 사는 횟수도 늘어난다. 자신이 아이들과 함께 지내는 동안 남편은 시내에 있는 아틀리에로 가곤 한다. 운세트의 딸 시네는 아버지에 대해 "엄마를 대체로 이해하지 못했기 때문에 좋은 남편이기 어려웠다"라고 말한다. 운세트가 30대 중반이었을 때, 그녀는 훨씬 더 늙어 보였다. 밖에서는 1차 세계대전이 미쳐 날뛰는 동안 그녀는 자신을 위해 새롭게 기독교를 찾는다. "교회는 여하튼 우리가 순간 무시할 수 있다고 믿는, 그러나 마침내는 인정해야만 하는 이상을 대표 한다"라고 그녀는 1917년에 적는다.

반면 50세의 스바스타드는 1918년 공표한 팸플릿에다 '유대인의 앙갚음'이라고 적는다. 그는 '유대인'의 외적 특징을 '평발' 혹은 '아첨하는 웃음'으로 묘사할 뿐만 아니라, 그들을 예컨대 러시아혁명과 프로이센 군국주의의 배후인으로 보고 있다. 정신적으로도 두 부부는 너무 멀리 떨어져 있었다.

세 번째이자 마지막 아이인 한스 베네딕트가 태어나기 직전인 1919년 8월 여작가는 그녀의 남편과 헤어져 릴레함메르의 친구들에게로 간다. 공식적인 이혼은 5년 뒤에 이루어진다. 운세트는 그녀의 책 속에서 항상 참고 견디는 것, 우아함을 요구하고 가족적 이상을 높이 평가하고, 근본적으로는 부부관계의 중요성을 주장하고 있다. 그럼에도 불구하고 결국 그녀는 다른 발걸음을 내딛는다. 물론 그녀는 자신의 삶과 행동에서 감정과 양심을 따른다. 그것이 인습과 부딪히고 자신의 이상과 위배되는지는 문제 되지 않는다. 매끄러운 부인이 아니라, 모순되는 불편한 부인이 바로 그녀인 것이다.

1919년 시그리 운세트는 자신과 아이들 —특히 모세를 위해— 과 물론 저술을 위해서도 새로운 고향을 찾게 된다. 소도시 릴레함메르의 근교에 그녀는 낡은 농장의 일부인 커다란 목조 가옥을 구입한다. 그녀는 위층의 침실 창문으로부터 산 중턱 폭포의 속삭임이 들리는 이 집에서 22년 동안 살게 된다.

같은 해 운세트가 '여성해방'이라는 주제로 인생을 총결산한 〈여성의 입장〉이라는 책을 출판한 것도 우연이 아니다. 물론 그녀가 여성들의 경제적, 정치적, 법률적 평등을 위해 싸운 것은 아니다. 그녀는 여성적 가치, 특히 어머니로서의 양육자적인 자질들이 여성해방에 희생되는 것에는 반대한다. 부인들의 다른 측면을 그녀는 지키고 싶어 한다. 이 점에서 그녀는 아주 보수적이다. 언제나 그녀는 자신의 문학에서 아직 해결되지 않은 전통과 부부관계, 가정생활과 모성의 갈등을 다루고 있고, 다른 한편으로는 자신도 경험하면서 즐겼던 모순, 즉 예술과 자유와 사랑의 갈등을 주제로 삼는다.

이혼한 뒤 답답하고 우울한 시간을 보내며 운세트의 겉모습도 달라진다. 1미터 80센티나 되는 부인은 서있는 동상처럼 묵직하고 강하다. 그녀는 이후 북구의 '전쟁의 여신'으로 기술되곤 한다. 모든 젊음은 사라졌고, 입언저리의 슬픈 모양새는 깊숙이 감춰졌다. 믿을 수 없게도 그녀는 모든 어려움을 극복한다. 우선 그녀는 세 아이를 양육해야만 하는데, 무엇보다 모세에 대한 특별한 배려를 소홀히 하지 않는다. 그녀는 집을 아름답게 꾸미고, 파티를 열고, 온 가족과 친구들을 위해 요리하는 것을 좋아한다. 예를 들어 크리스마스 축제 때 통돼지와 양 한 마리, 반 마리의 순록을 주문하여 굽거나 다양하게 양념을 해서 요리한다.

그녀는 신들린 듯 일하며 요리법에서 수도원 규칙에 이르기까지 중세의 생활상에 대한 자료를 모은다 – 역시 잉그발드 운세트의 딸다운 행동이다. 밤 두세 시까지 그녀는 세계적으로 대성공을 거둔 장편소설 〈라브란스 가문의 딸 크리스틴〉에 착수한다. 담배, 알코올과 다량의 커피에 자극된 채 그녀는 이 작업에 매달린다. 1920년 제1권 〈화관〉, 1921년 아버지를 추모하여 헌정된 제2권 〈부인〉, 1922년에는 3부작의 마지막 권인 〈십자가〉가 출판된다. 그리고는 마침내 그 책들은 〈북구의 일리아스〉가 된다.

이 책에서는 14세기에 아버지가 고른 남자를 거절하는 완고하고 아름다운 크리스틴의 이야기가 펼쳐진다. 그녀는 결국 아버지가 선택한 바람둥이 재판관인 니콜라우쉰의 아내가 된다. 두 사람은 운명적으로 '서로 꼬리를 문 두 마리 뱀처럼' 서로 얽매인 채 결혼해서 일곱 명의 아이를 낳는다. 그녀는 끝까지 복수심을 지니고 남편 니콜라우쉰을 간통과 폭동으로 끌어들여 파멸시킨다. 자기연민과 독선이 그를 죽음으로 이끄는 요인이다. 크리스틴의 삶은 속죄를 찾아 떠나는 순례와 비슷하다. 마지막에 그녀는 수녀의 면사포를 쓴다. 1349년 페스트가 만연했던 해에, 그녀는 이교도의 여신에게 희생양으로 바쳐진 한 소년을 구한다. 백성들은 페스트에 걸려 죽은 그녀의 시체를 신성하게 축성된 무덤에 매장할 것을 요구한다.

운세트는 오래된 전설의 문체 형태로 이야기한다. 드라마틱한 사건들 —살인, 죽음, 배신, 자연재앙— 은 줄거리를 빠르게 이끌어 간다. 거대한 심리적 정확성으로 모든 개인의 내부에는 선과 악이 싸우고, '인류는 두 개의 세계, 즉 시간과 영원, 하늘과 땅 사이의 접촉점'이라는 것을 인간들의 내적 투쟁을 통하여 노출시킨다.

운세트는 오늘날까지 '가톨릭적'이라는 꼬리표를 달고 있어서 많은 독자들을 놀라게 한다. 그렇지만 그녀의 주인공들은 성인의 판박이 그림이 아니다. 그들은 신적 의지에 반항한다. 그 모든 주인공들은 작가 자신처럼 '굴복하지 않는 종'인 셈이다. 〈라브란스 가문의 딸 크리스틴〉이 독일에서 출판된 뒤 "그 책의 등장은 부부생활의 결속에 도움이 된다"라고 찬양받는다. 그렇지만 독일 종교계는 '성욕의 예술가적 형상화'가 의미를 너무 강하게 자극한다고 걱정스럽게 생각한다. 선입견 없이 운세트는 인간의 현실을 기술한다. 또한 그녀는 중세의 일상생활을 아주 생동감 있게 표현하여 이 책은 오늘날에도 여전히 재미있게 읽을 수 있다.

운세트의 첫 대작인 중세소설은 아주 사적인 결정마저도 세인의 주목을 받을 정도로 유명해진다. 이혼한 지 얼마 안 된 1924년 11월 1일 운세트는 가톨릭교회에 입문했다. 그녀는 어린 시절 시작했었던 탐구의 막바지에 도달해 있었다. 자서전적 개종자 소설인 〈김나데니아〉(1929)와 〈불타는 숲〉(1930)이라는 두 권의 책에서 그녀가 주인공 파울 제믈러와 같다는 것을 부인하지 않았다면, 그녀는 바로 자신의 길을 서술하고 있는 것이다: 그녀는 그것을 '진실의 벽을 향해 머리를 박았던 섬뜩한…감정'으로 느낀다. "우리가 두꺼운 양털 같은 축축한 안개 속에서 윤곽만을 인식하고, 그것이 크다는 것을 느낌으로만 안 그 집과 부딪칠 때처럼 대략 그러하다. 그러나 그 안에 진실 자체가 사는 정도라면… 그래, 그렇다면 우리는 손으로 더듬으며 문까지 다가가서 문을 두드리고 입장을 허락해 줄 것을 부탁하지 않을 수 없다. 그렇지 않다면 거기서 도망쳐서 전 생애 동안 체득한 진실을 나는 그렇게 알려고 하지 않을 것이다." 운세트는 자신의 믿음이 느낌과 이해의 과정이라는 것을 언제나 강조한다. 1928년 그녀는 오슬로에 있는 성 도미니크 수도원과 자신을 더욱 밀접하게 연결시킨다.

같은 해 사십칠 세인 그녀에게 노벨상이 수여된다. 특히 '중세의 북구생활에 대한 그녀의 박동감 넘치는 묘사에 대해', 노벨 문학상 수상의 근거로는 〈라브란스 가문의 딸 크리스틴〉 외에 1925년 출간된 〈올라브 아우둔쇤〉의 두 권짜리 이야기가 포함된다.

시그리 운세트는 종종 비난받는다. 이 소설에서 중세가 아닌, 도덕적 투쟁으로 무장한 현대 인간을 기술한다는 것이다. 그녀는 이에 대해 이의를 제기한다. "풍습과 습관은 매일 변하지만, 인간의 마음은 변화하지 않는다."

1927-1939년 사이에 13권의 또 다른 책들이 나온다: 성자의 전설과 두 권의 개종자 소설, 기독교와 게르만 민족성에 대한 에세이들, 그리고 자서전적 소설 〈11년〉과 아울러 그 밖의 '현대'소설들, 특히 〈이다 엘리자베스〉(1932), 〈충실한 아내〉(1936), 〈도르테아 부인〉(1939)을

쓴다. 이제 그녀의 인생에 평화가 찾아들었다. 아들들은 곧 성장했다. 앤더스는 영국에서 엔지니어 수업을 시작하고, 한스는 그의 고교 졸업 시험을 준비한다. 친구들과 손님들은 '그녀가 여왕처럼 모든 것을 돌보고 다른 사람들이 놀라워할 만한 것을 달성했을 때, 언제나 기뻐했던 중세의 분위기에 고가구들로 채워진 그녀의 매력 있는 집'에 놀라워한다.

그녀는 20년대부터 노르웨이 작가동맹에서 함께 일하고, 1937년부터는 전체 스칸디나비아 작가협회의 회장단에서도 일한다. 이미 30년대 초 그녀는 마르크스주의, 그러나 특히 인종차별주의와 사회민족주의의 '새로운 이교도'를 향해 욕설을 퍼부었다. 노르웨이 시인 크누트 함순은 1935년 나치가 감금한 독일 평화운동가 칼 폰 오시츠키에 대한 노벨 평화상 수여에 반대입장을 표명한다. 곧바로 노르웨이 작가동맹의 회장으로 선출된 운세트는 공식적으로 반대선언을 지지하여 나치의 주목을 끈다.

사회민족주의에 대한 그녀의 시종일관된 반대와 마찬가지로 시그리 운세트는 나치의 어머니 숭배에 접근하는 것에도 경종을 울린다. 그녀의 주인공들은 나치의 이상에 동조하기에는 너무 연약하고 너무 감성적이다. 그녀의 성공적인 책들은 독일에서도 곧 필요 없는 것으로 간주되어 도서관에서 제외된다.

1939년 딸 모세가 스물네 살의 나이로 죽는다. 장례식 직후 운세트는 그녀의 동생 시네에게 털어놓는다. "나는 모세가 몹시 그리워. 그러나 어떤 의미에서는 기쁘기도 해. 그 애가 낯선 사람들의 손에 맡겨지지 않았다는 것을 알기 때문이지." 6개월 뒤 어머니의 죽음이 이어진다. 그 사이에 운세트는 한가롭게 시간을 보낸다.

1940년 독일 사람들이 노르웨이로 진군하여 조국의 땅을 점령했을 때, 그녀는 '세계의 종말을 경험하는' 감정을 느낀다. 다시 한 번 그녀는 방송에서 독일의 침략행위를 규탄한다. 그런 다음 그녀는 게슈타포의 그물에서 빠져나와야 했다. 그녀는 도피 중 가장 필요한 것만을 챙겨서 가져갔다. 가족과 함께 모든 운송도구를 이용하여, 가끔은 스키를 타고 북노르웨이 방향을 통과하는 눈 덮인 산을 넘어 스웨덴 국경으로 간다. 1940년 5월 10일, 마침내 기차는 한 여자 친구와 동생 라인힐드가 그녀를 반겨주는 스톡홀름에 도착한다. 다음 날 그녀는 자신의 도피이유를 알린다. 그러나 도피하는 동안 운세트의 사랑하는 아들 앤더스가 27세의 나이로 전투에서 사망한다. 운세트는 깊은 상처를 받는다.

그럼에도 불구하고 운세트는 그날 스웨덴 출판사에 넘겨줄 원고 때문에 분주하게 보낸다. 문학부장인 라그나르 스반스트룀이 여작가를 만났을 때 그녀는 "당당할 정도로 냉정하게, 그녀의 전형적인 품위를 지키며 뚜렷하게 행동했다… 비상한 면을 추측하도록 하는 유일한 점은 과묵한 그녀가 조용한 강도와 확신을 가지고 말하기 시작했다는 것이었다. 그녀 스스로 현실적인 입장에 의지해서 대화를 주도했다…" 그는 이에 고무되어 그녀가 '북구의 평화'라는 신문에다 기고를 하고 싶은지, 더 자세히 말해 유엔 평화의 날이자 노르웨이 국경일인 5월 17일에 즈음해 기고할 것인지를 물었다. 잠시 침묵하던 운세트는 "타자기 있어요?"라고 물었다.

단 한 시간 만에 그녀는 문학부장실에서 기사를 끝냈다. '그녀의 강한 개성'이 인상적으로 새겨진 기사였다. "이 나라, 그것은 바로 우리의 것이다. 어떤 권력도 노르웨이에 대한 우리의 권리를 빼앗을 수는 없다… 권력 때문에 정당성에 대한 우리의 요구, 우리 아이들을 언젠가 자유로운 민족으로서 자유로운 노르웨이에서 살게 하려는 희망을 포기할 수 없다… 그날이 오면 우리는 기쁘게 우리의 죽은 영혼들과 만날 수 있다. 옛날에 죽은 사람들, 우리 조상들과 이 봄의 젊은 사자(死者)들과."

스톡홀름에서 운세트는 반파시즘 인사들과의 관계를 통해 큰 도움을 받는다. 매일 그녀는 최근의 전쟁현황 보고서를 연구하고, 그 후에는 아담한 도미니크 교회의 미사에 참석한다. 마침내 그녀의 아들 한스가 무사히 전쟁에서 돌아와서는, 오슬로에서 스웨덴으로 오는 데 필요한 서류들을 얻으려고 한다는 소식이 전해진다.

아들의 소식을 기다리는 동안 시그리 운세트는 5월 말 스웨덴의 유명한 곤충학자 칼 폰 린네의 저택이 있는 해머비로 여행한다. 그녀는 "청소년기 이래로 이미 린네는 나에게는 일종의 현실의 수호성이었다"라고 경외심으로 가득 차 말한다. 그녀는 린네의 정원과 집을 둘러보고는 '린네의 손이 무수히 거쳐 갔을 책상'에 키스한다.

5월 말 스톡홀름의 역에서 가져온 전보가 한스의 도착을 알려준다. 그녀가 이렇게 행복해 한 적은 드물었다. 그렇지만 겨우 전쟁 60일 만인 6월 8일에 노르웨이는 독일에 항복한다. 고향길은 완전히 막혀버린 셈이고, 그들에게는 미국만이 안심할 장소로 남는다.

시그리 운세트는 아들을 데리고 러시아와 일본을 거쳐서 샌프란시스코로 여행한다. 그 다음 뉴욕으로 간다. 여행에서 얻은 인상들은 망명 중에 영어로 써서 1942년 1월 출간한 책의 일부가 된다. 그녀는

〈미래로의 귀환〉에서 자신의 도피상황을 기술하고 있을 뿐만 아니라, 독일의 비정신적 태도에 거칠게 앙갚음한다. “사회민족주의적 독일의 독특함은 … 이미 먼 옛날 지나가 버린 시대 이래로 독일 민족의 특징이었다”라는 것이다. ‘원래부터’ 다른 민족들과 구별되는 독일 사람들은 “언제나 죽음, 파괴와 결합한 그들의 명예관념을 가지고 있었다.” 전쟁이 끝난 뒤 이에 대해 독일의 철학자 칼 야스퍼스는 운세트에게 대답한다. “인간과 인간이 산다면, 절망이 존재해서는 안 된다. 대체로 한 민족 또는 한 민족의 개개 구성원을 총괄적으로 판단하는 일은 나에게는 인간의 요구에 저촉되는 것처럼 생각된다.”

2차 세계대전 중 여작가는 브루클린에 살면서 틈틈이 미국 동부에서 서부로 여행을 한다. 종종 강연과 인터뷰도 하고, 동료들이나 다른 망명자들을 만난다. 그중에는 독일의 노벨상 수상작가 토마스 만도 있었다. 그녀는 「뉴욕타임스」와 「뉴욕 헤럴드 트리뷴」을 위해서 일한다. 거기에는 그녀 특유의 반파시즘적 목소리가 실린다. 그리고 노르웨이 문화의 사자로서 미국 대중을 위한 북구 이야기와 스칸디나비아 문학에 대한 개요를 쓴다. 미국에서 운세트는 쓰디쓴 많은 경험에도 불구하고 ‘미래로의 귀환’에 필요한 전망을 고찰한다. “어려움에 부딪히는 용기가 필요하다. 그리고 성공을 위해 참아내는 용기가…우리의 목표를 향해 앞으로 나아가는 길을 우리는 혼자서 자신의 노력을 통해, 지칠 줄 모르고 참을성 있는, 용기 있는 작업을 통해 발견할 수 있다.”

2차 세계대전이 끝난 뒤 시그리 운세트는 아들과 함께 고향으로 가는 배에 오른다. 1945년 7월 30일 그녀는 이혼한 남편이 그 사이에

묻혔던 노르웨이에 발을 들여 놓는다. 8월 초 그녀는 나치군에 의해 약탈당하고 황폐해진 그녀의 마음의 고향 비레바엑으로 돌아간다.

시그리 운세트는 전보다 훨씬 힘들고 훨씬 느리게 활동한다. 모든 것, 쓰는 일 또한 그녀에게는 수고스럽다. 그녀는 류머티즘에 시달린다. 날카로운 회청색 눈동자는 어린 소녀 시절처럼 내부의 불꽃을 더는 밖으로 뿜어내지 못한다. "나는 위안물을 가지고 있어. 나는 원해"라고 말하던 시절은 이미 옛날이다.

지금 그녀는 피곤하고 더 이상 많은 것을 원치 않는다. 다만 마지막 ―그녀의 서른세 번째― 책을 완성하기만을 기다린다. 그녀는 14세기의 성인이자 교회목사였던 카타리나 폰 시에나의 소설에 착수한다. 1948년 미국 출판사는 이 책의 출판을 거절한다. 노르웨이 왕이 1947년 7월 그녀에게 훈장을 수여했다는 것만이 그녀에게는 위안이었다.

"나는 2천 년 동안 이 땅에 살았던 사람이다", 시그리 운세트는 언제나 미소를 띠고 말한다. 이제 그녀의 인생은 끝나간다. 수 십 년 동안 그녀의 야간 저술 작업으로 인한 과로를 겪은 육신이 1948년 처음으로 그녀를 거절한다. 일 년 뒤 67세의 운세트는 여름에 뇌졸중에 시달린다. 릴레함메르의 병원에서 그녀는 서서히 회복되는 것처럼 보인다. 그래서 그녀는 오히려 옆에서 밤새도록 시중들며 깨어 있던 동생을 쉴 수 있게 집으로 보낸다. 병실에서 홀로, 가족과 친지들도 없이 고해성사를 받지도 못한 채 시그리 운세트는 1949년 7월 10일 세상을 뜬다. 노르웨이 정부는 그녀에게 국립묘지를 내준다. 그녀의 무덤을 장식한 십자가에는 누가복음의 한 구절이 새겨져 있다: "보라, 나는 주의 종이니라."

그녀가 죽은 지 2년 뒤, 그러니까 원자폭탄 투하사건 6년 뒤 노르웨이에서 운세트의 유고집 〈시에나의 카타리나〉가 출간된다. 많은 사람들이 유언서라고 부른 이 책에서 그녀는 적고 있다: "우리 시대의 인간은 감각적으로 볼 수 있고, 파악할 수 있고, 누릴 수 있는 사물에 대한 확고한 신뢰를 예찬해 왔다. 이런 태도를 물질주의, 독단적 휴머니즘, 집단주의 혹은 다른 어떤 것으로 칭하고 싶어하든, 그것이 이 시대의 신앙고백으로 되어 버렸다. 그럼에도 불구하고 모든 사람들은 물질적인 것들이 얼마나 지극히 불확실한 것인가를 경험했다.

폭발하는 원자폭탄의 광채를 받으며 견고한 소재는 흡사 투명하게 사라지는 그 무엇이 되어 버린다. 그러나 인간이 새로운 경험에 어떻게 반응하게 될지 누가 감히 말할 수 있으랴?"

—샤를로트 케르너

05 내 조국은 지구이다

Emily Greene Barch

에밀리 그린 볼치(1867–1961)
노벨 평화상 1946

1996년 9월 30일 웰슬리 칼리지. 옆구리에 책을 낀 채 대학의 낡은 건물을 향해 서둘러 걷고 있는 여대생들은 머리를 젓고 어깨를 들썩이거나 다만 놀라서 쳐다본다. “에밀리 그린 볼치요? 모르겠는데요”라고 한 여학생이 스포츠카에서 내리면서 말한다. “미안해요, 그녀에 대해 들어본 적이 없네요”, 반바지 차림으로 공원 같은 캠퍼스에서 조깅하던 한 여학생이 대답한다. 그리고 옆구리에 영사기를 낀 채 서둘러 거리를 걷고 있던 여강사는 소리친다. “누구요?” 하면서 워크맨의 핸드폰을 벗는다.

에밀리 그린 볼치? 여성들의 학습권을 보장하는 일종의 혁명을 아무도 필요로 하지 않았을 것 같은 시기에 강의실의 무거운 문을 연 여성들이 공부했던 웰슬리 칼리지. 지금 이 학교 교정에서 에밀리에 대해 어떤 정보도 얻을 수 없다는 것은 아주 자명하다.

많은 저명인사들 —가령 힐러리 클린턴 같은— 은 이런 전통을 잉태한 여성교육기관에서 공부했다. 그런데 에밀리 그린 볼치는 몇 안 되는 최초의 여성으로 이 학교에서 20년 이상이나 경제학과 사회학을 가르쳤다. 그러나 그녀에 대해 아는 사람은 나라 전체에서도 많지 않다. 1946년 노벨 평화상 수상자에 대해 질문하면, 교육받은 계층의 많은 사람들조차도 대답을 못한다.

"아마도 이런 사람들은 기록집에서 알 수 있지 않을까요?" 여강사는 여전히 워크맨을 낀 채로 소리친다. 실제로 커다란 도서관 건물에서 한 숙녀가 친절하게 고개를 끄덕이고는 신문기사가 들어 있는, 먼지로 뒤덮인 두 개의 스크랩북을 책상 위로 내민다. 거의 잊혀진 한 여성의 진기한 삶이 그 안에 들어 있다.

에밀리 그린 볼치: 1867년 1월 8일 매사추세츠 주 보스턴 출생. 경제학 전공. 1896년부터 1919년까지 웰슬리 칼리지의 교수로 재직. 세계여성운동 회원이자 평화주의자, 행동주의자. 평화와 자유를 위한 국제 여성연맹의 공동 창시자. 몇 권의 출판물. 1946년 노벨 평화상 수상. 1961년 1월 9일 94세의 일기로 매사추세츠 주 케임브리지에서 사망.

누렇게 변한 기록집 위에 놓인 사진은 이미 100년 전 여기 강단에서 있던 여성의 모습을 보여 준다. 바닥까지 닿는 검정 스커트를 입은 마른 사람, 흰 블라우스는 반듯하게 매여진 검은 리본으로 장식했다. 검은 머리는 뒤로 묶여 있고, 얼굴은 깨끗하고 준엄하다. 안경을 쓴 회색 눈, 입은 뚜렷하고 이마는 튀어나왔다. 그녀는 침착하게 관찰자의 얼굴을 들여다본다. 휴식하고 있는 부인, 강한 인물임을 보여주는 용모.

그녀는 학문에 종사하면서 세계의 반을 여행했으며, 옛 전통에 도전한 최초의 여성세대에 속한다. 그들은 국제적, 정치적으로 활동을 했으며 아이를 낳지 않았다. 그 대신에 새로운 정신과 새로운 힘을 세계 속으로 끌어들였고, 그들의 이념과 권리를 위해 투쟁하는 것을 배웠던 사람들이다.

노르웨이 신문은 에밀리 그린 볼치의 노벨상이 결정되었을 때, '그녀는 자신 안에 성스러운 불꽃을 가지고 있다'라는 제목을 달았다. 신문은 노벨위원회의 말을 계속 인용했다: "그녀는 우리가 얻으려고 노력했던 현실이 힘들고 지칠 줄 모르는 수고를 통해 얻어졌다는 것을 우리에게 가르쳐 주었다… 그러나 그녀는 훨씬 많은 것을 우리에게 가르쳐준다. 얼마나 힘들었는지는 알 수 없지만, 패배는 신성한 불꽃을 통해서 그 영혼을 태우게 되는 사람에게 신선한 용기를 준다."

에밀리 그린 볼치의 주변 인물들에 대한 조사는 특히 어려운 것으로 입증된다. 그녀의 동료 중 살아 있는 사람은 아무도 없다. 당시 그녀를 지지했던 사람들도 마찬가지로 살아 있는 사람이 별로 없다. 친척 가운데 거의 80세가 다 된 늙은 여조카 한 사람이 아직 살아 있다: 많은 여행길에 그녀의 숙모와 동행했으며, 에밀리가 노벨상 수상연설을 위해 오슬로로 출항했을 때도 함께 있었던 엘렌 에펜하이머가 장본인이다.

나는 흰 머리칼의 숙녀와 보스턴의 한 카페에 앉아 있다. 그녀는 신중하게 찻잔을 건드리고는 그 안을 들여다보려고 노력한다. 기억이 숨겨져 있는 그곳을. 이미 오랫동안 아무도 엘렌에게 그녀의 숙모에 대해 묻지 않았다. 젊은 사람들은 더 이상 에밀리에게 관심이 없어졌다고 전 예술교육자이자 화가인 엘렌이 말한다. 에밀리는 '훌륭한 인간'이었습니다. '성격상 특별한 문제'가 없는 '확고한 인물'이었죠. 긴장을 풀기 위해서 그녀는 그림을 그렸습니다. 작은 수채화를. "그러나 그 모든 것은 아주 오래전의 일이죠."

에밀리 그린 볼치는 색깔을 바꾸는 그런 인물이 아니었다. 그렇게 화사한 미모도 아니었다. 그녀는 뉴잉글랜드의 후기 빅토리아 사회에서 6남매의 둘째로 자란, 가정교육을 잘 받은 소녀였을 뿐이다. 깊은 믿음 때문에 오히려 눈에 띄지 않는 소녀. 보스턴에서 법률가였던 그녀의 아버지 프랜시스는 노예제도의 중요한 반대자였던 찰스 섬머 상원의원의 비서로 일했었다. 에밀리는 아버지에게서 '사욕 없는 공평한 인간'을 보았다. 잠깐 교사로 일했던 어머니 마리아는 솔직하고 쾌활한 방식을 통해 딸의 생활에서 구심점이 되었다. 그녀에 대한 사랑은 '무언가 열정적인 것'을 가지고 있었다고 에밀리는 어머니와의 관계에 대해 적고 있다.

볼치의 가족은 자유로운 가정, 연대감으로 뭉친 최고의 교육 엘리트들이었다. 모든 가족구성원은 언제나 자신의 손님을 집으로 데려올 수 있었다. 그리고 가끔은 20명이 넘는 사람들이 식탁에 둘러앉아 희곡대사를 외우고, 문학을 낭독하고 토론했다.

에밀리는 어릴 적부터 '영리한 아이'였다. 셀 수 없이 많은 책을 읽었다. 독일어와 프랑스어 책까지도. 그리고 일곱 살 때 이미 그녀는 사전을 다룰 줄 알았다. 그녀는 좋은 성적으로 보스턴 소재 사립 여학교를 졸업했다. 아버지의 박애주의, 어머니의 쾌활한 성품, 사랑에 찬 가족 분위기를 통해 일찍이 잘 성숙한 소녀는 순수한 사회적 형식에서 '경쟁'을 배웠다. 오늘날 심리학자들이 그렇게 불렀듯이, 에밀리는 인간과 함께 '할 수 있었다.' 확실히 그녀는 인간을 사랑했다.

한때 여덟 살의 딸은 어머니에게 이웃집 여자애가 '언제나 일등을 하고 싶어 해서' 못 참겠다고 이야기했다. 어머니는 놀라서 딸을 쳐다보고는 물었다. "네가 일등을 하고 싶어서 그러냐?" 이것이 그녀의 '의식적인 자아인식의 최초 행위'였다고 에밀리는 성인이 되어서도 기억하게 된다. 다른 사람을 판단하기 전에 눈을 자기 자신에게 먼저 돌리는 일, 이것이 그녀의 삶을 뚜렷하게 했던 에밀리의 능력 가운데 하나였다. 볼치의 전기 작가 메르체데스 M. 란달이 그녀의 책 〈보스턴 출신의 볼품없는 여성〉에서 30년도 더 전에 확인했듯이, 이런 능력은 그녀에게 조화로운 빛, 즉 어떤 '고상함'을 주고 '그녀의 목소리를 매우 조용하고 아름답게 했다.'

어른이 되었을 때 에밀리는 정신적 서약을 했다. 사회에 봉사할 것을 요구했던 유니테어리언파 교회의 불타오르는 설교를 들은 뒤, 에밀리는 그 일이 아무리 어려울지라도 이런 부름에 따를 것을 맹세했다. 그리고 그녀의 맹세를 수녀처럼 아주 진지하게 다짐했다. 훗날 그녀는 자신의 성품으로 인한 과실을 제외하고는 이 서약을 깨뜨리지 않았다고 말하게 된다.

그녀의 조카가 기억하고 있듯이, '열렬한 믿음'과 '남을 배려하는 마음씨', 겸손과 넘쳐흐르는 인간사랑은 오늘날 오히려 실용적 가치를 중시하는 세대의 의식에서는 거의 나타나지 않는 것들이다. "나는 공주가 아니라, 뉴잉글랜드의 모든 노처녀들과 교사들에게 가장 눈에 안 띄는 사람이다. 그러나 내가 권력을 쥔 남자들과 함께 일하는 것을 참고 견디는 것은 내 인생에서 잠깐이다." 이런 태도는 에밀리 그린 볼치에게 전형적이다. 다른 큰일을 해냈을 때에도 그녀는 다만 우연히 거기에 있었던 것처럼 표현하곤 했다.

여성이 단순히 남성의 부수적 역할을 했던 시대에 그녀는 무조건 공부하고 싶었다. 열일곱 살의 소녀가 마음 깊이 사랑했던 '놀라운 어머니'가 돌아가신 뒤 이런 결심이 확고하게 형성되었다. 그렇지만 이에 앞서 아버지는 그녀의 삶에 인상적인 경험을 가능하게 해 주었다. 1885년 4월 6일 에밀리는 일기에다 썼다: '외국에 가면 어떻겠냐는 제안을 받았다.' 4월 7일의 일기를 보면 외국여행이 '결정되었다.' 그리고 며칠 뒤 그녀는 아르키메데스호를 타고 뉴욕에서 외국으로 출발한다. 그녀는 유럽여행에서 친한 가족들과 함께 다녔다. 이것이 그녀의 외국에서의 교육과 경험의 시작이었고, 세계시민으로서의 철학적 출발점이었다.

뉴잉글랜드로 돌아왔을 때 슬픈 상황이 그녀를 기다리고 있었다. 대부분의 대학이 소녀들에게는 여전히 문을 닫아걸고 있었다. 에밀리의 한 여자 친구는 대학에 들어가기 위해 소년으로 변장하고 싶어 했다. 다른 소녀들은 가족들이 대학에 다니는 것을 수치로 여기고 반대해서 할 수 없이 고향을 등져야 했다. 그러나 곧 보스턴에서 멀지 않은 곳에 여성들을 위한 퀘이커교도 칼리지인 브린 메어 대학이 문을 열었다. '브린 메어'는 하버드가 남학생들에게 했던 것과 똑같이 좋은 교육을 여학생들에게도 제공하고 싶어 했다.

에밀리가 아버지와 함께 1886년 학교를 알아보기 위해서 떠났을 때, 브린 메어는 이미 배우고 싶어 하는 여학생들의 메카가 되어 있었다. 얼마 전 최초의 여대생들 가운데 한 사람으로 취리히 대학에서 '수'를 받았던 당시 겨우 스물여덟 살의 카레이 톰스가 학장이 됨으로써, 이 대학에는 지적 여성해방이라는 미묘한 분위기가 감돌고 있었다. 젊은 여학장은 14세 때 벌써 자신의 일기에다 새로운 포부를 적었다. 일기를 보면 그녀의 삶의 목표는 '여성들이 남성들과 함께 배우는 것, 즉 그들과 함께 이성을 발전시키고 문학과 과학이라는 커다란 분야에서 그들과 함께 경쟁할 수 있는 것'임을 보여주고 있다.

이런 정신과 공동체가 대학입학 후 처음 문학공부에 열중한 에밀리의 발전에 뚜렷한 영향을 미쳤다. 그녀의 전 생애를 통해 그녀는 헝겊 조각이나 종이, 메모, 일기장 등에 자신의 생각과 경험을 기록했다. 그녀는 글자가 적힌 것이면 어떤 것이든 그냥 지나칠 수가 없었다. 책은 그녀의 정신을 형성했으며, 그녀의 가장 위대한 교사였다. 가령 데카르트를 읽은 뒤 "나는 생각하기 위해 언젠가 시간과 용기, 정력과 힘을 갖기를 원했다"라고 기록한다. 그러나 그녀는 '블루스타킹파(교양 있는 여자)'만은 아니었다. 고골의 '타라스 불바'는 그녀 인격의 다른 면을 자극했다. "오, 야성의 카자흐 사병이 있구나! 열심히 싸우고 열심히 마시고 열심히 말을 모는구나. 거친 초원을 벗어나자… 새로운 세상이 우리에게 열리는구나. 새로운 인생, 새로운 민족, 새로운 시대."

"거친 초원을 벗어나자", 이런 외침을 그녀는 조용히 자신의 방식으로 따랐다. 에밀리는 자신의 전공을 바꿨는데, 미학적으로뿐만 아니라 윤리적으로도 무엇인가를 달성할 수 있기 위해서 당시 여성들에겐 흔치 않게 생각되었던 경제학과 사회학에 덤벼들었다. 그녀는 "이 결정을 결코 후회하지 않았다. 사회적 후회는 나중의 문제였기 때문이다." 사회의 '다른 반쪽'의 가엾은 생활조건에 관한 책들은 그녀에게 실천적인 교훈을 심어 주었다. "내 주변에는 사랑과 선한 마음씨가 부족하다. 안락함이나 안전함도 부족하다." 그리고 '이런 일들이 보편적이지 않다는 것'을 인식한 것은 그녀에게는 충격이었다.

사회구조를 개선하기 위한 공부는 점점 더 큰 주도적 원리가 되었다. 그리고 브린 메어에서 큰 성과를 이룬 뒤 그녀는 또 다른 기회를 얻었다. 대학이 당시 줄 수 있었던 가장 큰 표창은 일 년 동안 유럽에서 공부할 수 있는 장학금이었다. 에밀리는 처음에는 장학금을 받으려고 하지 않았다. 그녀의 생각으로는 그 돈이 자신이 번 것이 아니었기 때문이다. 대학은 그것을 전혀 다르게 보았다. "그녀는 스물두 살의 비범한 능력을 가진 여성이다; 도덕적 성격의 비범한 아름다움, 커다란 자유재량과 뛰어난 판단력, 이기심 없이 대학을 대표하는 모든 방법에 적합한 여성이다."

이미 청소년기에 아버지는 딸의 도덕적 정직과 조용하고 총명한 처신을 보고 아이를 '잔 다르크'라고 불렀다. 그녀의 여자 친구 제인 애덤스는 동료이자 최초의 미국 노벨 평화상 수상자인 에밀리를 '내가 이제껏 만났던 사람들 가운데 가장 도덕적인 인간'으로 늘 생각한다. 사실 이런 특징은 그녀가 평생 내적인 갈등과 싸우게 되었음을 의미한다. 그렇다면 에밀리는 아버지가 가르친 공평함을, 봉사와 예속을 요구하던 19세기 후기 여성의 역할을 과연 어떻게 '출중한 인물'이 되려는 자신의 강한 소망과 결부시킬 수 있었을까? 청소년기의 일기에서 그녀는 항상 자신의 내부에서 괴물이 미친 듯 날뛰고 있다고 말하고 있다. 그것은 유명해지려는 이기적인 열망이었다.

에밀리는 유럽에서의 학술적인 이력 −1890/91년 소르본 대학에서 민족경제학을 공부했다− 을 심히 고통스럽고 만족스럽지 못한 것으로 경험한다. 그녀는 물론 '프랑스에 있어서 가난한 사람들에 대한 공식적 원조'라는 제목의 강좌에서 소득을 얻었다. 그러나 자신의 방향을 찾는 일은 쉽지 않았다. 그녀는 아직도 실제로 연구할 것인지 혹은 이론적으로 연구해야 하는지를 인식하지 못했다. 파리에서 붙여진 '지적 여성'이라는 이름의 에밀리가 1892년 미국으로 돌아와서 응용윤리학에 대한 여름학기 수업에 참가했을 때, 그녀는 자신의 지식이 단순히 책에서만 비롯되었다는 것을 깨달았다: "완전히 간접적이고 비현실적이다."

이 시점에서 그녀는 제인 애덤스, 보스턴에서 복지시설을 설립한 다른 사회참여적 엘리트 여성들과 '유용한 성과를 얻기 위해' 우정을 맺었다. 당시 에밀리만이 자신이 받은 우수한 사회교육을 사회사업으로 보답해야만 한다고 생각한 것은 아니었다. 그녀는 일에 몰두하려고 노력했지만, 자신이 행하는 '박애의 노력'을 만족스럽게 느끼지 못했다. 그녀의 삶의 갈등은 다시금 분명해졌다. 지적이며 학술적으로 일하는 동시에 착하게 사는 일이 가능한가?

자기 자신에 대한 의심이 깨어 있는 정신과 따뜻한 영혼을 위한 토대라면, 자문하는 능력은 이미 일찍이 에밀리에게 숙달되어 있었다. 소녀 시절 그녀는 어머니의 현명한 친구가 하는 말을 들었다: "세상에서 가장 추한 모습은 아마도 착해지려고 노력하는 사람일 것이다." 이 문장은 그녀로 하여금 평생 '심각하게 숙고하도록 만들었다.' 그녀는 이 문장을 자신의 금언으로 삼았다. 그녀는 진지하게 덧붙인다, "그러나 그것이 나를 자기숭배의 모든 경향을 수정하도록 인도했다."

에밀리는 다른 사람에 대한 관용이 자기 자신에 대한 확실한 관용에서만 생겨날 수 있다는 것, 그러므로 무의식 또한 우리의 행동을 결정한다는 것을 일찌감치 인식했다. 그녀는 일기에 기록하고 있다. "너는 할 수 있는 한 최선을 다하라. 그런 다음 완전하지 못한 것에 대해 네게 책임이 없음을 강조하라. 너를 위해서 참아라. 네게 공평하라."

그녀는 마침내 사회사업에 등을 돌리고 이론과 연구에 완전히 헌신한다. 이렇게 하는 것이 젊은이들에게 사회적 책임에 대해 눈을 뜨게 하려면 '지렛대보다' 더 효과적인 것으로 여겨졌다. 그녀는 사회과학 연구를 시카고 대학에서 계속했고, 그 뒤 베를린 대학에서 일 년간의 학생 시절을 보낸다. 독일 학생들은 이 드문 여대생을 신기한 눈초리로 쳐다보고 비방 또한 잦았다. 독일에서 그녀는 처음으로 사회주의 철학과 접촉했다. 유럽에서 많은 학생들은 이 철학을 보다 나은 세계를 구축하기 위한 것으로 느끼고 있었다. 에밀리에게도 이런 새로운 흐름은 다시 한 번 '심각하게 숙고하는 것'을 되새기도록 했다.

1896년 미국으로 돌아오는 뱃전에서 그녀는 웰슬리 칼리지의 여교수 캐서린 코먼을 우연히 만났다. 여교수는 에밀리에게 자기 대학에 올 생각이 없는지를 물었다. 집에서 가까운 유명 엘리트 대학의 자리는 유혹적일 뿐만 아니라 행복한 연결이었다. 더구나 에밀리는 필사적으로 아버지와 자신을 떼어놓지 않을 직업을 찾고 있었기 때문이다. 웰슬리는 1919년 그녀의 교수직이 갑자기 끝날 때까지 그녀에게 '20년 이상의 행복한 직업생활'을 선사했다.

처음에 29세의 대학교수는 열정과 환상에 사로잡혀서 많은 개혁을 실행했다. 그녀는 자신의 강의에서 경제학 이론, 통계학, 노동운동과 사회주의 역사를 공동체에서의 실제적 연구분야와 결합했다. 그녀는 부모와 동료들이 깜짝 놀랄 정도로 학생들과 함께 보스턴의 빈민굴과 유곽을 드나들었다. 이는 그 지역의 생활조건을 연구하기 위한 것이었다. 이따금 에밀리 그린 볼치 교수는 스코틀랜드의 하이랜더-춤을 훌륭히 해내서 학생들의 웃음을 자아내기도 했다.

그녀는 자신의 특수 연구 분야 중 하나인 이민에 대해 강의를 했고, 미국 이주민들의 생활조건을 연구했다. 1901년 발간된 것으로 보이는 그녀의 학문적 주저 〈우리의 슬라브족 시민〉을 쓰기 위해 그녀는 여러 번 동유럽과 미국 내의 모든 슬라브족 이주지역을 여행했다. 그런가 하면 여성이라곤 하나도 없는 콜로라도 금 채굴 캠프에서는 최초로 청혼을 받기도 했다. 산책하는 도중에 한 갱부가 공손하게 그녀의 손을 청한 것이다. 그녀는 조용히 자신은 교수이며, 얼마나 많은 돈을 버는지 그에게 알려줬다. 결혼 이야기는 그 자리에서 사라졌다.

에밀리는 결혼이나 사랑에 대해 얘기하는 법이 별로 없었다고 보스턴의 한 카페에서 조카는 설명한다. "나의 숙모님 생활에서의 어두운 점이었죠." 에밀리는 젊은 여성으로서 "청춘을 즐기고, 외출하여 젊은 남성들을 사귀라"는 틀에 박힌 충고를 들을 때면, 어깨를 한 번 들썩거리고는 대개 다음과 같이 대답했다고 한다. "나와는 거리가 먼 얘기야."

34세 때 에밀리는 "나는 결혼하지 않은 여성으로서 행복하다(결혼하지 않았을 뿐만 아니라, 감정적으로도 젊은 여성이다; 사랑하지 않았거나 당시 사랑받지 못했다). 그러나 나는 내가 생의 작은 부분만을 소유하고 있다는 것을 안다. 어머니 혹은 여성, 기쁨 혹은 비극의 열정이 내게는 결정되지 않았다."

그렇지만 에밀리 그린 볼치는 불평하지 않았고, 오히려 그 반대였다고 엘렌은 강조해서 말한다. 92세 때도 그녀는 자신의 인생에 대해 이렇게 설명했다고 한다. "나는 결코 혼자가 아니었다. 결코 한가하지도, 결코 지루한 적도 없었다. 나는 긴 생애를 살았다. 그리고 내가 완전히 쓸모없는 사람은 아니었다는 것에 감사하게 될 것이다."

볼치 교수는 자신의 직업과 사회개혁을 위해서 살았다. 그밖에 모든 다른 것들은 부차적이었다. 그녀는 완전히 이상주의자였으며, 비록 결과가 늘 만족스러운 상태가 아닐지라도 인간은 끊임없이 희생하고 기쁘게 선을 행할 의무를 가지고 있다고 확신했다. "나는 내가 추진하는 일이 종교적인 믿음으로, 저항하기 어려운 내적 충동으로 또는 광신으로 표현될 수 있는지 판단할 수 없다."

그녀는 예절을 종종 성가신 것으로 느꼈다. 유행에는 관심이 없었으며, 모자를 거꾸로 얹어 쓰거나 '일주일에 6개의 우산을 잃어버리곤 했다.' 이런 기억을 떠올릴 적마다 웃음을 터트리는 조카는 덧붙여 설명했다. 이미 여대생 때 에밀리는 '관습성의 단점들'이란 제목의 논문을 썼었다. 그녀는 상황이 그것을 요구한다면 개인의 도덕적 이해에서 관습을 깨야만 한다는 것을 자세히 기술하고는 자기 나름의 조용한 방법으로 그 일을 행했다.

에밀리 그린 볼치는 전형적인 의미에서 '좋은' 교수는 아니었다. 그녀는 "온갖 서류, 즉 팸플릿이나 보고서, 무거운 백과사전에 치여서 최후의 순간에 강의실로 뛰어 들어왔다"라고 당시의 한 여대생은 기술했다. “종종 그녀는 우리에게 시험지를 돌려주는 것을 잊었다.” 그리고 시간을 못 지키는 경우도 적지 않았다. 그 경우 “우리의 선생님은 보스턴이나 뉴욕에서 강의를 한다”라는 것을 의미했다. 그녀는 전혀 새로운 타입의 대학교수였다: 사회개혁의 실행, 노동운동에 참여시키려는 그녀의 노력으로 보스턴에 여성노동조합이 설립되기도 했다. 그것은 그녀가 가르치려고 노력했던 것의 일부였다. 직접적인 지식과 그것의 확증은 매력적이었다고 한다. “우리는 어떤 비전을 가지고 있는가?” 이는 볼치 교수가 여대생들에게 했던 주요 질문들 중의 하나였다. 그러나 그것은 그녀의 생애 동안 그녀 자신에게 했던 질문이기도 했다.

동유럽에서 돌아온 후 1906년 12월 31일 그녀는 자신을 ‘사회주의자’로 부르기로 결심했다. 그것은 확실히 ‘몇 가지 오해를 불러일으키게 될 것’이 뻔했다. “그러나 나는 조금은 더 나은 이해로 이끌어가고자 한다”라고 볼치 교수는 역설했다. 그녀는 오랫동안 마르크스의 몇 가지 명제에 동의했기 때문에 자신과 사회주의와의 관계를 어떻게 설정할 것인가를 고민했었다. 그러나 작은 사건을 통하여 이웃 사랑만이 오직 ‘사회주의자’가 될 수 있다는 것을 그녀에게 분명히 해주었다. “그것은 프라하에서였다. 무엇인가 먹을 것을 찾기 위해 맨손가락으로 재받이 상자 속을 분주하게 뒤지고 있는 한 남자를 보았을 때는 참을 수 없을 정도로 추운 겨울날 아침이었다. 하늘은 내가 충분히 비참함과 배고픔을 보았다는 것을 알고 있다… 그러나 얼어버린 잿 속을 뒤지는 맨손가락은 무엇인가 최후의 것을 쥐고 있었다.” 그녀의 모든 연구들은 그녀의 사회적 책임감을 강화시켰으며, 점점 강하게 그녀는 더 많은 정당성에 비해 ‘커다란 사회적 변화의 필요성’을 확인했다. 그 때문에 그녀는 1차 세계대전의 발발을 아주 깊이 있게 경험한다.

에밀리 그린 볼치는 전쟁이 사회운동을 위해서는 대재난과 같은 후퇴라고 느꼈다. 사회적인 진보는 돌연 중요하지 않게 되었다. 그녀는 '우리의 사회적이고 생태적 전체체계, 우리의 가치등급, 권리와 우리의 이념'이 전쟁과 얼마나 깊이 결부되어 있는가를 인식했다.

에밀리는 자신의 평화운동을 '제인 애덤스에 의해 인도되었다는 일종의 십자군 원정'으로 간주했다. 1916년부터 1918년까지 그녀는 온 힘을 평화활동에 집중하려고 웰슬리 칼리지로부터 휴가를 얻었다. 그녀는 미국을 전쟁에 개입시키지 않으려고 노력했던 몇몇 조직의 공동 발기인이었다. 이를테면 '군국주의에 반대하는 아메리카 유니언' 혹은 '여성 평화당'의 공동 창시자였다.

1915년 1월 25일 평화당의 3천 명 회원이 워싱턴 D.C.에 있는 뉴윌라드 호텔의 커다란 무도회장에서 만났다. 그들은 성명서를 냈다. '우리가 생각하는 것처럼, 힘과 도덕적인 선에서 탁월하게'가 모토였다. '더 인디펜던트 매거진'은 신문으로서는 유일하게 이 사건을 기사화했다. "신속하게, 큰 목소리로, 정치적으로, 구조적으로, 우리는 여성들이 전쟁과 평화에 대한 결정에 참여할 것을 요구한다…. 집에서, 학교에서, 교회에서, 경제적 질서에서 그리고 국가에서", 이것이 여성들의 통고문이다.

첫 발자국을 내디딘 여성들은 계속 앞으로 나아갔다. 1915년 4월 증기선 '누르담'은 42명의 특별한 승객들을 배에 태웠다. 그들은 '최초의 칼리지 세대'를 열었던 저명한 미국 여성들의 그룹이었다. 그들 중에는 변호사, 의사, 문학가, 과학자들이 있었다. 사명을 완수하기 위해 지뢰로 봉쇄된 하천을 건너 전쟁 중인 유럽으로 들어간 용감한 여성들, 그들은 세계회의가 열리고 있는 헤이그로 향하고 있었다. 여행자들 중에는 제인 애덤스와 에밀리 그린 볼치 또한 있었다.

전 세계에서 온 여성들은 악몽에 저항하기 위해, 가능하다면 악몽을 멈추고 미래의 전쟁방지 계획을 구상하기 위해 전쟁의 한가운데로 소집되었다. 역사상 처음으로 서로 다른 민족과 계급 및 서로 다른 정치적 이데올로기의 여성들이 함께 전쟁을 막을 수단과 방법을 찾는 일에 착수했다. '반대자들'은 종종 그들의 정부와 가족의 의지에 반대해서 말했다. 많은 사람들이 배신의 낌새를 챘으며, 다른 사람들은 그 안에서 새로운 방식의 영웅주의를 보았다. 평화운동가들의 용기 있는 요구는 국제재판소와 국제경찰 설립, 대양과 전략적으로 중요한 해상로의 국제화 그리고 모든 여성들의 선거권이었다.

물론 이 여성들은 저항에 부딪혔으며 심한 경우에는 비웃음도 당했다. 한 정치가는 이에 대해 "어리석고 나약하게"라고 주석을 달았다. 그들은 '물리적 나약함'에 영향을 받는 '평화의 여사도'로 명칭되었다. 그들을 둘러싸고 있는 전함, 폭탄, 전쟁욕구에 직면하여 에밀리는 일기에다 적고 있다. "우리는 우리가 어리석게 신호하고 있다는 것을 알고 있다. 그러나 가소로움 그 자체는 가끔 말해야만 하는 것을 큰 소리로 말하는 '무서운 아이들'에서처럼 유용하다." 그 이후로도 그녀는 현혹되지 않고 계속해서 군사력으로 국제분쟁을 해결하려는 '조직화된 야만성'에 대해 말하고 썼다.

헤이그 회의는 이른바 평화의 여사도들이 중재자로 활동할 수 있도록 이들을 중립국으로 파견하기로 했다. 에밀리는 뛰어난 외국어 실력으로 이 일에 매우 적합했기에 4명의 다른 여성들과 함께 스칸디나비아와 러시아로 향하는 '북쪽-방문'을 맡는다. 그녀는 그리스어와 라틴어를 배웠으며, 독일어, 프랑스어, 이탈리아어, 러시아어, 체코어, 폴란드어와 네덜란드어 또한 유창했다. "모든 인간들 간의 상호작용은 예술, 즉 아름답고 필수적인 예술이다"라는 그녀는 사랑스러움과 타협할 준비가 되어 있기로 유명했다. 그래서 그녀는 왕이나 수상, 대통령과도 회의를 개최했다.

그녀의 주요관심사는 전쟁주도국에 영향을 줄 수 있는 중립국들의 '지속적인 중재위원회'의 소집이었다. 몇 달 동안 전쟁지역을 여행했는데, 마지막 단계는 특히 만족스럽지 못하게 진행됐다. 윌슨 대통령은 중재자를 내세우는 일을 무시하고 1917년 4월 2일 미국의 전쟁 참전을 통고했다.

평화주의자들의 모임은 그 후 점점 더 자주 금지되었다. 그들은 거리에서 쫓겨났으며, '비 미국적' 집회를 저지하기 위해 군대가 징발되었다. 신문들은 대서특필했다: '전운에 휩싸인 나라.' 평화주의자들은 '뉴욕타임스'에 광고를 게재했다: "전쟁은 필요한 것이 아니다." 워싱턴에 있는 의사당 앞에서 시위도 했다.

"평화활동은 이제까지 충분한 동기가 있다"라고 에밀리는 간결하게 썼다. 그녀는 '헤이그에서 만난 여성들'과의 경험에 대해 또 다른 책들을 펴냈다. 최근 몇 년 동안 여교수는 더 자주 뉴욕으로 여행을 했으며, 새로 창설된 몇 개의 조직과 함께 '미국에서의 군사적인 감정'에 저항했다. 그녀는 논문을 썼으며, 강연을 하면서 평화의 집회를 조직했다. 그러나 모든 일이 소용없었다. 전쟁은 더 강렬해졌다. 그렇지만 이런 패배와 후퇴에도 불구하고 에밀리의 태도는 강경했다. "여성들은 단 한 번도 힘이 없으니 책임도 없다는 것을 절대로 믿으려고 하지 않았다. 여론이 힘이다; 강하고 적절한 감정이 힘이다. 결심, 믿음 혹은 비전이라는 쌍둥이 자매가 힘이다."

전쟁 시에 평화주의자가 된다는 것은 출세의 종말을 의미했다. 에밀리가 직업적인 자살을 감행했다는 것을 그녀보다 잘 인식한 사람은 없었다. 1919년 웰슬리 칼리지의 행정당국은 20년 이상 교수직에 있던 그녀를 복직시키지 않기로 결정했다. 이유는 그녀의 '성실성'이 의심된다는 것이었다.

쉰두 살의 에밀리는 직업과 연금도 없이 지냈다. 그녀는 법정에서 투쟁하는 대신 조용한 방법으로 반란을 연습했다. 그녀가 해고당했을 때 담배를 피우지 않던 여성이 즉각 담배를 입에 물었다. 그렇게 대학 캠퍼스에서의 금기를 깼다. 그렇지만 그녀는 친구들 앞에서는 충격을 받았다고 말했다.

다른 평화주의자들과 마찬가지로 에밀리는 그녀의 태도 때문에 '혼자서 전운이 높아지는 것에 저항하는 일'에 시달렸다. 해고되기 전 2주 동안 그녀의 이름과 제인 애덤스의 이름이 이른바 '혁명가'의 공식 리스트에 올랐었다. 그럼에도 불구하고 평화를 위한 정치적 개혁활동이라는 그녀의 생활은 계속되었다. 주목받지도 못하고 인정도 받지 못해서 겉보기에 무의미한 것이 마치 시지프스 같았다. 1919년 '평화와 자유를 위한 국제 여성동맹'의 출범지인 취리히에서 오늘날에도 수천 명의 회원을 가지고 세계적으로 널리 자리 잡은 조직인 '여성회의'가 재조직되었다. 에밀리는 회계과장과 비서로 선출되었다. 회장으로는 제인 애덤스가 선출되었다.

창립 후 연맹은 그 본부를 민족회의의 집결지와 멀지 않은 제네바에 둔다. 에밀리는 거기서 3년 동안 일했다. 그녀는 회의를 소집하고,

편지 및 비망록과 진정서 등을 썼다. 언제나 빛나는 제인 애덤스의 뒤 두 번째 자리에 서 있는 것처럼 보였던 에밀리는 연맹을 위해서 살았다. 그렇지만 그녀의 '내부의 불'은 사그러질 줄 몰랐다. 그녀는 자신이 하는 일을 알리기 위해 북아프리카, 중앙아시아, 발칸반도를 여행했으며, 사방팔방으로 그녀의 표어를 외치며 호소했다. "우리는 사회주의자와 자유사상가를 위한 자리를 가지고 있습니다. 그러나 권력을 본질적인 것이 아닌 파괴적인 것으로 여기는 자들을 위한 자리는 없습니다."

쉰여덟 살의 에밀리는 처음으로 기력이 쇠진해짐을 느끼며 피로와 신경쇠약에 시달린다. 1925년 그녀는 뉴잉글랜드로 돌아와서 이후 웰슬리에 있는 집에서 두 명의 여자 친구와 함께 살았다. 그녀는 그 집을 보헤미아 말로 '작은 집'을 뜻하는 '도미체크'라고 불렀다. 꽃과 자연을 사랑하는 그녀는 문 앞의 튤립과 뒤뜰의 경작할 수 있는 정원을 가진 것에 행복해했다.

그렇지만 이미 또 다른 세계의 파멸 조짐이 다가왔다. 1929년에서 1939년까지 사람들은 세계적으로 확대된 불황, 실패로 돌아간 군축회의, 무솔리니의 에티오피아 침공, 일본의 중국침략, 히틀러의 오스트리아와 체코의 합병을 경험한다. 1935년 5월 제인 애덤스의 죽음은 굉장한 타격이었다. "그녀가 했던 일을 내가 하도록 도와줘", 에밀리는 일기에다 자신의 심정을 털어놓는다.

운명이 그녀를 위로해 주려는 듯 그녀를 보상해준다. 웰슬리 칼리지가 1918년 휴전 기념일에 강연을 부탁해온 것이다. 그리고 1937년 여성연맹은 그녀가 사랑했던 제인의 후계자로 그녀를 국제명예회장으로 선출했다.

이런 인정들이 그녀에게 새로운 힘을 주었다. 그녀는 군비축소, 난민문제나 항공교통의 국제화 같은 문제에 대한 저술을 준비했다. 그리고 나서는 언제나 자신의 가장 중요한 테마인 평화로 다시 돌아갔다. '유성처럼 문명으로 가는 도중에' 그녀는 세계를 보았으며, '국가간의 불화를 조정할 수 있는 초국가적 주권'의 설치를 위해 투쟁했다. 국제연맹은 그녀의 제안들을 모든 정부에다 보냈다. 훗날 연합국들은 극지방 민족의 국제화에 대한 그녀의 생각을 떠맡아 수행했다. 하지만 가장 커다란 도전이 그녀의 면전에 임박해 있었다.

2차 세계대전은 그녀를 내부위기, 전혀 결정할 수 없고 승리도 할 수 없었던 '길고 고통스러운 정신적 싸움'으로 인도했다. 그러나 진주만 침공과 제3제국의 만행에 직면하여 그녀는 부분적으로 '절대 평화주의'의 개념을 부인했다. 이런 새로운 입장에 대한 내부에서의 비판은 에밀리의 모든 것을 허물어버리는 것처럼 보였다. '도덕적 자질'을 갖춘 사람들의 국제조직은 1942년 우스꽝스러우면서도 심지어 위험한 행태인 듯 보였다. 그러나 그녀는 포기하려고 하지 않았다. "우리는 가장 어두운 시기에 믿을 수 있습니다. 믿을 수 없다면, 적어도 우리가 해방을 향한 길 위에 있기를 바랍니다."

전쟁이 끝난 지 얼마 되지 않아 에밀리가 놀랄만한 사건이라고 불렀던 노벨상이 그녀에게 주어진다. 1946년 11월 오후 라디오에서 그녀가 존 R. 모트와 함께 수상자로 결정되었다는 것을 알렸을 때, 그녀는 아주 심한 기관지염으로 병원에 누워 있었다. 그녀는 추천된 모든 수상자들 가운데 유일한 여성이었다. 그것은 알프레드 노벨의 세 가지 조건을 충족했다는 것을 의미했다. 그녀가 민족 간의 형제애를 위해서, 군대폐지 혹은 감축을 위해서 그리고 평화회의의 유지와 촉구를 위해서 가장 많은 또는 가장 좋은 일을 했다는 것이다. 그러나 그녀는 '지구라는 조국'의 애국자로서 '평화를 위해 고통 받는 다른 모든 사람들보다' 존경받을 가치가 없다고 믿었다. 제인 애덤스처럼 그녀도 상금의 일부만을 자신을 위해 받았다. 그녀에게 이 상은 여성연맹을 위해 '상징적으로' 위탁된 것이기 때문이다.

에밀리는 1948년 조카를 동반하고 노르웨이로 갔다. 병 때문에 2년이나 늦어진 노벨상 수상연설 하루 전 날 79세의 에밀리는 허약하고 비쩍 마른 하콘왕과 만났다. 30년도 더 전에 그녀는 평화사절로서 이미 그를 만난 적이 있었다. 그렇지만 당시 황태자였던 그와의 만남은 조금은 공식적인 것이었다고 그녀의 조카는 기억한다. 몇 분 뒤에 그녀는 그의 왕족다운 고귀함에 공손히 감사하고 일어서서는 위엄 있는 홀에서 도망치다시피 빠져나왔다.

"볼치 여사는 골수까지 뉴잉글랜드인이다"라고 그해 수상자를 인터뷰했던 '보스턴 데일리 글로버'의 기자는 썼다. "독단적이지 않고 조금은 수줍어하는, 친절하고 위트를 지닌 그리고 무엇보다도 특히 정당하려고 언제나 노력한 사람이었다." 에밀리는 말한다. "어렸을 때 나는 아주 예뻐지기로 결심했다. 그러나 그것이 불가능하다는 것을 알았다. 그래서 나는 매우 영리해지자고 결심했다. 곧 나는 이것도 가능성이 없다는 것을 알았다. 그래서 나는 오직 착해지려고 결심했다."

그밖에도 '착한 의지가 기계를 돌리는 불'이라고 에밀리 그린 볼치는 말했다. 특히 그녀에게는 '착한 의지'가 중요했다. 착한 의지, 선의지는 '적대적인' 사람들, 그들의 행동과 문제들을 이해하는 데 필요하기 때문이다. 오슬로의 수상소감에서 볼치 여사는 다음과 같은 타이틀과 연설내용으로 박수갈채를 받는다: "모든 실타래가 오직 한 방향으로만 회전한다면 천이 짜일 수 없다"는 것을 생각하는 세계의 모든 평화주의자들에 대해 '인류의 통일을 향해 혹은 민주주의의 저편에서' 평화란 '역동적인 조화의 연구여야 한다. 고정되지 않고 융통성이 있는…. 성장의 매우 중요한 과정을 통해서 변화하는 살아 있는 유기체처럼.'

노벨상을 받았다고 해서 에밀리에게 근본적으로 달라진 것은 없었다. 그녀는 자신의 옛 모토를 충실히 지켰다: 그리고 이제 그 일을 다시 시작했고, 여전히 할 일이 많았다. 그녀는 신속하게 다시 고향으로 돌아갔다. 그녀는 지난 수십 년 동안 할아버지의 격언에 의존했었다: "늙은 부인은 요리된 부엉이처럼 질기다." 에밀리는 계속해서 2차 세계대전 후 커가는 '전략적' 제국주의와 맞서 끈기 있게 싸웠다. 그녀는 세계열강인 미국의 절제를 호소했으며, 핵균형의 개념에 반대하는 글을 썼고, 그녀가 인간다움과 관용을 권고했던 중국민족과 팔레스타인의 유대인들에게 솔직한 편지를 보냈다. 그녀는 노벨상을 받은 뒤 웰슬리에서 받았던 수많은 우편물에도 답장을 했다. 그러나 그녀는 계속 많이 읽고, 자신의 여자 친구들의 공동체 안에서 겸손하게 살았다.

적대행위 없는 존재라는 그녀의 비전은 깨어지지 않았다. 자신의 이상주의에 따라 그녀는 과격했고, 미래에 대한 희망을 바라보며 그녀는 청소년들처럼 성급하게 일했다. 인간에 대한 그녀의 믿음에도 경계가 없었다: "인간의 특성은 내게 알프스 산맥처럼 보였다. 깊이는 현실적이고 밤과 같이 어둡고 놀라웠다. 그러나 높이 역시 현실적이고 태양빛을 향해 솟아 있었다." 이런 높이를 향해 '기어오르려고 노력하는 일'이 중요하다.

에밀리는 병약해지고 노쇠해서 삶의 마지막 4년을 케임브리지에 있는 환자보호소에서 보냈다. 그녀가 친구에게 고백했듯이 '하수도처럼 흐릴' 수밖에 없던 일상생활을 지루해했다. 그러나 가족들 앞에서는 "언제나 자신이 거기서 얼마나 잘 지내고 있는지 단언했다"고 조카는 말하고는 텅 빈 커피잔으로 시선을 떨어뜨린다. 늙은 숙녀는 최근 몇 년 동안 숙모를 별로 걱정하지 못했다는 것 때문에 자책하고 있었다. 그러면서 에밀리 숙모는 마지막까지 사욕 없이 살았음을 기쁘게 생각했다고도 했다. "아마도 에밀리는 박복했던 걸까? 에밀리는 사람들이 자신을 쉽게 잊도록 해주었다"라고 조카는 말한다.

에밀리 그린 볼치는 자신의 94회 생일파티 다음 날 그녀에게 어울리는 조용한 죽음을 맞이했다. "나는 살아 있는 동안 정확히 내가 하고 싶었던 일을 했다"라고 말하면서.

그녀는 자신의 인생이 끝날 때까지 "세계의 시민으로서 행복하다"라고 느꼈다. 작은 분량의 시집 〈살아 있음의 기적〉에서 그녀는 다음과 같이 쓰고 있다: "내게 가까이, 모든 말마디의 저편에서 내게 가까이/지구는 있다/내가 언제나 걷고 있는 그곳, 나는 집에 있다."

에밀리 그린 볼치의 노벨 평화상 수상 50주년에 즈음하여 평화와 자유를 위한 국제여성연맹은 1996년 11월 15일 웰슬리 칼리지에서 작은 기념식을 준비했다. 웰슬리 칼리지는 장소와 다과를 제공했다. 여학장이 간단히 강연하고, 여성들은 에밀리 그린 볼치의 저술들을 낭독했다. 에밀리의 조카도 참석했다. 대부분 회색 머리칼의 관중은 때때로 지쳐서 고개를 숙였다. 멋지게 양복을 차려입은 한 신사는 '천진난만하게' 무슨 소린가를 중얼거린다. 곧 몇 명의 여대생이 100년 전 이 대학에서 젊은이들에게 다음과 같이 말했던 볼치 여사에 대해 무엇인가를 경험하려고 캠퍼스를 거쳐 도서관으로 가는 길로 접어들었다: "오늘날 존재하는 모든 것은 앞서 간 세대들의 커다란 노고에서 쟁취된 것이다."

—하니아 루차크

06

Rosalyn Sussman Yalow

우리 여성들은 우리를 믿어야만 합니다. 그렇지 않으면 아무도 그렇게 하지 않을 것입니다

로잘린 수스만 얄로우(1921–)
노벨 의학상 1977

1924년 뉴욕 브롱크스. "보스턴 로드 위의 어두운 지대, 남부 대로가의 철도 밑의 창고바닥, 크로토나 공원을 둘러싼 이렌벽과 이탈리아인과 유대인이 살았던 중심지역에 사는 사람들은 비참할 정도로 가난하다." 한 유대인 어머니가 그녀의 두 아이들과 함께 변두리 극장에서 나온다. 클라라 수스만은 로잘린과 알렉산더를 데리고 어린이공연을 보고 나서 집으로 돌아가는 길이었다. 그렇지만 세 살짜리 로잘린은 다시 한 번 완강하게 저항한다. 그녀는 인도 한가운데 주저앉아 어머니와는 다른 귀로를 생각한다.

클라라 수스만은 한숨을 쉰다. 집으로 돌아가는 내내 반항기가 넘치는 아이를 끌고 가는 일은 그녀에게는 너무 힘든 일이다. 그녀는 굴복하고 딸은 승리한다. 이것은 분명히 결코 특별한 일이 아니다. 그럼에도 로잘린은 이 작은 승리를 귀중품처럼 기억 속에 담아둔다. 여전히 나이 든 부인으로서 그녀는 그 돌발사건을 그녀 삶의 기쁨의 상징으로 알게 된다: 공짜로 그녀의 수중에 들어오는 것은 아무것도 없다는 것을. 그녀는 자기 생각을 주장해야만 한다. 그리고 또한 그녀는 그렇게 한다.

클라라 수스만은 그녀의 딸을 진정시킬 수도 없으며 진정시키고 싶지도 않다. 이미 태어나던 날 밤에 로잘린은 주의 깊게 주위를 둘러보았다고 그녀는 이야기한다. 심지어 이 모습이 의사의 눈에도 띄었다는 것이다. "아이는 총명한 사람이 될 거예요", 의사는 자랑스러워하는 어머니의 비위를 맞춰준다. 그리고 클라라에게는 그녀 딸의 이성에 대한 확고한 믿음이 자라나 있었다. 그녀의 아이가 극도로 고집이 세고 단호한 아이로 입증되면, 그녀는 그것을 '매력적'이라고 생각한다. 베를린 출신의 재단사 딸은 그녀의 완고하고 독립적인 딸에게서 다시금 자신을 깨닫는다.

1890년 다섯 살의 클라라는 부모·형제와 함께 함부르크에서 리버풀 행 나룻배를 타고, 리버풀에서는 증기선으로 미국에 들어왔다. 1903년 이후로 그녀 가족은 뉴욕에서 살고 있다. 클라라는 부모의 충고를 듣지 않고 열세 살 때 학교를 그만두고는 점원으로 자신의 생활비를 벌었다. 훗날 그녀는 결혼하기로 결심했는데, '자신을 대단한 사람으로 여기기 위해' 대학에 다니게 될 아들과 딸을 가지고 싶었기 때문이다. 클라라는 댄스파티에서 그녀가 생애 내내 '내게는 세상에서 최고의 남편'이라고 말하게 되는 그녀의 장래의 남편인 시몬 수스만을 알게 되었다. 시몬은 동유럽 이주민들의 집산지인 뉴욕의 로우 이스트사이드 출신이다. 수스만 가족은 종교는 없으나, 유대인임을 자랑스럽게 여긴다.

시몬은 처음에는 전차차장으로 일하다가 로잘린의 유년기 동안에는 작은 재봉용품 상점을 열었다. 그는 전혀 돈을 벌지 못했으며, 그 후로는 시간도 없다. 뉴욕은 파산했고 경제 대공황이 미국 전체를 휩쓸었다. 클라라는 가내노동으로 옷깃 공장을 가지고 있는 삼촌을 위해 바느질을 한다. 그리고 딸 또한 물론 같이 돕는다: "사람들이 무엇인가를 원하면, 그것을 위해 일했다. 그것이 내가 숙제하는 것을 방해하는 것은 아니었다."

로잘린은 아버지를 매우 사랑한다. 그녀는 아버지가 양키팀의 야구경기에 데려가는 것을 좋아한다. 그녀는 소년들과 차이가 없었다고 아버지는 항상 그녀에게 말한다. 막 성년이 된 딸은 자신의 장점을 찾으려고 노력한다. "나는 노래를 잘 부르지도, 그림을 잘 그리지도 못했어요. 춤도 서툴렀죠. 그렇다고 운동선수로 태어나지도 못했어요"라고 그녀는 훗날 회상한다. 그렇지만 그녀는 다른 분야에 재주가 있다: 당연한 듯이 논리학의 세계가 그녀에게 열린다.

로잘린처럼 논리적인 생각에 강한 애착을 가지고 있는 사람들은 특별한 방법으로 인생을 만난다. 그들은 규칙과 예외를 위한 것이 아닌 것에 관심을 갖고 질서를 소중하게 여기고 모든 혼돈을 증오한다. 인간정신에 아직 접근하지 못한 영역들을 개척하고 싶어 한다. 그들은 타고난 자연 과학자들인 것이다. 로잘린은 그밖에도 두 번째, 논리학에 대한 그녀의 사랑과 결합된 특성을 지니고 있다: 그녀는 단순히 '사물을 알기 좋아하는' 열광적인 정보 수집가이다.

그녀가 초등학교 때부터 이미 빛을 발했다는 것은 놀라운 일이 아니다! 그녀는 좋은 성적으로 인해 규칙적으로 받은 금종이로 만든 별을 집으로 가져온다. 후에 월튼 고등학교에서 그녀는 한 학년을 월반한다. 교사들은 그녀를 '천재'라고 생각한다. 그녀는 화학을 비롯하여 모든 학문 중에 가장 논리적인 수학에도 관심이 있다.

그래서 그녀는 십 대 때 점점 그녀의 부모가 모르는 세계 속으로 걸어 들어간다. 시몬과 클라라는 학교교육을 거의 받지 못했다. 그들의 집에는 단 한 권의 책도 없었다. 그럼에도 불구하고 로잘린은 그녀의 부모 곁에서 좋은 대접을 받는다. 왜냐하면 그들은 대부분의 많은 유대인 이웃들처럼 존경할만한 전통을 지키고 있기 때문이다: '책의 민족'의 구성원으로서 그들은 교육을 매우 존중한다. 로잘린의 어머니는 그녀의 아이들이 그들의 지식세계로의 탐험여행을 할 때 다음을 따르려고 노력 한다: 그녀는 로잘린과 알렉산더의 교과서를 읽는다. 로잘린에게는 그녀가 다섯 살 때 책 읽는 법을 배운 이래 매주 그녀의 형제나 친구들과 함께 도서관에 가도록 허락해 주었다.

대부분의 브롱크스 주민들처럼 이 '거대한 구멍', 즉 '이 소시민층의 대륙'에서 아마도 클라라 역시 사회적 상승이라는 아메리칸 드림을 꿈꿨기 때문이다. 유대인 가족들은 특히 상승에 굶주려 있었다; 그들은 모든 권력을 갖기를 바라고 있었으며, 그들의 후손은 그들보다 더 많이 가져야 했다.

로잘린은 그러한 기대에 민감하다. 자신 있고 공명심이 있는 소녀는 그녀가 "모든 것을 이룰 수 있다"라는 것을 마음속 깊이 믿는다. 이미 여덟 살 때 그녀는 '위대한 연구가'가 되기로 결심한다. 당시 초등학교에서 그녀의 전체 친구들은 훗날 심사숙고하면서 실험실 책상에 기대 서 있는 그녀의 모습을 상상한다. 그렇지만 로잘린은 총체적인 어린 시절 꿈을 특히 진지하게 생각해서 그 꿈을 집요하게 고집한다. 그녀는 자기 여자 친구들 이상으로 또한 자기 자신을 믿는다. 그들은 직업을 위해 남편과 아이들을 무시하고 싶어 한다. 로잘린은 처음부터 한번은 가정을 가지고 동시에 훌륭한 과학자가 되기로 결심 한다: "너희가 지금 사람들이 서로 결혼하는 이유를 심사숙고한다면, 너희는 두 가지를 다 해낼 것이다"라고 그녀는 열다섯 살 때 그녀의 학급 친구들에게 설명한다.

로잘린이 열여섯 살에 학교를 끝마쳤을 때, 시몬과 클라라는 딸에게 초등학교 교사가 될 것을 종용한다. "그것은 아주 영리한 유대인 소녀가 30대에 했던 일이다." 그렇지만 로잘린은 보다 높은 야망을 품고는 수업료가 없는 매우 명망 있는 여성 시립대학교인 뉴욕 헌터 칼리지에 재빠르게 자리를 잡는다. 거기서 그녀는 주 전공으로 물리학을 선택한다: "내가 대학에 들어간 30년대 말 물리학, 그리고 특히 핵물리학은 전 세계의 가장 선동적인 분야였다. 그 분야는 모든 실험이 노벨상을 가져다줄 것처럼 보였다."

로잘린은 방사능 연구가들이 물질의 구성과 특성에 대해 그렇게 많은 새로운 것을 밝혀내는 데 성공하는 사실에 매혹을 느꼈다. 그 밖에도 그녀는 특히 방사능 물질들이 어떻게 의학에 투입될 수 있을까에 관심을 갖는다. 어렸을 때부터 그녀는 협력자들과 치료자들의 역할을 탐내며 바라보았다. 그녀의 동생인 알렉산더가 병이 났을 때, 그녀는 어머니가 바느질해준 간호사복을 입고는 알렉산더에게 자기가 알약을 먹이겠다고 고집했다. 학창시절에 이미 그녀는 언젠가 의학연구를 하겠다는 꿈을 꿨었다.

열일곱 살의 물리학도로서 그녀는 물리학, 화학과 의학을 똑같이 성숙시켰던 한 여성, 즉 라듐을 발견한 마리 퀴리를 본보기로 삼는다. 두 번이나 노벨상을 받은 마리의 딸인 이브 퀴리가 몇 년 전에 죽은 자기 어머니의 전기를 출간했다. "모든 여성 과학자는 그 책을 2만 번이나 읽었다"라고 로잘린은 훗날 회상한다. 그녀는 자신을 '강철 같은 의지'와 '상상할 수 없는 고집'을 가진 여성 물리학자인 퀴리 부인과 동일시한다. 여성 연구가의 운명은 완전히 목적을 달성하려는 그녀의 노력에 대한 격려이다: "나에게 그 책의 가장 중요한 부분은 마리가 처음부터 거부되었을지라도 그녀가 결국은 성공했다는 것이다."

젊은 여대생인 로잘린은 여성 과학자들이 자신의 경력을 종종 비싼 대가를 치르고 사들인다는 것을 알고 있다. 퀴리 부인의 전기에는 유명한 여성이 통상 얼마나 '비참하게 그리고 혹사당한' 것처럼 보였는지가 쓰여 있다. 그녀는 '가장 격분한 긴장상태' 속에 서 있었으며, '연구, 가사, 모성, 교수활동으로 너무 지쳐' 있었다. 당당하게 그녀는 '모든 충동적인 동요, 아마도 그녀의 입술 위로 밀려드는 모든 도움을 요청하는 절규'를 참았다. 그렇지만 결핍에 대한 전망이 로잘린에게는 놀라운 것처럼 보이지 않는다. 아마도 심지어 그녀는 매혹된 것처럼 느낀다. 그녀는 그녀가 자신에게 가혹할 수도 있다는 것을 느낀다.

로잘린은 헌터 칼리지에서 비범하게 빛나는 사상가로 주목을 받는다. 수십 년 동안 제럴드 자하리아스 교수는 그의 강의 '상급자를 위한 광학'을 기억할 것이다: "그 과정은 점심 식사 후 바로 시작했으며, 소녀들은 종종 졸았다. 그 때문에 나는 어느 날 내가 두 가지 실수를 했다고 알렸다. 로잘린은 세 가지를 찾아냈으며, 그녀가 옳았다."

그렇지만 총명한 젊은 여성은 또한 특히 그녀의 여성 교수진을 자극한다. 로잘린이 립스틱을 바른다는 것, 젊은 남성들과 약속을 한다는 것, 공공연히 심지어 결혼할 생각을 한다는 것이 발전을 추구하는 여성 과학자에게는 결코 어울리지 않는 것처럼 여겨진다. "나의 두 명의 물리학 여교수 중 어느 누구도 나를 앞으로 불러내기 위해 손가락 하나 까닥하지 않았다"라고 로잘린은 훗날 불평을 한다. 이때 그녀는 지원이 절실히 필요했었다. 그녀는 이중으로 불이익을 당하고 있었는데, 첫째는 여성이라는 것, 둘째로는 유대인 여성이라는 이유였다. 의학 연구에 대한 그녀의 꿈은 미국 내 의과대학들이 40년대에는 아직 한 번도 유대인 남성들을 받아들이지 않았기 때문에 가망이 없어 보인다.

마지막 학기에 그녀는 자기의 목표를 간접적으로 달성하려고 한다. 그녀는 생화학자의 비서로 컬럼비아 대학 의학부에 시간제 일자리를 얻는다. 이를 통해서 그녀는 비공식적으로 학과의 몇 개 강좌를 들을 수 있다. 동시에 그녀는 물리학에서 상급자 과정-재적권을 얻으려고 노력한다. 그러나 그것도 불가능해 보인다: "내가 한 가지 방법으로 그것을 해낼 수 없다면, 그러면 다른 방법으로 하면 되지 뭐."

세계사의 과정은 그녀의 집요함이 시험당하는 것을 방해한다. 그녀가 1941년 그녀의 동창들보다 2년 먼저 대학과 박사학위 시험을 '우등으로' 마쳤을 때, 미국은 2차 세계대전의 참전을 준비하고 있었다. 많은 젊은 남성들이 징집되고 대학들은 잠시 동안 여성들에게도 문을 열어준다. 로잘린은 일리노이 대학에서 제공된 공과대학 물리학과에서 조교 자리를 얻는다.

거기서도 그녀는 이국인이다: 1917년 이래 최초의 여대생이며 조교. 학부의 400명 학생 중 유일한 여성. 여성으로서 그녀는 그녀의 선임자들에게는 엔지니어 학생들을 가르치는 데 충분한 자질이 있는 것으로 생각되지 않는다. 그녀는 물리학에 대해 엔지니어들보다도 훨씬 더 이해를 못 하는 장래의 의학자들에게 여교수로 배정된다. 단 한 명의 교수인 로버트 페이튼만이 그녀를 공동 연구가로 받아들일 준비를 한다. 여성들은 그의 경험에 의하면 '고통스러울 정도로 정확하게' 일했다고 그는 훗날 설명한다. "그 밖에도 나는 그의 동기들이 의혹을 품지 않을 만큼 나이가 들었던 유일한 사람이었다."

로잘린은 이제 다시 물리학 연구에 진지하고도 열정적으로 뛰어든다. 그리고 그녀는 처음부터 필연적으로 그녀의 동창생들의 주목을 받는다. 뉴욕주 시라쿠스 출신의 젊은 아론 얄로우에게는 상세한 기억이 남아 있다: 로잘린의 전형적인 브롱크스 악센트. 아론은 몇 번 지나가는 말로 경멸적인 발언을 한다. 그리고 로잘린은 조롱자를 보다 정확하게 응시한다: "나는 첫눈에 그것이 관심이라고 생각했어요, 적어도 내 쪽에서는요"라고 그녀는 훗날 회상한다.

얼마 후 두 사람은 확실히 친해진다. 그러나 그들은 결혼을 하면 로잘린이 즉시 그녀의 조교 자리를 잃어버리게 될 것이기 때문에 결혼하지 않는다. 왜냐하면 아론도 조교로 일하고 있는 데다가 대학은 두 명의 친척이나 결혼한 사람을 동시에 채용하는 일을 금하고 있기 때문이다. 이론적으로 이런 미국 내 대학교에 널리 만연된 규칙은 족벌주의를 몰아내려고 노력한 결과였다. 그렇지만 실제로 이 규칙은 대개 결혼한 여성 과학자들의 경력에 제동을 거는 데 쓰였다.

아론과 로잘린은 둘 다 재능이 있으나 타입부터 완전히 다른 사람들이다. 성격차이를 설명하기 위해서 로잘린은 훗날 기꺼이 공동 연구기간 중에 있었던 다음의 이야기를 꺼낸다: 전문영역인 물리학의 학과장은 젊은 여성, 즉 그의 남성-학부에 다니는 이방인을 용납할 수 없다. 그는 한 중요한 시험에서 이 사실을 그녀의 약혼자도 느끼도록 한다. 아론은 동일한 수학 문장을 12가지 서로 다른 방식으로 증명해야 한다. 그는 순종한다. 그리고 그 때문에 시험에서 공과대학에 다니는 학생보다도 오래 진땀을 흘리게 된다.

로잘린이 들어갔을 때, 학과장은 그녀에게도 아론과 똑같은 과제를 제시한다. "골드하버와 나이에는 내게 한 가지 방법을 가르쳐 주었어요"라고 그녀는 반격을 가한다. "그리고 그것에 무언가 잘못이 있다면 그때 당신이 두 가지를 결합해 보세요." 시험자는 그 자리를 떠나서는 다시 나타나지 않는다. 로잘린은 그녀의 시험을 기록이 의심스러울 정도로 빠른 시간에 합격했다. 로잘린은 그녀가 그녀의 공격성을 통해서 달성했던 성과에 자부심을 느낀다. 그리고 훗날 만족해서 그것에 대해 보고한다. 그녀 성격의 이런 면을 그녀는 일반 대중에게 아주 즐겨 보여준다.

1943년 6월에 아론과 로잘린은 결혼한다. 아론은 얼마 전에 자신의 조교 자리를 포기하고 연구 장학금을 받았다. 로잘린은 그 덕에 그녀의 조교자리를 그대로 유지해도 되었으며, 계속해서 강의에 참석하고 그녀의 박사연구를 위한 실험을 하기 위해서 실험실에 오래 머문다. 스물두 살의 로잘린은 의학 테마가 아닌 핵물리학 테마를 선택했다. 그녀는 방사선을 방출하고 이때 자신을 변화시키는 원자핵의 매혹적인 특성 연구에 몰두한다.

이것을 발견함으로써 핵물리학을 공동 설립했던 마리 퀴리는 예나 지금이나 그녀의 위대한 본보기이다. 로잘린은 마법에 걸린 것처럼 영화관에 앉아서 유명한 여성 연구가에 대해 할리우드에서 촬영한

영화를 응시 한다: “내가 죽을 때까지 나는 그리어 가슨과 월터 피전을 기억하게 될 것이다… 그녀가 밤마다 어떻게 실험실로 돌아가서 모든 희미한 빛을 보았는지, 그것은 그녀가 방사성을 발견했다는 것을 의미한다. 그것은 얼마나 긴장감이 넘치는가!”

1945년 로잘린은 박사학위 구술시험에 합격한다. 그녀의 지도교수는 존경받는 과학자이다: 후에 브룩하벤 국립 실험실의 책임자가 되는 모리스 골드하버. 시험 후에 로잘린은 잠깐 뉴욕으로 돌아간다. 그녀는 여성 핵물리학자로서의 일자리를 찾지 못한다. 그리고 그 때문에 연방 원거리 통신 실험실의 연구 실험실에 기사자리를 하나 얻었다. 확실히 그것은 아무 일도 하지 않으면서 집에 앉아 있는 것보다는 낫다. 그의 박사연구를 아직 마치지 못한 아론은 그가 일리노이에서 혼자 어떻게 해나가야 할지를 알았음이 분명하다. 부부가 직업생활을 방해하지 않는 것이 그의 부인에게는 매우 중요하다. “너는 네가 추구하는 생활스타일에 어울리는 남편을 찾아야만 한다”라고 로잘린은 훗날 여자 친구에게 분명하게 말한다.

물론 다만 몇 달 동안만 계속된 이런 이별이 그녀가 가정의 과제를 ‘방치한’ 유일한 시간이 된다. 직업에서 그녀는 관행에서 벗어나서 행동을 했으며 동료들은 그녀의 의지를 느꼈다. 그렇지만 그녀는 사적으로는 양처럼 순하다. 결혼한 여성으로 그녀는 ‘부인이기를’ 원하지 그 이상은 아니다. 그래서 그녀는 예를 들면 그녀 자신은 종교적이 아닐지라도 요리할 때 유대인 요리법을 지키라는 아론의 요구를 불평 없이 받아들인다. 공통의 가정살림 또한 그녀는 자명한 것처럼 혼자 꾸린다. 그리고 그녀가 출장을 가게 되면 그녀는 남편을 위해 식사를 미리 준비해 놓는다.

부인으로서 로잘린은 그녀가 이제 한 번은 남편들과는 다른 의무를 부가적으로 얻었다고 생각한다. 그녀는 이에 맞서 싸우려고 하지 않는다. 그러면 그녀는 정력을 소모하게 될 것이다. 즉 그녀의 장점을 소모하게 될 것이다. 그래서 그녀는 자기의 이중부담을 인정하지 않거나 '사소한 것'으로 매도하려고 노력한다. 그녀에게 가장 중요한 것은 경력이며, 그녀는 자기의 온 힘을 그것에만 집중한다.

처음에 그녀는 그렇게 곧바로 성공하지 못한다; 그녀의 핵물리학적 전문지식은 통신회사의 연구실험실에서는 아무것도 아닌 양 여겨진다. 그녀의 연구그룹이 1946년 뉴욕을 떠났을 때, 로잘린은 물리학을 가르치기 위해 헌터 칼리지로 돌아간다. 그렇지만 그녀는 거기서도 핵물리학 연구를 계속할 수 없다. 그 사이에 의료물리학자로 브롱크스에 있는 몬테피오리 병원에서 일하던 아론은 그 때문에 그녀에게 방향을 전환해볼 것을 충고한다. 방사 물질에 대한 그녀의 지식이면 그녀는 새로이 발전하게 될 치료법의 영역에서 선구자가 될 수 있다는 것이다.

원자로에서 제조되는 인공 '방사성 동위원소들'은 곧바로 클리닉으로 당당히 진입한다. 이 동위원소들은 오늘날까지 의학에서 중요한 역할을 하는데, 그것의 에너지가 풍부한 빛을 통해서 이런 물질의 몇 가지가 종양을 죽일 수 있기 때문이다. 다른 물질들은 병을 진단하는데 도움을 준다: 의사들은 그것을 환자들에게 주사하고 방사성이 몸속에서 어떻게 확산되는지를 측정한다. 그리고 내부기관의 건강상태에 대해 아주 많은 것을 체험한다.

1947년에 로잘린은 그녀의 교수활동에 추가로 브롱크스에 있는 재향군인 행정병원(VA)에 파트타임 자리를 얻는다. VA는 현역과 퇴역 군인들, 민간 공동 협력자 및 그 가족들을 위한 미국 군 병원이다. 아론은 로잘린에게 한 저명한 의료물리학자를 소개했다. 그리고 그 사람이 그녀를 VA에 추천했다. 로잘린은 모든 의사들에게 의학적으로 이용 가능한 방사성물질을 공급해야 한다. 이전에 건물관리인이 광으로 쓰던 좁은 방 한 칸이 스물여섯 살의 여성에게 연구실로 할당된다.

거기서 그녀는 미국에 첫 번째 방사성 동위원소-연구소들 중 하나를 설치한다. 거기에는 (방사선 측정에 쓰이는) 가이거 계수관, 두꺼운 납건축용 석재로 만든 보호시설, 방사선을 쬐게 되면 검게 변하는 뢴트겐 필름들, 거기에다 원심분리기와 부지기수의 작은 관들, 유리잔들, 필터들, 피펫들과 화학약품용기들이 있다. 로잘린은 병원이 필요로 하는 모든 방사성 동위원소를 생산한다. 추가로 그녀는 방사능의 폭넓은 의학적 응용을 획득하는 일에 착수한다. 그녀는 자신이 하는 일에 신이 나 있다. 방사선을 그녀는 ―시대정신과 완전히 일치해서― 정체를 드러낼, 탐구하는 의학을 향한 길을 밝혀주는 '횃불'로 느낀다.

서로 다른 VA-의사들과 함께 그녀는 보다 많은 연구프로젝트를 활동시킨다. 그녀는 매우 생산적이다: 2년 이내에 그녀는 방사능의 의학적 응용에 대한 8편의 논문을 발표한다. 1950년 1월에 그녀는 온종일 VA-병원을 위해서 일하기 시작했으며, 헌터 칼리지에서의 교수활동은 가능한 한 포기한다. 다만 순전히 개인적인 이유에서 단 하나의 유일한 강좌만을 한 학기 동안 계속 한다: 그녀는 그녀가 보기에 특별히 재능이 있어 보이는 이 강좌를 듣는 한 젊은 여대생을 보살펴주고 싶어 한다.

훗날 유명한 매사추세츠 기술연구소의 물리학 교수가 되는 밀드레드 스피워크 드레셀하우스가 바로 로잘린 얄로우의 수많은 '제자' 중의 첫 번째 학생이다. 스물여덟 살의 로잘린은 보다 어린 여성에게 전공으로 초등교육학 대신에 물리학을 선택해야 한다고 충고한다. 밀드레드는 그녀의 교수를 '특정한, 냉정하고 고무적인' 사람이라고 느낀다. 그녀는 긍정적인 의미에서 어머니 노릇을 하고 후원을 해준다고 느낀다. "물론 완전히 그녀 소유가 되었어요. 그것은 단순히 본능적인데, 그녀는 그녀가 그렇게 한다는 것을 결코 알지 못했어요"라고 그녀는 로잘린의 연약한 면을 기술한다.

이와 반대로 그녀의 대부분의 남성 동료들과 경쟁자들은 로잘린을 종종 공격적으로 체험하는데, 이 경우 그녀는 다만 자기 생각을 주장할 뿐이다. 이에 대해 밀드레드는 생각한다: "그녀는 자신의 논거를 유일한 방법으로만 말할 수 있었어요. 그녀는 매우 정밀하고 단호하고 힘이 넘치게 등장해야만 했지요. 그렇지 않으면 어느 누구도 그녀의 말에 귀를 기울이려고 하지 않을 테니까요. 그녀는 모든 관점에서 이방인이었지요. 그녀는 물리학이라는 새로운 영역에서 일했습니다. 그리고 그녀는 의학교육을 받지 못했죠. 그녀는 그들에게 그녀가 그 사실을 진지하게 생각하고 있다는 것을 분명히 해야만 했습니다."

1950년에 개인 출전선수인 로잘린이 전우를 이긴다. 그녀는 세 살 더 많은 내과의사인 솔로몬 A. 버슨과 공동연구를 시작한다. 솔로몬은 러시아 유대인의 아들이다. 그는 마침내 뉴욕대학의 메디컬 스쿨 학생으로 받아들여지기 전에 단지 유대인이라는 이유로 스물한 번이나 거절당한 경험이 있었다. 그는 곧바로 클리닉 교육을 끝냈다. 그리고 과학세계에서는 아직 알려져 있지 않다. 두 명의 완전히 다른 성격들이 서로를 발견했던 것이다.

로잘린의 커다란 힘은 좁은 궤도 안에서 흐른다. 그녀는 완전히 직업적인 질문들에 집중할 수 있어서 이 질문들을 철저하게 세부사항까지 다룬다. 하나의 연구대상이 그녀에게 어려운 문제를 내놓으면, 그녀는 밤 두, 세시까지 깨어서 먼동이 틀 때까지 심사숙고하고는 올바른 해결책을 찾아가지고 실험실로 달려간다. 솔로몬과 함께 나타날 경우 그녀는 별로 말을 하지 않는다.

이와 반대로 솔로몬의 에너지는 차고 넘쳐서 강력한 물결을 일으킨다. 그는 자기의 동료들에게 재능을 타고난 박식한 연설가로 주목을 끌며, 특별히 매력적인데다 사랑스럽다. 그는 바이올리니스트, 체스 선수, 예술에 능통한 사람과 아마추어 철학자로 빛을 발한다. 게다가 그는 천부적인 대담한 사고를 위해 태어난 과학자이다. 당시 VA 의료 서비스 담당자인 버나드 스트라우스는 훗날 솔로몬과 로잘린은 '시와 도기', 즉 남자는 순수한 시이고, 부인은 진흙으로 빚은 용기였다고 말하게 된다.

22년 동안 이 어울리지 않는 한 쌍은 그들의 공동연구를 완성하게 된다. 두 사람은 그때마다 다른 사람의 전문영역에 깊숙이 발을 담근다. 솔로몬은 고전역학에 대해 글을 쓰기 시작하고 수학을 가르칠 것을 생각한다. 로잘린은 얼마 후에 많은 유명한 생리학자들보다 인간 몸 안의 생화학적 과정에 대해 더 많은 것을 알게 된다. 그녀는 몇 안 되는 비의료계 동료들 중의 한 사람으로 미국 생리학자 협회에 받아들여진다.

로잘린과 솔로몬의 제삼자가 동위원소-실험실을 방문하면, 그들은 두 과학자를 종종 부부로 생각한다. 이때 두 사람은 다른 곳에서 행복하게 결혼했다. 로잘린과 솔로몬은 서로 열중하고, 밀접하게 결합해서 활동하고 거의 텔레파시로 의사소통을 하는 것처럼 보인다. 그녀가 하나의 문장을 시작하면, 그는 그 문장을 이어간다. 혹은 그 반대로 한다. 두 사람을 잘 아는 동료는 다음의 의견에 일치 한다: 작업에 대한 순수한 시너지가 존재한다. 솔로몬과 로잘린은 함께 할 때 두 사람이 각자 혼자 있을 때보다 더 창조적이고 생산적이다.

그럼에도 불구하고 많은 사람들은 나중에 솔로몬에게 주도적인 역할이 있었다고 여긴다. 예를 들어 "그는 생물학적인 광채를, 그녀는 수학적인 근육을 마음대로 사용했다"라고 그들의 동료인 버나드 스트라우스는 판단한다. 솔로몬은 커다란 윤곽에, 로잘린은 상세한 것에 책임이 있었다고 또 다른 동료는 주장한다. 그것이 옳든 그르든 오늘날 더 이상 평가될 일은 아니다. 그렇지만 사실은 로잘린의 견해를 왜곡시키는 데 기여했다는 것이다: 그녀는 자기의 직업적인 파트너십에서도 전형적인 여성의 역할을 받아들인 것뿐이다.

물론 여성 연구자가 솔로몬의 파티를 부지런히 준비한다든지 혹은 그녀가 동료에게 점심을 준비해주고 비행기 편을 예약한다든지 하는 일, 그의 일정을 체크하거나 함께 계획된 실험을 하는 일은 어떤 것도 지능이나 과학적 창조성과는 전혀 관계가 없다. 그럼에도 불구하고 적지 않은 여성들과 적지 않은 남성들은 생각하게 될 것이다: 신변의 안전이 확보된 남자는 그 남자의 책임을 덜어주는 여성보다 더 똑똑하고 더 중요함이 틀림이 없다고.

"나는 내가 솔로몬을 따르는 만큼 남자들을 따랐습니다"라고 로잘린은 수십 년 후에 한 여성 저널리스트에게 말한다. "그들은 다만 나보다 더 나아야만 했습니다." "도대체 솔로몬이 더 나았단 말입니까?", 그녀의 대화 파트너가 묻자 로잘린은 설명한다: "아니오, 그는 달랐어요… 그는 주도적인 성격이었어요… 그는 내가 따르려고 하지 않으면, 불쾌하게 생각했던 것 같아요. 그밖에 나는 아무것도 잃을 것이 없었어요." 그때 빈민굴의 아이, 유대인 여성, 상승의 길목에서 남성들 세계의 규칙에 따른, 이를 악물고 결코 약점을 드러내지 않은 젊은 여성은 말한다.

50년대에 로잘린은 그녀가 훗날 노벨상을 받게 되는 연구영역에 헌신한다. 두 명의 아이가 태어났고 그들을 양육한다. 1952년 그녀의 아들 벤자민이 태어났을 때, 로잘린은 7일 동안만 실험실을 비웠다. 그 후 그녀는 집에 가서 아이를 달래기 위해 10주 동안 규칙적인 휴식을 갖는다. 가족과 함께 사는 보모가 어린 아들을 돌본다. 그리고 로잘린의 어머니 클라라 또한 규칙적으로 아이를 돌봐주러 들른다. 아들은 낮 시간의 대부분을 잔다. 그리고 로잘린이 집에 있는 밤에는 그녀는 아들과 놀아준다.

2년 후인 1954년에 딸이 태어난다. 병원에서 나오자마자 즉시 —엘리아나의 출생 후 8일 동안— 로잘린은 강연을 하기 위해 워싱턴으로 간다. "나는 여성 성공의 총체를 보았어요"라고 훗날 성장한 딸은 그녀 어머니에 대해 기술한다. "나는 보상과 희생을 보았어요. 나는 결코 내 어머니가 했던 것처럼 주당 70~80시간의 강의를 해내지는 못할 거예요. 아마도 어머니는 자신의 아이들이 성장하는 것을 보는 것이 무엇을 의미하는지 항상 아셨던 것만은 아닌 것 같아요."

로잘린은 그녀가 실험실에 있는 동안에 벤자민과 엘리아나를 가끔 그리워했는지 드러내지 않는다: "사람들이 무엇을 느끼는지에 대해 결코 질문해서는 안 됩니다. 사람들이 무엇을 하는지 질문해야만 합니다." 그리고 그녀는 어떻든 그녀 시간의 가장 커다란 부분을 연구에 바치기로 결심했다. "그들은 소명을 지니고 있다는 것을 알았습니다"라고 훗날 한 동료는 로잘린과 솔로몬을 기억한다. "그들의 과제는 세계의 현상들을 이해하는 것이었습니다."

VH의 실험실과 병실에서 로잘린은 인간 육체의 비밀을 캐내려고 시도한다. 이를 위해 그녀는 항상 동일한 생물물리학의 트릭을 이용한다: 그녀가 어떤 물질, 가령 호르몬을 연구하고 싶다면, 그녀는 그것에 "표시를 한다." 그것은 그녀가 방사선으로 빛을 발하는 하나의 원자를 모든 호르몬 분자와 결부시킨다는 것을 의미한다.

우리 몸의 세포들을 위해서 그것은 적은 것을 의미한다. 세포들은 그것이 변화하지 않을 때 대부분의 표시된 물질에 반응한다. 그럼에도 불구하고 물리학자 로잘린에게는 방사능이 중요하다. 그것은 종종 그녀가 호르몬 분자에 발신기를 바꿔달아야 한다는 것이다: 그녀는 측정기로 호르몬의 현재 위치를 파악할 수 있다. 그녀는 호르몬의 분포와 농도를 확인할 수 있다.

몇몇 문제 제기를 위해서 그녀는 표시된 물질을 환자들에게 주어야만 한다. 그런 다음 그녀는 가급적 그것의 방사선이 빠르게 다시 사라지는 방사성동위원소를 사용한다. 몇 가지 의문들은 또한 시험관-실험으로 답할 수 있다. 이 경우 환자들은 고통을 덜 받으며, 다만 혈액검사만을 받으면 된다.

50년대에 로잘린과 솔로몬은 특히 갑상선의 요오드 신진대사를 연구한다. 그들은 혈액성분의 행동을 연구한다. 그 밖에도 그들은 예로부터 유명한 신진대사장애인 당뇨병 역시 연구한다.

당뇨병은 췌장에서 생성되는 인슐린이라는 호르몬과 관계가 있다. 많은 당뇨병 환자들은 너무 적은 양의 호르몬을 생산하며, 다른 당뇨병 환자들은 인슐린을 제대로 이용할 수 없다. 많은 당사자들은 그 때문에 규칙적으로 상당한 양의 인슐린을 주사해야 한다. 두 연구가는 인슐린을 제대로 이용하지 못하는 사람의 몸에서 무슨 일이 일어나는지를 알고 싶어 한다. 아마도 호르몬이 공격적인 분자에 의해 파괴되는 걸까? 이 생각을 시험하기 위해서 그녀는 당뇨병 환자에게 표시된 인슐린을 주사한다. 그리고는 놀라게 된다. 호르몬은 그녀가 실험한 환자의 혈관에서 결코 매우 빠르게 사라지지 않는다. 호르몬이 당뇨병 환자들에게 '남아 있는' 것처럼 생각된다. 당뇨병 환자의 혈액 속에서 호르몬은 건강한 사람의 혈액 속에서보다 훨씬 오랫동안 순환한다.

"호르몬이 당뇨병의 핵심이라고?", 두 사람은 서로에게 질문한다. 아니, 그녀는 확언한다. 보다 오랜 시간 인슐린으로 치료받았던 모든 사람들은 신진대사의 이런 특수성을 보여 준다. 대략 그들과 동시에 또 다른 연구가들이 당시 놀랄만한 이런 고찰을 한다. 그럼에도 불구하고 로잘린과 솔로몬만이 —훗날 한 여성 저널리스트가 표현했던 것처럼— '과학의 신성한 암소'를 길에서 치우기 위해 충분히 과감하다.

그들은 당뇨병 환자들이 인슐린 항체를 생산한다는 가설을 세운다. 항체는 우리의 면역체계가 필요에 따라 생산해내는 일종의 신체경찰이다. 일반적으로 항체는 박테리아와 바이러스를 꽉 붙잡는다. 50년대 초에 모든 연구가는 면역체계는 인슐린과 같은 작은 분자에는 반응하지 않는다고 확신했다. 그 때문에 인슐린항체는 존재해서는 안 되는 것이었다. 그런 이유로 로잘린과 솔로몬은 그들의 가설을 공표하는 데 커다란 어려움을 겪는다. 마침내 '임상연구 저널'이 그들의 논문을 받아들인다. 그러나 발행인은 '인슐린-항체'라는 낱말이 표제에서 삭제되어야 한다고 주장한다.

로잘린은 그것에 대해 매우 화가 난다. 그녀는 과학세계에 이미 그것을 보여주게 될 것이다! 그녀와 솔로몬은 그들의 항체-가설을 고집하고, 그것에 대해 숙고하고, 그것을 모든 측면에서 고찰한다. 언젠가 그들은 –'부산물로서'– 그들을 유명하게 만들어 줄 사상을 발전시킨다: 당뇨병 환자의 몸 안에서 유출된 것이 시험관으로 옮겨져서 이용된다.

우리는 알려진 양의 인슐린-항체를 모든 시험관에 집어넣고 알려진 양의 방사능으로 표시된 인슐린을 첨가한다. 그러면 항체가 인슐린을 붙잡는다. 항체-인슐린-시험관의 몇 개에다 부가적으로 알려지지 않은 농도의 인슐린용액, 예를 들면 당뇨병 환자의 혈액을 몇 방울 떨어뜨린다. 거기서 새로운 인슐린 분자들은 표시된 인슐린 분자들 중 몇 개를 항체로부터 밀어낸다. 그것에 이어 우리는 얼마나 많은 표시된 인슐린이 지금 아직도 항체 위에 앉아 있는지를 눈치 챈다. 이런 일련의 실험의 결과에서 얼마나 많은 인슐린이 알려지지 않은 용액을 포함하고 있는지가 계산된다.

두 연구가의 생각은 과학적인 척도로 측정해 보건대 간단하다. 그럼에도 불구하고 그 생각을 바꾸는 일은 기술적이고 계산적인 고역임이 입증된다. 로잘린과 솔로몬은 그들의 시험, 즉 방사능 면역시험(RIA)이 1959년 마침내 완벽하게 기능하기까지 몇 년을 필요로 한다. 그동안 어느 누구도 그들의 활동을 인지하지 못한다. 그들을 끝까지 버티게 한 것은 분명히 과학세계를 경악시키게 될 믿을 수 없을 정도로 정교한 측정방법을 발전시키려는 도전이다.

로잘린은 최초의 RIA를 훗날 최초의 망원경 그리고 최초의 현미경과 비교하게 된다. 망원경이 인류에게 하늘을 그리고 현미경이 인류에게 미생물의 세계를 열어주었던 것처럼 RIA는 의학의 완전히 새로운 영역을 열어주었다는 것이다. 실제로 이 방법으로 연구가와 의사들은 예를 들어 갑자기 미량의 혈액검사만으로도 10억분의 1그램의 호르몬을 분류해낼 수 있다. RIA를 도입하기 전에는 당뇨병 환자들은 그들의 인슐린 수치를 알려면 약 100㎤의 혈액 —약 반 컵— 을 뽑아야만 했다. 이제는 1/2골무면 충분하다.

RIA가 60년대 말경 인정을 받았을 때, RIA는 의학연구와 실행에 혁명을 일으킨다. RIA의 도움으로 실제로 모든 화학 소재는 아주 사소한 양으로도 측정된다. 과학자들은 이제 궁극적으로 뇌가 성장과 번식능력을 어떻게 조종하는지를 연구할 수 있다. 의사들은 갑상선 발병, 당뇨병, 발육부진과 고혈압 환자들을 전과는 다르게 치료할 수 있다. 혈액은행은 기증된 혈액이 가령 간염바이러스에 감염되어 있는지를 배우고 정기적으로 확인한다.

로잘린과 솔로몬은 점점 더 알려진다. 그들은 퀴리부인처럼 그들 과학적 연구 성과에 특허를 받는 일을 포기한다. 그들은 RIA를 무상으로 마음대로 사용하게 한다. 몇 년 동안 그들은 고무되어 그들 측정방법의 가능성을 시험하고, 그 방법을 끊임없이 바뀌는 연구영역에서 효과적으로 시험해본다. 1968년 솔로몬이 교수로 뉴욕 마운트 시나이 의학교로 간다. RIA는 그의 입맛에 맞을 만큼 널리 충분히 발전되어 있다. 그는 새로운 일, 즉 의학, 수학과 철학을 가르치고 싶어 한다.

로잘린은 현 위치를 떠나지 않는다. 솔로몬은 그녀와 함께 밤새도록 연구하기 위해서 저녁에 VA로 온다 — 처음에는 일주일에 2번, 후에는 일주일에 한 번. 1972년 3월에 그는 가벼운 뇌졸중에 시달린다. 한 달 후 그는 겨우 54세의 일기로 심근경색으로 사망한다.

22년 동안 로잘린 얄로우는 솔로몬과 골똘히 생각하고, 연구하고 공인받기 위해 투쟁했다. 그들은 공동으로 노벨상을 희망했다. 그들은 노벨상을 '대왕(The Big One)'이라고 불렀다. 이제 모든 희망은 헛된 것처럼 보인다. 한 과학자팀의 생존자 혼자서 상을 수여 받은 적은 결코 한 번도 없었기 때문이다. 게다가 로잘린은 그녀가 솔로몬의 그림자 속에 있었다는 것을 알고 있다. 많은 사람들은 그녀가 RIA의 발전에 솔로몬보다 공이 적다고 생각한다.

로잘린은 그녀의 절망을 극복하는 데 일 년 이상이 걸린다. 그럼에도 불구하고 그녀의 투쟁적인 천성이 다시 나타난다. 그녀는 새로운 과학적 명성을 얻고자 한다. 로잘린은 그사이에 그녀의 잃어버린 친구를 기억하기 위해서 솔로몬 A. 버슨 연구소로 이름을 바꾼 그녀의 실험실에 젊은 연구파트너를 한 명 받아들인다. 그녀는 일주일에 80시간 대신 100시간을 일하고, 게다가 능률적이다: 1972년과 1976년 사이에 그녀는 60편의 학술논문을 발표한다. 그녀는 ―혼자서― 12개의 의학상을 받는다. 이 여성이 자신의 발로 일어섰다는 통찰이 전문영역에서 자라난다.

로잘린은 그녀가 모든 규칙들에 반해 '대왕'을 받기를 원한다는 것을 숨기지 않는다. 가장 유명한 남성 과학자 동료들은 단 한 번도 그렇게 '터무니 없이'는 상을 줄 생각을 안 한다. 로잘린은 그녀의 행동이 세련되지 못하고 여성스럽지 못하다고 판단되는 일을 걱정하지 않는다. 매년 10월에 그녀는 샴페인을 차게 식혀두고 평소보다 우아하게 옷을 차려입는다. 다시 절망하게 되면 그녀는 아론에게 묻는다: "상을 받기 위해서 나는 무엇을 해야만 하지?"

1977년 10월 13일에 마침내 그녀의 기대가 채워진다. 아침에 정각

6시 45분에 그녀의 실험실에 있는 전화벨이 울린다. 스톡홀름에 있는 카를 연구소의 롤프 루프트 교수가 그녀가 노벨 생리의학상을 받게 되었다고 그녀에게 알려온다. 잠시 후에 로잘린은 기자회견을 한다. 그 사이 뉴욕 쿠퍼 유니언 칼리지의 물리학 교수가 된 아론 얄로우가 동석해서는 로잘린에게 하는 질문을 자신이 스스로 대답할 정도로 그의 부인에게 긍지를 느낀다. "아론, 아론, 제발 내가 좀 대답하게 해주세요", 그녀는 마침내 그를 제지한다.

로잘린은 동향 사람인 로저 길레민과 앤드루 샐리와 함께 상금을 나눈다. 두 남성은 서로 독립적으로 뇌가 호르몬을 생산한다는 것을 설명했었다. 뇌는 이런 전달물질로 몸의 기능에 결정적인 영향을 끼친다. 로잘린의 RIA없이는 길레민과 샐리의 연구 작업은 불가능했을 것이다.

"가까운 미래에 우리는 '자유와 평등'을 추구하는 모든 여성들이 또한 그들을 발견할 것이라고 기대할 수는 없습니다"라고 로잘린은 스톡홀름에서의 노벨상 축사에서 말한다. "그러나 우리 여성들이 우리의 목표를 달성하고자 한다면, 우리들 자신은 우리를 믿어야만 합니다. 그렇지 않으면 아무도 우리를 믿지 않을 것입니다." 그녀가 상금으로 무슨 일을 시작하고 싶은가를 질문 받으면, 그녀는 어깨를 으쓱할 뿐이다: "아무것도 생각나지 않아요. 나는 칼리지에서도 대학에서도 은쟁반 위에 서비스된 무언가 다른 것을 받은 일이 없어요. 나는 매우 힘들게 일해야만 했어요. 그러나 나는 그것을 원했기 때문에 그렇게 했지요. 그것이 행복에 이르는 열쇠였습니다."

몇 달 후 뉴욕 타임스의 엘리자베스 스톤이 연구소에 있는 로잘린을 방문한다. 스톤은 지난 며칠 동안 힘들고 지쳐 보일 정도로 그녀가 많은 일을 했음에도 불구하고 승리의 기쁨에 가득 차 미소를 띠고 있는 여성을 발견한다. "누가 당신을 걱정해 주던가요?", 스톤이 묻는다. "저요", 로잘린은 자랑스럽게 대답한다. "당신에게 무엇인가를 제공하기란 어려운 일로 생각되네요." 스톤이 말한다. 로잘린이 즉시 대답한다. "매우 불가능하죠."

아이 때부터 자립적이었던 그녀는 노벨상을 받은 이후로 인생을 즐길 수 있게 된다. 상을 받고 난 뒤 몇 년 동안 로잘린은 세계가 마침내 그녀의 말에 귀를 기울이고 있음을 즐긴다. 그녀는 객원교수직을 받아들이고 강연을 한다.

1985년에 로잘린의 99세된 어머니가 로잘린이 사는 곳 가까운 곳에 있는 요양소로 이사 온다. 로잘린은 그녀의 어머니를 자주 방문한다. "나는 로잘린이 그것을 어떻게 했는지 정말 몰랐어요"라고 클라라는 말한다. "그녀는 아주 바쁜 사람입니다… 그녀는 매우 열심히 일했어요. 나는 그녀가 몸을 혹사한다고 생각했지요. 그녀는 확실히 더 이상 병아리가 아닙니다. 그러나 로잘린은 말하죠: 대체 난 무얼 해야 하지? 집에 머물며 마루나 닦으라고?"

1991년 일흔 살이 되어서야 비로소 로잘린은 정말로 지쳤음을 느낀다. 그녀는 실험실 연구를 그만둔다. 얼마 후에 그녀는 중대한 손실을 입는다: 그녀의 남편인 아론이 죽은 것이다. 로잘린은 정신을 차린다. 그녀가 뇌졸중에 시달리고 공직에서 은퇴해야만 한 1993년 3월까지 그녀는 세상에 모습을 드러낸다. 그녀는 자기의 마음에 걸렸던 테마에 대해 발표 한다: 그녀의 생각에 따르자면 방사선에 대한 과장된, '집단 히스테리'에 가까운 공포에 대하여. 학생들에게 더 많은 화학, 물리학과 수학을 전달할 필요에 대하여. 더 많은 여성들이 자격 있는 직업에 전념할 수 있도록 많은 좋은 아동보호시설을 열어야 할 절박한 필연성에 대하여.

로잘린의 아이들이 보모에 의해 돌봐졌을지라도, 이 테마는 그녀에게 친숙하다. 그녀의 딸 엘리아나는 캘리포니아에서 유치원을 설립하는 회사를 운영한다. 그 전에 그녀는 저명한 스탠퍼드 대학에서 교육학 박사학위를 받았다. "나는 나의 직업적 출세가 얼마나 중요한지 (청소년 시기에) 끊임없이 들었다"라고 엘리아나는 말한다. "그러나 내가 여성이 남자들 세계를 극복할 수 있다는 것을 무조건 입증해야만 하는 것은 아니다." 그녀는 로잘린이 원했던 것처럼 의학을 공부할 것을 진지하게 고려하지 않았다.

아들 벤자민 역시 그 자신의 직업분야를 선택했다. 그는 부모님처럼 기초과정을 물리학으로 수료한 후에, 컴퓨터 전문가가 되었다. 그는 로잘린의 대단한 야심 또한 공유하지 않는다. "나의 어머니는 내가 대성공을 거두고, 명예와 부를 추구하고, 재빨리 상승하기를 원하셨습니다"라고 그는 노벨상 수여 후에 기자들에게 이야기한다. "그러나 나는 그것이 매우 내 심금을 울렸다고 생각하지는 않습니다." 그는 당시 로잘린을 '따뜻하고 사랑에 찬 어머니' 그리고 '완벽한 영웅 역할을 맡게 될' 무언가 초인간적인 것을 가지고 있는 여성으로 기술했다.

얼마나 진실일까! 로잘린은 마치 그것이 생명수이거나 황금 빌라인 양 항상 직업적인 성공과 싸워왔다. 마침내 그녀는 승리했다. 그리고 지금 노년에 그녀는 세계가 나이 든 여성영웅들을 부드럽게 다루지 않는다는 것을 감수해야만 한다. 많은 동료들과 아는 사람들은 공공연히 로잘린을 비방한다. 많은 사람들은 그녀의 공격성이 노벨상 수여 후 몇 년 동안 참을 수 없을 정도로 상승했으며, 버슨이 공동 업적에 얼마큼의 몫을 가졌었는지를 잊었으며, 항상 옳다고 생각한다고 말한다.

그러나 로잘린은 분명히 일생동안 그녀의 남성동료들과는 다르게 관찰되는 것을 참아야 했다. 그녀의 관점에서 그녀는 노벨상 수여 이후로 궁극적으로는 승리자의 편에 서 있게 된 것이다. 그녀는 남성의 비판을 간과할 수 있다. 그녀의 실험실에는 오랫동안 다음과 같이 쓰인 액자가 하나 걸려 있었다: "여성이 또한 무엇을 한다는 것 – 여성이 남성의 절반만큼 잘 대접받기 위해서 여성은 남성보다 두 배는 더 잘해야만 한다. 그것은 다행스럽게도 어려운 일은 아니다."

–수잔네 파울젠

07

Mutter Teresa

나는 주님의 손에 쥐어진 도구요, 몽당연필일 뿐입니다

마더 테레사(1910–1997)
노벨 평화상 1979

1983년 일흔두 살 때 마더 테레사는 처음으로 중병에 걸렸다. 세계적으로 유명한 수도회 창시자의 심장이 약해졌다. 그때부터 수녀는 병원에서 치료받기 위해 캘커타 슬럼가에 사는 가난한 사람들에게 베풀었던 봉사를 중단해야만 했다. 6년 뒤 완전히 지친 노인은 아주 포기하고 싶었다. 1989년 마더 테레사는 바티칸에 그녀의 퇴직을 요청했다. 이미 몇 년 전 그녀는 동료수녀에게 말했었다. “나는 늙고 지쳤어요. 내게 일이 너무 힘들어요. 이제는 다른 자매를 구하는 것이 더 나을 것 같아요.”

바티칸은 우리 시대에 가톨릭 교인으로는 가장 잘 알려진 여성의 부탁에 관용을 베푼다. 그렇지만 테레사 수녀가 ‘박애의 사절들’이라고 불렀던 지역 수녀원장들과 수임자들은 양보하지 않는다. 1990년 9월의 표결은 그녀가 전혀 기대하지 못했던 결과를 가져온다. 자매들은 만장일치로 마더 테레사가 그들의 수장으로 남아 있기를 원한다. 어머니가 가정에서 없어서는 안 되는 것처럼, '어머니'의 돌보는 손 없이 수녀원을 이끄는 것은 상상도 할 수 없다는 것이었다.

마더 테레사는 그들의 선택을 어쩔 수 없이 받아들인다. "나는 자유롭고 싶었어요. 그러나 주님은 자신의 계획을 가지고 계시지요." 마더 테레사는 자신이 '주님의 손에 쥐어진 도구요, 몽당연필이다'라고 그 의미를 종종 그렇게 풀이한다.

오늘날까지 수 천 명의 자매와 형제들이 수도회 창시자인 테레사 수녀의 본보기를 따른다. '박애의 사절'은 세계적으로 몇 십만 명의 가난한 사람들, 병든 사람들, 고아와 죽어가는 사람들을 돌보고 있다. 세계 백여 개 국에서 그들은 가난한 사람들을 위해 헌신한다. 캘커타의 굶주리는 사람들, 뉴욕의 에이즈 환자들, 기근과 재앙의 희생자들은 마더 테레사의 봉사정신 덕분에 그들의 삶을 영위하고 있다.

'박애와 이웃사랑'이라는 모토는 세 개의 푸른 선이 그어진 하얀 사리에, 등이 굽은 작은 모습의 여성으로부터 시작되었다. 마더 테레사는 지구상에서 가장 많은 존경을 받는 여성에 속한다. 수녀회가 받아들일 수 있는 것보다 더 많은 젊은 여성들이 매년 그녀의 힘든 길을 따르고자 한다. 이제까지 500개가 훨씬 넘는 수도원이 낙성되었다. 그럼에도 불구하고 박애의 사절은 유일한 자매수도회로서 예비 수녀를 위한 대기자 명단을 담당해야만 한다.

거의 50년 동안에 한-여성-기업이 다국적 콘체른으로 성장했다. 평가에 의하면, 매년 헌금으로 5천만 달러가 수도회로 흘러든다. 대통령, 왕, 독재자들까지도 그들의 정상에 있는 평범해 보이는 여성의 곁을 찾는다. 정부, 재단법인, 대학들도 전 세계의 가난한 사람들에게 헌신하는 이 수도회 여성의 사회참여를 무수한 상과 상장을 수여함으로써 존중한다.

1979년에 노벨 평화상을 받은 이래로 '캘커타의 천사'는 세계의 양심을 구체화한다. 많은 사람들이 고행하는 수녀에게서 살아 있는 성인의 모습을 본다. "당신을 보면 우리는 너무나 사소하단 생각이 듭니다. 그리고 우리는 우리 자신 앞에서 부끄러움을 느낍니다"라고 인디라 간디는 말한 바 있다.

이렇게 찬양을 받아도 그녀는 명예에 감동하지 않는 것처럼 보인다. 테레사 수녀에게 그녀의 일생사를 묻는 사람은 대체로 당혹감을 느낀다. 마더 테레사는 자기 자신에 대해 말하는 것을 별로 좋아하지 않는다. "나는 다만 하나의 작은 전깃줄일 따름이고, 주님은 폭풍이십니다." 그녀는 언제나 이런 식으로 자기 자신을 내세우는 일을 사양한다.

마더 테레사는 신앙심이 깊은 생가에서 이미 신의 힘을 느꼈다. 마리아 테레사 보야주는 1910년 8월 27일 원래는 알바니아의 도시였다가 나중에 유고슬라비아에 속하게 된 스코프예에서 태어났다. 부모는 세 번째 아이에게 아그네스란 세례명을 준다. 그러나 가족들은 작은 소녀를 곤자라고 부른다. 곤자는 알바니아어로 '꽃봉오리'를 뜻한다.

처음에 아그네스는 언니인 아가, 오빠인 라자르와 함께 행복한 어린 시절을 보낸다. 아버지 니콜라스는 건축 청부업자와 시참사회 의원으로 성공한 저명인사였다. 어머니 드라나필 역시 서민가정 출신이었다. 아그네스의 가족은 넓은 정원이 딸린 커다란 집에서 살며, 알바니아어와 세르보크로아티아어를 사용한다.

주로 회교도인 스코프예에서 아그네스의 부모님은 소수민족에 속한다. 그들은 가톨릭 신자로 살면서 아이들에게도 이 가톨릭 신앙을 물려주려고 노력한다. 특히 어머니의 강한 신앙심은 가족의 생활에 결정적이었고, 나중에 막내딸이 신의 소명을 받들게 하는 바탕이 된다. 아그네스와 그 남매들은 처음에 성당에서 보내며 교육을 받는다. 아이들이 국립학교에 다닐 때에도 그들은 주로 집과 가톨릭 공동체에서 많은 것을 배운다. 아그네스 가족의 하루는 근처 성당에서의 미사로 시작하여 공동의 묵주기도로 끝난다.

어머니가 환자를 방문하거나 필요한 사람들에게 음식과 의복을 가져다주기 위해서 일주일에 한 번 시내로 갈 때면 아이들은 어머니를 따라나선다. 어머니 드라나필은 예수의 말씀에 따라 살아간다: "나의 가장 보잘것없는 형제들을 위해 했던 그 일을 너희가 나에게 했도다." 아이들은 이런 어머니를 '내 영혼의 어머니' 라고 부른다.

특히 아그네스는 어머니를 모범으로 삼으려고 노력한다. 어머니와의 밀접한 관계는 1919년 아버지가 갑자기 돌아가셨을 때 확실히 더 강해진다. 이는 아버지가 정치적 공모의 희생자가 되었다는 것을 의미한다. 가족은 심리적으로뿐만 아니라, 경제적으로도 벼랑 끝에 서게 된다. 이후 어머니는 가족의 생활을 혼자서 꾸려나간다. 성실하고도 과감한 부인은 무일푼으로 양탄자와 자수 및 수공예품을 파는 작은 사업체를 세운다. 수입은 가족을 부양하는 데 충분했다.

아버지의 비극적 죽음을 통해 네 식구는 훨씬 더 강하게 단결한다. 그리고 성당에도 더 열심히 나간다. 이미 열두 살 때 마더 테레사는 처음으로 수녀가 되고 싶다고 말한다. 몇 년 뒤 테레사는 인도에서 활동하는 선교사에 대한 교구신부의 보고를 듣고 감동을 받는다. 얍브렌코비치 신부는 로레토-수도회 수녀들에 대해서도 이야기한다. 로레토-수도회는 소녀들에게도 교육을 시키기 위해 1609년 영국의 메리워드 수녀에 의해 만들어졌는데, 이 분회는 인도 벵골지방에서 아이들을 가르친다는 것이다. 아그네스는 수도회 자매의 길을 걷도록 자신이 소명 받았음을 점점 더 강하게 느낀다. 열여덟 살 때 아그네스는 벵골지방에 있는 로레토-수도회에 자원을 한다.

인도에서 활동하려면 우선 아일랜드를 거쳐야 한다. 예비 수녀들은 아일랜드의 래트하먼에 있는 로레토-수도회에서 영어를 배워야만 한다. 1928년 9월 겨우 152cm의 아그네스는 가족을 떠나 홀로 아일랜드로 떠난다. 그녀는 어머니와 언니, 오빠를 다시는 보지 못하게 될 것이다.

1928년 11월 벌써 아그네스는 오랫동안 동경했던 인도로의 여행을 시작할 수 있게 된다. 다음 해 1월에는 캘커타 항에서 육지로 여행한다. 그리고 생전 처음으로 100만 명이나 사는 혼잡한 도시 속으로 들어간다. 그녀는 지배층인 영국인들의 화려한 식민지 건축들과 거리를 떠도는 유랑자들의 대조적인 모습을 눈으로 확인한다. 하지만 낯선 냄새, 낯선 색깔과 언어를 가진 이 나라에서 젊은 유럽여성은 뭔가 깊은 인상을 받는다.

캘커타에서는 겨우 며칠만을 보낸다. 그 후 아그네스는 히말라야에 위치한 다르질링을 향해 계속 여행한다. 로레토-예비 수녀들은 신선한 산악 공기 속에서 수도회 생활의 처음 2년을 보낸다. 아그네스는 거기서 주로 영어, 벵골말과 약간의 힌디어를 배운다. 날마다 두 시간씩 예비 수녀들은 교사로서 자신들을 훈련하기 위해 가난한 아이들을 가르친다. 1931년 3월 24일 아그네스는 그녀의 첫 번째 수도서원을 한다. 스무 살의 아그네스는 '가난, 순결, 복종'을 서약한다. '예수의 신부'로서 그녀는 수도원 규칙에 따라 이제까지 지녔던 속세의 이름을 버린다. 젊은 수녀는 처음으로 성인 칭호를 받은 프랑스 여성 테레세 폰 리지외를 본떠 마리아 테레사로 불린다.

수도회는 테레사 자매를 교사로 일하도록 캘커타 교외의 엔탈리로 보낸다. 그녀는 센트 메리 고등학교에서 인도 상류층 가정의 딸들에게 지리학과 역사, 교리문답을 가르친다. "나는 내가 좋은 교사였는지는 모르겠어요. 내가 아는 것은 다만 가르치는 일이 내게 커다란 기쁨을 주었다는 것이지요"라고 훗날 마더 테레사는 회고한다.

1929년 오늘날 세계적으로 유명한 수녀와 알게 된 마리-테레세 브렌 수녀는 그곳에서의 첫해를 상기한다. "당시 테레사 수녀는 별로 특별해 보이지 않았어요. 아주 소박한 보통 처녀였습니다. 매우 상냥하고 쾌활한… 우리는 그녀가 그렇게 많은 것을 이루게 되리라고는 한 번도 생각해 보지 못했어요."

17년 동안 테레사 수녀는 로레토-수도회 상급 수녀들이 그녀를 위해 마련한 길을 따라간다. 1939년 5월 24일 그녀는 수녀로서 영원한 서약식을 행한다. 그리고는 일 년 뒤 센트 메리 고등학교의 교장으로 임명된다. 그녀는 이제 수녀원장이고, 처음으로 마더 테레사로 불리게 된다. 매사에 엄격하고 정확한 테레사 원장은 회색 담을 끼고 잘 가꿔진 잔디밭으로 둘러싸인 서양식 집에서 기거한다.

그렇지만 학교 창문으로는 로레토-수도원의 땅과 직접 경계를 이루는 슬럼가의 초라한 판잣집들이 내려다보였다. 마더 테레사는 더러운 누더기 옷의 아이들과 병으로 신음하는 천민들의 불행에 대해서 듣는다. 그러나 그녀는 수도원의 자산을 이런 불쌍한 사람들을 돕는 데 쓰기로 결정하지 않는다. 주님의 말씀에 따라 살아가는 그녀는 이 불쌍한 사람들을 위해 다만 기도할 수 있었을 뿐이었다.

1942년 전시에는 테레사 수녀의 손이 묶여 있었다. 일본이 2차 세계대전에 끼어들면서 인접한 미얀마를 점령했던 것이다. 캘커타는 동부의 군사력 배치를 위한 영국군의 중심지가 된다. 군 당국이 군대수송을 위해 모든 하천의 배와 철도를 징발했기 때문에, 쌀이 더 이상 캘커타에 도착하지 못한다. 수천 명씩 도시로 몰려와 거리에 진을 친 가난한 사람들과 탈영병들이 굶어 죽기만을 기다린다. 적어도 2백만 명이 1942/43년 겨울 동안 마더 테레사의 제2의 고향인 캘커타에서 죽는다.

다음 몇 년 동안 임박한 인도의 독립에 따라 정치적 불안이 계속되고, 도망자의 물결이 이미 인구과밀인 이 도시로 몰려든다. 1946년 8월 이슬람교와 힌두교 사이에 유혈투쟁이 일어나 캘커타는 동요에 휩싸인다. 1946년 9월 10일 마더 테레사는 며칠간 밀실에서 은둔생활에 들어가고자 다르질링으로 향하는 기차에 오른다. 수도원에는 그런 명상의 시간이 있다. 차 농장을 지나던 중 마더 테레사는 갑자기 내부의 목소리, 그녀의 두 번째 소명을 듣는다. "주님의 사도가 분명했다. 그것은 하나의 명령이었다. 나는 수도원을 떠나야만 했다. 나는 주님이 내게 더 많은 것을 요구하고 있다는 것을 느꼈다. 주님은 내가 가난한, 아니 가난한 사람들 중에서도 가장 가난한 사람들의 슬픈 모습을 사랑하기를 원하셨다."

종종 마더 테레사는 그 뒤에도 자신의 내부의 목소리를 듣고 확신한다. 1994년 테레사 수녀가 죽을 때까지 그녀의 고해신부이자 정신적 조언자였던 벨기에 예수회의 수도사 셀레스트 판 엑셈이 이를 증명한다. "그녀는 로레토를 떠나서 자신의 일을 시작해야 한다는 것을 분명히 느꼈어요. 마더는 그것을 결코 의심한 적이 없었습니다. 한순간이 아니라 오랫동안 말입니다."

그러나 이제까지 가족과 수도원의 안전 속에서 살아왔던 서른여섯 살의 수녀가 자립의 첫 발자국을 어떻게 디뎌야 했을까? 그녀가 계획한 일은 가톨릭 교회 내부의 작은 혁명과도 같은 것이었다. 그녀는 수도원에서 나와도 교회와는 인연을 끊지 않고 가난한 사람들을 돕고자 했다. 그것은 분명히 모험이었다. 테레사는 어려울 때마다 판 엑셈 신부에게 조언을 구한다. 판 엑셈 신부는 수녀의 모험적 계획을 위해 캘커타 대주교의 동의를 얻는 데 성공한다. 그런 다음 그는 마더 테레사의 뜻을 로마 교황청에 알린다. 결정을 기다리는 마음은 무척이나 불안했다. 테레사가 주의 부름을 들은 지 일 년 반이 넘어선 1948년 4월에서야 로마의 교황이 그 계획에 찬성한다. 마더 테레사는 수녀원 밖에서 일하되, 수녀로 계속 남아도 좋다는 허락을 받는다.

같은 해 8월 17일 마더 테레사는 거의 20년 동안이나 입었던 옷을 벗는다. 이제부터 그녀는 벵골지방의 보통 부인들 의상인 희고 푸른 '사리'를 걸친다. 차분하고 조용히 그녀는 엔탈리의 수녀원을 떠난다. "내가 그때 했던 일이 가장 중대한 일이었다"라고 그녀는 나중에 고백한다. "그것은 수녀가 되기 위해 가족과 조국을 떠난 것보다 더 큰 희생을 요구했다."

마더 테레사가 봉사하고 싶어 하는 가난한 사람들 중에 '가장 가난한 사람들'은 여러 가지 병에 시달리고 있었다. 그 때문에 수녀는 이웃 바하르 주 의학협회 수녀들 곁에서 몇 주 동안 응급처치에 관한 교육을 받는다. 처음으로 테레사는 나병으로 사지가 절단된 사람들을 치료한다. 다른 사람들은 머리에서 발끝까지 농양으로 덮여 있었다. 또 많은 아이들의 몸은 기생충으로 부어올라 있었다.

여기서 돌아온 후 마더 테레사는 캘커타에서 갈 곳 없는 노인들을 돌보는 사람들의 집에서 숙박을 할 수 있게 된다. 그녀는 몇 년 동안 직접 눈으로 보아왔던 슬럼가에서 활동을 시작한다. 그곳에는 모든 것이 부족했다. 깨끗한 물도 하수도 시설도, 환자를 위한 숙소나 학교도 없었다. 식수를 퍼 올리고 옷가지를 세탁하는 지저분한 웅덩이 주위에 판잣집들이 몰려 있었다.

이런 악취가 풍기는 시궁창 옆에서 마더 테레사는 우선 아이들을 가르치는 일부터 시작한다. 아이들을 위한 장소나 칠판도, 분필과 석판도 없었다. 그래서 그녀는 막대기를 들고 먼지 속에다 철자를 썼다. 맨발에 누더기를 걸친 아이들에게 알파벳을 가르치기 위하여 땅바닥에 앉아 있는 백인 여성을 슬럼가 주민들은 눈을 동그랗게 뜨고 쳐다본다.

한 신부가 마더 테레사에게 100루피를 보낸다. 이 돈으로 그녀는 월세 5루피 짜리 장소 두 개를 빌린다. 하나는 학교로 그리고 다른 하나는 환자들의 숙소로 쓰기 위해서였다. 곧 '슬럼가-수녀'로 불리게 되는 테레사가 이 프로젝트를 장시간에 걸쳐 계획한 것은 아니다. 당시에도 마더 테레사는 한 개인의 곤경을 보면 즉시 행동으로 실천하곤 했다. 모든 다른 일들은 저절로 전개된다. 주의 위임에 대한 그녀의 믿음은 확고했다. 이 모든 것이 주님의 작품이기 때문에, 주님은 이미 모든 일이 성공하게끔 돌보아주실 거라고 생각했다. 이 때문에 수녀는 많은 부수적 임무를 거의 동시에 시작했다.

마더 테레사에게는 기부금이 없을 때에도 결코 돈이 부족하지 않다. 정부와 교회의 정규 기부금 또한 그녀는 무시한다. "우리는 우리의 모든 일을 주님을 위해서 하는 것입니다. 주님은 틀림없이 우리를 돌보아주실 겁니다. 주님이 어떤 일이 행해지길 바라신다면, 주님은 우리에게 그 일을 할 방법 또한 틀림없이 일러주십니다. 방법을 일러주지 않으신다면, 그것은 주님이 특별한 일을 원하지 않으신다는 뜻입니다. 그렇다면 나는 그 일을 그만둘 것입니다."

2주일 안에 마더 테레사는 환자 숙소를 설치한다. 여유시간에 간호사들이 가난한 사람들을 오두막집으로 옮기고, 가족들을 방문하고, 씻기고 응급처치를 해준다. 그녀는 자신과 함께 일할 조력자, 동료 수녀들이 필요했다. 종교적인 공동체 생활만이 이런 일을 보다 오랫동안 해낼 힘을 줄 수 있기 때문이다. 그녀가 전에 가르친 한 여학생이 첫 번째 지원자로 온다. 그녀가 바로 나중에 '아그네스 수녀'로 불리는 수바시니이다.

이 시기에 마더 테레사는 이미 이사를 하여 그리크 레인 14번지에 있는 3층짜리 집의 맨 위층에 살게 된다. 판 엑셈 신부는 고메스 가족의 집에 몇 장소가 비어 있다는 것을 기억해 냈다. 고메스 씨는 그의 부탁을 받고 그 방들을 마더 테레사가 이용하도록 허락해준 것이다. 다음 몇 달 동안 그 공간들은 또 다른 동료 수녀들로 채워진다. 대부분 센트 메리 고등학교의 제자들이었다. 마더 테레사는 그녀의 조력자들과 함께 이미 다섯 군데의 서로 다른 슬럼가에서 일하고 있었다. 동시에 그녀는 판 엑셈 신부와 새로운 교단을 형성하기 위해 교리를 마련한다. 이 교리는 가난, 순결, 복종과 아울러 네 번째 서약을 포함 한다: 테레사와 동참하는 수녀들은 가난한 사람들에게 보수 없이 진심으로 봉사할 의무를 가진다. 1950년 10월 7일 로마에 있는 수도원회의는 교리의 275개 규칙을 채택한다. 이렇게 해서 '박애의 사절'이라는 수녀원이 탄생하게 된 것이다.

수녀들은 엄격한 규칙에 따라 생활한다. 수녀들은 자신들이 돌봐주는 가난한 사람들보다 많은 것을 소유해서는 안 되었다. 그들이 받은 모든 하사품이나 선물은 꽃을 제외하고는 모두 다음 대로 넘겨진다. 그들은 꼭 필요한 것만을 소유 한다: 세 벌의 사리, 한 개의 묵주, 사리를 고정시키는 십자가상, 침낭 하나, 한 권의 성서와 한 벌의 식사도구. 책이나 사진, 기념품은 없다. 옛날의 어린 예수처럼 선교사들은 두 사람씩 짝을 지어 슬럼가로 들어간다. 이때 그들은 종종 버스 값을 절약하려고 먼 길을 걸어서 간다. 그러면 사람들은 수녀들이 묵주기도를 하면서 내는 중얼거리는 소리를 듣는다. 수녀원 밖에서 선교활동을 할 때 자신이 가져가지 않은 것은 어떤 것도 먹고 마셔서는 안 된다. "누구한테든 아무것도 받지 않는 것이 더 편하다. 그러면 상처받는 일이 없을 것이다."

몇 년 뒤에는 거의 30명의 어린 수녀들이 그리크 레인에서 살게 된다. 그들은 아이들을 가르치고, 환자를 방문하여 이들을 시립병원에 입원시키려고 노력한다. 가끔 그들은 이 일에 성공하지 못한다. 가난한 사람들 중 많은 사람이 거리에서 죽는다. 힘들고 고달픈 일인데도 작은 공동체는 쾌활하다. 자유시간에는 젊은 여성들의 웃음이 온 집안을 울린다.

1953년 2월에 마더 테레사는 가톨릭 교회의 차입금으로 로우어 서큘라 로드 54a 번지에 있는 소박한 3층짜리 건물을 매입한다. 이 건물이 오늘날까지도 수녀원 본원이다. 매일 아침 5시 45분에 이곳의 예비 수녀들과 수녀들은 창문으로 거리의 소음이 새어드는 꾸밈없는 직사각형의 예배당에 모인다. 평평한 책상이 제단으로 쓰인다. 성모 마리아 상만이 꽃으로 장식되어 있다. 수녀들은 값싼 황마로 만든 담요 위에 무릎을 꿇는다. 수녀원 창시자는 주님과의 대화에 깊이 몰두한 채 맨 뒷줄에 앉는다.

"미사는 나를 부양하는 정신적인 영양분입니다. 미사 없이는 내 인생의 단 하루, 아니 한 시간도 존재할 수 없습니다"라고 마더 테레사는 고백한다. 그녀의 기도는 간단하다. 그녀는 교회, 성서의 보급과 교황을 위해서, 고아, 죄수, 학대받는 사람, 술꾼, 재판관, 죽어가는 사람들, 이슬람교와 힌두교를 위해 기도한다.

미사가 끝나면 수녀들은 건물의 안마당에서 자신들의 옷을 직접 세탁한다. 수녀들은 몇 번이나 수선한 단 세 벌의 사리만을 가지고 있다. 수녀원 안에서의 모든 활동은 오늘날까지도 가장 간단한 장치들로 정돈되어 있다. 그래서 모든 수녀들은 그들의 사리를 금속 양동이에 넣어서 빤다. 마더 테레사는 세탁기를 거절한다. 수녀들은 가난한 사람들과 똑같이 간단한 식사를 목탄불에 올려 요리한다. 그나마 작은 개혁의 결과로 수녀원장은 단 한 대의 전화기 설치를 허락했다.

8시쯤 선교사들은 간단한 아침 식사로 기운을 얻고는 시내의 빈민가로 모여든다. 4시간 뒤 그들은 점심 식사를 위해 돌아와서는 30분

정도 휴식을 취한다. 오후 2시부터 6시까지는 종종 오전과는 다른 장소에서 활동한다. 그리고는 한 시간 동안의 예배를 마친 뒤에야 저녁을 한다. 수녀들은 다시 한 번 30분 동안 기도하고 잠자리에 든다.

몇 년이 지난 뒤 마더 테레사와 수녀들은 아무도 돌봐주는 이가 없는 사람들을 위한 집을 마련한다. 최초이자 오늘날 가장 유명한 '죽음을 기다리는 사람들의 집'이다. 마더 테레사가 공식적인 강연에서 종종 이야기하던 체험이 그러한 장소를 마련하게 했다: 슬럼가에서 일을 시작한 지 몇 달 안 되어 그녀는 반쯤 의식을 잃은 중년 부인을 보았다. 그녀는 한 덩어리의 넝마처럼 병원 앞에 누워 있었다. 쥐와 개미가 그녀의 얼굴을 일부 뜯어 먹었다. 그녀는 거의 죽은 거나 마찬가지여서 병원은 그녀를 더 이상 받아들이려고 하지 않았다. 마더 테레사는 그녀를 보도 위로 옮겨 놓았다. "당시 나는 죽어가는 사람들을 위한 장소를 마련해서 그곳에서 그들을 돌보기로 결심했어요."

노력은 성공적이었다. 1952년에는 '순수한 마음의 고향'이 문을 연다. 오늘날까지 이곳에 6만 명 이상의 환자와 죽음을 기다리는 사람들이 수용되었다. 죽음을 기다리는 집은 캘커타의 남쪽인 칼리카트에 있다. 그곳은 도시에서 가장 사랑받는 장소 중 한 곳이다. 그리고 여기에는 칼리 여신의 유명한 사원이 있다.

시 행정부는 마더 테레사에게 칼리사원과 인접한 두 곳의 건물을 넘겨준다. 한 장소에는 죽음을 기다리는 여성들을 위해, 다른 곳에는 그런 남자들을 위해 야전침대가 설치된다. 이웃사람들은 처음에는 기독교 선교사를 불신의 눈초리로 쳐다보곤 했다. 가톨릭 수녀가 위독한 인도여성에게 세례를 해주고 그녀를 기독교인으로 매장했다는 소문까지 돌았다. 칼리신전의 승려는 죽음을 기다리는 집의 철거를 요구한다. 그러나 수녀들이 죽은 사람의 종교를 모르는 경우에는 힌두교 의식에 따라 화장한다는 사실이 알려졌을 때 저항은 가라앉는다.

마더 테레사는 주의 소명으로 생각한 것을 소박하게 실천한다. 그녀는 빈민가에서 데려온 모든 사람들을 온갖 정성을 다해 돌본다. 그들의 상처는 구역질을 일으키고 악취를 풍긴다. 그녀는 불쌍한 사람의 찢어진 살 속에서 미소를 지으며 벌레를 끄집어낸다. 그녀에게 환자는 '굶어서 죽어가는 사람과 가난한 사람들의 파괴된 육체 속에서 접촉하는 예수'인 것이다.

'초상집'의 방문자들은 누구나 그곳에 감돌고 있는 휴식과 기쁨에 대해 이야기한다. 수녀들은 환자들에게 붕대를 감아주고, 약을 주거나 음식을 먹여주는 동안 그들과 잡담을 하고 장난도 친다. 전 세계에서 모여든 사람들은 대부분 젊은 지원자들로 그 집의 평화와 사랑을 위해 노력한다. 그들은 말라서 여윈 남자들의 얼굴을 참을성 있게 면도해주고, 주름진 등을 정성스레 씻겨 준다. 그렇게 해서 이미 죽음을 판정받은 두 명 가운데 한 명가량은 규칙적인 식사를 할 수 있게 된다. 초상집의 휴식과 보호는 그가 다시 회복되어 대도시의 정글 속으로 돌아갈 수 있게 하는 청량제인 것이다.

간혹 어떤 사람들은 '더 많이 구할 수도 있을텐데'라고 테레사 수녀를 비판하기도 한다. 그러나 실상 환자들을 의료상으로 돌보는 일은 역부족이다. 위독한 사람들은 종종 굉장한 통증에 시달린다. 그렇지만 수녀들은 전문적인 의학교육을 받지 못했다. 다만 일주일에 두 번 의사 한 사람이 죽음의 집을 방문한다. 그는 1시간 동안 100명이 넘는 환자들을 돌보고 돌아간다.

"수녀들은 폐결핵을 다른 병과 혼동한다"라고 영국의사이자 테레사의 후원자였던 잭 프레거는 지적한다. "죽음의 집에서 환자들의 50%는 살아남습니다. 그런데 절반이 그런 식의 보살핌으로 살아난다면, 아마도 전문적인 치료를 받는다면 75%가 살아남을 것입니다." 다른 의사 역시 그런 점을 지적한다. "그곳에서 죽어가는 많은 사람들은 의학적인 의미에서 살아날 수 있습니다."

70년대 말 이 일에 참여했던 한 의사는 스스로 캘커타에 2개의 거리 병원을 세운다. 여기서 그는 다른 조력자들과 함께 가난한 사람들에게 가능한 한 최고의 의학적 도움을 주려고 노력한다. 동시에 그는 도움을 청하는 가난한 사람들을 재정적으로 후원도 한다.

마더 테레사는 비판 같은 것에 흔들리지 않는다. "우리의 집은 정신적인 수도원이지 병원이 아닙니다." 그녀는 덧붙여 말한다. "우리는 근본적으로 종교적입니다. 우리는 사회사업가도 아니며, 교사도 의사도 간호사도 아닙니다. 우리는 수녀일 뿐입니다." 물론 비판을 가하는 몇몇은 환자들이 궁극적으로 목적을 위한 수단에 불과하다고 꼬집기도 한다. 그러나 테레사의 관점은 다르다. "우리는 가난한 사람들을 통해 예수님께 봉사하는 것입니다. 우리는 가난한 사람들, 버림받은 사람들, 환자들, 고아와 죽음을 기다리는 사람들 속에서 예수님을 돌보고, 예수님께 옷을 입히고 위로하는 것입니다. 우리가 하는 모든 일은 예수님을 위한 것입니다." 저널리스트 알렉산더 수몰치크는 그의 책에서 마더 테레사에 대해 다음과 같이 쓰고 있다. "위독한 사람들에 대한 사랑의 봉사는 예배이다. 105개의 간이침대를 갖춘 죽음을 기다리는 집은 교회이다."

죽음을 기다리는 집에서는 매일 한두 명이 죽어나간다. 늘 죽음과 대면하는 선교사들은 이런 주검을 보고도 놀라지 않는다. 마더 테레사는 그녀의 노벨상 수상 강연에서 그녀가 구더기가 들끓는 거리에서 데려온 죽어가던 사람의 말을 인용한다. "나는 거리에서 동물처럼 살았습니다. 그러나 나는 이제 천사처럼 '사랑받고 보호받으면서' 죽게 될 것입니다." 그녀는 계속한다. "그는 아주 아름답게 죽었습니다. 그는 신에게로 돌아간 것입니다."

날마다 여러 번씩 단체 관광객이 '죽음을 기다리는 집'에 찾아온다. 이 불쌍한 사람들을 찍은 사진들은 전 세계로 나가서 기부금이라는 강줄기가 되어 흘러들어 온다. 풍족하게 살아가는 사람들은 마더 테레사가 가엾은 젖먹이 아기를 팔에 안은 사진을 보고 감동을 받는다. 테레사 원장 수녀는 자신의 이념을 죽음을 기다리는 집에서 실현한 뒤 이런 종류의 피난처를 여러 곳에 설립한다. 1955년에는 120명에서 200명 사이의 어린아이들이 지낼 수 있는 최초의 고아원을 세운다.

이런 단체는 '쉬슈 바완'이라고 불린다. 여기서 수녀들은 사회가 수용하지 못한 고아들과 버림받은 사람들을 수용한다. 여기에는 엄마에게 버려졌으나 살아남은 젖먹이들도 속한다. 인도 소녀들은 가족이 지불해야 하는 지참금 때문에 종종 원하지 않는 임신을 한다. 그 때문에 특히 임신 3개월 이상 된 태아들이 유산되거나 버려지고, 가끔은 임신 7개월 이상 된 아이도 그런 운명을 맞이한다.

"버려지는 아이가 있으면, 죽게 내버려두지 말고 우리에게 보내세요" 마더 테레사는 계속해서 기도한다. 그녀의 수용소 인큐베이터와 유아용 침대에는 신문지에 싸인 채 거리에서 발견되었거나 수녀원 앞에 버려진 아이들이 누워 있다.

몇 년 동안 사립병원의 한 간호사가 살아날 수 있는 태아를 자신의 앞치마에 싸서 마더 테레사에게 데려온다. 몇몇은 살아남기도 하지만 많은 아이들이 죽는다. 그리고 다른 아이들은 한평생 장애를 겪는다.

수녀들이 해마다 약 300명의 아이를 외국에 있는 양부모에게 그리고 그만큼의 아이들을 인도의 가정에 보내는 데도 쉬슈 바완은 아이들로 넘쳐난다. 그러나 마더 테레사는 공식적으로 콘돔이나 피임약에 의한 임신방지에는 반대한다. '낙태'라는 말은 그녀에게 공포로 여겨진다. "평화의 가장 큰 피해자는 오늘날 때 묻지 않은, 태어나지 않은 아이의 외침입니다"라고 1979년 오슬로에서 노벨상을 받을 때 그녀는 세상을 향해 꾸짖는다. "한 어머니가 자신의 아이를 자신의 품 속에서 살해할 수 있다면, 우리가 서로 죽이는 것보다 더 나쁜 어떤 범죄에 가담하는 것입니다."

쫓겨난 사람들 또한 마더 테레사의 집에서 피난처를 찾는다. 1957년 5명의 나병환자들이 마더 테레사의 집 문을 두드리고 도움을 청한다. 그들은 중류층 가정에 속하는 존경받는 사람들이었다. 그러나 그들이 나병에 걸린 것을 가족들이 알았을 때, 가족은 그들을 집 밖으로 내쫓았다. 버림받은 사람들은 그들의 일, 가족 등 모든 것을 잃었다. 그들은 곤경을 당하자 자선을 베푸는 선교사를 기억한다. 수녀들은 처음에 나병환자들을 받아들여 병을 치료하면서 의사에게 치료법을 배워 익힌다.

그런 일이 있은 후 인도 철도국은 테레사 수녀에게 길이 7km, 폭 50m의 철도 제방을 선물한다. 제방은 캘커타에서 1시간 걸리는 티타가르에 있었는데, 수녀들은 이곳에 나병환자들을 위한 숙소를 설치한다. 나병은 치료 없이는 그들의 사지를 잃게 되는 박테리아에 의한 병이다. 그럼에도 불구하고 거기서 환자들은 일할 가능성을 찾는다. 다리가 절단된 여성들은 곡식을 체로 거르고, 다른 여성들은 절단된 팔과 다리로 옷감을 짠다. 그렇게 해서 테레사-수녀들의 의복인 사리가 만들어진다.

본원은 오늘날 '박애의 남성 수도사들'이 운영한다. 수녀원의 이런 새 분원은 마더 테레사가 육체적으로 어려운 일에는 여성들보다 남성들이 더 적합하다는 것을 알았을 때 설립된다. 수도사들은 수녀들보다 적은 인원인데, 그들은 수도회의 제복을 입지 않는다.

정신병자, 노인, 과거의 매춘부, 140만이 사는 수도의 시장이나 쓰레기장 근처에서 전혀 하는 일 없이 살아가는 이런 사람들을 위해 마더 테레사는 식사와 피난처를 구하고 찾아낸다.

1960년까지 수녀원의 일은 대주교의 교구인 캘커타로만 제한되어 있었다. 하지만 그 이후 마더 테레사는 인도 전역에 문을 연다. 1965년 바티칸은 박애의 여선교사들과 수도사들에게 전 세계로 나아가 봉사하는 것을 허락한다. 마더 테레사는 인도 밖의 첫 번째 집을 1965년 카라카스(베네수엘라)에 설립한다. 그 다음에는 콜롬보(스리랑카), 로마(이탈리아), 타보라(탄자니아)에 설립한다. 1969년 그녀는 오스트레일리아 부르크에 원주민들을 위한 수녀원 낙성식을 행한다.

오늘날 흰색-푸른색 사리를 입은 수녀들은 세계 거의 모든 나라의 사회적 문제와 관련되어 있다: 런던, 뉴욕, 구소련, 남아프리카와 테레사의 조국 알바니아 등. 더욱이 바티칸국에서조차 수녀들은 가난한 사람들에게 식사를 나눠주기 위해 접견실에 붙어 있는 장소를 이용한다. 중국만이 선교사들에게 아직도 입국을 허락하지 않고 있다.

이 모든 나라에서 수녀들은 불쌍한 사람들 개개인의 고난만을 걱정한다. 부당한 사회구조가 제거되면 가난이 근본적으로 더 잘 해결되지 않을까 하는 질문에 대해 마더 테레사는 대답한다: "나는 그런 것에 대해서는 아무것도 모릅니다. 가난의 원인을 제거하는 것은 정부입니다. 나는 정부가 그 사람들의 고난을 인식하고 배려하도록 부단히 이 사람들을 위해 기도할 따름입니다."

1979년 독일에서는 에센에 처음으로 집 없는 사람들을 위한 무료급식소가 설치된다. "사람들은 뱃속에서 꼬르륵 소리가 난다고 무조건 급식소를 찾지는 않습니다." 나중에 베를린 급식소에서 식사를 나눠주던 루미나 수녀는 말한다. "독일에서는 어느 누구도 굶주리지 않습니다. 그러나 사람들은 우리 집에서 환영받는다는 것을 느끼기 때문에 여기에 있고 싶어합니다." 테레사 수녀는 "서구의 정신적 가난은 소위 개발도상국에서의 육체적 가난보다 훨씬 큽니다"라고 말한다. 복지국가에서 수녀들은 '유폐된 사람들', 즉 완전히 홀로 살아가는 고독한 사람들을 방문한다.

노벨상을 받기 전에도 이미 '캘커타의 천사'는 많은 상을 받았다. 인도정부는 1942년부터 인도 국민이 된 수녀원 창립자 테레사 수녀에게 파드마슈리상(1962)을 수여한다. 인도에서 태어나지 않은 사람에게 이 상이 주어진 것은 처음 있는 일이다. 같은 해 필리핀 대통령은 그녀에게 국제친선을 위한 막사이사이상을 수여한다. 또한 1971년 교황 바울 6세는 마더 테레사에게 요한 2세상(첫 번째 평화상)을, 2년 뒤 필립 폰 에딘버그 왕자는 종교진흥을 위한 템플턴 상을 수여한다. 그리고 1975년에는 마더 테레사의 초상화가 세계 식량위원회의 메달로 선정된다.

노벨위원회 의장인 존 새너스는 "그녀가 하는 일의 특징은 개개인, 개인의 가치와 개인의 존엄성을 존중한다는 점입니다. 그녀와 그녀의 수녀들은 고독한 사람들, 도움 받지 못하고 죽어가는 사람들, 내쫓긴 나병환자들을 진심 어린 마음으로, 교만하지 않고 그리고 이들 개개인에게서 예수에 대한 경외감을 느끼며 받아들였습니다"라고 마더 테레사의 수상 근거를 설명한다. 그녀는 인간 존엄성의 신성불가침이라는 입증을 통해서 평화를 아주 근본적인 방법으로 추구했기 때문에 노벨 평화상을 받을 수 있었던 것이다.

"나는 그것을 받을 자격이 없습니다"라고 마더 테레사는 노벨상이 결정되었을 때 즉각적으로 말한다. 그럼에도 불구하고 그녀는 1979년 12월 10일 노벨 평화상을 '가난한 사람들의 이름으로' 받기 위해서 오슬로로 여행한다. 오슬로 대학의 마그나 강당에서 사리를 입고 허리가 굽은 여성은 아시시의 성 프란체스코의 평화의 기도로 감사의 말을 시작한다.

마더 테레사는 그녀에게 수여되는 상이 상금으로 연결될 때마다, 그 돈을 즉시 자신의 봉사활동 계획에 사용한다. 노벨 평화상 상금 30만 마르크도 그런 일로 모두 들어갔다. 30만 마르크는 9천 마르크가 더 추가된 금액인데, 통례적인 노벨상 축하연을 취소하고 가난한 사람들을 위해 적립된 9천 마르크를 기부하도록 그녀가 노벨위원회를 설득시킴으로써 늘어났다.

노벨상은 언론을 두려워하는 테레사 수녀를 궁극적으로 전 세계에 알려지게 한다. 수많은 나라들에서 들어오는 기부금이 그녀에게 도착한다. 어린이들은 용돈을 보내오고, 때때로 부자들은 재산을 기증한다. 그럴 때마다 그녀는 더욱 자주 박애 활동을 위해서 세계를 여행하게 된다. 항공회사들은 그녀에게 무임 항공을 허락한다. 오늘날 박애의 선교사들은 해마다 전 세계의 대략 50만 가정에 식량을 공급해주고, 2만 명의 슬럼가 아이들을 가르치고, 9만 명의 나병환자들을 돌봐준다. 심지어 수만 명의 무신론자들이 수녀들의 일을 돕고 있다.

캘커타의 모든 택시기사들은 출입문에 '마더 테레사'라는 작은 문패를 단 로우어 서큘라 로드에 있는 집으로 가는 길을 알고 있다. 그 아래의 빗장은 수녀원장이 안에 있는지 외출 중인지를 알려준다. 마더 테레사는 방문객들을 이른 아침 미사에 초대한다. 그 후 그녀는 모든 사람들을 위해서 말을 해야 한다. 세계의 권력자들도 '살아 있는 성인'의 집을 찾는다. 팔레스타인 지도자인 야세르 아라파트, 전 미국 대통령 로럴드 레이건과 영국여왕 엘리자베스 2세는 그녀를 방문한 많은 저명인사들 중 단지 몇 명일 뿐이다.

수녀원장은 교황 요한 바울 2세에게 특히 은혜를 입었다고 느낀다. 확실히 교황은 그 나름대로 테레사 수녀를 모든 문제에서 로마 가톨릭 교회의 교리를 대표한다고 평가한다. 에이즈가 번질 때 콘돔을 반대하는 수녀에 대해 몇몇 사람들은 그녀가 교회에서 '마지막 순종하는 여인이다'라고 꼬집기도 했다.

늙은 수녀원장은 수녀원에서 전권을 행사한다. 모든 중요한 결정들은 언제나 그녀의 손안에 있다. 수녀들은 마더 테레사의 말을 순종하며 따른다. 그녀들에게는 그것이 주님의 말씀이기 때문이다. 1959년부터 마더 테레사와 일한 독일인 수녀 안드레아는 말한다. "테레사 원장님은 촉매와도 같습니다. 원장님과 있어 본 사람은 그분이 주님과 얼마나 가까이 있는지를 느낍니다."

주를 경외하는 선교사들을 위해 거의 매일 기적이 일어난다. 다시 말해 기부금이 들어오는 일이라면 매번 그렇다. 예를 들어 어느 성 목요일 아침에 식료품실이 텅 비어 있었다. 주말에 9천 명의 사람들에게 어떻게 식사를 마련해 줄 것인가? 마더 테레사는 "기다리자"라며 걱정하는 수녀들에게 충고한다. "예수님에게 이 일을 알리기 위해 교회로 가라. 그리고 그때 보라." 금요일 아침 9시에 갑자기 빵과 마멀레이드, 우유로 가득 찬 화물차가 들어온다. 화물차는 그날 아침 정부에 의해 갑자기 폐쇄된, 그래서 식사가 필요 없게 된 시립학교의 중단된 아침 급식을 가져온 것이다.

마더 테레사는 우연히는 아무것도 얻지 않는다. "나는 주님이 우리를 돕기 위해 관여했다는 것을 믿어요"라고 말한다. "주님은 제때에 누군가를 돌보실 것입니다." 그럴 때면 굵은 손가락으로 하늘을 가리킨다. "나는 중요하지 않아요."

그러다 보니 건강상태가 더 이상 지체할 수 없을 정도로 나빠진 마더 테레사는 후계자를 맞이한다. 1997년 3월 13일 박애의 선교사절 수녀원은 거의 만장일치로 63세의 니르말라 수녀를 새 수녀원장으로 선출했다. 그녀는 인도의 장교가정 출신으로 힌두교에서 가톨릭으로 개종한 여성이다.

자신의 삶은 행복했노라고 마더 테레사는 말한다. 그녀의 얼굴은 깊은 주름으로 뒤덮이고 피부는 쭈글쭈글해져 있었다. 늙은 수녀는 늘 미소 짓는 젊은 인도 여인들 틈에 끼여 –평균 나이는 35세 가량이다– 진지하게 활동한다.

마더 테레사의 신화에 대하여 알렉산더 스몰치크는 다음과 같이 쓰고 있다. "그녀의 믿음은 농가의 방에 걸린 성인상 만큼이나 소박하다. 의심하는 질문에 대해 그녀는 절대적인 확신을 갖고 대답한다." 그녀는 신학자도 아니고, 많은 사람이 그렇게 느끼는지 모르지만 카리스마도 없다. "그것이 바로 캘커타의 기적이다: 마더 테레사는 '다른 평범한 사람'과 같지만 많은 것을 달성했다."

미래의 어느 날 캘커타의 성녀 테레사가 사람들의 뇌리에 떠오르게 될 것임을 아무도 의심하지 않는다. 인도국적을 가진 최초의 가톨릭 성인을.

–레나테 리스

08

Gertrude B. Elion

진실한 보답은 환자들을 치료하는 일이다

거트루드 벨 엘리언(1918–1999)
노벨 의학상 1988

뉴욕시 북부 브롱크스의 한 커다란 공원에 불타는 듯한 붉은 머리칼을 가진 한 어린 소녀가 앉아서 할아버지의 이야기를 열심히 듣고 있다. 늙은 신사는 유대인 독일어로 말했으며, 트루디 –지금도 친구들은 그녀를 그렇게 부른다– 또한 때때로 그에게 이 언어로 대답한다. 유대인 독일어는 부모의 모국어로, 두 분은 20세기 초 아이였을 때 동유럽에서 미국으로 이주해 왔다. 트루디가 세 살 되던 해에는 할아버지가 러시아에서 건너오셨다. 당시 할아버지는 시력이 매우 나빠져 더 이상 시계공으로 일할 수 없었다. 그는 옛날의 성서학자로부터 배웠던 모든 것을 탐욕적으로 흡수해 버리는 손녀딸을 위해 많은 시간을 함께 보냈다. "나는 스펀지와 같았다"라고 훗날 엘리언은 상기한다.

두 사람의 내적 관계는 사랑하는 할아버지가 위암으로 돌아가실 때까지 13년간이나 계속되었다. 열다섯 살의 거트루드는 할아버지의 고통을 무기력하게 바라볼 수밖에 없었다. 이 일이 그녀에게 깊은 인상을 남겼다. 그녀는 이 끔찍한 병을 치료하는데 자신의 일생을 바치겠다고 결심했다. "그것은 내가 한 번도 잊어본 적이 없는 목표였습니다." 그녀의 소원은 사실상 이루어졌다. 55년 뒤 거트루드 B. 엘리언은 다른 많은 중요한 의약품과 아울러 혈액암을 치료하는 약제까지 개발하여 노벨 의학상을 받게 된다.

노벨상 수상자 거트루드 B. 엘리언은 1996년 여름 역대 수상자들의 모임에 참석하기 위해서 스위스 보덴호 근처의 린다우로 여행을 했다. 호텔 로비에서 나는 78세의 이 여성을 즉시 알아봤다. 작고 둥그스름한 얼굴의 부인은 세계적으로 유명한 과학자의 일반적 모습과는 어울리지 않았다. 아직도 붉은 머리칼의 흔적을 알아볼 수 있는 회색 머리칼, 연녹색의 옷에 크림색의 스웨터를 입고 손가방을 무릎 위에 올려놓은 그녀는 손자들을 기다리는 사랑스러운 할머니의 모습이었다. 그리고 자신의 호텔방 발코니에 대화를 위한 자리를 마련할 정도로 그녀의 초청은 아주 진심이었다.

노벨상은 거트루드 엘리언의 가장 중요한 상이다. "그러나 노벨상이 내 인생에서 내게 주어진 가장 중요한 것은 아니었다"라고 그녀는 말한다. "내 일에 대한 진짜 보상은 노벨상을 받기 훨씬 오래 전에 환자들이 내 의약품으로 어떻게 치료되었는지를 보았을 때 이미 받았다."

편지 보관함에 그녀는 많은 감사의 편지들을 보관하고 있었다. 거기에는 1988년에 온 다음의 편지도 들어 있었다:

"친애하는 엘리언 부인, 당신이 노벨상을 받았다는 것을 신문에서 읽었을 때, 저는 너무나 기뻤습니다. 제 어린 아들이 2년 전 급성 출혈성 백혈병에 걸렸습니다. 이때부터 아들은 매일 저녁 두 알의 6-MP를 복용했는데, 지금은 잘 지내고 있습니다. 우리는 누가 이 놀라운 약품을 개발했는지 자주 질문을 받고 있습니다. 이제 우리는 그 답을 압니다. 저는 당신이 제 아들의 생명을 구해주신 것에 대해 무한한 감사를 드립니다. 그리고 다른 많은 사람들도 그럴 겁니다. 저는 아무런 가식 없이 당신에게 편지를 씁니다. 그러나 솔직한 감정으로 이 한마디만큼은 더 해야겠습니다. 감사합니다!"

거트루드 B. 엘리언은 1918년 1월 23일 뉴욕에서 태어났다. 어린 시절 리투아니아에서 미국으로 이민 온 그녀의 아버지는 치과의사로서 약간의 재산을 모아 3년 전부터 맨해튼 116번가와 매디슨가의 사거리에서 개업을 했다. 어머니 베르타 코헨은 열네 살 때 폴란드에서 미국으로 건너왔다. 그녀는 야간학교에서 영어를 배웠으며, 낮에는 재봉일로 돈을 벌었다. 열아홉 살 때 그녀는 로버트 엘리언과 결혼했다. 1년 반 뒤 그들의 첫 아이인 거트루드가 태어났다.

거트루드 엘리언은 '당시 내가 아주 자명한 것으로 간주한 내 부모의 사랑과 원조' 덕분에 별 어려움 없이 잘 성장했다고 회고한다. 가족들은 아버지의 병원과 인접한 한 아파트에서 살았다. "나는 아버지가 시와 역사, 자서전과 소설 등 여러 가지 책들을 큰 소리로 읽어주셨던 내 어린 시절의 수많은 밤을 뚜렷이 기억할 수 있습니다." 한 번도 고등교육을 받아보지 못한 베르타 역시 그 일을 좋아해서 놀라울 정도로 많은 책을 읽었다. 어머니는 '내가 알았던 다른 어떤 사람들보다 더 건강한 인간품성'을 지니고 계셨다고 거트루드는 훗날 쓰고 있다. "어머니는 어디서든 성공하실 수 있었을 거예요." 거트루드의 어머니는 좋은 교육의 기회를 전혀 가져보지 못했다는 것에 대해 슬퍼하지 않았다. 그러나 자신의 딸만은 언젠가 모든 가능성을 가지고 스스로 꿈꿨던 것만은 꼭 붙잡아야 한다고 어릴 적부터 가르쳤다.

거트루드가 일 학년 때 동생 허버트가 태어나고, 곧바로 가족은 브롱크스 ―당시에는 뉴욕의 교외에 속했다― 로 이사했다. 처음부터 그녀는 학교를 좋아했다. "나는 배움에 대한 큰 욕구가 있었다. 오로지 지식의 축적만을 흥분해서 찾았으며, 그것이 내게 기쁨을 주었다." 그녀는 학교교육을 빠르게 성취해서 네 번이나 동기생들을 뛰어넘었다. 동갑내기 친구들을 언제나 앞섰으며, 이 때문에 틴에이저로서 그녀는 '몇 가지 사회적인 문제들'을 갖게 된다. 예를 들어 고등학교에서 보내는 시간을 '별 가치가 없는 것'으로 생각했다.

20년대에 거트루드의 아버지는 부동산 회사에 종사하면서 주식을 취급했다. 그는 현명하고 지적인 남자로 알려져 있었다. 그래서 많은 이민자들이 조언을 구하기 위해 그를 찾곤 했다. 1929년 그녀의 아버지는 선한 성품 때문에 거의 파탄지경에 빠지게 된다. 경제상황이 나빠지면서 주식을 팔아달라는 친척들의 심한 독촉을 들으면서도 그는 다른 투자가들에게 손해를 입히지 않기 위해 그들의 주식을 매각하지 않았던 것이다. 1929년 10월 주식공황이 일어나자 로버트 엘리언의 재산은 몽땅 날아간다. 걱정 없이 지내던 시절은 지나갔다. 엘리언의 가족은 돈에 집중해야만 했다. 대학에 가고 싶어 하는 거트루드와 동생의 비싼 학비가 문제였다. 그러나 부모에게는 자식들의 좋은 교육이 다른 어떤 것보다 더 중요했다. 우리 유대인 혈통은 이런 입장에 대한 이유가 확실했다. 전체적으로 당시의 이민자들은 미국인들보다 훨씬 더 많이 교육받음으로써 일찍 입신출세할 수 있다고 생각했다. 특히 베르타 엘리언은 늘 딸 거트루드에게 어떤 직업을 가져야 자립할 수 있는 지를 분명하게 심어 주었다.

트루디(거트루드)는 열다섯 살 6개월 때 고등학교에서 대학으로 뛰어넘었다. 뛰어난 성적을 바탕으로 그녀는 대학에서 장학금을 받았다. 헌터 칼리지의 교수들마다 찾아와서는 수줍음을 타는 어린 책벌레에게 자신의 전공을 택하도록 설득했다 — 화학과만은 그렇지 않았다. 그러나 거트루드는 이때 분명히 결심한다. 그녀는 목표가 확고했기 때문이다. 언젠가는 항암제를 개발하기 위해 화학 분야의 학위가 '최상의 길'처럼 생각되었다.

당시에 왜 의학을 전공하지 않았는가 하고 나는 노벨상 수상자에게 물었다. "한편으로는 의과대학에 자리를 얻는 일이 당시 여성들에게는 거의 불가능했습니다. 다른 한편으로 나는 실제로 의사가 되려는 생각을 하지 못했습니다"라고 그녀는 털어놓는다. 그녀는 암환자들을 돕고 싶었다. 그러나 '실제적으로만'이 아니라 연구하고, 새로운 작용물질을 찾아내고, 정말 철저하게 무엇인가를 변화시키고 싶었다.
"이런 생각은 당시로서는 정말 순진했죠." 거트루드 엘리언은 온화하게 미소 짓는다. "그러나 그것이 바로 내가 계획했던 바입니다."

1937년 거트루드는 헌터 칼리지를 우등으로 졸업했다. 대부분의 졸업생들은 교사가 되었으나, 몇 명만이 그녀처럼 연구실에 들어가려고 노력했다. 트루디는 학위 취득 가능성이 열려 있고, 이제 모든 문들도 열릴 것이라고 믿었다. 그러나 경제적으로 암울한 시기였고, 몇 안 되는 자리마저도 여성들에게는 허락되지 않았다. 무조건 과학자가 되고 싶었던 어린 19세의 소녀는 쓰라린 경험을 해야만 했다: "당신은 자질이 있습니다. 그러나 다만 여성이라는 것이 문제죠."

대학들도 그녀를 거절했다. 15개의 '대학원'에서 장학금을 받아보려고 노력했으나 헛수고였다. 여름 내내 그녀는 자리를 찾았다. 이제 트루디는 지칠 대로 지쳐서 자신감도 없어져 버렸다. 그녀는 다만 '무언가 유용한 것'을 배우고 싶어서 비서학교에 등록했다. 그런데 6주 뒤 뉴욕의 한 여자 고등학교에서 통지가 왔다. 학교는 그녀를 석 달 동안 잠정적으로 생화학 교사로 채용하고 싶어 했다. 일 초도 망설일 것이 없었다. 그녀는 곧 일자리를 잃게 될 것을 알았지만 이 기회를 놓칠 수가 없었다. "비서로서의 경력은 사라진 셈이었죠."

이때부터 그녀는 계속 교사로 일하게 된다. "트루디는 교사로서의 재능을 타고난 사람이었어요. 그녀는 사물을 설명할 때 요점만을 이끌어 내는 놀라운 재주를 가지고 있었죠." 어린 소년으로 자기 누이의 교사로서의 재능을 보아 온 허버트 엘리언은 회고한다. 허버트는 숙제를 제대로 해내지 못하면 누이의 도움을 받아 해결하곤 했다.

젊은 여성은 스무 살 때 실험실에서의 첫 번째 '진짜' 자리를 찾는다. 어느 화학자가 파티에서 그녀에게 조교 자리를 제안했다. 처음에는 무보수로 그 일을 받아들였다. 반년 후 그녀는 주당 12달러, 나중에는 20달러를 벌었다. "경제적 어려움 속에서도 내 생활비를 계속 조달하고 계셨던 부모님이 계셔서 내겐 큰 행운이었죠." 경제적, 정신적으로 아버지와 어머니는 딸의 후원자였다. 그들은 딸이 목표를 달성할 것이라고 확신했다.

이 어려운 시기에 거트루드는 대학원 학비를 내기 위해 1년 반 동안 충분할 만큼 따로 돈을 모았다. 그리고는 실험실 조교 자리를 포기하고 뉴욕대학에 화학전공으로 등록한다. 동기생 중에서 그녀는 유일한 여성이었다. 차비와 식사비용을 마련하기 위해서 그녀는 개업의의 접수창구에서 아르바이트를 하고, 나중에는 뉴욕 고등학교에서 임시 교사로 일한다. 그녀가 학위과정의 연구에만 몰두할 수 있는 시간은 밤과 주말뿐이었다. 그 시간에는 비용문제 때문에 실험실의 난방도 꺼져 있었다. 연구실은 너무 추워서 그녀는 외투를 껴입은 채 공부를 해야 했다. 1941년 거트루드는 마침내 뉴욕대학에서 생화학 '이학석사' 학위를 받았다.

1941년 겨울 미국은 제2차 세계대전에 발을 들여 놓았고, 점점 더 많은 남자들이 징집되었다. 연구 분야의 판도는 극적으로 변화되었고 산업 분야의 자리도 텅 비게 되었다. "2차 세계대전은 마침내 내 스스로 해내지 못했던 일을 해주었다: 전쟁은 연구소의 실험실 문을 여성에게 열어주었다." 거트루드는 첫 번째 적절한 자리를 식료품 회사의 실험실에서 찾았다. 그녀는 품질관리부에서 잼 종류에 알맞은 당도를 결정하고, 피클의 산도와 마요네즈의 색깔을 실험했다. 작업을 촉진하는 일이 젊은 여성 과학자에게는 전혀 관심사가 아니었지만, 그러나 그녀는 돈을 벌었다. '대학에서는 결코 알지 못했던' 많은 분석적 방법과 기계들에 대해서도 배우게 되었다.

1943년 생화학자 엘리언은 바로 자신의 약제파트를 구축하고 있었던 존슨 앤 존슨 회사로 자리를 옮겼다. "처음으로 나는 내가 올바른 길에 접어들었다는 느낌을 받았다." 하지만 행복감은 오래가지 않았다. 겨우 6개월 뒤 다른 부서로 발령이 나서 더 이상 약품부에서 활동할 수 없게 되었다. 거트루드는 다른 부서에서 일하는 것을 거절하고는 사직서를 내고 다른 일자리를 찾아 나섰다.

우연히 그녀는 아버지의 실무로부터 의사들의 진통제 사용기준을 알게 된다. 그녀는 의약품 제조업자인 버러우즈 웰컴이 터커호에 살고 있다는 광고기사를 읽었다. 그곳은 뉴욕시 브롱크스에서 약 13km 밖에 떨어져 있지 않았다. 그녀는 금방 결심을 굳히고 회사가 연구를 추진 중인 사람을 채용할 것인지 전화로 대담하게 물었다. 그녀는 긍정적인 대답을 들었다. 면접은 앞으로 1주일 중 하루로 협정되었다.

거트루드는 가장 좋은 옷을 차려입었다. 그리고 붉은 머리칼 위에는 우아한 모자를 쓰고 히칭스를 만나기 위해서 출발했다. 이 생화학자는 2년 전부터 영국의 제약회사에서 일하고 있었으며, 생화학자이자 박테리아 연구자인 젊은 여성 엘비라 팔코와 함께 일하면서 두 번째 조수를 찾고 있었다. 거트루드는 그에게 질문은 하지 않고 자신의 연구계획에 대해 장황하게 설명했다. "실제로는 내가 그를 인터뷰한 셈이었다"라고 그녀는 훗날 이 첫 번째 만남에 대해 적고 있다.

히칭스는 유전물질인 DNS의 구성요소를 연구하고 대부분의 연구자들이 새로운 약제를 탐구할 때 행하는 맹목적인 실험에서 벗어나고 싶어 했다. 세포분열이 근본적으로 이해되면, 종양세포나 박테리아와 정상세포의 차이를 밝혀내는 일이 가능하리라는 것이 그의 믿음이었다. 그런 다음에야 암세포에만 해를 끼치고 건강한 체세포는 보호하는 물질이 발견될 수 있다는 것이다. 히칭스는 소위 '대사 저지물질'을 생산할 계획을 세운다. 즉 유전물질 DNS의 천연 구성요소와 혼동할 만큼 닮아서 처음에는 종양세포나 박테리아세포가 그것에 속을 정도인 분자를 만들어내려는 것이다. 그런데 이 세포들은 '모조품'을 이미 다 처리하고 더 이상 물러날 수 없을 때에야 비로소 진짜와 가짜의 차이를 알아차리게 된다. 그 결과 종양세포나 박테리아세포가 죽어 없어지고 환자가 건강해진다는 것이다.

그때까지는 실제적인 연구에 참여하지 못하고 있던 트루디는 이 프로젝트에 마음을 빼앗겼다. 히칭스는 그녀의 재능과 열정을 충분히 알아차렸다. "그녀는 주당 50달러를 요구했고, 나는 그녀가 그만한 가치가 있다고 생각했다"라고 훗날 그는 회상한다.

1944년 6월 14일 드디어 23년 동안이나 계속되어 노벨상의 영광을 차지하게 되는 공동연구가 시작되었다. 다만 엘비라 팔코는 처음에 거트루드의 옷차림을 보고 회의를 품었다: "우아한 옷차림을 한 여성은 자신의 손을 더럽히고 싶어 하지 않을 것이다." 거트루드 엘리언은 훗날 이 오판에 대해 웃음을 터트렸다: "당신이라면 면접을 위해서 당신의 가장 좋은 옷을 입지 않으시겠습니까?"

그녀는 일에 뛰어들었다. 전보다 그리 좋은 조건은 아니었어도 연구다운 연구를 할 수 있게 된 것이다. 회사는 통나무로 된 건물 지하에서 유아용품을 생산하기 위한 건조설비를 작동하고 있었다. 그래서 위에 있는 실험실은 여름에는 찜통처럼 가열되었다. 제대로 작동하는 환풍기는 물론 냉방장치도 없었다. 때로는 바닥 온도가 60도까지 올라가 고무로 만든 두꺼운 병원용 슈즈를 신지 않을 수 없었다.

틈틈이 그녀는 박사학위 논문을 쓰기 시작했다. 2년 동안 퇴근 후 매일 지하철을 타고 뉴욕을 가로질러 종합기술연구소가 있는 브루클린으로 가서는 저녁 늦게 1시간이나 걸리는 브롱크스의 부모님 아파트로 돌아오는 생활을 계속했다. 그러자 학장은 박사연구에 온종일 매달리든지 아니면 그만두라고 못을 박았다. 그녀는 학업을 포기하고 일을 하기로 결심했다. 거트루드 여사는 그때를 회상하며 말했다. "나는 그곳에서 내가 무엇인가 유용한 일을 할 수 있다는 것을 깨달았습니다. 게다가 나는 여성으로서 전쟁이 끝나면 버러우즈 웰컴에서와 같은 자리를 얻을 수 없을 것 같았어요." 물론 당시에는 그녀가 그 결정에 대해 확신이 있었던 것은 아니었다. 몇 년 뒤 그녀는 박사학위라는 꿈을 포기한 것이 정말로 옳았던 것인지 의심도 해보았다. 그러나 이런 회의는 1969년 조지 워싱턴 대학과 브라운 대학이 최초로 두 개의 명예박사 학위를 그녀에게 수여했을 때 몽땅 사라지게 된다. 물론 그녀의 부모가 이 학위수여식에 참석할 수 없었다는 것이 오늘날까지도 애석하다고 거트루드 여사는 말한다.

고된 연구방향 때문에 히칭스는 그의 공동 연구자에게 늘 행동의 자유를 허용했다. 그는 모든 것을 물질이 실험되기 이전에는 어떤 메커니즘이 작용하는지를 분명히 하도록 요구하는 자신의 '명쾌한 경험론'에 의거하여 지시했다. 거트루드 엘리언이 몇 달 뒤 처음으로 퓨린(핵산 DNS와 RNS가 구성되어 있는 물질들의 유사체)을 제조해 냈을 때, 그녀는 새로운 소재를 발명한 사람처럼 흥분했다.

거트루드 엘리언은 이 첫 번째 시기를 '매력적인' 나날로 기억한다. 핵산연구는 상아탑에서도 행해졌다. 이 영역에 종사하는 모든 과학자들은 한 책상에 모여 앉아 있었다. DNS가 대체로 유전정보의 전달자라는 인식은 아주 새로운 것이었다. 그것의 나선형 구조와 그렇게 명명된 종의 코드에 대해서는 제임스 왓슨과 프랜시스 크릭이 1953년에 처음으로 설명했었다. 점차 모자이크의 한 구성성분은 다른 구성성분에 추가된다.

트루디의 상관은 여성 과학자들에 대해 선입견을 갖고 있지 않았다. 그녀는 히칭스에 대해 언급한다. "그는 내가 박사 타이틀이 없었는데도 빨리 배워 발전하도록 해주었어요. 그렇게 했던 사람들은 많지 않았지요. 그리고 그런 일이 가능할 만한 곳도 많지 않았습니다." 더구나 히칭스는 그녀가 저술한 학술 간행물에 그녀의 이름이 처음 나오는 것도 허용했다. 당시 남성들이 지배하는 과학세계에서는 흔한 일이 아니었다. 전문세계에서 그것은 누가 더 큰 성과를 올렸는지 가늠하는 증거였다. "조지는 이런 점에서 시대를 앞서 갔습니다"라고 거트루드 엘리언은 동료를 칭찬한다. 물론 이 말과 실제에는 작은 차이가 있었다. 거트루드가 그녀의 출판물에 항상 '우리'라고 쓰는 반면, 히칭스는 항상 일인칭(나)을 사용했다. 어떻게 보면 그도 경쟁심에서 완전히 자유로운 것은 아니었는지 모른다. 약리학자인 엘리언은 곧 과학자 회의에서 강연을 해달라는 초대를 받는다. 그녀는 그동안 연구실에서 나온 몇 가지를 보고해야만 하기 때문이다. 예를 들자면 DNS의 증대를 방해하고 이를 통해 정상보다 빠르게 분열하는 암세포가 건강한 세포보다 훨씬 큰 타격을 입도록 하는, 그들에 의해 생산된 작용물질인 디아미노퓨린이 그것이다. 출혈성 백혈병의 화학요법은 치명적인 환자들 −대부분의 아이들− 이 병이 발생하면 석 달 내지 넉 달밖에 살아남지 못했던 시기에 나타난 최초의 등불과 같았다. 그러나 1948년 처음으로 시험 되었던 약제가 충분하지 않아서 너무 많은 부작용을 일으켰다. 특히 구역질과 갑작스러운 구토를 일으키곤 했다. 히칭스와 엘리언은 그들이 본래 원했던 것을 여전히 생산하지 못했다: 종양세포만을 죽이고 건강한 조직에는 해가 없는 물질을 찾아내는 일.

간단히 6-MP라고 부르는 6-메르사프토퓨린으로 그들은 한 발자국 나아갔다. 이 약으로 치료한 뒤 의사들은 갑자기 모든 암세포들이 사라지는 것을 관찰했다. 이런 성과는 1953년에 미국 의약청으로 하여금 6-MP를 며칠 내에 공식적으로 허용하도록 만들었다. 6-MP와 추가로 코티손을 치료받은 급성 출혈성 백혈병에 걸린 아이들은 이제 평균 열두 달을 살아남았으며, 몇 명은 수년 간 생존할 수 있었다.

한 저널리스트가 라디오 기고에서 이 새로운 암치료제에 대해 보고했을 때, 이틀 후 버러우즈 웰컴의 우편함은 넘쳐났다. 600명 이상의 의사, 환자와 절망한 부모들이 새로운 약제에 대해 질문해 왔다. 실험실에서 가동될 수 있는 모든 연구력이 6-MP의 합성을 위해 가세했으나 거의 수요를 댈 수 없었다.

50년대 초의 쾌감 다음에는 각성이 나타난다: 의사들은 6-MP만으로는 급성 출혈성 백혈병을 치료할 수 없다는 것을 확인한다. 대부분의 아이들은 재발에 시달렸고, 더 이상 약을 요구하지 않았다. 거트루드는 회고한다. "그것을 함께 바라보아야 했던 나는 마음이 무척 아팠습니다. 우리는 해결에는 접근했다고 생각했지만 목표로부터는 멀리 떨어져 있었습니다." 그녀는 혈액암을 앓았던 J. B.라는 이니셜을 가진 23세 여성의 병력을 잊을 수 없다. 그녀는 처음에는 디아미노퓨린이라는 새로운 약으로 치료될 수 있었다. 그것은 1950년에 의사들이 처음에는 오진이라고 믿었을 정도로 대단한 것이었다. 그렇지만 2년 후 혈액암의 징후가 슬픈 방법으로 입증되었다: J. B.는 재발에 시달리다가 죽었다. "그것은 기만이었으며, 동시에 자극이었다."

엘리언은 더욱 열심히 연구하기 위해 그녀의 실험실로 돌아온다. "디아미노퓨린은 충분하지 못했다. 나는 그 다음에 보다 나은 물질을 만들 수 있기 위해서 무조건 왜 그런지를 밝혀내야만 했다. 우리는 아직도 많이 배워야만 했다." 가령 암세포들은 현미경으로 더 이상 제거될 수 없을지라도 신체 외곽에 잠들어 있을 수 있다는 것, 명백한 치료 후에도 처치는 훨씬 오랜 시간을 거쳐 계속되어야 한다는 것과 대개 약만으로는 충분하지 않다는 것이다.

실험실은 언제나 거트루드 엘리언의 생활 중심지였다. 밤늦게까지 일하는 날들이 드물지 않았으며, 주말이면 그녀는 종종 전문 문헌을 보면서 숙고하고 다음의 실험을 계획했다. 그럼에도 불구하고 그녀는 연구 외의 생활을 즐기는 것도 결코 잊지 않았다. 여행과 음악은 그녀의 가장 커다란 두 가지 열정이었다. "트루디는 새 자동차나 새 가구를 사기 위해 저축하는 법이 없었고, 약간의 돈이 모이기 무섭게 다음 여행을 계획했다"라고 동료 연구자 엘비라 팔코는 말한다.

거트루드 엘리언이 나중에 세계적으로 유명해지고 강연을 위해 종종 외국으로 초대되었을 때, 그녀는 여행과 직업을 한데 묶을 수 있었다. 점점 그녀는 세계의 좋은 지역을 탐방했다. 아주 외진 곳까지도 마다하지 않았다: 76세 때에는 남극에도 갔다. 사람들은 그녀에게 늘 고무보트를 타고 내리는 일은 너무 번거로운 일이니 하지 말라고 충고했다. "그러나 나는 분명히 더 젊어지지는 않을 것이다. 그러므로 나는 지금이 아니면 결코 기회가 없다고 생각했다."

대화를 하는 동안에도 거트루드 엘리언은 그녀가 뉴욕을 떠나 방금 도착했음에도 불구하고 전혀 피곤한 기색을 보이지 않았다. 주근깨로 온통 뒤덮인 그녀의 둥근 얼굴과는 대조적으로 눈만은 반짝거렸다. 그녀의 눈동자에는 진취적 기상이 풍부하게 번쩍였다.

거트루드 엘리언은 자신의 가정을 꾸미지 않았는데, 가끔은 그것을 유감으로 생각한다. 그녀는 한 번 약혼했었다. 그러나 그녀의 신랑감이 박테리아성 심근염으로 죽었다. 얼마 전 1943년에 그를 치료할 수도 있었을 항생물질이 발견되었다. 그 후로는 스스로도 말하고 있듯이 더 이상 진지하게 결혼을 생각하지 않았다. 직업과 가정은 당시 거의 하나로 결합될 수 없었다. 많은 기업들이 아이를 낳은 여성들을 해고했으며, 종종 결혼 자체가 해고 이유이기도 했다. "오늘날에도 두 가지를 하나로 통일하기가 여전히 쉽지는 않지만, 많은 것이 보다 간편해졌습니다. 아직도 주요 부담은 여성들이 지고 있지만요"라고 엘리언은 말한다. 그런데 그녀가 노벨상 수상자들의 회의를 위해 린다우로 먼 여행을 한다면, 그것은 젊은 여대생들을 만나기 위해서이기도 하다. "나는 그들에게 동기를 부여해주고, 그들도 해낼 수 있다는 것을 납득시키고 싶었어요. 그것은 인간을 위해서도 과학을 위해서도 해볼 만한 가치가 있는 일이지요."

50년대 말 엘리언이 실험하던 작용물질 가운데 하나에서 뜻밖에도 전혀 다른 응용범위가 열렸다. 과학자들은 화학요법이 면역체계 또한 억제한다는 것을 관찰했다. 그것은 암치료제의 바람직하지 않은 작용이기도 하지만, 장기이식의 경우 '낯선' 조직에 대항하는 신체의 방어를 멈추게 하는 데에는 유리할 수도 있었다. 이런 희망은 롤리팝이라는 이름의 콜리 암컷의 연구를 통해서 입증된다. 암캐는 신장이식 수술을 받았고 동시에 암치료제인 6-MP와 유사한 물질인 애저사이어프린(세포독, 면역 억제약)이 주어졌다. 콜리는 230일 동안 살아 남았고, 그 후 전혀 다른 사인으로 죽었다.

1961년 조셉 X. 머레이 의사는 새로운 약제로 인간의 신장이식 수술을 최초로 감행한다. 그는 히칭스와 엘리언에 이어 2년 뒤 그 업적으로 노벨 의학상을 받는다. 1967년 성공적으로 심장을 이식받은 최초의 환자는 16년 동안 유일한 치료제로 남아 있었던 애저사이어프린을 맞았다.

계속해서 거트루드 엘리언은 강연 뒤 질문을 받기도 하고, 그녀의 약제가 장기이식을 가능하게 한 점에 대해 감사도 받았다. 그럴 때마다 그녀는 힘을 얻곤 했다: "내가 25년 전부터 애저사이어프린을 통해 새로운 신장으로 살아온 사람을 만났을 때, 그것은 어떤 학술적인 표창들보다도 내게 그간 힘들게 연구한 보람을 느끼도록 했다."

60년대 초 거트루드 엘리언은 암치료제인 6-MP의 작용을 연장하려고 계속 노력했지만 실패했다. 이때 몸의 요산농도를 낮추는 작용물질인 알로푸리놀과 부딪히는데, 이 물질이 요산성 관절염에 투입될 수도 있겠다는 확신이 생겼다. 왜냐하면 이런 악성질병에서는 과잉의 요산이 환자의 관절에 침착되어 심한 고통을 야기하기 때문이다. 거트루드 엘리언의 주장은 옳았다.

그녀는 요산성 관절염 치료병원에서 만났던, 더 이상 똑바로 걸을 수조차 없었던 한 곱추를 기억한다: "그가 진찰실에 와서 우리의 알로푸리놀을 매번 받아간 후로 그는 몇 센티미터나 키가 커졌죠!" 알로푸리놀은 오늘날까지도 요산성 관절염을 치료하는 표준약품이다.

그렇지만 현대 의학사에서 표석으로 알아주는 것은 거트루드에 의해 개발된 아시클로비어라는 이름의 다른 약품이다. 혈관에 주사되거나 정제로 주어지는 그것은 건강한 세포에 피해를 입히지 않고 몸의 헤르페스 바이러스(포진)를 파괴한다.

70년대 초만 해도 대부분의 과학자들은 그녀가 당시 아무리 목표를 향해 노력하고 그 일에 착수했을지라도 그런 결과는 불가능하리라는 견해를 가지고 있었다. 한편 그녀는 히칭스가 1967년 버러우즈 웰컴의 부사장 및 연구지도자로 촉탁된 뒤 실험치료요법과 과장으로 승진해 있었다. 이제 그녀는 처음으로 완전히 자신의 책임 하에 연구를 실행했으며, 동시에 뜻을 같이하는 젊은 과학자들과 함께 새로운 팀을 구성했다.

거트루드에 의하면, 아시클로비어가 건강한 세포에 비해 바이러스에 약 천 배나 강하게 작용한다는 것, "그것에 대해 우리는 처음에 스스로도 놀랐으며, 왜 그런지를 이해하는 데 모든 것을 걸었다." 그녀는 가능한 한 많은 견해를 설명하고 다른 분야와의 효과적인 연구를 위해서 자신의 바이러스 실험실을 새롭게 조직한다. "우리는 본래 분할된 부서가 아니라, 통합적인 미니 연구소이다"라고 그녀는 자랑스럽게 말한다.

아시클로비어-팀은 그들의 기초연구를 철저히 비밀리에 추진했다. "우리는 당시에는 여전히 작은 회사였습니다. 그리고 우리가 너무 일찍 무엇인가를 누설했더라면, 갑자기 대기업들이 우리의 발목을 잡고는 몇 배로 인력을 퍼부어 우리를 경쟁에서 제외시켰을 것입니다." 이 무렵 거트루드 엘리언은 의학회의에서 그녀가 무엇을 연구하고 있는지 질문받으면, "아, 아시다시피 퓨린에 대해 연구하고 있어요"라고만 대답했다. 몇 년 뒤 바이러스에 감염된 세포에 우선적으로 침투할 뿐만 아니라, 바이러스 고유효소 전반을 통해 작용하게 되어 결국은 바이러스의 확산을 멈추게 하는 약품이 나왔다.

1978년 10월 거트루드 연구팀은 애틀랜타에서 열리는 국제회의에서 처음으로 그들의 성과를 공식적으로 발표하기로 계획한다. 그렇지만 오랫동안이나 기대해 온 성과가 이루어지기 직전에 거트루드 엘리언은 등수술을 받아야 했다. 그녀는 비행기 여행이 치료를 위험하게 하는지 의사에게 물었다. "여행하면 치료가 늦어지고, 통증도 계속 심해질 것입니다"라고 의사가 대답했을 때, 그녀는 고통을 참기로 했다. "오랜 세월 뒤에 온 이런 절정의 순간을 어떻게 놓칠 수 있단 말인가?" 그녀는 들것에 실린 채 비행장으로 운반되고, 휠체어로 비행기에 올랐다. 그럼에도 불구하고 그녀의 등은 치유됐다.

아시클로비어는 정말 센세이션을 불러 일으켰다. 15년 동안의 연구와 실험을 거친 뒤 그것은 1982년 시장에 나왔다. 그리고 다양한 응용물로 확대되었다. 오늘날 그것은 점막, 생식기 부문과 뇌의 헤르페스 바이러스 감염에 투입된다. 또한 대상포진을 야기시키는 수두 바이러스에도 작용한다. 그것은 면역체계가 완전하지 못한, 예를 들어 골수이식이나 암의 화학요법 뒤 인간에게서 '잠자고 있는' 바이러스 감염의 돌발을 저지할 수 있다.

70년대 말 ―애틀랜타에서 승리를 경험한 몇 달 뒤― 대부분의 큰 제약회사들이 경쟁적으로 바이러스 연구 프로그램을 시작한다. "그것은 오히려 잘된 상황이었습니다"라고 엘리언은 설명한다. "왜냐하면 에이즈 전염병이 몇 년 뒤 창궐했을 때 과학자들의 견해는 적어도 HI-바이러스에 대항하는 수단이 발견될 것이라는 거였으니까요." 그러나 결과는 그렇지 않았다. AZT라는 약어를 가진 최초의 그리고 오랫동안 유일하게 허락되었던 에이즈 치료약품 역시 웰컴의 공동연구자들이 발전시켰다. 많은 사람들이 이 성과를 '엘리언의 영향'이라고 적고 있다. 그녀는 겸손하게 손을 내젓는다. "나는 사물에 접근하는 방법만을 넘겨줬을 뿐입니다. 연구는 다른 사람들이 했어요."

그녀가 개발한 약품가운데 어느 것이 개인적으로 가장 맘에 드는지 나는 알고 싶었다. "나는 구별하지 않아요. 어느 것이나 제각기 그 시기에는 혁신적이었고, 우리에게 새로운 것을 가르쳐 줬습니다. 이는 아이들을 가졌을 때와 같지요. 아이가 새로 태어났다고 해서 우리는 큰 아이를 잊지는 않습니다." 이렇게 대답하면서도 그녀는 아시클로비어가 그녀에게 '왕관을 씌워준 보석'임을 시인한다.

아시클로비어에 대한 연구의 가장 큰 부분은 버러우즈 웰컴사가 1968년 터커호에서 노스 캐롤라이나의 리서치 트라이앵글 공원으로 이사한 후 생겨났다. 거트루드 엘리언에게 '이사하면서 발생한 슬픈 측면'은 그녀와 함께 중요한 연구를 실행했던 젊고 재능 있는 여성연구자 그룹을 거의 잃어버렸다는 것이다. 그들은 '가정적인 의무 때문에' 장소를 옮길 수가 없었다. 거트루드 자신은 뉴욕태생으로서 대도시에서 평원지대로 이사 가는 것이 쉽지 않았다. 그러나 오늘날 그녀는 새로운 고향에서 잘 지내고 있다. "노스 캐롤라이나에 사는 사람들은 훨씬 우호적이었으며 훨씬 더 고요함을 지니고 있었습니다. 그리고 나는 이런 점이 더 마음에 드는 나이인 50세였지요. 젊었더라면 아마 달랐을 것입니다." 등을 수술한 이후 이웃들은 서로 상의해서 그녀가 청하지 않았는데도 날마다 따뜻한 음식을 가져다 주었다. "뉴욕에서라면 있을 수 없는 일이었지요."

노스 캐롤라이나에서 아쉬워했던 단 한 가지는 '큰 규모의 문화행사'였다. 그녀는 40년 넘게 뉴욕 메트로폴리탄 오페라 회원권을 가지고 있었고, 공연을 보기 위해 비행기를 타야 했다. "이런 것 때문에 채플힐에서는 작은 사건들이 있었다. 예를 들면 실내악 같은 것만 관람하려고 해도 사람들은 적어도 6개월 전에 표를 구해야만 했다." 그녀가 때때로 수준이 높은 문화를 필요로 할 때면, 그녀는 여름축제 공연을 보기 위해 산타페로 여행을 했다. 거기서 그녀는 서너 개의 오페라를 연속해서 관람하고는 오랫동안 그것으로 만족했다.

64세 때 그녀는 은퇴할 것인지 아니면 계속 일을 할 것인지에 대한 결정에 직면하게 된다. "나는 두 가지를 선택했다"라고 그녀는 자기 풍자적인 태도로 말한다. 1983년 거트루드는 39년간의 연구 활동을 끝내고 버러우즈 웰컴사와 결별한다. "그렇지만 나는 오랫동안 나를 자유롭게 하지 못할 무슨 일이 생길까봐 두려웠어요." 그녀는 자신을 '능력 있는 음악가들'을 가진 좋은 오케스트라를 뒤에 남겨 놓은 '지휘자'처럼 느꼈다. 그들은 자신이 떠난 뒤에도 놀랄만한 음악을 만들 것이라고 자신했다.

그러나 사실상 그녀는 '퇴직자'가 되지 못했다: 미국 암연구 단체가 거트루드 엘리언을 회장으로 선출했다. 그녀의 전문지식은 미국 세계보건기구(WHO)와 또 다른 여러 전문위원회의 암 자문위원으로 위촉받을 만큼 성숙해 있었다. 그녀의 옛 기업 회장에게도 엘리언은 충실한 조언자로서 사랑받고 있다. 지구상의 많은 나라들에서 들어오는 강연회와 회의 초청을 그녀는 거절하는 일이 거의 없다. "말하자면 나는 내 전문분야에서 내가 예측하지 못 했던 무슨 일이 일어날 것이라는 느낌을 참을 수가 없어요."

1988년 10월 17일 아침 6시 30분, 욕실에서 엘리언은 노벨상을 받았다는 통보를 듣고 깜짝 놀랐다. 그런데 그때 어느 기자가 전화를 걸어서 스톡홀름에서 누가 전화를 하지 않았냐고 물었다. 70세의 엘리언은 처음에는 믿을 수 없다는 듯 어리둥절한 표정으로 대답했다. "누가 당신에게 이런 근심거리를 알려 줬죠?" 공식 뉴스는 24시간 뒤에야 나왔다. 계속해서 전화가 빗발쳤기 때문이다.

그녀는 오랜 동료인 조지 H. 히칭스 및 영국인 제임스 블랙과 함께 최고의 과학적 영예를 얻었다. "생리학 또는 의학 분야에서 올해 노벨상으로 선정된 발견들에는 약품연구의 중요한 원리들, 즉 일련의 새로운 의약품들이 개발될 수 있도록 하는 원리들이 포함되어 있습니다." 노벨상 위원회는 언론보도에서 이렇게 적었다. 그러므로 의약품 그 자체가 아니라, 엘리언과 히칭스가 그 발전에 얼마나 앞서 갔는가 하는 점이 표창 받은 것이었다. 그들의 선구자적 역할 —맹목적인 탐구에서 벗어나 의약품을 개발하려는 의도까지— 은 40년 후에나 보상받았다.

아니다. 그녀는 어느 때도 노벨상을 전혀 기대하지 못했노라고 겸손하게 말한다. 오히려 히칭스는 훨씬 이전에 그것을 기대했었다고 말한다. 당시 이미 여든 살의 나이로 웬만한 일에는 미동조차 하지 않던 히칭스조차도 이 소식을 접하고는 깜짝 놀랐다. 두 사람의 포상은 여러 관점에서 비범하다. 우선 1931년 이래 의약품 연구에 대한 노벨상 수상은 처음이었다. 그런데 노벨상이 기업 연구실 과학자에게 주어졌으니, 그것 또한 정말 드문 일이었다. 게다가 '그렇게 직접적으로 인간의 고통을 진정시켰던 의학 연구를 위한' 상은 드문 일이었다. 전 세계에 걸쳐 가장 중요한 의약품들 가운데 몇 가지, 이를테면 말라리아, 통풍, 박테리아와 헤르페스 주사 등은 엘리언과 히칭스의 지식 없이는 존재하지 못했을 것이다. 그 중 많은 것을 세계 보건기구는 2000

년에는 '모든 사람을 위한 건강'이라는 프로그램의 범주에서 세계 도처의 인간들을 치유할 수 있는 가장 중요한 의약품 목록에 넣었다.

거트루드 엘리언이 박사학위를 받지 않았다는 것은 오랫동안 아무 역할도 하지 못했다. 그럼에도 불구하고 노벨위원회의 몇몇 위원들은 처음에는 이 여성 과학자가 동료인 히칭스와 같은 영예를 받는 것에 대해 의문을 제기했다. 하지만 그녀에 대한 정보를 잘 알고 있던 사람들은 고민하지 않았다. "간행물들만 살펴보시오. 거의 언제나 그녀는 창시자로 나타납니다. 말하자면 그녀는 그 내용의 대변자입니다." 이 문제를 끝까지 물고 늘어진 사람들도 히칭스가 오랫동안 침묵하고 있을 때 아시클로비어가 개발되었다는 입증자료를 보고 나서야 입을 다물었다.

그럼에도 불구하고 오랜 세월 자신을 도와 일했던 '여조수'가 동등하게 영예를 받는다는 사실에 히칭스는 괴로워했다. 이에 대한 답변에서 그녀는 외교적으로 대답했다. "그에게 물어보는 것이 가장 좋지 않겠어요?" 그녀가 삶을 살아가며 만들어 낸 많은 사건들과의 간극이 감지될 수 있었다. 그러나 그녀는 자신이 이룬 고유한 업적을 자각하고 자랑스럽게 바라본다.

거트루드 엘리언은 노벨상 수여식을 정말 잊지 못할 기억으로 간직하고 있다: "모든 것이 아주 순탄하게 진행되었죠." 하지만 다른 수상자들은 별로 그렇게 인정하지 않았을 것이라고 그녀는 솔직하게 말했다. "하루 전에 잘못하는 일이 없도록 모든 것이 검토됩니다. 그것은 안정감을 줍니다." 그녀의 조카들에게는 —가장 어린애는 다섯 살이었다— 이런 분위기가 진짜 왕과 왕비를 보는, 동화 속에서나 있을 법한 일이었다. 그러나 하마터면 아이들은 이런 경험을 놓칠 뻔했다. 아이들이 의정서에는 빠져 있었기 때문이었다. 엘리언이 아이들을 단순히 호텔방에서 저녁을 보내게 하기 위해 그렇게 먼 곳으로부터 데려온 것이 아님을 강력하게 항의하고 난 뒤에야 비로소 아이들을 위한 작은 테이블이 준비되었다. 총 11명의 가족이 '그들의 트루디'와 함께 스톡홀름으로 갔다. 그녀의 남동생만이 유감스럽게도 병이 나서 누이가 빛나는 푸른 휘장을 두르고 오만하게 머리를 세운 채, 스웨덴 국왕인 칼 구스타프의 팔짱을 끼고 어떻게 연회장에 들어섰는가를 함께 경험할 수가 없었다. 다음 날 신문들은 그녀가 스웨덴 국기 색깔의 옷을 입었다고 썼다. "그러나 나는 의상을 선택할 때 그런 점은 정말 생각지도 못했어요"라고 거트루드 엘리언은 말한다.

노벨상 수상 후 그녀는 노스 캐롤라이나 더햄에 소재한 듀크대학에서 약리학과 의학교수로서 열정적인 능력을 발휘한다. 거기서 그녀는 한 명의 의대생을 일 년 동안 연구 프로젝트에서 개인적으로 돌보기도 했다. 그렇지만 그녀는 자신의 경험을 발판으로 과학자가 되려는 학생들만을 돕고자 하는 것은 아니었다. "젊은이들이 자연과학이라는 것이 두려워서 뒷걸음질 치는 것을 보면, 나는 이런 경향을 뒤집어 엎고 싶은 거의 사도와 같은 열정을 느낍니다." 과학도 '재미있다'라는 것을 그녀는 젊은 세대들에게 전달하고 싶어 한다. 그러나 '관철시키는 일'이 때때로 얼마나 어려운 지에 관해서는 입을 다문다. 끝으로 거트루드 여사는 다음과 같이 강조한다. "목표가 수고할 가치가 있고 이 목표를 달성하려는 노력을 충족시킨다면, 보상은 확실히 따르게 마련입니다."

—비르기트 지켄베르거

09

Aung San Suu Kyi

인간을 타락시키는 것은 권력이 아니라, 공포이다

아웅산 수치(1945–)
노벨 평화상 1991

미얀마에 사는 사람이라면 누구나 랭군[**]의 대학가 51번지를 알고 있다. 고향에서는 '숙녀'라고 불리는 아웅산 수치의 집 주소이다. 마치 다른 사람은 살고 있지 않다는 듯. 잉야 호숫가의 좀 낡은 흰색 빌라는 길에서는 볼 수가 없다. 그러나 붉은 우체통이 달린 연푸른색 정문은 오랫동안 이 땅에서 야당의 가장 중요한 무대가 되었다. 매주 토요일과 일요일, 이곳에 수천 명의 사람들이 모여서 '숙녀'의 목소리를 듣고 보기 위해 길거리에 모여든다. 정확히 오후 4시면 아웅산 수치는 손에 마이크로폰을 들고 연단에 올라가 질문과 서면에 답변한다.

** 현재는 양곤이나 당시에는 랭군이었다.

아웅산 수치 —무기 대신 머리에 꽃을 꽂고— 는 군사정부의 최고 사령관을 그야말로 세계에서 가장 잔인한 사람 중의 하나라고 비판하고 자극했다. 1991년 노벨 평화상이 그녀에게 수여되었을 때, 모든 전화선이 끊겨 있어서 그녀는 그 소식을 라디오에서 들었다. 2년 전부터 그녀는 부모 집에 연금되어 있었다.

아웅산 수치는 1945년 6월 19일 미얀마인들이 오늘날까지도 하느님의 뜻이라고 믿을 만큼 그 운명이 미얀마 역사와 아주 극적으로 묶여 있는 가정의 세 번째 아이로 태어났다. 어머니 다우 킨지는 1942년의 결혼식 사진으로 보면 우아한 실크 드레스를 차려입은 마치 동양의 공주처럼 보인다. 이와는 반대로 유니폼을 입은 아버지는 좀 엄격해 보인다. 아웅산 장군은 미얀마의 독립을 위해 결연히 투쟁했던 젊은 남자들의 모임인 '30인의 전우'에 속했다.

동남아시아 지역은 19세기 말부터 영국의 식민지였다. 제2차 세계대전 중 일본인들과 영국인들은 중국과 태국의 국경에 있는 미얀마의 거대한 정글에서 잔인하게 교전했다. 1945년 유럽에서 전쟁이 끝났을 때, 미얀마인들은 영국인들에 대항해 식민통치자들을 이 땅에서 몰아내기 위해 봉기했다.

독립운동의 선봉장인 수치의 아버지는 수치가 태어나던 해에 사랑받고 존경받는 민족의 영웅이었다. 아버지는 가족을 위해 많은 시간을 갖지 못했다. 그는 미얀마가 독립을 하면 그런 소홀함을 바로 만회할 생각이었다. 1947년 1월 그는 사절단을 수행하고 런던을 방문했다. 그러자 아웅산 장군이라는 '이름의 향기'가 그곳에서 급속히 퍼지기 시작했다. "그의 인상적인 모습, 빛나는 명예심, 정적과의 관계에서 준비된 전투성, 아웅산의 이런 특징들이 모든 면에서 인정받았다"라고 기자이자 나중에 수치의 친구가 된 다우 탄 E.는 썼다. "그의 겸손하고 친절한 태도가 우리의 마음을 끌었다." 그는 이 여행에서 어린 딸에게 커다란 인형을 사다 주었다. 이것이 그녀가 아버지에게 받았던 마지막 선물들 가운데 하나였다.

수치의 두 번째 생일이 막 지나고 독립이 되기 몇 년 전인 1947년 7월 19일 아웅산은 여섯 명의 다른 정치가들과 함께 학살되었다. 살인자들은 정치적으로 그와 가까웠던 사람들이었다. 그럼에도 불구하고 그들의 주모자는 영국인들과의 마지막 조약에 서명하게 되자마자 스스로 새 정부의 정상에 앉기를 원했다.

아웅산은 그의 고국에서 오늘날까지 가장 위대한 영웅이자 20세기의 순교자로 존경받는다. 그의 기일은 국경일이다. 그날이 되면 그의 묘지에는 나라 전체에서 온 추모객들이 줄을 잇는다. 그의 사진은 지폐에도 인쇄되어 있다. 축구장과 거리의 이름이 그의 이름을 달고 있다.

"아버지를 기억하기에는 내가 너무 어렸을 때 아버지가 돌아가셨다"라고 아웅산 수치는 쓰고 있다. 그러나 그의 이전의 전우들과 동지들이 계속 수치의 집을 드나든다: "수치는 어릴 적부터 그녀 아버지의 부하들이 그녀의 팔을 잡아 들어올려 주었다고 주장할 수 있습니다." 수치 여사에 의하면 특히 어머니는 어릴 때부터 아버지의 특수한 유산을 늘 의식하도록 훈계했다고 한다. "나는 애국자와 국가원수에 대한 큰 감동을 발전시켰습니다. 그 분은 바로 아버지였습니다." 청소년기부터 수치는 신들린 듯 아버지에 대한 모든 자료들을 수집했다.

어머니 자신은 소수에 불과한 기독교 신자였지만, 딸과 오빠들인 아웅산 린과 아웅산 오우는 대다수의 미얀마인들처럼 불교식으로 교육받았다. 수치가 학교에 들어갔을 때, 미얀마에는 50년대 '제 3세계'의 다른 나라들이 시샘하며 바라볼 만큼 밀도 있고 우수한 교육제도가 있었다. 그렇지만 수치는 많은 선교사 학교들 가운데 한 곳을 다녔다.

랭군 시내 한복판에 있는 '술레 파고다 로드스쿨' 주변 도로는 한산한 편이었다. 수공업자들이 낡은 작업도구와 기계를 만들고 있었고, 빙수 판매원은 작은 종을 울려대며 손님을 끌어 모으고, 늙은이들은 어두운 찻집에 앉아 있었다. 당시 수치가 학교에 갔을 때 이런 분위기가 그녀의 마음에 들었다.

이 시기의 한 사진은 훗날 그녀의 친구들이 말하고 있듯이 흰 양말에 에나멜 가죽구두를 신은 수치의 모습을 보여 준다. 수줍은 듯하고 뭔가 생각하는 듯한 그녀의 모습은 진지해 보였다. 아마도 아버지가 죽은 뒤 연이어 찾아온 가족의 비극이 가족을 슬픔과 불안으로 몰아넣었기 때문이리라. 오빠 아웅산 린이 집에서 놀다가 수영장으로 떨어져 익사했던 것이다. 수치의 어머니는 이 소식을 듣고도 즉시 집으로 오지 않고 먼저 일을 끝마쳤다고 전해진다. 이 가족에게 깊숙이 새겨진 극도의 책임감이 그녀에게는 거의 초인적으로 나타난다.

수치의 어머니는 이런 불행을 당한 뒤 사생활로 돌아가지 않고 정치경력을 쌓는다. 우선 그녀는 미얀마 최초로 구성된 의회의 위원이었고, 나아가 '사회 기획위원회'의 총수가 된다. 다우 킨지는 정치인으로서 유럽, 중국, 아메리카와 동남아시아를 자주 여행했으며, 집에서는 아이들에게 다른 나라의 생활상에 대해 많은 이야기를 해주었다.

50년대 미얀마의 자유로운 분위기도 수치에게 강한 인상을 주었

다: “어렸을 때 우리는 민주주의에서 성장했다. 우리는 자신감으로 가득 차 있었다. 마침내 우리는 영국인들과 함께 가장 커다란 식민 통치 강대국을 국외로 몰아냈다. 우리는 일본 점령에서 해방되었을 때 독립을 쟁취했다. 우리는 우리와 우리 문화에 대단한 자부심을 가지고 있었다.”

1961년 ―자와할랄 네루 대통령 시대― 에는 수치의 어머니가 미얀마 최초의 여성대사로 인도에 파견된다. 만 열여섯 살이었던 수치는 어머니와 함께 델리의 커다란 정원이 딸린 훌륭한 저택으로 이사했다. 거기서 유명한 슈리람 칼리지를 다녔다. 근면하고 훈련된 ―늘 똑바로 앉는다― 높은 영감을 지닌 그녀는 최고의 학생에 속했다. 그녀는 자유시간을 다른 외교관들과 정치가들의 아이들과 함께 보냈다. 그녀의 친구 중 한 사람이 훗날 인도 대통령이 된 라지브 간디였다. 수치는 훌륭한 가문 출신의 딸다운 생활을 영위했다. 승마시간과 피아노시간 그리고 이케바나 수업을 받았다. 그러나 그녀가 가장 좋아하는 일은 독서였다. 아버지의 친구가 그녀에게 규칙적으로 영어 서적과 미얀마 서적들에 대해 가르쳤다.

나이가 들수록 수치는 그녀의 아버지와 더욱 닮아 있었다. 그녀는 오빠와는 달리 진지하게 정치에 관심을 가졌다. 그녀는 아버지처럼 암살기도의 희생자가 되어야만 했던 마하트마 간디의 이론에 영감을 받았다. 아웅산과는 달리 간디는 인도의 독립을 위해 무기 없이 싸웠다. 그는 시민의 불복종과 권력 없는 저항을 선언했다. ‘진실에 대한 고집’이 적으로 하여금 그들의 행동방식을 바꾸도록 했다. 간디의 수많은 이념들은 오늘날까지도 노벨 평화상 수상자의 강연과 저서에서 중심사상으로 발견된다. 어떤 방식으로든 수치는 간디를 제 2의 ‘정신적’ 아버지와 스승으로 보았다.

낯선 환경, 즉 전 세계에서 온 동갑내기들과 함께 있으면서 수치는 비로소 출생의 특수함을 인식했다. 그녀는 전보다 '더욱 미얀마적'임을 느꼈다. 그럼에도 불구하고 그녀는 학교를 끝마친 뒤 랭군으로 돌아가지 않았다. 그녀가 델리에 도착한 지 몇 달 뒤인 1962년 미얀마에서는 네윈 장군이 쿠데타를 일으켰기 때문이었다. 의회는 해산되었고, 헌법은 힘을 잃었다. 새 '혁명위원회'의 자칭 의장인 네윈 ―그는 아버지처럼 전설적인 '30인의 전우' 가운데 한 사람이었다― 은 26년 동안의 그의 섭정정치에서 미얀마를 바깥세계와 단절시킨 사악한 독재자, 미신적인 폭군으로 발전하였다. 그 모든 것은 35년 전에는 예견될 수 없었던 일이었다. 하지만 그의 권력 계승으로 미래에 대한 낙관적인 분위기는 사라져 버렸다.

아웅산 수치는 정치적 혼란의 도가니로 변해버린 조국으로 돌아가고 싶지 않았다. 그리고 상류층의 많은 젊은 미얀마인들처럼 그녀는 교육을 받기 위해 유학길에 올랐다. 미얀마 주재 전 영국대사였던 폴 고어 부트경의 도움으로 그녀는 1964년 옥스퍼드의 세인트 후스 칼리지에 입학한다. 고어 부트경은 먼 유럽에서 철학과 정치학, 경제학을 신청한 '양녀'를 잘 돌봐주겠노라고 수치의 어머니와 약속했다.

영국에서 수치는 앤과 사귀게 된다. "나는 처음으로 단순한 이유 때문에 그녀에게 끌리는 것을 느꼈어요. 그녀는 아주 아름답고 이국적으로 보였지요." 반면 앤은 이렇게 기억한다. "수치는 나와는 아주 달랐고, 좁고 단정하게 허리에 감아 입는 치마, 똑바른 태도, 확고한 도덕적 원칙과 상속받은 우아함은 나의 영국 동갑내기들의 더러운 옷, 애매한 자유주의 및 흔들리는 성도덕과는 전반적인 대조를 이뤘습니다… 그러나 우리가 서로를 신뢰하긴 해도 내게는 그녀에 대한 많은 것이 이국적인 인상으로 남아 있습니다. 특히 그녀의 귀족적 출생… 그녀가 얼굴분으로 사용한 백단재, 비단 천으로 싼 엄청난 수집품과 그녀의 말꼬리형 머리에 꽂힌 신선한 꽃."

60년대 자유를 사랑하는 젊은 히피 소녀들만 주변에서 본 사람들은 종종 수치의 순진성에 매료되었다. 한 번은 어느 여대생이 수치에게 남자친구를 갖고 싶지 않은지 단도직입적으로 물었다. 수치는 남편 외에 어떤 다른 사람과도 사귀거나 침대로 가지 않을 것이라고 명랑하게 웃으면서 대답했다.

옥스퍼드 대학생으로서 수치는 여름방학을 대부분 델리의 어머니 집에서 보냈다. 이때 여자 친구 도단이 기쁜 소식을 알려왔다. 수치가 그동안 봉사활동을 했던 뉴욕 소재 국제연합에 채용되었다는 것이다. 1967년부터 두 여성은 맨해튼의 한 작은 아파트에 살게 된다. 미국은 당시 베트남 전쟁을 주도하고 있었다. 때는 지미 핸드릭스와 마틴 루터 킹 시대였다.

4년 동안 아웅산 수치는 국제연합의 재무위원회에서 일했다. 그녀는 뉴욕의 병원에서 간호보조원으로 봉사했으며, 그것으로 가족의 전통을 이어갔다. 수치의 어머니 또한 젊었을 때 병원에서 일했기 때문이었다. 벨비즈 병원에서 수치는 '하층민들로 가득 찬' 미국을 만났다. 사회의 변두리에서 살아가는 사람들, 노숙자들이나 알콜 중독자, 고독한 가난한 노인들을 만났다.

그녀가 뉴욕에 있는 동안 유엔 사무총장은 우 탄트였다. 이 영향력이 있는 정치가 곁에서 —오늘날 수치와 함께 국제적으로 가장 잘 알려진 미얀마인— 두 친구는 수많은 일요일을 보냈다.

어느 날 그들은 국제연합에서 일하는 미얀마의 한 대변인인 우 소에 틴의 집에 초대받았다. 거실의 소파에서 겁나는 미얀마 정보기관의 주재원이 수치를 본격적으로 심문했다. 왜 국제연합을 위해서 일하는가? 어머니가 더 이상 대사가 아닌데도 왜 여전히 외교 여권을 사용하는가? 수치는 겁내지 않고 신중하고 조용히 대답했다. 이 에피소드는 네윈 장군이 이미 60년대 말 아웅산 수치가 자신의 정적으로 부상하고 있음을 의식했다고 하는 점을 시사한다.

1971년 12월 수치는 런던에서 젊은 영국학자와 결혼하기 위해 미국을 떠났다. 그녀는 이 신랑감을 6년 전 그녀의 '양부'의 집에서 알게 되었다. 공손하고 키가 큰 티베트 연구자 마이클 아리스는 당시에도 좀 히피처럼 보였으며, 개인교사와 번역학자로 부탄 왕실에 대해 연구했다. 수치처럼 그 또한 두 개의 세계 사이에서 살았다. 아시아 문화에 대한 그의 매혹을 그는 직업으로 삼고 있었다. 그것이 수치가 확실히 이 금발의 곱슬머리 남자와 사랑에 빠지게 된 중요한 이유 중의 하나였다.

1972년 1월 1일 불교의식에 따라 치러진 그녀의 결혼식이 있기 전 8개월 동안 수치는 약혼자가 체류 중인 히말라야의 왕궁으로 187통의 편지를 보냈다. 마이클 아리스는 말한다. "반복해서 수치는 이 편지들에서 그녀의 가족과 민족이 우리의 결혼을 오해할 수도 있으며, 그래서 혹시 자신의 애정표현이 느슨해진 것처럼 보일 수도 있을 것이라고 걱정스럽게 알려왔습니다. 그녀는 미얀마로 돌아가야 할 날이 올 수도 있을 것이라는 것을 늘 반복해서 내게 경고도 했습니다."

한 연애편지에서 수치는 썼다. "당신한테 한 가지만 부탁할게요. 내 민족이 나를 필요로 하면, 이 의무를 이행할 수 있도록 제발 저를 도와주세요. 그런 상황이 어쩌면 발생할 수도 있다는 것이 당신에게 불쾌한가요? 그것이 어느 정도 가능한지는 모르겠어요. 그러나 가능성은 있잖아요. 가끔 나는 어떤 상황과 민족적인 고려가 한 순간에 우리를 떼어 놓을 수도 있다는 불안에 휩싸여요. 우리의 이별이 고통을 의미하게 될 정도로 우리는 함께 행복했잖아요. 그럼에도 불구하고 이러한 불안들은 의미도 없고 중요하지도 않아요. 우리가 서로 사랑한다면, 우리는 아주 오랫동안 그렇게 할 수도 있을 테죠. 나는 사랑과 애정이 종국에는 승리하게 될 것임을 확신해요." 그녀의 남편이 편지들을 거의 20년 뒤 다시 읽었을 때 그 편지들이 그에게는 마치 예언처럼 생각되었다.

신혼부부는 수치가 UN 외무장관의 고문으로 일했던 부탄으로 여행을 갔다. 1973년 첫 아들 알렉산더가 태어나기 직전에 그들은 옥스퍼드로 돌아왔다. 그리고 마이클 아리스는 대학강사로 다시 학생들을 가르쳤다. 수치는 오히려 종종 전 세계에서 온 친구들, 아는 사람들과 가족들이 손님으로 드나들던 교외의 한 연립주택에서 조용히 살았다. 1977년에 둘째 아들 킴이 태어났다.

마이클 아리스가 좀 더 나은 보수를 받고 아이들이 학교에 다니고, 가족이 좀 더 큰 집으로 이사하자마자, 수치는 세인트 휴즈 칼리지의 '영문학과'에 지망했다. 그러나 그것은 거절되었다. 조금은 반항심이 일어난 그녀는 외부의 도움 없이 일본어를 배우겠다고 결심한다. 그녀는 곧 일본어를 능숙하게 익혀 교토대학에서 1년짜리 장학금을 받았다. 아들 킴과 그녀는 다시 짐을 꾸렸다. 남편인 마이클과 아들 알렉산더는 옥스퍼드로 돌아갔다.

일본에서 수치는 그녀가 이미 오래전에 시작했던 일을 계속해 나간다. 랭군을 방문할 때마다 그녀는 대학 도서관에서 직원의 은밀한 도움을 받아 아버지와 미얀마의 독립운동에 대해 찾을 수 있는 모든 문헌들을 읽었다. 이 연구의 성과로 그녀의 자전적 에세이 〈나의 아버지〉가 1984년 오스트레일리아의 저명한 북시리즈인 '리더스 오브 아시아'에서 처음으로 출간되어 나왔다. 발행인에게 보내는 편지에서 그녀는 다음과 같이 쓰고 있다: "내가 현대의 미얀마정치에 대해 많이 배우면 배울수록, 나는 부패한 섭정기간 동안 진리와 정의의 정신을 살려온 내 아버지의 관심이 얼마나 중요했었는가를 인식한다." 수치는 미얀마에 관해 제대로 연구되지 않은 역사를 현대의 시각으로 새롭게 기술하려고 노력했다. "선두적 인물 중에 가장 젊은 세대들은 2차 세계대전이 발발하기 전에 나타났다. 그런데 그것은 효과적인 변화를 성취하는 데에는 너무 늦은 감이 있다 1940년 이후 미얀마의 발전은 많은 시행착오를 겪었다. 그리고 오늘날에 이르기까지 이 사회는 실제적 가능성의 전환을 기다리고 있다."

장학금 수혜 기간이 만료되자 수치는 1986년 남편을 따라 인도로 갔다. 마침내 가족이 다시 모였다. 마이클 아리스는 시믈라 대학에 고용되었으며, 수치는 또 다른 장학금 덕분에 다시 미얀마의 역사에 몰두했다. 1988년 3월에 –아리스 가족은 반년 전부터 다시 옥스퍼드에서 살았다– 미얀마에 있던 수치의 어머니가 심근경색에 걸렸다. 딸은 랭군행 비행기에 올랐다. 그것이 운명적인 여행이 되었다. "나는 우리의 인생이 영원히 변하게 될 것이라는 예감을 가졌어요." 마이클 아리스는 이 날을 회상한다.

수치가 도착했을 때 미얀마는 화약고였다. 장군들의 잘못된 경제 정책들이 나라를 빈민자 숙소로 바꿔 놓았다. 미얀마의 주식인 쌀조차도 모자라 돈 주고도 거의 살 수 없었다. 지난 해 9월 정부는 무모한 채무면제로 모든 금융의 80%를 무효로 선언해서 다수의 미얀마인을 하루아침에 거지로 만들었다. 화폐가치의 폭락 이후 길모퉁이마다 악명 높은 '진압경찰들'이 배치되어 있었다. 그럼에도 불구하고 계속적으로 저항시위가 벌어졌다. 진압군들은 수치가 도착하기 며칠 전 비무장 대학생 7명을 쏘았다. 그들의 장례식은 1962년 쿠데타 이후 최초의 집단저항을 불러 일으켰다.

수치가 대학가에 있는 그녀의 부모 집에서 위독한 어머니를 돌보는 동안 랭군의 거리에서는 처음으로 파업 노동자들과 승려들이 참여한 격렬한 유혈투쟁이 반복해서 벌어졌다. 모르메인, 프롬과 페구 같은 도시에서도 저항이 싹텄다. 정부는 통행금지를 선포하고 모든 집회를 금지했으며, 대학들마저 폐쇄했다. 7월 말 네윈 장군은 지난 주일 동안에 '랭군의 학살자'라는 악명을 얻은 세인 루윈에게 자리를 내주고는 26년간의 독재정치에서 물러났다.

대학생들은 88년 8월 8일 총파업을 선언함으로써 이에 대응했다. 한 세대가 나중에 이 날을 기억하여 외치게 될 것이다! 수십 년 이래 처음으로 국민들은 군국주의를 얼마나 증오했었는가를 부르짖었다. 데모 군중은 화염병과 돌을 던졌으며, 칼과 창으로 무장군인들과 싸웠다. 적어도 천 명이 8월에 죽었으며, 그들 중 대부분이 시민이었다. 집단 저항시에는 민족영웅인 아웅산 장군의 사진들이 거리를 메웠다. 8월 12일 잔악한 자인 루윈이 18일 만에 물러났을 때 사람들은 수도의 거리에서 춤을 추며 축하했다.

대학가에 있는 수치의 집은 네윈의 퇴임 이후 비공식적인 집합장소가 되었다. 여기서 수치는 민주적으로 선출된 전 대통령 우누를 비롯하여 1962년 관직에서 추방당한 장관들 가운데 몇 명과 여러 사안들에 대해 토론했다. 마침내 그들의 동의로 아웅산 수치는 새 정부의 수장인 초틴에게 공식서한을 보낸다. "미얀마가 독립을 다시 쟁취한 이래 이 나라에는 비교할 수도 없을 만큼 나쁜 상황에 처해 있습니다. 민족의 위기를 해결하기 위해서는 모든 생활영역을 망라하여 국민위원회가 설치되어야 합니다." 2주 동안 수치는 회답을 기다렸으나 헛수고였다. 초틴 장군은 그녀의 제안을 무시했다. 군인 계층이 격분한 민중과 교섭하는 것을 거절했기 때문에, 아웅산 수치는 미얀마에서 공식 데뷔하기로 결심했다.

초틴은 민족영웅 아웅산의 딸을 일찍이 본 적이 없었다. 아주 소수의 사람들만이 그녀의 삶과 정치적인 이념에 대해 좀 알고 있었을 뿐이었다. 그렇지만 아웅산의 딸이 강연하게 될 것이라는 소문은 랭군에 순식간에 퍼졌다. 8월 26일 늦은 오전 랭군의 중심가인 세다공파고다 앞에는 50만 이상의 군중이 모여 들었다.

"분위기는 정말 축제일 같았다. 그러나 집회가 시작되기 직전 몇 건의 폭탄 위협이 있었다"라고 미얀마의 대학생인 아웅윈이 말한다. "그곳에는 어디든 사람들이 가득 차 있었다. 우리 대학생들과 승려들은 안전을 책임지는 세력이었으며, 그녀가 나타나게 될 연단 주변에 인간고리를 만들었다." 연단 위 옛 저항운동 깃발 옆에는 수치 아버지의 거대한 초상화가 걸렸다. 남편 마이클과 두 아들은 그 사이 수치가 있는 미얀마로 와 있었다. 그리고 그들은 미얀마에서 가장 유명한 배우 툰웨이가 43세의 여성을 소개했을 때 시위하듯이 그녀의 등 뒤에 서 있었다.

수치는 이 연설에서 저항운동의 가장 어린 희생자를 상기시켰으며, 그녀 자신의 역할에 대해서 말했다. "나는 매우 솔직하고 성실하게 이 대화의 강령에 대해 말하고 싶습니다. 내가 외국인과 결혼했다는 것 또한 맞습니다. 그러나 내 나라에 대한 애정과 헌신이 어떤 방법으로든 결코 줄어들거나 방해받지 않았으며, 또 그럴 것입니다… 몇 사람은 내가 미얀마의 정치에 대해 아무것도 이해하지 못한다고들 합니다. 그러나 문제는 내가 너무 많이 이해한다는 사실입니다. 내 가족은 미얀마의 정치가 얼마나 혼란하고 복잡할 수 있으며, 나의 아버지가 그것에 대해 얼마나 고민했었는가를 어느 누구보다도 잘 알고 있습니다." 그녀가 연설을 더 이어가기도 전에 중간 박수가 엄청나게 터져 나왔다. "현재의 위기는 전 민족의 문제입니다. 내 아버지의 딸로서 나는 이 사건들을 결코 무관심하게 지나칠 수가 없었습니다. 이 민족적 위기를 독립을 위한 제2의 투쟁이라고 부르게 될 수도 있을 것입니다."

강연하는 도중에 모든 것이 명확해졌다: 아웅산 수치에게서 민주야당은 새로운 목소리, 즉 여성 지도자를 발견한 것이다. "아웅산의 마지막 공식연설과 그의 딸의 최초의 연설 사이에는 41년 1개월 13일이 지나갔다. 그것은 마치 우리의 기도가 전해진 것 같았다." 많은 미얀마인들처럼 작가인 칸바챠 윈 또한 신의 섭리와 일종의 갱생을 믿었다. — 마침내 수치라는 여성이 위대한 민족영웅과 혼동할 만큼 닮아 보였다. 곧 그녀가 가슴달린 부처라는 소문이 퍼졌다. 그리고 예언자들은 거기서 신들이 다음 정부의 수반으로 여성을 선출할 것이라는 징후를 보았다.

새로운 인물은 군사혁명위원회에 큰 충격을 주었으며, 그 다음 회망에 찬 3주 동안에는 분명히 우세함을 획득했던 야당에 날개를 달아 주었다. 총파업에도 불구하고 날마다 40개 이상의 신문이 발간되었으며, 또한 과도 정부가 형성되었다. 많은 도시들에서는 승려들이 나서서 질서를 유지해 나갔다. 그러나 9월 18일 이런 '민주주의의 짧은 여름'은 대량학살로 끝을 맺었다. 수천 명에 달하는 시민들이 같은 민족의 군인들에 의해 살해되었다. 군사정부가 다시 권력을 잡고는 자신들을 '국가법질서회복평의회(SLORC)'라고 불렀다. 묘지의 정적이 온 나라를 휩쓸었다. 그러나 많은 외국신문들에는 이제 새 민주주의 운동의 선봉에 서있는 용감한 여성에 대한 기사가 실렸다. 아웅산 수치의 첫 공식 출현은 세계적 언론의 대사건이 되었다. 특히 중요한 것은 그녀가 여성이었으며, 특별한 형태의 '아시아의 여성정책'을 대표하고 있었기 때문이었다.

여성들이 미얀마의 이웃나라들에서도 정치무대에 등장한 적이 있었다. 방글라데시, 필리핀, 인도, 스리랑카와 파키스탄에서는 이미 아웅산 수치 이전에 살해된 민족 영웅의 딸들과 미망인들이 갑자기 수상이나 야당 당수가 되었다. 아버지나 남편의 순교를 통해서 이 여성들은 커다란 의무에 대해 깨달았다. 오히려 아버지들의 라이벌이 된 아들들과는 달리 사회는 이런 '엄선된' 딸들에 대해 아주 특별한 종류의 순종을 기대한다. 이를테면 가족의 전통은 그녀들에게 정치적 프로그램으로 사용되어야 했다. 아웅산 수치 또한 오늘날까지 이런 규정들을 완벽하게 따르고 있다. 그녀 스스로 1988년 8월에 말했다. "정치생활은 나에게 전혀 매력이 없다. 나는 일순간 연합하는 힘으로 헌신할 뿐이다. 그 이유는 내 아버지의 이름 때문에 그리고 내가 어떤 관직도 바라지 않기 때문이다."

첫 공식 출현 이후로 그녀는 미얀마인들의 모든 소원과 희망을 위해 이상적인 영상을 제공했다. 화려한 옷을 입은 아름다운 여성은 이미 외적으로도 군복을 입고 총을 겨누고 있는 남자들과는 대조적이었다. 수치는 서양에서 살았으며, 모든 문화적 자유를 배워 알고 있었다. 특히 젊은 미얀마인들은 압제의 세월을 거쳤기에 더욱 이런 자유를 갈망했다. 제스처와 어휘 선택에서부터 그녀는 '민족의 순결한 신부'로서 칭송받기 위해 미얀마의 전통과 불교의 겸손함을 익혀 나갔다.

9월에 대량학살이 일어나자 많은 행동주의자들이 소수 인종의 게릴라 부대가 있는 정글로 도망쳤다. 주민의 1/3을 이루고 있는 이 사람들은 50여 년 전부터 인종 문제로 미얀마 사람의 패권과 싸워 왔다. 수치 또한 강력한 미얀마 민족에 속해 있어서 민주적인 미얀마의 미래를 위해 커다란 위험이 될 수도 있는 그들의 뿌리 깊은 증오를 알고 있었다.

대량학살이 일어난 뒤 몇 주 동안 수치가 연합군과 함께 랭군에 '민주주의민족동맹(NLD)'을 창설했을 때, 그녀는 이미 소수 인종의 많은 대표자들을 당원으로 끌어들이려고 노력했다. 그녀는 미얀마의 농부들처럼 대나무로 만든 모자를 쓰고 온 나라를 돌아다니며 지방도시와 마을의 많은 대중 앞에서 연설을 했으며, 그들에게 숭배 받고 환영을 받았다. 때때로 군인들조차 그녀에게 꽃을 보냈다.

수치가 랭군으로 돌아왔을 때, 어머니의 건강은 더욱 악화되었다. 1988년 12월 27일 다우 킨 지는 사망했다. 그리고 최고 통치권자인 민족동맹 장군들조차 조의를 표하기 위해 대학가로 왔다. 수치에게는 그것이 그들과의 유일한 개인적 만남이었다. 수십 만 군중이 모여든 1989년 1월 2일의 장례식은 대량학살 이래 최초의 대중시위가 되었다. 장례식은 평화롭게 진행되었다. 학생들이 "우리는 억압 앞에 절대로 무릎을 꿇지 않겠다!"라고 외쳤을 때도 군대는 눈에 띄지 않았다.

그 사이 독일을 포함해서 몇몇 나라들 —그 중에는 독일도 있었다— 이 미얀마에 대한 저개발국 원조계획을 중단했다. 그리고 외국의 이런 경제제재는 정치적 영향력을 분명히 행사했다. 1989년 2월에 SLORC는 다가오는 봄에 자유선거를 실시할 것임을 공표했다. 하루 뒤에는 벌써 일본에서 돈이 다시 들어왔다. 그렇지만 수치의 선거유세장은 점점 더 자주 철조망으로 폐쇄되었다.

1989년 4월 5일 민 우 대위는 안전장치가 풀린 총으로 직접 수치를 겨누도록 타누뷰시에서 명령을 내린다. 그녀는 자기의 동행인들을 군인 식당 옆으로 보내놓고는 겁 없이 군인들을 향해 다가갔다. "그들에게 유일한 목표를 제공하는 것이 다른 사람들을 끌어들이는 것보다 훨씬 간단해 보였어요"라고 그녀는 나중에 말한다. "이 순간 육군소장은 대위에게 발사명령을 거두라고 명령했지요." 그리고 그렇게 해서 그녀는 생명을 구했다.

1989년 8월 파란만장한 날들을 보낸 이래로 수치의 심복이자 조수였던 예술가 다우 다우 윈은 선거유세 때 일기에다 수치가 랭군에 남겨둔 아들들에 대해 어떻게 말했는가를 적고 있다. "나는 그녀가 울지 않으려고 얼마나 노력했는지 알 수 있었다. 그녀는 말했다: '나는 새 아들들에게 더 집중해야만 한다.' 이렇게 그녀는 아들들의 경호원이 되어 주었던 미얀마의 대학생들을 오히려 더 걱정했던 것이다."

1989년 중반까지 미얀마에서는 NLD의 비호 아래 잘 조직된 저항운동이 전개되었다. 도시에서, 시골에서, 도처에서 사람들은 민주주의와 비폭력 저항에 대해 논쟁하고 토론했다. 아웅산 수치는 그녀의 연설에서 훨씬 분명하게 군사정부에 대한 비판을 전개했다. 이 시기에 썼던 시에서 그녀는 '빈 손에 쥔 유리파편'이 되기를 소원했다. 군사정권이 어떤 위협을 가해 올지라도.

이제 '늙은 남자' -오래 전부터 미얀마에서는 네윈을 그렇게 불렀다- 는 '숙녀'에 대해 충분히 알았다. 아웅산 수치가 '순교자의 날'에 아버지의 이름을 걸고 평화시위를 벌일 것을 통고했을 때, 군사정권은 즉각 행동조치를 취한다. 7월 19일 이른 아침, 군인들이 수도를 통제했다. 장갑차가 사거리들을 봉쇄하고, 외국으로 나가는 모든 전화선을 차단했다. 새로운 대량학살에 대한 공포 때문에 NLD는 행사를 취소했다. 그럼에도 불구하고 그녀의 많은 동료들이 체포되었다.

7월 20일에 군인들로 가득 찬 수송차량이 수치가 집을 나서는 것을 막았다. "나는 그들이 나를 수감할 것이라고 생각했지요. 그래서 나는 치약과 칫솔, 갈아입을 옷 몇 벌을 챙겼어요." 수치는 침착하게 남아서 감정을 드러내지도, 불안을 내보이지도 않았다.

대학가에서는 몇 명의 정치고문들과 대학생들 외에도 수치의 조수 및 알렉산더와 킴이 있었다. 그녀의 열세 살, 열여섯 살짜리 아들들은 수치가 체포되었을 때 모노폴리 게임을 하고 있었다. "킴이 물었다. '엄마, 그들이 엄마를 데려갈까요?' 그에 대해 그녀가 대답했다: '아니, 얘야, 나는 여기 집에 구금될거야.' 킴은 그것에 대해 만족하는 것 같았다. 알렉스도 마찬가지였다. 그것이 극단의 상황에서도 태도를 잃지 않는 품위 있는 영국식 방법이며, 할머니와 유사하게 교육받은 어머니의 교육이었다"라고 다우 다우 윈은 기록했다.

마이클 아리스가 그 다음 날 영국에서 아내의 자택 구금에 대한 소식을 들었을 때, 그는 즉시 랭군으로 비행기를 타고 날아왔다. 즉각 군인들이 그를 영접했다. "나를 마중하려던 영국 대사관 직원은 나와 접촉할 수가 없었다. 22일 동안 나는 대지에 의해 삼켜져 있었다. 내가 어디에 있는지 아무도 몰랐다." 자신도 자택에 구금되겠다는 조건에서만 마이클 아리스는 부인과 아이들을 볼 수 있었다. 그가 도착했을 때 수치는 단식투쟁 중이었다. 그녀는 체포된 동지들이 있는 감옥으로 그녀도 보내줄 것을 요구했다. 10일 간의 단식투쟁을 하면서 동료들이 고문 받지 않을 것이라는 사실이 확실해졌을 때에야 비로소 그녀는 다시 식사를 했다.

마이클은 당시의 상황에 대해 이렇게 말한다. "미얀마 당국은 내가 가족과 함께 이 나라를 떠나자고 그녀를 설득할 수 있기를 바라는 것 같았다. 그러나 나는 한 번도 그런 생각을 하지 않았다. 나는 그녀의 강인함을 알고 있었기 때문이었다. 군인들이 이 사실을 알았을 때, 나는 그녀를 위해 더 이상 소용이 없었다." 마이클은 이제부터 부인에게 편지와 소포를 보내도 좋다는 허락을 관철시킬 수 있었다. 그리고 그들이 함께 집을 정리하고 예비품을 마련한 뒤 아리스는 1989년 9월 2일 두 아들과 함께 랭군을 떠났다. 킴과 알렉산더는 엄마를 6년 동안 더 이상 볼 수가 없었다. 그녀는 후에 말한다. "나는 단 한 번도 그것을 포기한다는 생각을 해보지 않았어요. 내 아이들은 내가 여기서 무엇을 하는지 이해하기에 충분한 나이였어요."

민주당은 그럼에도 불구하고 선거전에서 참패했다. 선거를 위해서 허용되지 않는 아웅산 수치의 연설들은 비디오테이프에 담겨 온 나라에 보급되었다. SLORC는 저명한 야당당수를 공산주의자라고 비방했다. 혹은 그녀가 CIA-정보요원이라고 터무니없이 조작된 그녀의 정체를 폭로했다. 그녀는 여러 가지 성적인 포즈를 취한 벽보에 '서양 창녀'로 까지 묘사되었다. 벽보에서 사람들은 다음과 같은 글을 읽을 수 있었다. "수치는 육체를 이미 외국인에게 팔았다. 다음에는 우리나라를 팔려고 한다."

그 모든 위압에도 불구하고 수치의 정당은 1990년 5월 27일 인상 깊은 승리를 거뒀다. 국민입법회의의 485석 중 NLD가 392석을 차지했다! SLORC는 투표결과를 인정했으나, 권력을 야당에게 넘기는 것은 거절했다. 동시에 NLD의 당사무실들이 전국적으로 약탈당하고 폐쇄되었다. 혼란을 피하기 위해서는 우선 새로운 헌법이 완성되어야 했다. 물론 오늘날까지도 지켜지지 않고 있지만 그 법안에는 장래에는 외국인과 결혼한 미얀마인에게도 대통령이 될 기회를 제공한다는 법안이 가결되었다. 아웅산 수치에 대한 공포가 얼마나 컸으면!

서양에서는 수치의 구금에 대해 연대책임이 있음을 공표했다. 1991년 7월 아웅산 수치는 유럽의회로부터 사하로프상을 받았다. 그리고 전 세계의 잡지들이 그녀의 유명한 에세이 〈공포로부터의 자유〉를 출판했다. 거기서 그녀는 다음과 같이 적고 있다. "권력이 인간을 타락시키는 것이 아닙니다. 공포가 그렇습니다. 권력을 잃는다는 공포가 권력자들을 타락시키는 것입니다. 그리고 권력을 거머쥐려는 자의 공포는 권력에 지배당하는 사람들까지도 타락시킵니다."

1991년 10월 노벨상위원회는 오슬로에서 수치에게 노벨 평화상을 수여했다. 체코 대통령 하벨이 그녀를 추천했다. "그녀는 강제 자택구금에 처해있었을 때도 평생 추방될 각오를 하고 자신의 개인적 자유를 되찾고자 투표를 했다. 그녀는 더 나아가 진리를 살아있게 하기 위해 자신의 나라에 머무는 쪽을 택했다. 침묵을 선고받았으나 침묵하지 않았다.

그녀는 권력 없는 사람들의 권력을 위한 빼어난 본보기이다."

미얀마 사람들은 이 보도에 열광했다. SLORC만이 수치의 수상 소식에 화가 나서 논평했다: "이 노벨상은 부당하다. 미얀마 내부의 문제에 대한 금지된 간섭이다. 우리 정부는 우리의 문제를 우리 식으로 해결할 것이다. 노벨상은 아무런 성과도 거두지 못할 것이다."

1991년 12월 수치가 참석할 수 없어 아들 알렉산더가 상을 받았을 때, 노르웨이 수도는 3일 동안 전 세계에서 온 망명 미얀마인들을 위한 집합장소가 되었다. 알렉산더 아리스는 그의 어머니를 대신해서 말했다: "나는 어머니가 이 연설을 노벨상을 자신의 이름이 아닌, 미얀마 민족의 이름으로 받는다는 말로 시작할 것임을 알고 있습니다. 어머니는 말할 것입니다. 상은 그녀의 것이 아니라, 내가 여기서 말하는 사이 그들의 안녕, 그들의 자유와 인생을 희생한 모든 남성과 여성 그리고 아이들의 것이라고… 어느 날 그들은 평화와 자유, 민주주의를 위한 미얀마의 오랜 투쟁에서 승리자가 될 것입니다."

미얀마의 시장에서는 사람들이 노벨상 수상자의 금지된 사진들을 마치 암거래 시장에서 불법상품 유통하듯 계속해서 거래했다. 오랜 구금이 그녀를 순교자로 만들었다. 궁극적으로 수치 여사는 그녀의 아버지와 같은 위치에 서있었다. 국가행정을 위해서는 '똑딱거리는 시한 폭탄'이었으며, 민족을 위해서는 '미얀마의 유일한 희망'이었다.

집 정원에는 날마다 15명의 군인들이 24시간 집을 감시했다. 추가로 중무장한 2명의 군인이 대문 입구와 마주선 집에 배치되었다. 외부 세계와의 유일한 접촉은 수치에게 라디오뿐이었다. 그녀는 BBC방송을 가장 즐겨 들었다. 처음 2년 반 동안만 당국은 남편과의 편지 왕래를 허락했다. 그렇지만 마이클이 첫 번째로 집을 방문한 뒤인 1991년 그것 또한 금지되었다.

이틀에 한 번씩 가정부가 찾아와 수치를 위해 생필품을 사들였다. SLORC로부터 수치는 돈을 받지 않았다. 그러다 보니 그녀는 점점 가정의 값나가는 물건들을 내다 팔았다. — 그녀가 현이 끊어질 때까지 그렇게 오랫동안 연주했던 피아노만 제외하고. 그녀는 요가로 체력을 유지하면서 독서와 바느질로 시간을 보냈다. "나는 온갖 것을 다 만들었어요. 전에는 그럴 시간이 없었거든요"라고 그녀는 석방 후 거의 개구쟁이 같은 미소를 머금고 필자에게 설명했다.

이렇게 해서 수치는 6년 동안 고립되어 살았다: 수치에게는 매일 아침 4시 15분에 시작했던 불교의 참선이 가장 중요했다. 그렇게 해야만 마음의 평정을 유지할 수 있었다. "가끔씩 나는 먹을 것을 구입할 돈조차 없었어요. 영양실조로 머리카락이 빠지고, 더 이상 침대에서 나오지도 못할 만큼 몸이 허약해졌어요. 나는 심장병을 얻을까봐 두려웠어요. 체중이 48kg에서 41kg으로 줄기도 했죠. 이러다가 굶어죽는 대신 심장병으로 죽게 될 것 같다는 생각이 들었습니다. 시력도 점점 약해졌지요. 나는 척추에 퇴행성 변화인 척추염에 걸렸어요."

아웅산 수치는 남편과 아이들의 꿈을 꾸곤 했다. 그럴 때 가능하면 그들을 생각하지 않으려고 노력했다. 아무에게도 도움이 안 될 테니까. 그녀는 다짐했다: "내 결혼만은 어떻게든 지킬 것이다. 이미 오래 전부터 정상적인 결혼생활은 아니었지만." 그녀의 남편은 한 인터뷰에서 보충한다. 그는 외교관이 아니라, 부인을 그리워하는 한 남자에 불과하다고. "그녀는 내가 아닌 우리 두 사람의 정치가입니다."

때때로 나라를 떠나라는 군부의 제안에 수치는 '조건을 들어주면'이라는 단서를 달았다. 모든 정치범을 석방하고 그들에게 TV회견을 허락한다면 그리고 본인은 걸어서 공항으로 갈 수 있도록 해 준다면 말이다. 그러나 군사정부가 이를 허락할 리가 없었다.

1988년 심각한 경제위기를 맞은 뒤 SLORC는 단계별로 나라의 고립정책을 지양하고 투자자와 상인들을 미얀마로 끌어들였다. 그들은 전 세계에서 미얀마로 몰려들었다. 군부가 국가 재산을 팔려고 내놓았기 때문이다. 생선과 보석, 천연 가스와 석유, 티크원목과 골동품, 아편과 헤로인 등이 이에 속했다. 군부는 위장술을 쓰려는 것이었다. 세계시장 개방을 통해 대량학살이 잊혀지도록 했으며, 나라이름을 버마에서 '미얀마'로 바꾸고 수도를 갑자기 '양곤'이라고 불렀다. 이 '새로운 미얀마'에서는 상업과 관광이 다시 번창했다. 여기서 생긴 거액의 돈은 주로 군부의 사재와 군비확장으로 흘러들었다. 면적은 프랑스만 하며, 외부에 적도 없는 그 나라에 오늘날 32만 명의 군인들이 국고를 축내고 있다.

수치가 6년 동안 구금되어 있는 동안 석방이 임박했다는 소문이 퍼져 나갔다. 그러나 1995년 7월 10일 실제로 가택구금이 해제되었을 때까지 아무도 이 날짜를 생각하지 못했다.

마이클 아리스는 즉시 비자를 받아 수치를 방문했다. 그는 2, 3주가량 머물렀다. 킴 또한 곧 랭군의 어머니한테 왔다. 미국에서 철학을 공부하는 알렉산더는 크리스마스 무렵에야 어머니를 만났다.

수치의 석방은 '무조건'이었다. 많은 미얀마인들과 미얀마 전문가들은 군부가 마침내 자신들의 시대는 갔음을 깨달아 주길 바랐다. 남아프리카에서 넬슨 만델라의 석방을 주도했던 전환기가 마치 미얀마에서도 시작되는 것 같았다. 그럼에도 불구하고 수치는 얽히고설킨 복잡한 정황에서 석방되었다.

그녀가 거리에 나타나면 즉시 많은 사람들이 그녀의 주위로 모여들었다. 그것이 군부에게는 매번 수치를 '대중을 사주했다'라는 이유로 체포하거나 국외로 추방하려는 새로운 핑계거리로 등장했다. 그녀의 전화는 도청되고 팩스도 사용불가능 상태에 놓여 있었다. 그리고 자칭 그녀를 보호한다는 명목으로 첩보기관은 정문 앞에서 모든 방문자의 사진을 찍고 통제했다. 이런 상황에서 전국에 걸쳐 강하고 조직적인 야당이 만들어질 수는 없었다.

그럴 즈음 이미 전설이 되어버린 여성 아웅산 수치에 대한 기대가 자라난다. 정치적 곤란을 해결하기 위해 수치와 NLD는 1995년 대학가 54번지에서 주말 집회를 시작했다. 새로운 '관용'을 입증하기 위해서 SLORC는 대중집회를 1996년 9월까지 허락했다. 그러다가 그것도 곧 금지되고 철조망이 입구에 설치되었다. 새로운 가택구금? SLORC가 주장하듯이 집회는 수치 자신의 안전을 위한 유일한 방법인가? 수치는 1996년 겨울부터 다시 랭군의 거리로 나와 대학생들을 선동했다는 책임을 뒤집어쓴다.

이런 긴장된 상황에서 수치는 국제적인 연대를 다시 구성했다. 그녀는 집에서 외국기자들과 많은 시간을 보냈다. 그녀의 집은 조용하고 서늘했다. 그래서 '숙녀'가 인터뷰 장소에 들어서기 전에는 고요가 약간은 위협적으로 작용하고 있었다. 벽에는 대학생들이 그린 수치 아버지의 초상화가 걸려 있는데, 그것은 카리스마적인 인상을 풍기며 공간을 꽉 채우고 있었다. 수치가 자리를 잡자마자 내게 말을 걸었다.

"당신은 내게 무엇인가 질문하기 위해 여기에 왔겠죠. 자, 시작합시다!" 그녀는 얼굴을 똑바로 세우고는 시선을 내게 집중했다. 유창한 옥스퍼드 영어로 말하는 그녀의 대답은 정교했다. 미사여구나 언쟁 없이, 진지하게.

지난 몇 달 동안 많은 사람들이 이국의 노벨상 수상자에 대한 '아름답고' 감동적인 이야기를 쓰려고 잉야 호숫가의 빌라로 찾아왔다. 하지만 미얀마의 비참함이나 가장 친한 그녀 동료들의 체포에는 종종 별로 관심이 없었다. 그래서 수치는 아이들이나 자신의 건강상태, 좋아하는 음식에 대한 '사적인' 질문에는 친절하지만 간략하게 대답했다. 그녀에게는 유명하다는 것이 때때로 짐이 되는 것 같았다. 그녀는 정치적 팝스타처럼 보이는 것을 원치 않았다.

이 나라에 대한 미래의 전망은 국제적 출판물들이나 미얀마 전문가들의 견해에 따르면 한마디로 깜깜하다. 나는 이런 상황에서 용감하게 어떤 정치적 역경에도 굴하지 않고, 또한 모든 저항에도 불구하고 희망을 잃지 않는 그녀의 힘이 어디서 나오는지 질문했다. 그러자 수치는 확고한 태도로 대답했다. "우리는 여기 이 나라에서 현재 일어나는 사태들이 언젠가 변화하게 되리라는 것을 알고 있어요. 왜냐하면 사람들이 변화를 원하기 때문입니다. 그리고 우리가 옳은 일을 한다는 것을 그들이 안다면, 우리에게 매우 많은 힘을 줄 것입니다."

—도르테 베너

10

Nadine Gordimer

글쓰기는 자기 자신을 창조하기 위함이다

나딘 고디머(1923–)
노벨 문학상 1991

자줏빛 꽃을 피운 자카란다 나무들로 장식된 가로수 길이 조용하다. 백인들의 집은 높은 벽과 가시철망 뒤에 숨어 있다. 요하네스버그 파크타운 서쪽에 나딘 고디머와 남편인 라인홀트 캇시러가 1954년부터 살고 있다. 그들의 이웃은 예술가, 교수, 의사와 변호사들이다. 얼마 전 흑인 가족 몇 명이 이주해 왔다. 그들은 유복한 신분이 되어 남아프리카 메트로폴의 슬럼가인 유색인 지정 지구를 벗어났다. 그곳에는 골함석으로 지은 가건물에서 4백만 명에 이르는 흑인들이 살고 있다. 많은 사람들이 수도와 전기도 없이 살아간다. 그리고 날마다 더 많은 사람들이 시골에서 이곳으로 일자리를 찾아 이주해 오고 있다.

이 집단 거주 지역은 흑인들에게 백인들의 거주지로 이주하는 것을 금지하던 인종차별 정책의 독성 쓰레기였다. 1994년에서야 비로소 모든 인종차별법이 폐지되었다. 그리고 3백 년 동안 백인들이 지배한 뒤 처음으로 남아프리카의 흑인 대통령이 탄생했다. 아프리카 민족회의(ANC)의 의장인 넬슨 만델라가 장본인이다.

선거전에서 아프리카 민족회의는 그들의 가장 저명한 회원 중 한 사람인 나딘 고디머로부터 지원을 받았다. 나딘 고디머는 당을 위해 연설을 했으며, 팸플릿을 돌렸다. 그러나 이 노벨상 수상자는 후보로 나서라는 제안은 거절했다. "나는 예술가이지 정치가가 아닙니다."

나딘 고디머는 안락의자에 똑바로 앉아 있다. 그녀의 짙은 갈색 눈동자는 인터뷰 기자들을 주의 깊게 관찰하는 동시에 냉정하게 거리를 둔다. 거실에는 표현주의자인 케테 콜비츠의 조각이 세워져 있고, 벽에는 프랑스 화가 세잔의 그림이 걸려 있다. 화랑 경영자이며 소더비 경매장의 전 남아프리카 대표자였던 남편의 수집품들에서 정선된 작품들이다.

한순간도 나딘 고디머의 외적 부드러움이 그녀의 강한 개성을 감추지는 못한다. 일흔세 살의 나딘 고디머는 가끔 짧은 미소로 서먹한 분위기를 지울 뿐이다. 그녀의 사생활에 관한 질문에는 간단하게 대답하거나 대체로 입을 다문다. 그녀는 자신의 작품을 통해서 이해받고 싶지 자전적 프라이버시를 누설함으로써 이해받고 싶지는 않은 것이다. 고디머 여사는 "텍스트가 인간을 해명하지, 그 반대가 아니다"라는 말을 고집한다. 이는 그녀가 오스트리아 작가 요셉 로트에 대한 에세이 서두에 썼던 말이다.

그녀의 전집에 포함된 약 20여 권의 소설, 2백여 편의 에세이와 단편들은 남아프리카에서의 인종주의라는 주제를 다루고 있다. "인종차별 정책법은 유대인에 대한 독일 사회민족주의자들의 인종법하고만 비교될 수 있다"라고 나딘 고디머는 말했다. "우리나라에서 흑인들은 게토에서 살아야만 했다. 저녁에는 백인들의 지역에 머무르는 것조차 허락되지 않았다. 하물며 거기서 사는 일이야 두말할 나위도 없었다. 흑인들에게는 백인과 결혼하는 것과 그 반대의 경우도 금지되었다. 심지어 서로 성관계를 맺는 일도 금지되었다."

나딘 고디머가 성장한 세계에서는 인종분리가 아주 흔하고 일상적인 것이었다. 1923년 11월 20일 그녀는 두 딸 중 막내로 스프링스에서 태어났다. 트란스발의 황량한 둥지인 작은 광산도시는 금광산의 누런 폐재 더미와 검은 석탄재 더미로 둘러싸여 있었다. 라트비아 연맹의 유대인 이주자인 나딘의 아버지는 그곳에 시계점과 보석점을 가지고 있었다. 런던에서 태어난 어머니는 "흑인들도 사람이에요"라고 말하는 모범적인 부인이었다. 그녀는 흑인 아이들을 위해 탁아소를 설립했으며, 나딘의 아버지가 흑인 고용인들을 야단치면 불쾌해하셨다.

나딘은 레티라는 흑인 소녀와 다정하고 친밀한 관계를 맺었다. 부모와의 관계는 이에 비하면 오히려 소원할 정도였다. 아버지의 유대인 정교를 신봉하는 혈통에도 불구하고 신앙은 그녀의 가정에서 아무런 역할도 하지 못했다. 교육을 많이 받지 못해 부인에 대한 열등감을 가지고 있던 아버지는 조직화된 종교의 위선에 대한 그녀의 모욕적인 발언에 감히 반박하지 못했다. 부모는 스프링스에 있는 작은 유대인 공동체인 유대인 교회당에도 가지 않았으며, 그들의 두 딸을 가톨릭 수도원 소속의 학교로 보냈다.

거기서는 매일 아침이 주기도문으로 시작된다. 기도하기 전 어린 나딘은 숨어 버린다. 그리고 합창이 울릴 때면 그녀는 커다란 철문을 통해 널따란 벌판, 학교와 집 사이에 펼쳐진 아프리카 초원으로 달려간다. 나딘은 여름날 아침 어슬렁거리며 학교를 빼먹고, 학교 종이 울려서 집으로 갈 수 있을 때까지 나비를 잡곤 했다. 부모가 어린 도망자를 눈치 챘을 때, 그들은 딸이 별로 학문을 좋아하는 타입이 아니라는 결론을 내렸다. 그들은 걱정하지 않았다. 대부분의 소녀들이 열다섯 살이면 학교를 떠나 광산 사무실에서 잠시 일하다가 결혼을 하고 애를 낳았기 때문이다.

나딘은 배우다운 재능을 가진 활달한 소녀였다. 종종 집을 방문한 손님들 앞에서 학교 친구들 흉내를 내어 모두를 즐겁게 했다. 수도원 소속 학교는 백인들만이 다녔다. 나딘에게는 그것이 전혀 이상한 것이 아니었다. 그녀 자신의 대문 앞에는 그녀가 들어서서는 안 되는 미지의 세계가 존재한다: "다른 쪽 붉게 칠해진 집의 출입문 계단과 돌출창을 가진 우리의 신시가지 집의 문 앞으로는 삶의 커다란 기복, 내가 이해하지는 못했으나 아주 어린 시절부터 들어서 매우 친숙했던 언어의 소음들이 있었다. 그러나 이 모든 것은 나와는 결코 아무 상관도 없다고 나에게 말하고 있었다."

다른 모든 백인들처럼 나딘의 부모 또한 판잣집이나 흑인들의 상점 근처를 '배회하는 것'을 금지했다. 그것은 너무 위험한 일이라고 나딘은 엄하게 가르침을 받았다. 왜냐하면 흑인 남자는 백인 소녀를 능욕할 순간만을 기다리고 있기 때문이라는 것이다. 그렇지만 나딘은 부모의 금지명령을 지키지 않는다. 그녀는 마을 밖 불그스레한 먼짓길을 어슬렁거리며 자주 돌아다녔다. 거기에는 백인들이 악평하듯이 한 무리의 '원주민들'이 뛰어다녔다. 심지어 이 말썽꾸러기 소녀는 흑인 광부들이 교대시간에 레코드판을 구입하거나 자전거를 수리하기도하고, 바닥에 둘러앉아 싸구려 맥주를 마시는 상점들 사이를 돌아다녔다. 나딘은 심장이 콩닥거릴지라도 호기심이 불안보다 더 강했다. 그녀는 자신의 코를 가게의 유리창에 눌러 찌부러뜨리는 장난도 서슴지 않았다.

이렇게 해서 나딘 고디머는 일상생활에서의 모순을 금방 눈치챈 정확한 관찰자로 성장한다. 예를 들어 스프링스에 사는 대부분의 백인들은 흑인들을 끔찍할 정도로 다루면서도 상점 주인들에게는 관대했다. 그들은 백인들에게 돈을 벌어주었기 때문이었는데, 이런 점을 그녀는 어른이 되었을 때 자전적으로 채색된 첫 소설 〈미몽에서 깨어남〉에서 묘사하게 된다: 영어 원제는 〈허위의 나날〉이다.

나딘이 사춘기가 되었을 때 그녀는 자기 울타리 안에 안주한다. 그녀는 체육협회나 교회단체, 테니스나 토요일 저녁의 댄스 등 동갑내기들의 사교 생활과는 멀리 떨어진 독불장군이었다. 그 대신에 나딘은 여섯 살 때부터 거의 매일 찾아간 도서관에 더욱 빠져 지냈다. 여기서 그녀는 '식민주의자들의 클럽생활'과는 동떨어진 세계를 발견한다.

그녀는 프랑스의 실존주의자 알베르트 카뮈에서부터 독일 소설가 토마스 만에 이르기까지 세계문학의 거의 모든 작품을 탐독했다. 특히 미국의 싱클레어가 시카고 도살장 노동자들의 비참한 생활상에 관해 묘사한 〈정글〉같은 소설들은 그녀에게 스프링스에 사는 흑인 광산 노동자들에 대해 숙고하도록 했다. 가령 "청소년으로서의 내 눈을 뜨게 했던 내 나라의 문제들은 없었는가"라고 나딘 고디머는 반문하게 된다. 집에서는 정치에 대해서는 이야기할 기회가 없었고, 있었다면 기껏해야 2차 세계대전 중 독일인들을 이겨야 한다는 것 정도였다. 아무튼 나딘의 사회적 성장은 문학으로부터 시작된다. 부모와

학교에 의해 대표되는 세계는 아침에는 해가 뜨고 저녁에는 해가 진다는 사실만큼 자명하지 않다는 것을 그녀에게 가르쳐 준 것은 책이었다.

독서는 어른들의 세계와는 다른 어떤 것을 일깨워 주었고, 이때부터 쓰려는 욕구가 생겨났다. 나딘은 이미 아홉 살 때 일요신문 아동 기사 면에 몇 가지 글을 실었다. 그렇지만 열네 살이 되면서 나딘은 자신의 인생을 보다 진지하게 관찰하기 시작한다. 그녀는 어른들이 생각하는, 그러나 솔직하게 말하지 않는 부분을 손으로 더듬어 찾아낸다. 즉 금기로 여기는 섹스, 정치와 흑인들과의 관계에 대해. 글쓰기는 나딘을 위해 개인적 진실의 가능성, 즉 '자기 자신을 창조하기 위한' 수단을 마련해 준다.

진보적인 주간지에 발표한 나딘의 단편들은 여러 사람들에게 칭찬을 받았다. 그렇지만 부모는 딸의 재능을 그리 탐탁하게 여기지 않았다. 물론 그렇다고 방해한 것은 아니다. 그녀가 학교를 마쳤을 때, 그녀는 우선 그녀가 그 시기에 대해서는 별로 말하고 싶어 하지 않는 관습적인 길을 걸어간다. 그녀는 후에 시간 낭비였다고 느끼고 결코 자신을 용서하지 못하게 되는 부르주아적 생활을 영위한다. 사무실에서 여비서로 취직했던 그녀의 동급생들과는 달리 나딘은 일하지 않는다. 그 대신에 골프를 치고 때때로 극장에 가거나 로열 에어 포스의 조종사들과 진을 마시고 응급처치와 간병과정에 다닌다.

그 후 나딘은 사춘기 시절처럼 자신을 고무시켜 준 문학을 공부하려고 요하네스버그의 위츠워터랜드 대학에 입학했다. 처음에는 고향에서 통학을 했다. 그렇지만 작은 광산도시에서 남아프리카 중심지로 날마다 기차를 타고 다니는 것이 그녀에게는 무척이나 번거롭고 힘들었다. 그래서 대학 시절을 그녀는 요하네스버그에서 보내게 된다. 그 후 그녀는 거기서 한 남성을 만나 결혼하게 된다. ― 나딘은 이 시기에 대해 별로 얘기하고 싶어 하지 않았다. 나딘은 스물여섯 살 때 잠깐의 결혼생활을 청산하고, 딸인 오리안네를 자신이 맡았다.

1948년 '민족당'이 권력을 장악하고는 인종차별 정책을 정식으로 공표했다. 부르보아인인 대니얼 말란 대통령은 법률과 헌법 개정으로 인종이론을 곧바로 실행에 옮기기 시작했다. 이 시기에 나딘은 흑인인 므파렐레를 친구로 삼음으로써 우선 가볍게 '타부'를 깬다. 기자였던 그는 나딘을 흑인들의 집단 거주지로 끌어들인다. 나딘은 이 지역의 흑인 지식층들이 살고 있던 구역에서 그들과 함께 보내지만, 1962년 당국이 이 구역을 탱크로 밀어버리게 된다.

나딘은 곧 젊은 세대의 대부분의 작가들과 알게 되었다. 그녀는 흑인 음악가나 교사, 저널리스트들과 사진작가들이 백인 동료들과 대화하고 마시고 춤추는 영역에서 활동했다. 물론 이 모든 것은 금지되어 있었다. 하지만 젊은 사람들은 비밀리에 텅 빈 공장건물에서 또는 흑인들이 원래는 하인으로만 출입할 수 있었던 백인들의 집에서, 흑인 거주 지역 식당에서 만났다. "당시 우리는 인종차별 정책의 벽이 무너질 수 있을 것이라고 생각했어요"라고 나딘 고디머는 말한다. 그렇지만 진보적으로 생각하는 젊은 사람들은 잘못 인식했던 것이다. 인종차별 정책이 무너지기까지는 아직도 50년이나 더 지나야 했다.

나딘은 창작생활로 임대료를 지불하고 딸을 부양할 수 있을 만큼은 충분히 돈을 벌었다. 요하네스버그의 한 출판사가 그녀에게 그녀의 소설 전집을 출판하자고 제안했다. 미국에서도 그녀의 단편들이 「뉴욕 매거진」이나 「예일 리뷰」같은 저명한 잡지에 실리고, 1953년에는 책으로도 발간되었다. 같은 해에 그녀는 서서히 추한 현실 속에서 인종주의를 인식한 젊은 여성의 발전사인 처녀작 〈미몽에서 깨어남〉에 착수하기 시작했다.

이 소설의 주인공 헬렌은 나딘처럼 작은 광산도시에서 성장한다. 어머니와 하녀 사이의 자칭 우정관계를 그녀는 '참을 수 없는 것'으로 여긴다. 그것 또한 미묘한 형태의 인종주의적 표현에 불과하기 때문이다. 헬렌은 하녀인 안나를 자기 곁에 두고 친밀함을 이용하는 어머니의 행동을 비판한다. 어머니는 심지어 그녀를 가장 신뢰할 수 있는 친구로까지 승격시키고는 동시에 그녀의 인종과 함께 일종의 수렁, 즉 도덕적이고 정신적인 열등감을 찌르기까지 한다.

나딘은 자신의 유대인 혈통에 대해 뚜렷한 인식 없이 성장해 왔다. 그렇지만 그녀는 모든 형태의 인종주의에 매우 예민했다. 그녀 자신의 아버지가 유대인 학살 때 동유럽에서 도망쳐야만 했기 때문이었다. 〈미몽에서 깨어남〉이 1953년 발간되었을 때, 그 책은 해외에서도 곧바로 성공한다. 남아프리카의 여기자인 루트 바이쓰는 그녀의 비망록에서 이 책으로 나딘 고디머는 당장에 '명사'에 속하게 되었노라고 적었다.

그동안 나딘은 그녀를 매료시킨 한 남자를 알게 되었다. 유명한 베를린의 예술품 수집가이자 철학자 가문의 아들인 라인홀트 캇시러는 부모가 남긴 작품들이 나치에게 넘어가 지멘스에 의해 매점된 뒤인 1935년 독일을 떠났다. '라인홀트'는 나딘과 정치적 견해를 같이 했으며, 1954년 그들은 결혼해서 두 명의 아이 —그 역시 첫 번째 결혼에서 딸이 하나 있었다— 와 함께 파크타운으로 이사했다. 평범한 건축양식의 흰색으로 칠해진 집에서 나딘은 멀리 정원이 내다보이는 작은 작업실을 가졌다. 그녀가 아침마다 책상에 앉으면 집안에는 정적이 흘렀다. 그녀는 곧 후고라는 이름의 아들을 얻었는데, 이 갓난아기나 다른 아이들도 일에 매달린 나딘을 그리 감동시키지는 못했다. 그녀가 작가와 어머니로서 어떻게 처신했느냐는 질문에 그녀는 간단히 대답한다: "아이들을 기숙사가 있는 학교로 보내 버렸지요."

캇시러와 고디머는 상류 시민으로서 자유분방한 삶을 영위했다. 종종 그들은 흑인과 백인 손님들을 함께 초대했다. 그렇지만 나딘 고디머가 표현했듯이 이런 '축제의 시간'은 곧 지나가 버리게 된다.

남아프리카 공화국으로 명명하고 영연방에서 벗어나기 일 년 전인 1960년 3월 21일 재앙이 시작된다. 가까운 곳에 위치한 흑인 거주지역 샤프빌에서 잔인한 대량학살이 일어났고, 세계는 남아프리카 공화국의 인종차별 정책에 시선을 집중한다. 경찰은 인종법 —거주권을 통제하고, 흑인들이 백인 거주지로 이주하는 것을 금지한 법— 에 항의하는 평화시위자들에게 총을 무차별 발사했다. 이때 69명이 사망했으며, 180명이 부상을 당했다. 한 달 후 정부는 힘없는 야당을 분쇄하는 일에 모든 수단을 동원한다.

이 사태로 ANC라는 기구가 폐쇄되었다. 하지만 그 결과로 평화적 저항에서 무장투쟁으로 돌아선 민족주의자들의 분파인 '범아프리카인 회의(PAC)'가 창설되었다. ANC와 PAC의 공산주의 진영은 총을 쏘고 폭탄까지 투척하며 백인을 살해했다. 그럼으로써 남아프리카 작가인 앨런 페이튼이 이미 100년 전에 그의 예언서인 〈울어라, 사랑하는 조국이여〉에서 썼던 불안의 시대가 시작된다. "이 땅에서의 불안을 의심하지 마라… 우리는 하루하루를 두려움에 떨며 살게 될 것이다. 그리고 우리는 우리의 문에 점점 더 많은 자물쇠를 달게 될 것이며, 잘 생기고 사나운 개를 사들이게 될 것이다… 그러니 밤에 보는 나무들의 아름다움, 별 아래서의 사랑하는 사람들의 무한한 기쁨을 우리는 뒤에 남겨두게 될 것이다."

인종법의 악화는 나딘 고디머가 이제까지의 온건한 정치적 태도를 충분히 재검토하도록 하는 계기가 된다. "자유주의는 의미를 잃게 되었다. 부패한 사회에서는 진실하게 살아갈 수 없음을 깨달아야 한다"라고 그녀는 1958년에 썼다. 남아프리카 사회의 붕괴는 그녀가 샤프빌에서 대량학살이 벌어진 뒤 쓰기 시작한 그녀의 세 번째 소설의 주제가 된다. 〈사랑에의 동기〉라는 이 소설의 배경은 여러 문화가 뒤섞인 파티의 정경들과 40년대 말에서 50년대 초의 복잡다단한 연애 이야기이다.

주요 인물들은 관대한 지적 환경에서 활동하는데, 이는 작가 자신의 삶 및 주변 환경과 유사한 면을 보여 준다. 줄거리는 자신의 네 아이들을 기쁨보다는 짐으로 여기는 어머니 제시 스틸웰스의 조망으로부터 시작된다. 제시와 대학교수인 남편 톰은 요하네스버그에서 피부색이 다른 친구들을 위해 자주 파티를 연다. 몇 달 동안 그들은 런던에서 온 보아즈 부부를 숨겨주고, 또한 그들의 생활을 변하게 한 사랑 사건의 증인이 된다. 인종학자인 보아즈의 젊고 정열적인 부인인 앤은 흑인 화가 시발로와 사랑에 빠진다. 그녀는 인종의 벽을 간단히 무시하고 비정상적인 애정관계로 몇 달을 보낸다. 나딘 고디머는 이런 행위가 삶의 기만이라는 것을 양파 껍질처럼 하나씩 벗겨 낸다. 다 벗겨진 양파처럼 앤과 시발로의 사랑도 마지막에는 별로 남을 것이 없다고 그녀는 보고 있다.

소설에서 인종차별의 구성체계가 개인의 관계를 건드리지 않고 내버려 둔 것은 아니다. 진보적인 보아즈의 겉으로 보기에 여유만만한 태도는 실망감을 준다. 이 백인 남성은 자기 처의 애인이 흑인이라는 이유만으로 질투조차 꺼린다. 사랑하는 사람들 사이에도 피부색이 고려되었다고 제시는 체념조로 인정한다. "어떤 존재의 벽도 없었다. 백인의 특권이 누군가를 돌출하게 할 만큼 사적인 감정이 있었던 것도 아니었다. 그것은 입과 입 사이에 달라붙은 은수저 같았다. 그리고 우리는 그것을 멀리하기보다는 오히려 그것에 질식할 것 같았다."

심지어 자유주의적 백인과 흑인들의 동일화는 속임수로 밝혀진다. 그들의 결속이 인종차별법과 마찬가지로 흑인들을 희생시켰기 때문이다: 두 경우에 그들의 동일성은 강요되었으며 자발적인 것이 아니다. 결국 스틸웰스 가족은 정치적인 관계에 비추어 그들의 자유주의적 행동규범이 무력하게 될 것이라는 결론에 이른다. 그들은 생각에 잠겨 결론을 내린다. "톰은 발전소를 폭파하는 것이 더 이성적이지는 않을까 하고 숙고하기 시작했다. 그러나 제시는 이 경우 누군가에게 도움이 될지도 모른다고 생각한다. 아마 나중에라도."

1963년에 발간된 〈사랑에의 동기〉라는 소설로 나딘 고디머는 개인적으로도 궁극적으로는 자유주의와 결별했다. 이제 그녀는 공개적으로 무장투쟁에 대해 인식한다. 50년대 중반에 이미 그녀는 노동조합원인 베티 드 토이에게 '파티가 아닌 감옥으로 간' 사람들을 소개했었다. ANC와 밀접하게 연관되어 있는 부린의 정치참여는 여작가에게 강한 영향을 심어 준다. "베티는 내가 알고 있는 자유주의적 백인들과는 달랐어요. 그녀는 흑인들의 조언을 받아들임으로써 자유운동을 위해 싸웠지요"라고 나딘 고디머는 말한다.

베티와의 우정으로 고디머의 정치적 입장도 급진적으로 변화되었다. 그렇지만 그녀는 '완전한 혁명가'가 되어 살아 있는 동안 감옥으로 갈 용기는 없었다. 그녀가 놀라워한 백인 공산주의자 에이브람 피셔와는 달리 그녀는 여작가로서 구사할 만한 무기를 이용 한다: 그녀는 논문, 에세이를 편집하고 인종차별에 반대하는 강연을 한다. 그녀는 자신의 소설 검열에 대항한다. 물론 여작가는 다른 사람들의 책이 금지될 때에만 저항했다. 자신의 경우 항고함으로써 오히려 검열 당국을 직접 인정하는 꼴이 된다는 것을 알고 그것을 포기했다.

이 시기에 고디머는 집보다는 법정에서 더 자주 시간을 보냈다. 종종 그녀는 변호인의 증인으로 나와 내란죄가 있다고 비난받는 흑인과 동료들을 위해 변호했으며, 추방된 흑인 작가들의 책을 외국에서 출판하도록 도와주었다. 그리고 그녀는 거리로 나가 항의 행진과 데모에 참가했다. 물론 인종차별 정책은 다수의 백인들 행동까지 가로막지는 못하는 상태였다. 나딘 고디머는 1963년 '가택 구금되어 있는 가장 최근의 목록을 잠깐 살펴본 뒤 그들도 운동에 가담한 것'을 확인했다. "한 백인이 체포되면 맹렬한 분노는 아마도 무관심과 다르지 않을 것이다. 그 자신의 사람들 중 누군가가 배신을 한다면, 그런 일을 당해도 싸다고 생각한다." 불화는 사회를 꿰뚫고 지나간다; 참가자와 무관심한 자들 사이에는 나딘 고디머가 낙담하여 '정신적인 눈만이 좇을 수 있는 흔적들이 모래 속으로 사라져버리는' 사막이라고 기술한

현격한 차이가 나타난다.

그러나 그런 것에 무관심한 나머지 사람들은 우월한 인종을 위해 행동했다. 겨우 13%의 백인이 76%의 흑인과 9%의 유색인종을 무자비하게 억압하는 일이 그들 본연의 권리로 간주되었다. 이런 남아프리카에서 '흑인들을 위한 자리'가 어디에 있겠는가? 나딘 고디머는 스스로에게 물었다. 그녀는 희망이 없을 때면, "어디에도 없다"라는 대답 쪽으로 기울었다. 그렇다고 절망감 때문에 이민이라도 가는 방법은 그녀가 선택할 리 없었다. 그것은 문제로부터 달아나는 편한 방법에 불과했다. 이때 고디머는 "망명은 세상에서 자신의 자리를 잃는다는 것을 가리킨다"라는 장 폴 사르트르의 말을 떠올린다. 이로써 그녀는 자유운동에 참여했던 다른 사람들과 마찬가지로 굉장한 대가를 치른다. 내란죄로 쫓기는 줄루족 추장 알베르트 루툴리 같은 흑인 친구들과의 연대는 그녀에게 범법혐의가 쓰이도록 했다. 비밀경찰이 그녀를 미행하고 전화를 도청했으며, 극우 과격파들이 그녀를 죽이겠다고 협박했다. 그렇지만 과거의 이런 부분에 대하여 나딘 고디머는 나중에 "내가 체험했던 것은 감옥에서 세월을 보낸 다른 사람들의 고통과는 비교할 수도 없는 것이다"라고 말했다.

나딘 고디머는 어느 결정적 사건을 경험하고 그것을 책으로 출간하게 된다. 일주일 내내 그녀는 부르인 혈통의 인종차별 반대자 에이브람 피셔가 탄핵되어 1966년 종신형에 처한 사건을 다루었다. 그런 가운데 고디머는 소송절차에 관한 두 개의 보고서를 발표하면서 그것을 책으로 낼 생각을 한다. 1979년 이 이야기는 그녀가 유일하게 '진짜 정치적인 책'이라고 부른 〈시민의 딸〉로 형상화된다.

자유투쟁가 라이오넬의 딸인 주인공은 의도적으로 무지와 편협에 저항하기 위해서 상징적 인물의 이름을 가진다. 로자 룩셈부르크*** 는 이미 역사에서 잘 알려진 인물이었다. 그동안 그녀의 부모는 감옥에서 죽었고, 젊은 여성은 어두운 과거와 그녀 자신의 반응을 기억하려고 애쓴다. 그런데 고디머가 이 책을 쓰려던 당시에는 정치적인 관계들이 분열되어 있었다. ANC 내부에는 이데올로기적인 투쟁, 즉 독단적 공산주의자들의 융통성 부족과 남아프리카의 공산당 실패, 분쟁에서 무사히 벗어나려는 백인 자유주의자들이 존재하고 있었다. 이런 복잡한 상황에서 볼 때 작가는 적절한 문학 형식을 찾기가 쉽지 않았다.

작가가 어떻게 소설을 써야 할 것인지 결정할 때까지는 한참이나 걸렸다. 나딘 고디머는 말한다. "몇몇 공산주의 신문들이 이런 '과감한 투쟁가'를 기술하는 영웅적인 문체를 가지고 있었다. 로자 자신은 정확히 알고 있다: 그녀는 이런 용감한 투쟁가가 아니다. 그렇다면 그녀의 학교 친구들 관점을 넣는다면 어떨까? 동창생들은 부르인 혈통인 로자가 자기 민족에 대해 끊임없이 부정적으로 표명한다는 것을 전혀 인지하지 못한다. 나딘 고디머는 로자의 정체성을 깊이 탐구함으로써 남아프리카의 정치관계를 서로 다른 전망에서 고찰할 수 있는 재치 있는 이야기 전략을 선택했다.

인종갈등과 연루된 소외와 정신의 잔인성이 어떻게 진행되는가 하는 것이 하나의 충격적인 장면에 응축되어 있다. 로자는 요하네스버그의 광석 폐석더미 주변, 도시 지도에도 나타나지 않는 슬럼가의 어느 한 곳에 있었다. 그러다가 그녀는 한 남자가 어떻게 당나귀를 죽

*** 사회주의 정치가. 1871년 3월 5일에 태어나 1919년 1월 15일에 베를린에서 살해되었다. 여학생으로 사회주의 노동운동을 했으며, 칼리프 크네히트와 함께 스파르타쿠스단을 창립했다. 1918년 구성된 KDP의 프로그램을 쓰기도 했다.

도록 구타했는가 하는 문제의 증인으로 채택된다. 로자는 당시의 상황을 머릿속에 떠올리며 생각에 빠진다. "그 순간 올가미로 네 다리와 머리가 아래쪽으로 끌려 넘어졌다가 다시 머리와 사지를 버둥대며 울부짖는 당나귀를 보았다… 나는 고통을 가하는 행위를 그것을 야기하는 의지와는 분리해서 보았다: 그 자체 생성되는 힘, 가해자 없는 폭력, 형리 없는 고문, 맹목적 분노, 순수한 잔인성, 완전한 독창력, 나사로 엄지손가락을 조여대는 고문과 고문대를 비롯하여 전기 충격에 이르기까지… 그리고 정치범 수용소와 강제노동 수용소, 눈이 내리는 시베리아와 태양이 내리쬐는 시베리아, 만델라의 인생… 두 명의 간호인으로부터 보호받고 있던 해골처럼 말라버린 라이오넬…"

사실 그녀는 '백인의 권위'로 늙은 남자를 저지하고, 그럼으로써 짐승의 고통을 끝내줄 수 있었다. 그렇지만 그녀는 아무 행동도 하지 않는다. "나는 그가 당나귀를 때리도록 내버려뒀어요. 그 남자는 흑인이었거든요. 그래서 일종의 허영심이 느낌보다 더 중요했어요. 나는 인간보다 짐승을 더 걱정하는 백인들을 보았을 때 참을 수가 없었거든요."

정부만이 아니라 모든 백인 또한 남아프리카의 가망 없는 상황에 책임이 있다는 것을 로자는 파악한다. 그들 또한 지배계급의 일부이며, 백인의 특권을 통해 찬양받기 때문이다. 작가는 1976년 6월 소베토에서 봉기가 일어나고, 거기에 로자가 우연히 휘말려 들어 경찰에 체포되는 것으로 소설을 끝맺는다. 이 로자의 이야기가 남아프리카에서 출간되었을 때, 소설은 즉시 금지된다. 13년 뒤 노벨상 위원회는 이 책을 고디머의 걸작들 가운데 한 권으로 공표하게 된다.

부르인의 국가 행정어인 아프리칸(남아프리카의 공용 네덜란드어)

을 수업언어로 도입한 것이 소베토의 학생들을 폭동으로 치닫게 만든다. 학생들의 파업은 1976년 5월에 시작되어 평화적인 데모에 참여한 2만 명의 학생들이 소베토를 지나 돌연 경찰의 무장권력에 대항한 6월 16일 그 절정에 이른다. 처음에 경찰들은 최루탄을 쏘았고, 아이들과 청소년들은 돌을 던진다. 그러자 경찰들은 학생들을 향해 기관총을 난사한다. 하지만 이런 무자비한 방법으로도 정부는 저항을 가라앉히지 못한다. 대중의 항거는 몇 달간 계속된다. 학교의 파업은 남아프리카의 다른 흑인 학생들까지도 참여시킨다. 흑인 노동자들은 총파업에 돌입한다.

나딘 고디머는 '어느 날 아침 죽음에 대한 불안을 이겨낸' 아이들에게 깊은 감동을 받는다. 다른 백인들과는 반대로 그녀는 아이들이 선동자들에 의해서 교사되었다는 것을 믿지 않는다. 그래서 그녀는 1976년 〈요하네스버그에서 온 편지〉라는 에세이에서 다음과 같이 쓴다: "아무도 그들 —제멋대로 강도놀이와 헌병놀이를 할 때처럼 짧은 옷을 차려입은 소녀들, 진을 입은 청소년들과 축 늘어진 셔츠와 맨발의 어린 소년들— 이 그들에게 죽음의 총을 난사한 경찰에게 다시 한 번 도발하게 될 것이라고는 상상할 수도 없었다. 그러나 정확히 아이들은 그렇게 했다. 그들은 그런 행동을 거듭 반복해서 했다. 그들은 거리에서 모든 수업을 들었다. 그들은 두려워하지 않는 법을 배웠던 것이다."

소베토의 데모가 인종차별 신봉자들에 대한 도발만은 아니다. 저항은 흑인들과 폭동을 동정하는 모든 백인들 사이의 메우기 어려운 틈도 더욱 첨예하게 했다. 흑인 의식운동인 '검은 양심운동'은 이제 모든 사람들에게도 경계선을 긋는다. 자유주의적 또는 급진적 백인들 역시 지배계급의 일부로 간주되기 때문이다.

이는 나딘 고디머에게 대단한 충격이자 모욕이었다. 그녀는 인종차별 국가에서의 작가적 한계와 가능성에 대해 새로이 숙고한다. "나는 백인 여성이며, 내 의식도 불가피하게 내 얼굴과 같은 색깔을 가지고 있다는 것을 알고 있다. 그럼에도 불구하고 내가 백인의 태도와 견해에 대해 언급했을 때, 나는 그렇게 할 자격이 없었다. 나는 백인들이 표현했거나 그들의 일에서 (내 견해로는) 표출되는 태도와 견해를 재현했었다. 마찬가지로 내가 흑인들의 태도와 견해에 대해 언급했을 때, 나는 흑인들을 변호할 자격이 없었다. 나는 흑인들 스스로에 의해서 표현되었거나 그들의 일에서 (내 견해로는) 명백해지는 태도와 견해를 재현했을 뿐이다.

나딘 고디머는 1979년 캅스타트에서 열린 '남아프리카의 예술상황에 대하여'라는 회의의 강연에서 자신 또한 자신의 피부색을 '하얀 낙인'으로 느낀다는 것을 분명히 하고 있다. 그것이 특권을 부여해줄지라도 우리는 우리의 계급, 우리의 종교와 정치적 확신은 바꿀 수 있으나 어느 누구도 자신의 피부색에서 벗어나지는 못한다는 것이다. 70년대 말 정치상황은 가장 심각한 지경에 달한다. 고디머는 자신의 나라가 시민전쟁에 빠져들 것을 두려워한다. 소설 〈줄리의 사람들〉의 주제를 흑인 게릴라전의 가능성에 둘 정도로 그녀는 이 문제에 몰두한다.

이 책은 어두운 미래의 비전을 그리고 있다. 반란은 국경을 접하고 있는 모잠비크와 짐바브웨의 군대 지원으로 백인들이 살고 있는 여러 도시로까지 확산된다. 백인들의 공장과 행정의 중심지가 폭파된다. 백인들의 빌라도 타버린다. 백인 부부인 브램과 모렌 스메일스, 그들의 세 아이들은 그들의 잡일꾼 줄리의 도움으로 간신히 숲 속으로 달아난다. 이제부터 상황의 반전이 일어난다. 이제는 줄리가 더 강자이다. 그의 전 주인 —브램과 모렌은 인종차별 반대자이다— 이 그에게 의존하고 있을지라도 모든 것은 사회계급과 더불어 해체된다. 가족, 부부 관계, 최악에 이르렀음에 틀림이 없는 백인 부부의 정체성도 무너지고 만다. 이런 해체의 위기에 대하여 소설에서는 다음과 같이 표현하고 있다: "그들은 그들의 인생을 흑인 대륙에서 태어나 백인 천민으로 보내게 될지도 모른다는 생각에 기분이 나빴다."

"내가 소설을 썼을 때, 사정은 매우 나빠 보였다"라고 나딘 고디머는 말한다. 하지만 그녀의 소설에 나타난 전망이 가망이 없을지라도 고디머는 희망을 잃지 않았다. '인종차별 정책에 대한 투쟁의 오랜 전통'을 통해서 그녀는 '진보적인 힘을 양면에서 자유롭게 정착시키는' 양상을 본다. 서방 정부가 해방투쟁과 연대하고, 국제 금융시장이 남아프리카를 제재했을 때에야 비로소 정부는 인종차별 정책을 철회하지 않을 수 없게 된다. 1989년 P.W. 보타 대통령이 물러나고 프레데릭 W. 데 클레르크가 권력을 장악한다.

수십 년 전부터 '문학의 국제적 퍼스트레이디'는 이른바 '최근의 목록', 즉 노벨 문학상의 후보에 올랐다. 1961년부터 이미 그녀는 수많은 상을 받았다. 독일에서 그녀는 도르트문트시의 넬리-작스상을 받았다. 그러나 67세 때인 1991년에서야 비로소 나딘 고디머는 최고의 문학상을 받는다. 고디머는 노벨상 수상 소식을 들었을 때 막 미국으로의 문학 강연 여행길에 올라 있었다. 그녀는 놀라워한다. "나는 희망을 버렸을 정도로 이미 오랫동안 노벨상 후보였습니다"라고 그녀는 「뉴욕 타임스」 기자에게 말했다.

비평가들의 반응은 전 세계적으로 긍정적이었다. 마침내 노벨상

심사위원들이 영어권 문학의 논쟁의 여지가 없는 위대한 여성 작가를 수상자로 결정한 것이다. 그렇지만 많은 비평가들은 심사위원들이 분명히 고디머의 정치적 용기를 노벨상 수여를 위한 중요한 관점으로 평가했기 때문에 왜 그들이 그렇게 오랫동안 가만히 있었는지를 조롱하듯 질문한다. 학계가 특히 진가를 인정한 〈시민의 딸〉이 보타 정부로부터 금서로 배척되었을 때, 그에 대한 정치적 특징을 규정하는 것은 소심함이었는가? 좀 더 일찍 '인종의 평등을 위해 백인 정부의 인종차별 정책에 반대하는 타협 없고 정력적인 참여'를 강조하는 포상은 훨씬 더 효과적이었을 것이다. 나딘 고디머도 그것을 깨닫고 있다. "내가 인종차별이 붕괴되기 전에 상을 받았더라면, 그 상은 물론 백인 압제자의 국가행정을 모욕하는 것이었을 겁니다."

1991년부터는 개방과 개혁의 시대가 오랫동안 시작되었다. 그리고 고디머 같은 인종차별 반대자들이 수십 년간 요구해왔던 것이 마침내 완수되었다. 현 대통령인 데 클레르크는 남아프리카의 페레스트로이카를 이끈다. 야당이 합법화되고 넬슨 만델라는 28년간의 구금 끝에 1990년 로벤 섬의 감옥에서 석방된다. 그리고 정부는 ANC와의 교섭을 받아들인다. 그 때문에 남아프리카 대통령의 공식축사는 놀라운 일이 아니었다. 그동안 인종차별의 반대자에서 페레스트로이카 옹호자로 변신한 데 클레르크는 넘칠 정도는 아니었지만 그녀의 노벨상 수상에 축하를 보낸다. "나는 우리 국민들 가운데 한 사람이 국제적인 인정을 받으면 남아프리카인으로서 항상 기뻤습니다. 노벨 문학상은 그 명성을 한층 더 돋보이게 합니다."

나딘 고디머는 민족당 출신 수상의 말에 감명을 받지 않는다. 그녀는 한 인터뷰에서 말했다. "3년 전 남아프리카 정부의 누군가가 내게 축하의 말을 전했다 해도 감사하지는 않았을 것이다. 내 생각에 그것은 너무 빠르게 진행된 남아프리카에 대한 경제제재에 내가 그걸 계속 해제할 것을 주장했기 때문일 것이다." 이 시점에서 만델라와의 접촉을 받아들인 고디머는 매우 초조했다. 인종차별의 완전한 폐지와 최초의 민주선거에 이르기까지는 또 3년이 지나갔다.

노벨상 수상자가 스웨덴에서 고국으로 돌아왔을 때, 그녀는 요하네스버그의 공항에서 수많은 사람들에게 둘러싸여 열렬한 환영을 받는다. 백인으로는 다만 4명의 친한 친구들만이 나왔다. 그 외에는 전부 흑인이었다. 사람들은 피켓을 흔들고 춤추며 노래하고 경적을 울려댔다. "우리는 당시 나딘과 더불어 미친 듯이 기뻐했다"라고 돈 마테라****는 상기한다. "확실히 우리 흑인 작가들은 우리도 이 상으로 존중받았다는 느낌을 받았다."

나딘 고디머는 '친구들'과 이런 '기쁨'을 함께 했다. 상은 "우리가 인종차별의 세월 동안 실제의 남아프리카 문화, 바로 낡은 식민지 문화와 인종차별의 문화에 반대하는, 진정한 문화를 창조하려고 노력했던 우리 모두를 위한 영예입니다."

고디머는 말로만 한 것이 아니라, 행동 또한 보여 주었다. 그녀는 상금으로 받은 170만 마르크의 일부를 그녀가 공동 설립하고 대부분 흑인으로 구성된 '남아프리카 작가협회'에 기부했다.

이 시기에 있었던 인터뷰에서 나딘 고디머는 ANC 또는 저널리스트들이 그녀를 정치작가로 분류하면 늘 예민하게 반응했다. "그것은

**** 1949년 요하네스버그의 소피아타운에서 출생. 요하네스버그의 'The Sowetan'이라는 흑인 신문의 작가이며 저널리스트. '흑인 양심운동'의 회원.

사람들이 내게 붙여준 꼬리표입니다… 우리가 정치분쟁이 지배하는 나라에 산다면, 이 나라에서 무슨 일이 일어났는지는 자연스럽게 작가의 통찰법 속으로 스며드는 것입니다." 정치는 정당에 가입하는 것을 의미하지만, 그전에 작가는 엄밀하게 자신을 보호해야만 한다. '나는 정당을 행동하는 문학으로 파악하는 사람들을 더 사랑한다'라고 고디머는 자신이 좋아하는 작가 알베르트 카뮈의 글을 인용해서 말했다. 그녀의 정치 참여는 하나의 사실이지만, 작가로서의 그녀의 작업은 다른 일이다. 그녀는 현실이 자신이 원하는 관념과 일치하지 않더라도 그것을 정확한 관찰자로서 받아들인다. 왜냐하면 작가들은 진실해야 할 의무가 있기 때문이다. 그리고 이것을 찾기 위해 작가들은 말을 자신의 정직으로 향하도록 해야만 한다는 것이 고디머의 원칙이다.

스톡홀름의 노벨상 강연에서 그녀는 문학을 위해 인상적인 변론을 한다. "그렇기에 우리는 사회, 즉 우리가 참여하고 있는 세계로부터 조사한 것을 낱말을 통해 암시하려고 노력함으로써 우리의 인생을 보냅니다. 이런 해결할 수 없는, 잊혀지지 않는 참여라는 의미에서 글쓰기는 언제나 그 어떤 순간에도 자아탐색과 세계탐색, 개인적이고 복합적인 존재의 탐색인 것입니다… 어느 정도 중량 있는 작가란 적어도 회중전등으로 —갑작스러운 횃불을 가진 천재는 드물다— 존재라는 인간 경험의 소름 끼치는, 그러나 아름다운 미로 속으로 빛을 비추기를 희망합니다."

그녀가 가장 최근의 에세이집 제목으로 '글쓰기와 존재'를 선택한 것은 우연이 아니었다. 글쓰기란 나딘 고디머의 자기 이해에서 볼 때 존재이며 삶에 필수불가결한 의무였다. 그녀의 다음 물음은 의미심장하다: "존재를 이해한다는 것은 예술을 통해서만 가능하지 않을까?"

1991년 남아프리카에서 평화적 혁명이 시작되었다. 그렇지만 흑인 해방의 시기에도 나딘 고디머는 그랬듯이 회의적인 현실주의자로 남는다. 열광의 기색 없이 그녀는 1995년 발표된 소설에서 문학적으로 민주주의를 열기 위한 도전을 충분히 검토한다.

1993년에만 해도 과도기의 국면이었지만, 이제 흑인과 백인 추방자들이 돌아와 최초의 자유선거를 준비하고 있다. 그럼에도 불구하고 고디머는 냉정함을 잃지 않는다. 그녀는 위원회들의 혼돈, 경쟁과 복수심, 자칭 타고난 권리를 고집하는 부르인들에게로 눈을 돌린다. 백인 정부의 단계적 후퇴 역시 음모가와 기회주의자들이 자신들의 상승을 위해 이용한 권력투쟁의 단면이기 때문이다.

남아프리카의 최초의 민주선거는 1994년에 치러진다. 고디머에게 그것은 개인적인 해방이기도 했다. "이제 우리가 법 앞에서 모두 평등하게 된 후에야 비로소 나도 나를 남아프리카인이라고 부를 수 있다"라고 그녀는 말하며 환하게 웃었다. 사람들은 이제 훨씬 솔직하다. 마침내 누구나 그가 원하는 곳으로 갈 수 있다. 그리고 불안해하지 않고 모든 것에 대해 글을 쓸 수 있다. 인종차별의 벽은 결국 무너졌으며, 과거를 개혁하는 시대가 도래 했다.

남아프리카는 사면을 원칙화하고 세계적으로 유례가 없던 개혁 법안을 선택했다. 그 어느 나라에도 남아메리카와 같은 대사면 원칙은 없다. 또한 독일에서처럼 범인들에 대한 형법상의 박해도 없다. 그 밖에도 희생자들에게 가해진 만행에 대해 보고하는 진상위원회와 조정위원회가 설립되었다. 이에 대해 고디머는 "그들의 고난에 대한 가능성을 말하는 것은 카타르시스의 형식이 될 것이다. 그러나 나는 희생자들이 다시 정상적인 생활을 영위할 수 있게 될지 자문하지 않을 수 없다"라고 말한다.

이제 나딘 고디머는 새로운 전환의 계기를 마련한다. 뉴욕에서 다큐멘터리 영화인으로 살아가던 아들 캇시러와 함께 73세의 고디머는 다시 한 번 전혀 새로운 분야의 영화에 몰두한다. 평화혁명은 요하네스버그와 그녀 남편의 출생지인 베를린에서 그 정점에 이른다. "베를린은 요하네스버그의 우리들이 가지고 있는 문제와 유사한 많은 문제들을 가지고 있습니다. 두 도시는 이전에 분단된 도시들에서 하나의 도시를 만들었으니까요. 두 도시는 조정과 통합을 걱정해야 합니다. 확실히 우리는 거기서 많은 것을 서로 배울 수 있습니다."

오후에 그녀의 작업실에서 울리는 전화 때문에 우리는 자주 대화를 중단해야만 했다. 인터뷰가 끝나면 그녀는 자신이 중단했던 곳에서 완성되지 않은 문장을 다시 시작할 것이다. 이제 그녀는 초조하게 시계를 쳐다본다. 흑인 가정부가 가져온 차는 오래 전에 식어 있었다. 그녀가 인터뷰를 짧게 끝내줄 것을 요청했을 때, 초조함이 그녀의 목소리에 배여 있었다.

나딘 고디머 여사는 언젠가 말하기를 '인간 존재의 신비가 나를 매혹시켰기 때문에' 작가가 되었다고 했다. 생명의 비밀에 그녀는 아직도 호기심을 가진다. 물론 그 자체로는 결코 만족하지 못한다. "당신은 무엇을 원하시죠?"라고 묻자, 나딘 고디머는 "나는 작가입니다"라는 말로 대답했다. "당신은 누구 혹은 어떤 사람이 되고 싶나요?"라고 묻자, 그녀는 '보다 나은 작가'라고 펜으로 적었다.

—크리스티아네 코르프

11

Rigoberta Menchú

나는 하늘을 들여다보며 두 다리로 땅 위에 서있습니다

리고베르타 멘추(1959–)
노벨 평화상 1992

여러 가지 색깔로 수를 놓은 블라우스와 발목까지 내려오는 헐렁한 스커트를 입고 리고베르타 멘추는 그녀의 고국인 과테말라의 통치권자들 사이에 겁 없이 서 있다. 조르즈 세라노 엘리아스 대통령이 33세의 노벨 평화상 수상자에게 –거의 강제적으로– 과테말라에 준비해 놓은 영접은 차가웠다. 지배자들은 그녀가 노벨 평화상을 받았음에도 불구하고 인디언 지도자를 얼마나 업신여기는지를 감추지 않는다. 지도층의 눈에는 공산주의자이자 게릴라인 '뚱뚱한 마야 인디언 여성'의 위협적인 인상이 역력히 남아 있다. 그러나 1m 50cm의 여성은 분명히 한다: "내 무기는 언어입니다." 과테말라 서쪽 고지대에 있는 치멜이라는 작은 마을에서 태어난 마야-인디언 여성, 그녀에게서 튀어나온 몇 마디 말은 정말 두려움을 줄 만하다.

수백 년 전 스페인 정복자들은 마야의 모든 전통을 없애버리고, 그렇게 해서 원주민들을 꼼짝 못하도록 만들려고 했다. 백인 정복자들은 전 민족에게 침묵하게 시켰으며, 그들의 문자를 없애버렸다. "그들은 미신과 악마의 속임수로부터 자유로워질 아무것도 가지고 있지 않았기 때문에, 우리는 그들의 책 모두를 불태웠다"라고 1562년 스페인 주교인 디에고 데 란다는 우쭐거리며 보고했다. 인디오들(중남미 인디언들)에게 이는 다음을 의미했다: 그들의 문자는 거의 근절되었다. 마야의 몇 안 되는 책들만을 몇몇 스페인 선교사들이 16,7세기에 토착민들의 도움을 받아 스페인어와 문자로 기록하였다.

정복자들의 작품은 오늘날까지도 쓴 열매를 맺고 있다. 과테말라 농촌 인구의 80%(도시에서는 약 46%)와 여성들의 99%는 아직도 문맹자이다. 그러므로 리고베르타가 자신의 언어를 찾았을 뿐만 아니라, 과테말라와 전 세계를 향해 자신의 목소리를 높였다는 것은 거의 기적인 셈이다.

리고베르타 멘추는 1959년 1월 9일 키체지방에 있는 산 미겔 우스탄구(區)의 한 작은 마을에서 태어났다. 그녀의 아버지 빈센트는 스무 살의 나이로 결혼하기 전에는 가톨릭 교회에서 성물 간수인으로 일했다. 그는 기독교도였다. 그렇지만 그의 부인 후아나는 마야 문화의 옛 풍습에 몰두한다. 그녀는 신생아에게 출생 후 즉시 마늘, 소금, 석회와 담배 부스러기가 담긴 작은 주머니를 걸어 준다. 그것은 아이에게 세상의 악에 대항할 힘을 부여해 준다고 한다. 어린 리고베르타는 곧 오두막의 구석에서 네 명의 형제자매와 그 밖의 가족들과는 격리되었다. 마야 전통은 첫 주에는 어머니만이 젖먹이 곁에 갈 수 있다. 그런 다음에야 가족은 출생을 축하하기 위해 양을 잡고 마을 공동체와 '우주'로 받아들여진 아이를 위해 최초의 양초를 켠다

리고베르타가 한 살 때 과테말라에서 36년간이나 맹위를 떨치게 되는 시민전쟁이 시작된다. 전쟁의 주 원인은 토지소유의 부당한 분배에 의한 농민의 가난과 과테말라 주민의 2/3에 해당하는 인디언 주민을 정치, 경제적 권력에서 제외했기 때문이다. 이런 갈등에서 반대자의 일부가 과격해져서 무기를 들고 일어섰다. 과테말라에는 '과테말라 민족혁명 연합(URNG)'이라는 게릴라 운동이 생겨난다. 이 조직은 끊임없는 억압 때문에 불법적으로 일해야만 하는 농민을 기초로 한 것이다. 게릴라들은 니카라과 해방운동 및 엘살바도로의 해방운동에서 그 방향을 찾는다.

악의 뿌리는 무자비한 식민지 개척에 있다. 1821년 과테말라가 독립한 후에도 불평등한 소유관계는 아무것도 변하지 않았다. 대지주들은 정복자들이 했던 짓을 계속했다. 20세기 초부터 '라틴 아메리카의 뒷마당'의 이런 부분 때문에 '유나이티드 프루츠'같은 아메리카 대농장 경영단체가 생겨났고, 미국 정부 또한 국내 정책에 간섭했다. 미국은 50년대 초 토지개혁을 감행하여 유나이티드 프루츠 컴퍼니의 소유권을 몰수했던 구츠만 대통령을 실각시켰다. 폭동에 이은 새로운 폭동으로 결국에는 군부독재가 성립된 것이다.

리고베르타는 다섯 살 때 이미 대지주의 농장에서 고되게 일해야만 했다. 그래서 그녀는 훗날 "이 시기에 나의 의식 또한 깨었다"라고 말한다. 그녀는 40명의 노동자들을 위해 요리를 해야 하는 어머니를

돕고 남동생 페트로치니오를 돌봤다. 그렇지만 그녀는 부모님을 위해 더 많이 일하고 싶어 했고, '진짜 돈 버는 일'을 꿈꿨다. 그래서 야심 있는 소녀는 어른들과 함께 열심히 커피열매를 땄다. 감독들은 노동자들이 커피 관목을 부러뜨리지 않도록 지독하게 감시했다. 그런 일이 벌어지면 즉시 임금에서 제했다. 여덟 살짜리 소녀는 하루에 1kg의 커피 열매를 딴 것으로 계산하여 약 50페니히를 받는다.

농장일꾼들이 농장에서 '도둑'을 맞으면, 그들은 모든 것을 임금에서 별도로 비싸게 지불해야만 했다. 운송에서 식사에 이르기까지 그런 식이었다. 대개 그들은 거의 아무것도 손에 쥐지 못한 채 그들의 고지마을로 돌아왔다. 그런 다음 곡괭이로 그들은 자신들의 황량한 밭을 일궈서 그 수확물인 곡식으로 겨우 생계를 이어갔다. 리고베르타는 자신이 할 수 있는 일이라면 무엇이든 부모님을 도왔다. "나는 거의 남자처럼 일했어요." 오늘날에도 그녀는 그 일에 긍지를 가지고 있다.

리고베르타는 아버지를 매우 존경했다. 그녀의 둥근 얼굴이 어머니를 더 많이 닮기는 했어도 빈센트 멘추에게 더 강한 애착을 느꼈다. "아버지는 내가 아버지에 대해 느끼듯 내게 똑같이 깊은 애정을 느끼셨습니다"라고 그녀는 말한다. 그녀의 아버지는 이런 딸을 작은 어른처럼 대했으며, 늘 그녀 편을 들었다.

처음부터 리고베르타는 여성도 자신의 전통적 역할에 만족하지 않고 남편에 대해 확고한 위치를 차지할 수 있다는 점을 눈여겨본다. 어머니 후아나 멘추는 산파와 약초를 이용하는 의사로서의 그녀의 일을 하기 위해 혼자서 이 마을 저 마을로 옮겨 다녔다. 이는 라틴 아메리카 토착민들에게 좀 진기한 일이었다. "어머니는 원하는 곳으로 자유롭게 갈 수 있었습니다." 그러나 어머니가 온종일 멀리 떨어져 있다는 것은 어린 리고베르타를 화나게 했다. 어쩌면 그녀는 그 때문에 자신을 오히려 아버지의 딸로 생각했는지 모른다.

해마다 반복되는 해변에서의 수확물 출하 때 리고베르타의 두 살짜리 남동생 니콜라스가 영양실조로 죽는다. 여덟 살짜리 누이와 어머니가 무기력하게 바라보기만 하는 그의 병은 2주 동안 계속되었다. 그들은 어린 시체를 판지 상자 속에다 매장한다. 이때 리고베르타는 처음으로 증오심을 가졌다. 그녀는 이미 오빠 펠리페 사건과 대지주 때문에 증오가 자라고 있었다. 오빠는 몇 년 전에 같은 핀카에서 죽었다. 사람들이 커피농장에서 수확을 하는 동안 밭에다 비행기로 살충제를 뿌렸고, 그 독성이 펠리페를 죽게 한 것이다.

그럼에도 불구하고 그녀의 증오는 한 자매를 갖는다: 그녀가 미래에 기대하는 삶에 대한 불안. 리고베르타는 친구 마리아가 감독자들이 무분별하게 뿌려댄 같은 살충제로 죽었을 때, 다시금 증오와 속수무책이 섞인 감정에 사로잡히는 자신을 느낀다. "어느 누구도 더 이상 이따위 핀카에서 일할 수 없도록 내가 모든 것을 태워버릴 수 있다면 좋을 텐데."

열 살 때 리고베르타는 태평양 연안의 목화농장에서 악착스레 일했다. 야자수 잎으로 만든 너덜너덜한 지붕 아래로 4백 명이나 되는 노동자들이 떼지어 몰려들었다. 그녀가 어느 날 밤 깨었을 때 그녀는 오빠들의 얼굴이 완전히 모기로 뒤덮여있는 것을 본다. 그들의 벌어진 입속에조차 벌레들이 들어앉아 있었다. 대부분의 노동자들이 병이 나고 살충제로 인한 알레르기에 걸리는 것은 당연했다.

이런 고통에도 불구하고 가난한 농장 일꾼들은 서로 거의 접촉을 하지 않았다. 새벽 3시에 시작되는 긴 작업 후에 그들은 서로 말을 걸기에는 너무 지쳐 있었다. 더구나 그들이 대화하려고 해도 그들은 그렇게 할 수 없었다. 그들은 서로 다른 부족에 속해 있어서 서로 다른 마야어로 말을 했는데, 과테말라에만 마야어가 20개나 존재했기 때문이다. "그때는 우리가 낯선 사람들로 살아갈 때였습니다"라고 리고베르타는 상기한다.

그녀가 더 많은 것을 보고 알면 알수록 자신은 성장해서 그런 삶을 살고 싶지 않다는 생각이 더욱 뚜렷해졌다. 처음으로 열두 살짜리 소녀는 아버지에게 말한다. "읽고 쓰는 것을 배우고 싶어요. 그러면 아마도 인생이 달라질 거예요." 그러나 아버지 빈센트는 학교를 믿지 않았다. "너를 학교에 보내면, 그들은 너를 학급에서 제외시킬거야"라며 아버지는 두려워했다. 라틴 사람들은 잡종, 즉 혼혈이라고 불린다. 그들 중 대부분은 인디오를 멸시하고 자신들은 뭔가 더 나은 사람이라고 생각한다.

그렇지만 리고베르타는 완고하고 고집스럽게 계속 졸라댔다. "배우고 싶어요." 그러던 어느 날 그녀에게 기회가 생겼다. 과테말라에 식모 자리가 있었던 것이다. 리고베르타는 아버지의 반대를 무릅쓰고 열세 살 때 그 나라의 수도로 떠난다. 여주인은 마야 소녀를 그녀가 키우는 개만도 못한 취급을 했다. 여주인의 아들들은 하녀에게 그릇을 집어던졌다. 그럴 때마다 리고베르타는 심한 굴욕감을 느꼈다. 그녀는 신발이 없었기 때문에 주인은 그녀에게 싸구려 신발을 한 켤레 사주었다. 그러나 신발값은 그녀의 첫 월급에서 제했다. 이런 식으로 첫 달에 소녀는 거의 아무것도 받지 못했다. 스페인어를 배우겠다는 그녀의 사사로운 소원도 실현되지 않았다. 그녀는 감독관들이 핀카스에서 명령조로 으르렁거리던 스페인 욕설만을 알고 있었을 뿐이었다.

여기저기서 몇 개의 스페인 낱말을 주워들었으나 그것이 전부였다.

그녀가 지배층 사람들을 위해 옥수수 죽을 바나나 잎으로 말아야만 했던, 그러나 이런 좋은 음식을 두고 정작 자신은 아무것도 먹어서는 안 되었던 크리스마스 때는 최악이었다. 여주인은 남은 음식 찌꺼기조차 단 한 번도 그녀에게 허락하지 않았다. 리고베르타는 부모님이 계신 곳으로 돌아가고 싶었다. 그 해 봄 열네 살의 소녀는 아버지가 감금되었다는 소식을 듣고는 즉시 고향으로 돌아왔다.

빈센트 멘추의 범행? 그는 키체 마을의 최고 연장자로서 대지주들이 마을 주민들이 개간한 땅을 빼앗아 가는 것을 허락하려 들지 않았다. '농업개혁을 위한 민족연구소'의 직원들이 1965년 그에게 서류에 서명하도록 하면서 그것이 소유권 증서라고 설명해 주었다. 빈센트가 글을 읽을 줄 몰랐기 때문에 그들이 속임수를 썼던 것이다. 실제로 그는 2년 뒤 땅 일체를 양도하는 것에 서명한 것이다. 나중에 빈센트가 사기당한 것을 알아차렸을 때, 그는 계약의 승인을 무효라고 주장했다. 대지주들은 그들의 용병과 호위병들을 보내서 마을 사람들을 내쫓고 모든 것을 다 빼앗아 버렸다.

빈센트 멘추는 억울한 사정을 노동조합에 의뢰했다. 이것이 그를 즉시 체포하도록 사주한 대지주들의 올가미였다. 그는 과테말라인의 안정을 해쳤다는 이유로 체포되어 1년 2개월 동안 감옥에 갇혀 있었다. 이 시기에 리고베르타와 그녀의 가족, 온 마을 사람들은 그를 석방시키기 위해 뇌물까지 주면서 백방으로 노력하고 있었다.

하지만 감옥이 빈센트의 저항정신을 꺾을 수는 없었다. 아니, 오히려 그 반대였다. 그는 감옥에서 캄페지노(농부) 조직을 설립하는 이념을 일러주는 한 남자를 알게 되었다. 그들은 협동해야만 땅을 돌려받을 수 있었고, 이런 인식을 빈센트는 조금도 늦추지 않았다. 그는 핍박받는 농민들의 땅을 두루 돌아다녔고 마침내 다른 사람들과 함께 '농민 통합위원회(CUC)'를 설립했다. 이런 아버지를 리고베르타는 자신의 삶에서 가장 모범적이고 영향력 있는 자극으로 받아들인다.

그러나 대지주들은 악의를 가지고 계속 아버지를 추적했다. 1년 뒤 그들의 호위병들이 빈센트 멘추를 납치해서는 그를 때려눕히고, 머리카락을 잡아 뜯고, 그의 피부를 난도질하고 다리마저 부러뜨렸다. 함께 동행한 리고베르타의 오빠는 다행히 달아날 수 있었다. 만신창이가 된 빈센트는 근처 시내 병원으로 옮겨졌으나 의사들은 그를 치료하기를 거절했다. 의사들조차 대지주들에게 매수당했던 것이다. 몇 시간을 헤맨 끝에 그들은 산 후안 데 디오스 병원에서 의사의 도움을 받았다. 그는 병원에서 6개월을 보냈다. 그러나 거기조차 안전하지는 못했다. 대지주들은 그를 몰래 데려오도록 하수인들을 사주했다. 가족은 비밀통신망을 통해 그 사실을 알게 된다. 수녀원의 수녀들과 친절한 사제 몇 명의 도움으로 가족은 그를 병원에서 데려다가 다시 건강해질 때까지 그를 숨겨 놓았다.

수녀, 사제, 교회 및 종교가 리고베르타의 삶에서 늘 중요한 역할을 하게 된다. 열두 살 때 그녀는 이미 활동적인 교리 여교사로서 마을의 아이들을 자기 주변에 모았다. 평신도 교사로서 그녀는 아이들에게 성서 속의 평등을 얘기해주고, 그녀 자신도 아버지와 사제의 도움으로 암기하고 있던 기도문을 가르쳤다. 아버지 빈센트가 그녀에게 어느 날 십계명을 가르쳤을 때, 리고베르타는 처음으로 다음의 말들 사이에서 극도의 모순을 느낀다. "살인하지 마라"와 마을을 습격한 용병들, 또는 동생의 죽음에 책임이 있는 대지주들, "이런 것이 어떻게 어울린단 말인가?" 아주 일찍이 그녀는 성서를 '평등을 위해 투쟁을 가르치는' 책으로 읽었다. 그녀의 본보기는 구약에 나오는 강한 여성들 가운데 하나인 유디트였다. 유디트는 그녀의 민족을 구하기 위해 홀로페르네스 장군을 참수했다. 리고베르타가 그녀의 작은 마을 공동체에서 모세 혹은 다비드와 골리앗의 이야기를 했든 아니든 그녀는 늘 민족은 정당한 권력 없이는 자유를 얻을 수 없다는 것을 전파했다. 성서는 그녀에게 언제나 중요한 이데올로기적 무기로 남게 된다.

오랫동안 대지주들의 용병들뿐만 아니라, 군인들도 이 마야족 마을을 습격해 왔다. 리고베르타는 마을 주민들이 습격당하기 전에 어떻게 산으로 도망치지 않고 방어하기 시작했는지를 자랑스럽게 경험한다. 캄페지노들은 노동조합의 도움, 즉 '민족이라는 무기'의 도움으로 소유할 수 있었던 땅을 방어한다. 그들은 소이탄을 제작하고, 길에 덫을 놓고, 투석기를 사용하여 자신들의 마을을 방어했다. 그들은 적의 눈에 뿌릴 칠리가루, 소금과 석회를 모으기도 했다.

관료주의적인 교회는 오히려 지배자의 편을 들었다. "가톨릭은 민족을 잠들게 한다"라고 리고베르타는 한탄한다. 그러나 그녀는 교회가 두 진영으로 갈라져 있다는 사실 또한 인식한다. 한편에는 영양실조가 무엇을 뜻하는지 상상조차 못하는 부유한 대지주들의 특권을 반론 없이 강조하는 사제들이 있었다. 다른 한편에는 진보적 성향의 사제와 수녀들이 늘 그녀를 도와주었다. 그녀가 일찍이 종교교사로서 조직적 재능을 발전시킨 것이 나중에 정치활동을 할 때 그녀에게 큰 도움이 된다. "사제들과는 아버지의 친구들만큼이나 친했기 때문에 나는 중요한 인물이 될 수 있었습니다."

리고베르타 멘추는 1977년 말 열여덟 살 때 처음으로 확고하게 조직된 정치그룹에 발을 들여 놓는다. 멕시코 국경 근처의 캄페지노들은 그동안 비밀리에 농부동맹에 가입해 있었으며, 핀카스 노동자들 또한 합세해 있었다. 리고베르타는 그들과 접촉하기 위해 그곳으로 여행을 떠난다. "나는 인디언 여성으로서, 캄페지나(여자 농부)로서 그리고 기독교인으로서 투쟁에 참여하는 느낌을 그때만 해도 알지 못했다." 그녀의 아버지는 이 시기에 이미 지하에서 생활하고 있었다. 그는 어두울 때만 집으로 왔다. 그렇지만 이런 조심스러운 행동도 아무 소용이 없었다.

80년대 초 그녀의 고향 마을은 군대에 의해 불타서 소실되고 말았다. 전 지역이 이 시기에 화전 정책에 의해 황폐해지고 4백 개의 인디오 마을에는 거대한 무덤들이 들어선다. 새 '시범마을'에서 어른들은 민병대에 들도록 강요받는다. 이렇게 함으로써 군사혁명 정부는 '반도들'을 통제하려고 시도한다. 리고베르타의 가족은 뿔뿔이 흩어진다. 그러나 그들은 서로 느슨하나마 접촉을 유지한다. 그리고 각자는 자신의 방식대로 계속 정치활동을 전개한다.

막 열여섯 살이 된 막내 동생 페트로치니오는 가족 중 최초로 군인들에게 체포된다. 그는 파괴적 요소가 많은 '공산주의자'라는 죄목을 뒤집어쓴다. 2주 동안 군인들이 그를 고문한다. 그들은 페트로치니오의 손톱을 뽑거나 고환에 끈을 묶고 밧줄에 묶어 천장에 매달아 놓는다. 그는 다른 죄수들과 함께 공개처형을 당하게 되었다. 군인들은 끔찍한 구경거리를 보도록 인근 마을의 인디오들을 나오라고 지시한다. 거절하는 자는 공산주의자로 간주한다.

잔인하게도 대위는 죄수의 신체에 난 모든 고문의 흔적을 설명한다. 몰래 군중 틈에 섞여 있던 리고베르타와 그녀의 가족은 장교들이 페트로치니오에게 어떻게 벤진을 쏟아 붓고 불을 붙이는가를 무기력하게 쳐다볼 수밖에 없었다. 이런 충격을 경험한 리고베르타는 헤아릴 수 없는 분노를 느끼며 스스로 무기를 잡아야 한다고 생각한다. 그녀는 아버지처럼 궁극적으로는 민족을 조직하는 것에 더 많은 의미를 부여한다. 여동생 로사가 뒤에 게릴라들과 접촉하는 심정을 그녀는 너무 잘 헤아리게 된다.

금지된 CUC의 회원으로서 리고베르타는 이미 1979년부터 토착민들을 조직하기 위해 고지에 있는 다른 부족을 방문한다. 그렇지만 언어장벽이 일을 어렵게 했다. "가장 고통스러운 일은 우리가 우리를 이해하지 못하는 것이었다"라고 그녀는 말한다. 그녀는 그 때문에 다른 부족의 마야언어를 배우고 계속해서 스페인어도 열심히 배운다. 스페인어는 정복자의 언어이지만 그녀는 그것을 유일한 의사소통 수단으로 활용하여 모든 인디오들을 결합시킨다. 스페인어를 쓰고 읽을 수가 없을 때에는 듣고 난 후에 기억해서 배운다. 그리고 수녀들과 사제들과의 대화에서 들은 모든 것을 머릿속에 저장한다. 그녀의 머리는 "카세트와도 같았다." 이후 도미니크회 수도원에서 리고베르타는 체계적인 수업을 받는다. 스무 살 때 그녀는 마침내 교육과의 오랜 싸움에서 승리한다. 마침내 그녀는 스페인어를 말하고 쓸 수 있게 되었다.

1978년 과테말라에서는 로미오 루카스 가르시아 장군이 권력을 잡았다. 그의 정권은 탄압을 더욱 강화했다. 대량학살이 정부의 정책 프로그램이 되면서 돌연 죽음의 목록이 만들어졌다. 상황은 키체 지방 북쪽에서 가장 위협적이었다. 군인들은 그곳에서 잔인하게 살인을 하고 약탈까지 자행했다. 그 때문에 망명 인디오의 대표단과 CUC에 속해 있는 키체는 과테말라시 주재 스페인 대사관을 점령하기로 결정했다. 그들은 이런 식으로 군대의 테러에 대해 이목을 환기시키고자 했다.

1980년 1월 30일 평화적으로 계획된 시위 중 빈센트 멘추는 죽음을 당했다. 경찰이 점령된 건물을 습격하여 화학 소이탄에 불을 붙여 모든 점령자들이 다 타죽을 때까지 기다렸다. 여기서 37명이 불에 타 죽었다. 그중에는 여성도 5명이나 있었다. 스페인 대사까지도 간신히 죽음을 면했기 때문에, 스페인은 과테말라와 외교관계를 중단한다. 정부의 테러는 새로운 국면으로 접어들 조짐을 보인다.

리고베르타는 본래 이 계획적인 행동에 참여할 생각이었다. 그렇지만 마지막 순간에 그녀는 CUC를 약속한 대로 이끌기로 결심했다. "그래서 우리는 적어도 함께 죽음을 당하지는 않았다"라고 그녀는 훗날 말한다. 그렇지만 아버지의 죽음에는 다시 뼈저린 통한과 슬픔을 느껴야 했다.

후아나 멘추는 남편의 죽음을 씩씩하게 참아냈다. 그녀는 서로 다른 조직 내에서의 정치적 투쟁에 단 일 초도 소홀히 하지 않았다. "그런 인생이 너를, 많은 아이들을 기다리고 있지. 결국은 죽게 될 그런 인생이." 리고베르타는 과부가 된 어머니를 볼 때마다 그 말을 떠올렸다. 젊은 여성은 내적으로 자신에게도 닥쳐올 운명에 저항해 보았다. 그녀의 전통적인 여성성은 너무 깊이 흔들리고 있었다. 후아나 멘추는 성장한 딸에게 말하곤 했다: "나는 네게 너를 여성처럼 느끼는 일을 그만두라고 강요하지는 않겠다. 그러나 너의 투쟁이 어떤 일에서도 네 오빠에게 못 미쳐서는 안 된다."

리고베르타는 당시 의식적으로 아이들과 결혼을 무시했다. "그것은 내가 그때 가지고 있었던 충격 때문이었다"라고 그녀는 털어놓는다. "나는 인간이고 여성이다. 그리고 내가 결혼을 거부한다고 말할 수는 없다. 그럼에도 불구하고 내 민족이 우선이고 내 개인적인 만족은 그 다음 일이다." 어린 시절의 남자친구가 80년대 초 그녀와 결혼하고 싶어 했을 때, 그녀는 그를 사랑했지만 거절했다. "나는 내 민족이 이렇게 끔찍한 조건에서 살아야만 하는 한, 예쁜 집은 필요 없다는 결론을 내렸다."

사랑했던 아버지가 돌아가신지 석 달 뒤에 리고베르타는 어머니 또한 잃게 된다. 후아나 멘추는 대사관 점거 사건 뒤 마을에 남아 있던 사람들을 격려하려고 그곳으로 돌아오려고 했다. 그런데 1980년 4월 19일 그녀는 고지로 돌아오는 길에 체포되어 극심한 폭행을 당한다. 남자들은 죄인을 야수처럼 고문하고, 그녀의 귀를 자르고, 그녀의 원기를 회복시키기 위해 주사를 놓은 뒤 그녀를 거의 굶겨 죽였다. 그들은 후아나 멘추가 군대에 잡혀 있다는 것을 증명하기 위해 그녀의 옷들을 교구 집회소로 가져갔다.

고문대에 묶여 있을 어머니를 알고도 도울 수 없다는 것이 리고베르타에게는 특히 끔찍했다. 그녀는 이런 출구 없는 상황에 대해 오빠들과 상의했다. 그들은 자신들의 분명한 의사를 전달하지 않기로 했고, 그래서 어머니의 옷도 가져오지 않기로 결정했다. 그들은 군인들이 어머니를 끝없이 괴롭히지 않기만을 바랐지만 소용이 없었다. 아무도 함정에 빠지지 않자, 군인들은 희생자를 반쯤 죽여서 정글 속에 내버려두고는 죽음의 유희를 즐겼다. 리고베르타는 "동물도 결코 군대의 저런 야수들 같지는 않을 것으로 생각한다"며 울분을 터트렸다. 후아나가 죽었을 때 군인들은 시체에다 오줌까지 누었다. 넉 달 동안 그들은 누구도 시체를 가져다가 매장할 수 없도록 하기 위해 송장을 지켰다. 인디언 문화권의 사람들에게는 아주 많은 것을 의미하는 장례식조차 치를 수 없었다.

오랫동안 이 끔찍한 죽음에 대한 충격은 리고베르타의 모든 감각을 마비시켰다. 그녀가 많은 것을 마야 종교의 강력한 지식과 유산을 늘 지켜냈던 그녀의 어머니로부터 배울 수 있었다는 것을 딸은 너무 늦게 그리고 너무 유감스럽게 의식하게 된다. 오늘날 리고베르타 멘추를 만나는 사람은 화가 난 그녀의 모습을 볼 수 없다. 그녀는 삶의 기쁨을 발산한다. 그토록 잔악한 행위와 쓰라린 고통을 경험한 사람치고는 거의 상상도 할 수 없을 만큼 그녀는 태연하다. 어쩌면 이런 그녀의 모습은 마야 문화 속에 존재하는 죽음에 대한 친밀감을 통해 생겨났을 것이다. 죽음에 대한 친밀감이란 죽음을 동경한다는 의미가 아니다. 그것은 생에 대한 기쁨을 위한 전제조건일 것이다. 죽음은 마야인들에게는 금기가 아니다. "고통과 죽음은 우리에게는 아주 자연적인 것이다. 나의 할머니는 자신의 관을 스스로 만드셨다"라고 리고베르타는 이야기한다. 마야인들은 그들의 영원, 무한한 시간에 대해 알기 때문에 조용히 죽을 수 있다고 그녀는 덧붙인다. 개개인은 이 지구상에서 아주 잠깐 동안만 방랑할 뿐이다. 그 다음에 자손들이 그 자리를 대신하고, 그렇게 해서 무한한 연쇄 고리를 형성한다는 것이다.

'어머니의 땅'과의 결합 또한 리고베르타에게 힘을 준다. 그리고 그녀가 자연에 대해 말할 때면, 이 말은 결코 하찮게 들리지 않는다. "우리는 자연과 좀 더 직접적으로 접촉하기 때문에 많은 사람들이 우리를 다신론자라고 부른다"라고 그녀는 말한다. 그렇지만 마야인들은 자연신을 숭배하지는 않는다. "우리 인디오들은 인간을 분리된 부분, 즉 여기서는 인간, 저기서는 동물로 보지 않는다. 영원한 결합이 존재하는 것이다. 그래서 모든 인디오는 자연 속에 혼을 소유하고 있다."

리고베르타는 이런 토착 종교적 마야 지식에 대해 더 많이 누설하려 하지 않았다. 부모님은 "우리가 우리 조상의 비밀을 지키지 않는다면, 우리는 그들을 죽였던 것에 책임을 지게 된다"라고 그녀에게 가르쳤기 때문이다.

아버지와 어머니가 잔인하게 살해된 뒤, 리고베르타 멘추는 범죄 정부에 대항하여 쉬지 않고 활동했다. "나의 정치적 사고는 학교에서 배운 것이 아니다. 나 자신의 경험이 전 민족을 위해 타당하다는 것을 점점 더 많이 인식했을 뿐이다"라고 그녀는 회고한다. 그녀는 투쟁의 새로운 형태를 찾기 시작했다. 1980년 초 농업노동자 파업이 과테말라에서 선포된다. 이를 위해 그녀는 여기저기 여행하면서 자신의 비극적인 개인사를 털어놓고, 팸플릿을 돌림으로써 핀카스 캄페지노들의 민심을 끌어모았다. 8만 명의 커피생산 노동자와 목화생산 노동자들은 남부 해안과 해안 평야에서 작업하는 것을 거부했다. 그 후 리고베르타는 파업의 가장 활동적인 공동창립자로 수배되어 도피길에 올랐다. 끊임없이 군인들을 피해 몸을 숨겨야 했던 이 시기에 그녀는 너무 힘든 고통을 감수해야만 했다. 몸 상태가 엉망인 데다가 오래된 위궤양마저 재발했다. 그 고통으로 그녀는 자신의 투쟁을 의심하고 포기할 생각도 하게 된다. "내가 부도덕한 여성이라면, 나는 최소한 빈민굴에 누워 더 이상 어떤 생각도 할 필요가 없을 것이다."

그렇지만 그 후 리고베르타의 목숨과 관련된 사건이 일어나 그런 회의 따위는 생각할 겨를도 없게 된다. 어느 날 작은 마을에 군대 지프가 미친 듯이 달려와서는 그녀 앞에 멈춰 선다. 군인들은 그녀의 이름을 부르며 말을 건다. 이 순간 리고베르타는 체포나 죽음이 임박했음을 분명히 느꼈다. 그녀는 재빨리 달아나 마을 교회로 피신한다. 교회당의 많은 신도들 사이로 들어간 그녀는 머릿수건을 풀어 얼굴과 어깨위로 내려뜨리고는 어느 기도하는 여인 옆 의자로 간다. 군인들이 총을 겨누고 신전으로 몰려왔을 때, 그들은 어두운 실내에서 찾는 여인을 알아보지 못하고 성납실로 달려갔다가 다시 광장으로 빠져나간다. 리고베르타는 몇 시간을 교회에서 보낸다. "내 머리는 텅 비어 있었다. 이런 위험의 순간에는 머리가 텅 비게 마련이다. 나는 과거도 미래도 생각하지 못했다. 죽고 싶지 않았을 뿐이다." 마을은 포위된다. 그러나 리고베르타는 도망치는 데 성공한다.

이제 여성동지들은 그녀를 수도로 데려오기로 결심한다. 그 나라에서 그녀는 너무 잘 알려졌다. 리고베르타는 하녀로 가장하여 수도원으로 잠입한다. 그렇지만 그녀는 니카라과에서 온 비밀경찰이 수녀들 곁을 들고 나며 특히 친밀하게 대접받고 있다는 것을 알아차린다. 그녀는 다시 잠적해야만 한다.

1981년 그녀는 다행히도 군부독재의 추격자들로부터 벗어나 멕시코로 도망친다. 당시 막 22세가 된 리고베르타는 '이런 범죄자들 때문에 내 나라를 떠나야만 하는 것'을 패배로 느꼈다. "나는 이토록 파괴되고 처참하다는 느낌을 이제까지 가져본 적이 없었다." 그녀의 자유에의 안착은 그녀에게 결코 자유로운 것을 가져다준 것이 아니었다.

멕시코에서 그녀는 부모의 추억을 유지하기 위해서라도 투쟁을 계속하고 싶어한다. 유럽의 친구들이 그녀와 몇 명의 동포 자매들에게 외국에서 공부하는 것을 도와주겠다고 제안한다. 그러나 그녀는 거절한다. 너는 왜 그런 삶을 계속하려고 하는가, 그렇게 안전하지 못한 나라에서? 리고베르타는 이에 대해 "우리의 일을 가슴 속에 품은 우리만이 당면한 모든 위험을 떠맡을 준비가 되어 있기 때문이다"라고 잘라 말한다.

13년 동안 리고베르타는 멕시코에서 지낸다. 처음에는 수도원에서, 그 후에는 주거지를 멕시코시티로 옮겨 UN 위원회에서 일을 시작한다. 재정적 문제는 유럽 및 국제 기독교 통합운동의 단체로부터 지원받는다. 그러나 그녀는 망명생활에 별로 적응을 잘하지 못한다. 언제나 그녀는 꿈속에서 마을로부터 그녀의 집으로 이어진 길을 보지만, "멕시코에 대한 꿈은 꾸지 못한다." 망명 중 그녀는 〈나는 리고베르타 멘추이며, 그렇게 해서 내 인식이 태어났다〉라는 책을 쓴다. 외국친구들은 그녀의 책상 옆에 붙어 앉아 이 익숙하지 못하고 지루한 작업을 도와준다. 11개 국어로 번역된 그녀의 인생보고서는 리고베르타 멘추를 유명하게 만든다. 그녀는 많은 여행을 하기 시작한다.

리고베르타는 자신의 진영에 있는 '남성우월주의'와도 싸워야 했으며, 망명길에 올라서야 비로소 그럴 필요가 없어졌다. 이런 시스템에서 역할들은 명확하게 구분되어 있다: 남성들은 여성들을 지배한다. 부인에게서 지시와 명령을 받는 것이 남성들에게는 쉬운 일이 아니다. 그녀가 '과테말라 야당의 통합대표'로서 그 사이에 확실한 지휘위치에 있었는데도 왜 망명이 그녀에게는 보다 간단했단 말인가? "많은 남성 동지들은 한 여성이 그들의 상급자 자리에 있을 때 자신들이 말하는 것이 그 여성보다 더 낫다는 느낌을 늘 다시 가지게 된다." 그것은 목표를 추구하는 여성에게 오랫동안 깊은 인상을 주지는 못한다. "나는 책임을 가지고 있으며, 그들의 상급자이다"라고 그녀는 자부심을 가지고 단언한다. 그 밖에도 좋은 혁명가들인 많은 동지들에게도 여성들이 스스로 그녀만큼 정치투쟁에 참여하는 것을 받아들이는 일이 쉽지는 않았다. "나는 이미 많은 남성동지들에게 올바른 길을 가르쳐야 했다." 그녀의 의견에 따르면, 남성들과 여성들은 다만 갈라지게 되어 있다는 것이다.

1986년 군부독재는 민주적으로 선출된 정부에 의해 공식적으로 세레조 대통령에게 정권을 물려주었다. 그런데도 딱지처럼 굳어버린 권력구조, 소유구조와 사회구조는 개혁되지 않았다. 한 국가 내의 민족투쟁은 지난 30년 동안 약 12만 명의 목숨을 앗아갔으며, 4만 6천 명이 실종됐는데, 그들의 시체조차 발견되지 않았다. 100만 명 이상이 국내에서 추방되었는데, 대부분이 인디오들이었다.

1988년 리고베르타는 잠깐 과테말라로 돌아온다. 그녀는 민족화해위원회에 의해 소집된 국민 대화에 참여하고 싶었다. 교회와 외국 정치가들의 대변인들이 정부와 게릴라 간의 대화를 중재하고 있었다. 그렇지만 그녀는 비행기 안에서 체포되었다. 사복 경찰들은 그녀와 동행했던 외국친구들이 끼어들 사이도 없이 그녀를 범인처럼 끌고 갔다. 명령은 통수권자에게서 나온 것이 분명했다. 하지만 국제적인 압력이 거세지자 그녀는 며칠 후 석방된다.

그동안 리고베르타 멘추는 모국에 아직도 교육받지 못한 사람들이 많았기 때문에 새로 조직화된 '빈센트 멘추의 혁명 기독교인'에서 활동하게 된다. 그녀의 돌아가신 아버지의 이름을 딴 이 동맹은 더 이상 지하조직이 아니었다. 그녀는 잠시 국경지대에서 교리교사로 일하며 관청교회에 대항하여 투쟁했다. 리고베르타가 기독교도로서 어떻게 혁명을 위해 일할 수 있었는지 잘 이해하지 못하는 마르크스주의 여성 동행인에게 그녀는 대답했다: "성경에도 마르크스주의에도 완전한 진리는 존재하지 않는다."

그녀는 멕시코 망명에서 돌아와서는 다시 살해 협박을 받곤 했다. 국제사면위원회는 그녀의 생활을 보호하고, 그녀의 상황에 각별히 주목했다. 1990년 유네스코는 그녀가 과테말라에서 정부와 게릴라 간의 '국민대화'에 참여하여 화해에 이바지했다는 공로로 그녀에게 '평화육성'에 대한 상을 수여했다.

리고베르타는 4년 뒤인 1992년 7월 과테말라시로 여행을 할 수 있게 된다. 이런 방문은 극도로 공식적이었다. 그녀는 UN의 위임으로 탈범죄화와 소수민족의 보호를 위한 회의를 준비하고, 서로 다른 인디오 조직들과 만나야만 했다. 6개월 전에는 우익 보수파 조르즈 세라노 엘리아스가 대통령으로 선출된 상태였다. 그의 정부는 처음에는 조용히 행동했다.

그녀 자신은 과테말라의 방문을 감정의 극과 극으로 느끼고 있었다. 사람들은 그녀를 환호했는데, 다음 날 아침에는 벌써 선팅을 한 두 대의 특수차량이 그녀의 자동차를 파손시킴으로써 경고장을 보냈다. 그것은 그녀의 생명에 대한 세 번의 음모 가운데 첫 번째에 불과했다. 세라노 대통령은 그녀에게 게릴라와 함께 일한 죄가 있다고 덮어씌우고는 암살기도를 정당화하려고 했다.

리고베르타 멘추는 과테말라 방문 기간 중 언론에 의해 명예를 훼손당한다. 한 논설은 그녀가 '개인의 비극을 도구화한 것'이라고 비난했다. 그 외에도 유럽 지성인들과의 끊임없는 교제와 호화 호텔들에서의 편안한 생활을 통해 그녀가 오랫동안 고국의 현실을 멀리해 왔다는 것이다. 이에 대해 리고베르타는 자신은 민족투쟁을 위한 단결을 어떤 경우에도 잃어버린 적이 없었다고 반박했다. 그녀가 1992년 12월 10일 오슬로에서 노벨상을 받을 때, 그녀는 자신의 심경을 시적으로 표현했다: "나는 하늘을 들여다보며 두 다리로 땅 위에 서 있습니다."

그러나 당연하게도 그녀의 인생은 점점 유명해짐으로써 변화하게 된다. 어떤 때에는 며칠 만에 연속해서 여덟 번의 인터뷰를 하기도 했다. 그런 그녀의 눈 밑에는 다크서클이 생기곤 했다. 리고베르타는 힘든 일과에 익숙해졌다. 그녀의 소녀처럼 앳된 얼굴이 외교관들과 정치가들에게 동정심을 불러일으킨다는 것이 그녀를 점점 더 화나게 했다. 그래서인지 많은 대중들 앞에서 연설을 한 뒤에는 종종 이렇게 자문도 한다. "여기서 진짜 우리의 친구들은 누구인가, 누가 과테말라 민족과 그 문화를 사랑하며, 마야문화를 보존하려는 나를 도와줄 것인가?"

리고베르타는 모든 사람들이 UNO-복도에서든 혹은 그녀를 영접할 때든 그녀의 행동을 유심히 관찰하고 있다는 것을 알고 있었다. "별로 공식석상 경험이 없으며 별로 책을 써 본 적이 없는 나의 동지들은 내가 돋보이지 않으면 어쩌나 걱정한다." 그럼에도 불구하고 그녀는 이 새 영역에서 자주 외로움을 느꼈다. 고통스럽게도 이 시기에 그녀는 늘 고향을 잃은 것을 의식했다. 그리고 자신이 가정을 갖는 일, 즉 자신이 죽은 뒤 아이들을 통하여 한 조각의 생명도 내놓을 수 없다는 점을 걱정했다. 가족은 마야의 전통에서 특히 중요한 것이었다. "우리는 공동체 안에서 우리의 풍습과 더불어 살아간다. 그 모든 것을 다만 가방 속에 넣어둔 사람은 하루 종일 그것에 아주 주의해야만 한다."

180만 마르크의 노벨상 상금으로 그녀는 과테말라시에 본부를 두고 있는 '리고베르타 멘추 재단'을 설립하고, 멕시코시티와 뉴욕에도 2개의 다른 사무실을 열었다. 그녀는 더 이상 그녀 자신의 민족만을 위해서가 아니라, 유네스코가 그녀를 특별대사로 임명한 모든 원주민들을 위해서도 오랫동안 투쟁하게 된다.

국제적인 주목을 받고 자신의 활동을 배후에서 보호받는 일이 그녀에게는 사적으로 더 안전한 것처럼 보였다. 아무튼 그녀는 2년 전 과테말라로의 영구귀환을 자랑스럽게 생각하지 않았다. 첫째로 그녀는 자신이 정부에 대한 근본적 태도를 포기했을 거라는 인상을 주고 싶지 않았다. 그러나 둘째로는 생명에 대한 불안이 아직도 완전히 가시지 않았다. 그러나 마야의 조직들이 그동안 조금은 영향력을 얻었기 때문에 어느 정도는 희망적인 행보를 할 수 있었다. 그럼에도 불구하고 그녀는 인디오 문제를 위한 내각 자리를 거절했다. 그녀는 보호구역을 지정하는 게토정책이 도움은커녕 오히려 제외되는 것으로 느껴졌기 때문이었다.

또 하나의 이유에서 그녀는 고국으로 돌아갔다. "나는 과테말라를 낭만주의풍으로 바꾸기 시작했다. 과테말라를 약속의 땅으로 이상화하기 시작했다"라고 그녀는 고백했다. 다시 현실적인 관계를 획득하기 위해서라도 그녀에게 귀환은 매우 중요했다.

처음에 리고베르타는 엘 키체의 고지대에 작은 땅을 사서 옥수수를 경작했다. "옥수수는 우리 문화의 중심이다. 조상의 학설에 따르면, 우리 인디오들은 옥수수로 만들어졌다고 한다." 그 때문에 군사혁명정부에 의해 정리된 '시범마을'에서는 인디오들이 옥수수를 경작하는 것이 금지사항이었다. 마야전통의 일부, 한 조각의 자부심마저 무시된 것이다.

1995년 10월 5일 노벨상 수상자는 지배자들이 무엇 때문에 아직도 능력을 발휘할 수 있는지를 다시금 경험해야만 했다. 이날 한 떼의 군인들이 사만지방에 침입했다. 마을은 '진실한 평화의 땅'인 알타 베라파츠에 자리 잡고 있었다. 이곳은 관광목적을 위해 개발된 코반 메트로폴 근교의 인구밀도가 적은 지역이었다. 사만에는 2백 가구가 살고 있었는데, 그들은 멕시코에서 돌아온 망명자 집단이었다. 일 년 동안 리고베르타와 그녀의 재단은 멕시코에서 과테말라로 돌아와 새로운 자리를 찾았었다. 그러나 군인들이 마을을 습격하여 그들 중 11명(어린아이도 3명이나 있었다)을 살해했을 때, 사람들은 막 그녀의 귀향 1주년 기념축제를 준비하고 있었다.

사만의 대량학살은 오늘날에도 고통스러운 흔적으로 남아 있다. 리고베르타는 적어도 과테말라 법원이 범죄를 해명하게 하고 싶었다. 그녀는 군부대에 대해 소송을 걸었다. 그리고 군인들이 체포되었다. 실상 과테말라에서는 당연한 일이 아니었다. 군사재판이 사건을 자신들에게 유리하게 끌고 가려고 했을 때, 그녀는 즉시 행정소송을 걸어 절차가 민간법정으로 넘겨지도록 하는 데 성공했다. 그러나 담당판사는 소송을 맡는 일조차 거절했다. 그는 심지어 8명의 장교를 석방하기까지 했다. 이에 대해 리고베르타는 그를 편파적인 사람이니 소송에서 제외시킬 것을 요구하여 이를 관철시켰다. 그녀는 자신의 국제적 명성을 이용하여 유럽의 소송감시인들을 초청했다. "우리는 분명히 해야 할 판결을 받아내도록 우리를 도와준 모든 사람들에게 감사한다. 물론 권리는 군인들에게도 해당한다." 그러나 소송절차는 지연되었고, 게다가 판사는 석방된 장교들을 다시 체포해야 한다고 지시했지만 아무도 그들을 감옥으로 데려오지 않았다. 피고인들의 변호사들은 게릴라와 정부 간에 진행되는 평화협상이 사면을 가져다줄 것이라는 희망에서 시간을 끌었다.

대량학살이 대통령 선거시기와 맞아떨어진다. 리고베르타는 오랫동안 거부해왔던 선거를 인정하고, 36세 때 처음으로 선거인 명부에 등록했다. 그러나 여전히 시골에서는 정당을 믿지 못할 것으로 여기고 있었다. 이에 대해 그녀는 말한다: "전에는 선거를 거부함으로써 권력에 도전했었다. 그러나 지금은 상황이 다르다." 그녀는 온 힘을 기울여 선거를 위해 힘쓴다. 주중에 그녀는 시골을 두루 여행하며 특정 정당을 편드는 일 없이 처음으로 방해받지 않고 선거준비를 했다.

리고베르타는 1995년 11월 12일의 낮은 선거참여에 실망했다. 많은 지역에서 선거참여율은 10% 미만이었고, 시골에서는 여성들의 절반이 단 한 번도 선거인 명부에 등록조차 하지 않았다. "자신의 발을 적시는 자만이 배운다"라는 말이 그런 패배를 견뎌내도록 리고베르타를 지탱해준 좌우명이었다. 그녀는 계몽의 힘을 믿었다. "이 여성들이 투표하러 간다면, 그들은 다르게 투표할 것이다. 언젠가는."

1995년 9월 베이징에서 열린 세계 여성회의에서 리고베르타는 인디오 여성들이 얼마나 무시되고 있는지를 경험해야만 했다. 과테말라도 여성위원회를 보냈다. 그러나 그 위원회는 거의 전적으로 라디노 여성들로 구성되어 있었다. 그녀가 초대받았다는 것은 그녀의 역할이 무화과 잎사귀에 불과함을 더욱 의식하게 만들었을 뿐이었다.

유명한 리고베르타 멘추의 삶은 갈수록 어려워졌다. 종종 그녀는 자신이 모든 의자 사이에 홀로 앉아 있는 것처럼 느꼈다. 야당은 그녀가 대통령 후보로 지명되지 못하도록 그녀를 방해했다. 노벨상 수상자로서 이제는 자립적인 위치를 지키고 싶었던 그녀였다. 어느 정당을 일방적으로 편드는 것이 아니라, 중재하고 싶었다. 하지만 스페인 지배자들의 후손인 라디노와 인디게라(토착민) 사이의 갈등은 여느 때처럼 부풀어 오르기만 했다. '사회적 통합' 또는 '인종투쟁'이 마야민족의 이익에 어떤 영향을 줄 것인지 하는 문제를 놓고 내부적으로도 갈등이 컸다.

리고베르타가 과거에 종종 투쟁적인 남성 동지들과 함께 일했을지라도 오늘날 그녀는 이렇게 말한다: "죄악이라는 낡은 개념은 그 사이에 과테말라에서만이 아니라, 전 세계에서도 문제가 되었다." 옛 정부와는 달리 새 대통령 알바로 아르추는 심지어 그녀와 대화를 요청했다. 리고베르타 재단의 공공사업 역시 정부와 게릴라 간의 민족 대화를 촉진하는데 기여했다. 1996년 12월 말 과테말라 민족혁명연합(URNG)과 정부 간의 마지막 부분타협이 서명되었다. 36년을 끈 유혈투쟁이 일단 끝이 난 것이다.

리고베르타는 거기서 다른 남아메리카 국가들의 무장투쟁을 정치적으로 해결할 수 있는 신호를 보았다. 평화조약이 불가침조약 이상이라는 것을 보여주게 된 것이다. 어쨌든 민주주의에 이르기까지는 아직도 '머나먼 길'이다. 과테말라 출신의 한 기자는 말한다. 우선 '주민의 80%가 내일 무엇을 먹어야 할지 걱정할 필요가 없다면', 그것은 가능할 것이다.

리고베르타 멘추는 종종 마야민족이 다른 시대의 박물관 작품이 아니며, 그들이 과테말라 사회의 살아 있는 일부로 강조될 것을 기다린다고 역설한다. 그녀는 인디언 민족의 동질성과 권리에 대한 부분협정을 점점 더 확대시키고 있다. 헌법개정을 통해 과테말라는 인디언 언어와 종교적 풍습을 인정하고, 전통의상을 입을 권리를 보장해 주려고 한다. 탈 중앙집권적 학교체제에서 두 개의 언어로 된 교육과 지역문화가 육성되어야 하고, 인디오들의 법 전통이 과테말라 법률의 내부에서 자리를 획득해야만 한다. 마침내 정부는 인디오들의 영토권을 보호하고 사회적 불평등을 점차 폐지할 것을 약속한다. 새로운 토지세를 통하여 대지주들이 사용하지 않는 땅을 팔도록 했다. 농업기금은 소농들에게 땅을 사도록 도와준다. 정부가 그들의 재정 가능성을 너무 낙관적으로 보기 때문에, 이런 변화가 관철될 것인지는 의문의 여지가 있다.

리고베르타 멘추는 평화조약이 한 장의 종이 이상이라는 것을 믿는다. 마침내 정부도 4년 동안 평화조약의 실행을 감독하는 국제 감시체제에 협조하려고 노력한다.

1995년 3월 리고베르타 멘추는 프란치스코 카닐과 결혼했다. 그 사이 아들 하나를 얻었고, 아직도 두 명의 아이를 더 원하고 있다. "나는 아이들이 전쟁의 충격을 경험하지 않도록 보호할 거예요"라고 그녀는 맹세한다. 그녀는 언제나 두 다리로 땅 위에 서서, 그러나 하늘을 들여다보며 세기의 전환기에 '커다란 문'이 열려 2001년에 있을 의회 선거 뒤에는 라디노들의 지배적 위치가 궁극적으로는 깨어지기를 희망하고 있다. "나는 과테말라를 포기할 준비가 되어 있지를 못해요"라고 리고베르타 멘추는 아주 확고하게 말한다.

—루이트가르트 코흐

12
Toni Morrison

공기에 열중하는 사람은 공기에 올라탈 수 있다

토니 모리슨(1931–)
노벨 문학상 1993

"옛날에 한 노파가 살았습니다. 현명했죠." 토니 모리슨 여사는 1993년 12월 10일 노벨 문학상 수여에 감사하는 연설을 동화로 시작한다. "옛날에 한 노파가 살았습니다. 눈이 멀었으나 현명했습니다. 노인 얘기는 없느냐고요? 물론 인도의 종교 지도자나 불안한 아이들을 달래는 아프리카 마법사 얘기도 있습니다. 나는 이 이야기를 아직도 기억하고 있고, 그밖에 몇몇 문화 전통에 속하는 아주 유사한 이야기들도 기억하고 있습니다. 내가 알고 있는 이 이야기에서 부인은 미국 흑인 노예의 딸이랍니다. 그런데 그녀는 시 외곽의 작은 집에서 혼자 살았습니다. 그녀가 현명하다는 명성은 유례가 없을 정도로 대단했습니다. 의심의 여지가 없었죠. 사람들 곁에서 그녀는 법이자 법이상이었습니다. 그녀에게 주어진 명예와 존경심은 주변 동네만이 아니라, 시골 예언자들의 지성을 오락거리로 삼곤 하는 시내에까지 미쳤습니다."

어느 날 몇 명의 젊은이들이 그 유명한 천리안적 능력을 시험해보고 싶어서 이 늙은 현자를 방문한다. 그들 중 한 사람이 눈먼 노파 앞으로 다가와서 자기 손안에 든 새가 살아 있는지 아니면 죽었는지를 묻는다. 그녀는 침묵한다. 질문이 반복되었지만 그녀는 여전히 침묵한다. 그러다가 마침내 다음의 말로 침묵을 깬다. "나는 그 새가 죽었는지 살았는지 모른다. 내가 아는 것은 다만 그 새가 너희 손안에 있다는 것이다. 그 새는 너희들 손안에 있다." 노파는 젊은 사람들을 자기 쪽으로 오게 해서는 새를 살려줄 것인지 죽일 것인지 하는 결정은 그들에게 달렸다는 것을 가르쳐준다. 책임은 바로 그들에게 있음을 말이다.

토니 모리슨은 이 동화를 특수한 방식으로 암시한다. 그녀는 새를 언어로, 노파를 언어의 상태를 걱정하는 작가로 이해하고 싶어 한다. 그녀가 어린 시절 마술, 즉 상상력을 위해 열려 있는 것으로 경험했던 언어를 이제 그녀는 위태로운 것으로 본다. 낱말들은 지식을 제한하고 인간을 한정하는 데 남용되기 때문이다.

토니 모리슨에게 언어에 대한 질문은 특별한 것이다. 그녀는 흑인 작가로서 북아메리카에 살고 있기 때문이다. 그녀의 관점에서 미국의 민족통합은 공통어가 없기 때문에 가상에 불과하다. 그렇기에 그녀 자신은 흑인 여성들, 즉 그들의 기억과 사실적이고 가능한 경험에 궁극적으로는 목소리를 불어넣고 싶은 것이다. 그녀가 이를 작품으로 서술하려면, 그녀는 흑인 여성들의 삶에 상응하는 어떤 다른 언어를 고안해야만 하는 것이다. 토니 모리슨의 텍스트는 이런 기대를 채워준다. 텍스트가 어떻든 매우 복잡하고 까다롭게, 그러나 매우 진실하게 이런 기대를 채워준다.

토니 모리슨은 1931년 2월 18일 클로이 앤터니 워퍼드라는 이름으로 강철노동자들의 도시인 오하이오 주 로레인에서 태어났다. 모리슨의 출생지에 대한 기억들은 그녀의 첫 소설에서 나타난다. 거기서 그녀는 협곡 너머 붉게 작열하는 석탄재와 연기를 내며 서서히 꺼져가는 불꽃을 서술하고 있다. 그 석탄재는 제강소 주변에 쏟아져서 저녁하늘을 황량한 오렌지 빛으로 밝게 만들어주고 있었다. 그럴 때면 아이들은 어른들과 함께 철도 플랫폼으로 걸어가서는 주위에 널려 있는 작은 석탄 조각들을 자루 속에다 채우곤 했다. 그녀는 로레인에 사는 모든 사람들이 치크스 석탄회사를 두고 말하던 피곤하고 화난 목소리를 결코 잊지 않았다.

대공황 동안에 여섯 식구가 살아가는 일은 쉽지 않았다. 어머니 라마 워퍼드는 조그만 외국인 하숙집을 운영했고, 아버지 조지 워퍼드는 2교대 부두 노동자로 일했다. 돈은 늘 모자랐다. 그러나 어린 클로이는 집에서 보내는 일상을 안락하고 흥미 있는 일로 느낀다. 가족과 마찬가지로 흑인 이웃들도 그녀에게 꿈, 환상과 감성력을 심어주는 친밀함을 보여준다. 그녀의 가정에서는 옛날이야기, 동화와 가곡들이 중요한 역할을 한다. 아버지가 즐겨 해주시는 유령이야기를 아이들은 특히 좋아한다. 어머니 쪽 조상들이 태어난 남부 앨라배마에 대한 기억들은 늘 이야기 속에 다시 등장한다. 불행히도 가족과 친척은 북부에 살고 있지 않았다. 여기 있는 그들은 뿌리와 전통에 대한 느낌이 없었다. "옛날이야기들이 반복되는 것이 내게는 흥미로웠어요. 그러나 결론은 언제나 달랐습니다. 열려 있었죠. 우리는 결론을 바꾸고, 그래서 우리가 그것을 어떻게 상상하는지 이야기할 수 있었습니다."

부모님은 클로이를 항상 진지하게 아이로, 어린 소녀로 생각했다. 그녀가 행동하고 말하는 것을 중요하게 여기셨다. 특히 아버지 ―그녀는 세 번째 소설을 '아버지'께 바친다― 는 딸을 후원하고 격려한다. 그녀는 독일, 이탈리아, 그리스 출생의 아이들과 함께 그 지방의 유일한 고등학교에 다닌다. 그녀는 뛰어난 작문을 쓴다. 그러나 교사들은 흑인 소녀가 이것을 썼다고 믿지 않는다. 그들은 클로이가 어디선가 베껴 적었을 것이라고 추측한다. 그녀는 자신의 재능을 증명하려고 운을 맞춘 시구로 종이 3쪽을 채운다.

어느 날 5학년 때 새로 온 남학생이 그녀 옆에 앉는다. 이 흑인 소년은 교활한 말썽꾸러기였으나 영어를 하지 못했다. 클로이는 그에게 책 읽는 법을 가르친다. 반년 후에야 비로소 그는 클로이가 흑인이라는 것을 인식한다. 그는 '니그로'라는 낱말을 배운 것이다. 이 낱말은 그에게 흑인 소녀의 우월함과 그의 학급에 대한 소속감을 심어준다. 이 첫 번째 교훈이 클로이에게도 인종차별에 대한 테마가 된다.

그렇지만 결국 클로이는 어린 시절이 안전하다는 느낌을 바꾸게 된다. 후에 그녀는 자신의 친근한 울타리를 떠나면서 이방인이 되어 버렸기 때문이다. "우리가 집에서 길을 떠나는 순간 우리의 보호벽은 더 이상 존재하지 않습니다. 아메리카 생활, 즉 백인의 생활 속에서 우리는 그런 것을 영위할 수 없습니다." 그리하여 클로이는 문학에서 자신만의 은밀한 장소를 찾게 된다. 모든 그녀의 작품들은 로레인의 흑인 이웃에게서 시작한다. 그곳을 그녀는 소설 속에 짜 넣고 변형시키고 현재화시킨다.

클로이 워퍼드는 1949년 워싱턴 D.C.의 흑인 하워드 대학에서 문학연구 장학금을 받는다. 그녀는 가족 중 처음으로 대학에 들어간 사람이다. 같이 공부하는 학생들이 종종 그녀의 이름을 발음하기 어려워해서 그녀는 그때부터 자신을 '토니'라고 부른다. 그녀에게는 중성적인 이름이 더 어울리는 것처럼 보일지도 모른다. 클로이 자신은 이에 대해 언급하지는 않았다. 이 시기에 그녀는 때때로 순회공연을 하는 학생 연극그룹에 열광적으로 참여한다. 공연여행을 하면서 그녀는 50년대 초 미국 남부의 흑인생활은 40년대 말 같다는 인상을 받는다. 이 인상 역시 나중에 그녀의 작품 속에서 그려진다.

저명한 코르넬 대학에서 그녀는 '소수민족 학생'으로서 1953년 영문학을 전공하고, 1955년에는 석사학위를 받는다. 그런 뒤 자격시험에 합격하고 처음에는 텍사스 서던 대학에서, 1957년부터 1964년까지는 하워드 대학에서 학생들을 가르친다. 거기서 그녀는 규칙적으로 만나 작품에 대해 토론하는 시인과 작가 그룹을 알게 된다.

토니 워퍼드는 언제나 열정적인 독서가였다. 그러나 책에서는 흑인들의 생활에 대해 아무것도 다루지 않았으며, 그들의 고유한 경험을 하나도 반영하고 있지 않았다. 그래서 그녀는 글쓰기를 시작한다. 그녀가 훗날 첫 소설로 개작하게 될 원고들은 이 무렵에 쓰였다.

1958년 토니 워퍼드는 건축기사인 해럴드 모리슨과 결혼한다. 1961년 장남 포드가, 3년 후에는 차남 슬래이드가 태어난다. 그렇지만 부부 사이의 불화와 침묵은 계속된다. 자의식이 강하고 비판적인 부인 토니 모리슨은 자메이카 출신의 남편에게 친절하지도 그의 문화권에 적응하려고도 하지 않았다. 1964년 그녀는 아이들만 데리고 한동안 유럽여행을 떠났다가 돌아온다. 그리고 그때부터 그녀는 혼자서 아이들을 키우는 어머니가 된다.

로레인에 사는 부모님은 딸을 흔쾌히 받아들인다. 18개월 후 그녀는 뉴욕 주 시라쿠스에 있는 출판사인 랜덤하우스의 자매회사에서 순조롭게 교과서 편집고문 자리를 구한다. 두 아들을 백인 보모에게 맡겨야 하는 것이 문제지만 일은 그녀와 아이들에게 규칙적인 수입을 보장해 준다. 특히 그녀는 교과서 편찬 작업을 통하여 흑인들의 올바른 위치를 정립하고 흑인 전반의 역사를 상기시킬 기회를 엿본다. 이럴즈음 인종차별에 대한 투쟁이 시민운동으로 일어난다. 일자리에 대한 평등권, 교육제도, 공공 교통수단, 동등한 선거권, 이것이 전반적인 정치적 요구들이었다. 여기서 인종차별의 평화적 해결에 대한 마틴 루터 킹 목사의 연설은 대단한 인기를 끌고 있었다. 그러나 운동에서는 보이코트, 항의행진, 무장봉기 등이 또한 자리를 잡기 시작했다. 토니 모리슨은 아주 독자적인 방법으로 흑인들의 대등한 지위를 위해 기여한다. 그녀는 교과서의 내용, 삽화와 표제들을 더 이상 백인 남성들에게 맡기지 않는다.

아직도 낯설기만 한 뉴욕 주 시라쿠스에서의 긴 저녁들은 고독했다. 아이들이 잠들면 모리슨은 그 시간을 활용하여 글을 썼다. 그녀는 글을 쓸 때 자신의 생각과 느낌들을 마음껏 표현할 수 있다는 것, 자신만의 세계에서 산다는 것을 발견한다. 그리고 이미 글쓰기 없는 생활은 더 이상 상상할 수 없게 된다. 이때 그녀의 첫 소설 〈가장 푸른 눈동자〉가 생겨난다. 1970년 책이 출판되기까지 작업은 5년이나 걸린다.

1968년 그녀는 랜덤하우스 본사의 문학담당 편집고문이 되어 아이들과 함께 뉴욕시티로 이사한다. 당시로써는 여성이, 그것도 흑인 여성이 그런 위치에 오른다는 것은 놀라운 일이었다. 특히 흑인 작가들과 관련된 일이라면 그녀는 굉장한 재능을 발휘했다. 그녀는 무하마드 알리, 케이드 뱀버러, 엔젤라 데이비스의 책들을 담당했다. 그녀는 편집고문(원고심사담당)이 직접 글을 쓴다는 게 그리 모양새가 좋아 보이지 않을 것 같아서 자신의 작가활동에 대해서는 출판사 측에 전혀 내색을 하지 않았다. 그래서 결국 〈가장 푸른 눈동자〉는 다른 유명한 뉴욕의 출판사에서 출판된다. 동료들은 「뉴욕 타임스」의 평론을 통해 그 사실을 알게 된다.

소설 〈가장 푸른 눈동자〉의 무대는 작가가 어린 시절 살았던 오하이오 주 로레인이다. 작가는 열한 살의 피콜라 브레드러브에 대해 이야기한다. 피콜라는 그녀가 다른 아이들의 인형이나 유리잔에 그려진 셜리템플처럼 푸른 눈동자를 가졌다면 어떨까 상상한다. 매일 저녁 일 년 동안이나 아이는 푸른 눈동자를 갖게 해달라고 간절히 기도한다. 소녀는 무엇에 고무되었는지 그런 희망을 잃지 않는다. 피콜라는 그렇게 기적적인 일을 해내기 위해서는 오랫동안 기도하고 기다려야 한다고 생각한다. 흑인 소녀는 계속해서 백인들이 가진 푸른 눈동자를 갈망하는데, 그래야만 자신이 사랑스러울 것 같았다. 더욱이 소녀는 푸른 눈동자로 더욱 해맑은 세계를 보고 싶어 했다. 아마도 작가가 교과서에 기술하게 될 그런 세계를 말이다. 〈딕과 제인〉이라는 독본에서의 인용은 작가의 어릴 적 환상의 세계를 그려내고 있다. 피콜라는 초록색과 흰색이 어우러지고 빨간 대문을 가진 예쁜 집을 바라본다. 그 집에는 한 가족, 엄마와 아빠, 딕과 제인이 살고 있다. 그런 상상의 집은 부모가 미소 지으며 어린 딸과 놀아주는 꿈과 같은 세계이다. 반면 피콜라의 어머니는 금발의 푸른 눈을 가진 주인 딸을 버릇없게 키우면서, 자신의 가족을 위해서는 시간도 인내심도 허용하지 않는다.

사랑에 대한 피콜라의 동경은 운명적인 방법으로 실현된다. 그녀의 아버지는 그녀에게 폭력을 가한다. 마음의 충격으로 그녀는 미칠 지경에 이른다. 그제야 백인 소녀의 푸른 눈을 갈망하던 흑인 소녀는 '자신의 동경 한 가운데 두려운 것'이 있음을 감지한다. 그렇다. 눈이 푸른 것만으로는 충분하지 않다. "푸르다는 것이 무엇을 위해 충분하단 말인가?" 그녀는 이렇게 독백하면서 파괴되어 간다.

토니 모리슨은 이 이야기에서 백인들의 경멸이 흑인들의 본질을 어떻게 파괴했는지 절박하게 이야기하고 있다. 나아가 그녀는 파괴적인 일상의 조건들을 기술하고 있다: 물질적 결핍, 혹사당하는 부모, 가정에서의 권위, 두려운 마음의 상처 등. 오늘날 어린이 강간은 거의 유행테마가 되었다. 그렇지만 당시 토니 모리슨이 금기시되던 문제를 그녀의 처녀소설에서 언급했을 때 그것은 굉장한 자극이었다. 게다가 그것이 아이들의 조망으로부터 나왔다는 것은 놀라운 일이었다.

1971년부터 1972년까지 토니 모리슨은 다시 뉴욕대학에서 강의를 맡는다. 그녀는 랜덤하우스에서 틈틈이 작업시간을 가질 수 있었기 때문에 강의를 맡을 수 있었다. 이 시기에 그녀는 다음 소설에 착수한다. 1973년에는 이미 마흔두 살이었던 작가는 〈술라〉라는 소설로 문학상을 수상하는데 성공한다. 줄거리는 1919년과 1965년 사이의 흑인 거주지인 오하이오의 한 지방을 무대로 하고 있다.

두 주인공 중 하나인 술라는 아주 열정적인 여성이다. 직관적이고 쾌활하며 이기적이고 창조적이다. 그 어떤 것도 그녀의 거대한 호기심과 재능을 묶어둘 수 없다. 그녀는 항상 무엇인가에 들떠 있다. 어찌 할 바를 모르고 심지어는 변덕스럽게. 어떤 행위도 그녀의 동경들을 진정시킬 수 없다. "표현하고 싶은 욕구를 참지 못하는 모든 예술가처럼 그녀는 위험해졌다."

그녀는 책임감이 있고 이해심이 많은 상냥한 친구 넬과 사귄다. 두 흑인 여성은 정반대되는 전형의 한 쌍이다. 몇 년 전부터 그들은 자신들이 백인도 남성도 아니며, 그래서 "모든 자유와 모든 승리로부터 제외되어 있다"라는 것을 깨달았다. 그들은 뭔가 다른 일을 해야만 했다. 우선 그들이 과연 무엇일 수 있는가를 밝혀내는 일이었다. 행운은 두 여자가 만났다는 사실이다. 왜냐하면 그들의 만남이 그들로 하여금 '서로가 성장하도록' 해주었기 때문이다. 술라는 모험적인 생활을 하기로 결심한 반면, 넬은 존경받는 남성과 결혼한다.

술라가 몇 년 뒤 모험적인 여행을 마치고 외국에서 돌아왔을 때, 그녀는 진정한 삶을 살았다고 느낀다. 그러나 궁극적으로 사랑, 성, 우정이 그녀를 그녀의 고독에서 구제할 수는 없었다. 그럼에도 불구하고 그녀는 토니 모리슨의 글쓰기에서 강하고 비밀에 가득 찬 전형적인 부인들, 즉 첨단을 걷고 반항적인 처세에 능한 부인들 중 하나이다. 그녀의 생활세계는 사건을 뚜렷이 하는 '블랙 커뮤니티'이다. 백인들과는 전혀 무관한 흑인 가정의 고유한 공동체에 속한다.

토니 모리슨은 두 주인공들에게서 여성 존재의 구별되는 가능성을 본다. "그럼에도 불구하고 술라와 넬은 많은 점에서 닮았다. 그들은 서로를 보완해준다. 그들은 서로를 지지한다. 나는 두 사람이 함께 하나의 놀라운 독자적인 인간이 될 것으로 생각한다."

토니 모리슨 자신은 이 책을 쓰고 나서 생활에서도 상당히 마음의 안정을 찾는다. 그녀는 글을 쓰면서 직장에 다니는 어머니이다. "나는 내가 완전한 인간인지 그렇지 못한지에 대해 숙고하지 않는다." 그녀에게는 언제나 그녀가 자신의 관념에 따라 살아갈 자유로운 선택을 가지고 있음이 명확해졌다. 가정에서 여성들은 언제나 강한 사람들로 간주된다. 그렇지만 날마다 서로 다른 요구를 들어주는 일이 몹시 힘이 든다. 그녀는 일찍 일어나서 가정일을 하고 아이들을 학교에 데려다 주고, 출판사에 출근해서는 일감을 집으로 가져온다. 물론 그녀가 아이들보다 글쓰기에 더 많은 시간을 할애해야 할 때가 종종 있다. "내가 난 지금 글을 써야만 해"라고 말한다면, 아이들은 화를 낸다. 창작생활이 내가 본디 해야만 하는 어머니로서의 일을 방해하기 때문이다. 일전에 나는 글을 쓰기 위해 뒷방으로 갔다. 그런데 아이들은 종종 뒤따라 들어와 무언가를 요구하거나 서로 다퉜다. 그때 나는 갑자기 아이들이 내게서 떨어지고 싶어 하지 않는다는 것을 깨달았다. 그런 일이 있은 후부터는 우리 모두가 앉아 있는 커다란 방에서 글을 쓴다. 그들은 내게서 아무것도 원하지 않았으며, 특별한 어떤 것도 말하려고 하지 않았다. 그들은 다만 나라는 존재만을 원했던 것이다.

이런 겉보기에 모순적인 여성에 대한 요구들이 70년대 여성운동의 테마에 속했다. 교육, 일터, 가정에서의 동등한 기회가 문제였다. 생활이나 예술에 이르기까지 여성들의 업적이 무시된다는 것이 큰 문제였다. 성(性)의 관계가 인종의 관계만큼 근본적인 문제가 되고 있었다. 이런 시대정신은 곧바로 유색의 부인이 글을 쓸 수 있도록 격려해 주었다. 출판사, 극장과 미디어들이 리타 도브나 앨리스 워커 같은 흑인 여성작가들을 주목하게 되었다. 이 여성작가들은 문학을 통해 백인들과 동등해질 것을 주장했다.

토니 모리슨의 책들 또한 이 시기에 환영을 받았다. 그녀는 현실적인 테마를 가지고 새로운 독자들이 기대했던 문학적 목소리에 부응해 갔다. 좁은 의미에서의 여성운동을 토니 모리슨은 물론 단호하게 배척 한다: "나는 페미니즘이 내가 글을 쓰기 시작했다는 것과 무슨 관계가 있었다고 생각하지 않는다. 우리가 흑인 여성으로서 어떻게 교육받았는지를 돌아본다면, 우리는 제공되었던 모든 것을 수용했다… 처음에 페미니즘은 전적으로 백인들의 운동이었다. 이제는 하찮은 언행, 즉 운동의 위선을 문제 삼을 발단들이 존재한다. 페미니즘 하면 우선 한번은 꼭 흑인 여성을 포함해야만 한다. 어디서도 그렇지 않았다면, 작업장에서부터, 과학이나 문학에서부터라도 그렇게 되어야 한다."

작가로서의 당당한 태도는 이런 그녀의 진술에 설득력을 부여 한다: 그녀는 깊은 목소리, 거의 암시적인 목소리를 지니고 있다. 그녀의 낱말 선택은 완벽하다. 그녀는 거의 인쇄된 것처럼 또박또박 힘주어 말한다. 때때로 번지는 미소, 회색 머리칼을 복잡하게 땋아서 내린 모양, 감춰진 색깔로 넉넉하게 재단된 의상, 장신구까지도 이를 뒷받침한다. 여러 사람들의 주목을 받는 가운데서도 시선은 맑고 뚜렷하며, 아주 침착하게 움직인다. 그렇게 침착한 태도를 취하며 남편이 곁에 없다는 것은 생각하지 않는다. 그러나 그녀가 남자를 신뢰하지 않을 거라는 추측을 그녀는 거부한다: "나는 한 여성이 한 남자와의 공동생활에서 자기 고유의 정체성을 발전시킬 수 있다는 것을 믿지 않을 따름이다."

1974년에는 토니 모리슨이 편집한 '블랙 북'이 출간된다. 그녀는 이 책에서 총괄한 다큐멘터리 자료에 매료된다: 흑인 문화와 역사의 분명치 않은 모습을 기록한 회상록, 노예문서, 노래와 오래된 신문기사들. 이때 그녀는 나중에 노벨상을 안겨주게 되는 후기의 글쓰기 구상에 대한 최초의 이념을 전개시킨다.

그녀는 1976년부터 1978년까지 엘리트 대학인 예일대학에서 가르치는 일과 출판일을 병행한다. 금요일마다 그녀는 뉴헤븐으로 간다. 그러면서 그녀는 출판사에 전혀 허락을 구하지 않는다. 그녀는 단순히 사실들을 창작한다. 1977년에 〈솔로몬의 노래〉로 첫 번째 의미 있는 상이 모리슨에게 수여된다. '미국 비평가상'이 그것이다. 이 상이 글쓰기에 대한 그녀의 입장을 변화시키지는 못한다. 그녀는 자기의 책들이 대체로 출판되지 않더라도 늘 쓰게 될 것으로 생각한다.

가족 전설인 〈솔로몬의 노래〉는 남자 주인공이 등장하는 유일한 책이다. 어머니는 주인공이 열 살 때까지 젖을 먹였기 때문에 '밀크맨'이라는 별명을 지어준다. 미시간의 소도시에서 지위가 높아진 사람의 아들인 젊은 남자는 그의 선조의 보물을 찾기 위해 남부 버지니아로 여행을 떠난다. 그것은 그의 인생에서 과거의 흔적을 찾는 일, 즉 자신의 뿌리를 찾는 일이다.

마지막에 밀크맨은 야간에 비행하는 기이한 꿈을 꾼다. 지구 위로 높이 나는 꿈이었다. 그러나 그는 비행기처럼 두 팔을 벌리거나 슈퍼맨처럼 아래로 급강하하지 않았다. 그는 소파에 누워서 신문을 읽는 사람처럼 느긋하게 공중을 떠다닌다. 비행할 때 어두운 바다를 건너기도 했으나 추락할까봐 불안하지는 않았다. 그는 혼자 하늘에 있었다. 그러나 그가 볼 수 없는 누군가가 그를 관찰하고 박수갈채를 보낸다. 그 다음 그는 실제로 날 수 있었던 그의 증조부인 솔로몬의 이야기와 만난다.

소설에서는 아프리카의 동화가 넌지시 암시된다. "공기에 열중하는 사람은 공기에 올라탈 수 있다." 여기에는 아프리카로 다시 돌아가려는 초기 흑인 노예들의 염원이 담겨 있는데, 이렇게 토니 모리슨은 흑인들의 믿음을 초현실적인 입장에서 상징화한다. 초감각적인 것이 풀리지 않는 문제들의 현실을 변화시키고, 온몸의 체험들이 도저히 믿을 수 없는 에너지를 부여해준다. 우연이란 없다. 감각과 필요성은 마술적인 것에 대한 몰입에서 생겨난다. 이는 결코 현실세계로부터의 도피를 의미하는 것이 아니라, 오히려 상상력을 가진 모리슨의 경험 속에 뿌리박혀 있는 것이다. 그녀는 신화적인 이야기를 철저하게 말 그대로 생각한다. 노벨상 시상식에서 그녀는 이렇게 말한다. "이 이야기는 날 수 있는 흑인들을 주제로 하고 있습니다. 이것이 끊임없이 내 인생에서 이야기 일부였습니다. 날 수 있다는 것은 우리 재능 가운데 하나였습니다. 나는 그것이 얼마나 어리석게 들릴지 걱정하지 않습니다. 그것은 항상 존재하는 것이니까요. 사람들이 그렇게 말했죠. 그것은 흑인 영가와 가스펠송에도 나타나 있다고. 아마도 그것은 현실을 넘어서려는 소망, 즉 죽음과 직면해서의 탈출구였을 것입니다."

1981년에 이어서 나온 소설 〈타르베이비〉에서도 아프리카의 전설이 암시적으로 나타난다. 거의 사람이라곤 찾아볼 수 없는 카리브해 섬에서의 일이다. 아메리카 백인 공장주인인 발레리안 스트리트는 자신과 부인 마거릿을 위해 거의 파라다이스와 다름없는 휴가지와 노후에 안주할 거주지를 마련했다. 흑인인 버틀러 부부가 모든 것을 관리한다. 스트리트의 조카인 자뎅이 스트리트의 도움으로 파리에서 학업을 마친 후에는 그녀의 일까지도 돌보는데, 이것이 목가적 생활에서 발생하는 불화 중 하나가 된다. '손'이라는 이름의 플로이다 출신의 흑인이 섬에서 피난처를 찾았을 때 본격적인 위기가 발생한다.

옛날이야기에 따르면 '타르베이비'는 집토끼를 유인해서 함정으로 몰아넣는 새의 이름이다. 여기서 그 유혹의 새는 신비로운 흑인 '손'을 미치게 하는 자뎅이다. 손은 그녀의 계략에 빠진다. 그러나 이런 사랑은 자뎅이 자신의 영혼을 백인세계에서 잃어버렸을 때에만 가능하다. 그녀는 자기의 가족혈통에서 소외되었고, 그러므로 삶에서의 버팀목을 포기했다. 문화의 경계를 넘어서는 사랑은 분명히 성공할 수 없다. 그에 따라 그들이 '흑인'이고 싶었든 아니든 간에 자유를 택하는 일은 철저하게 위험 속에 숨겨져 있다.

1979년에 토니 모리슨은 18세와 15세인 두 아들과 함께 뉴욕 외곽의 보트 하우스로 이사한다. 그녀는 작업실에서 넓은 허드슨 강을 내다볼 수 있었다. 책들은 여기저기 쌓여 있고, 작업대 뒤에는 검은 테두리에 붉은색을 가진 아주 큰 아프리카 지도가 걸려있다. 1983년이 되어서야 그녀는 랜덤하우스의 편집고문직을 그만둔다. 그녀는 가르치는 일과 독서여행 외에는 전적으로 글 쓰는 일에만 전념하고 싶었기 때문이다. 그리고 이제는 재정적으로도 걱정이 없었다.

그러는 사이에 그녀는 흑인 아메리카와 인종주의의 역사에 대한 포괄적인 이야기 구상을 시작했다. 그녀는 북아메리카의 인종주의는 유럽에서 온 것으로 생각한다. 유럽 사람들은 자신들과 다르다는 확신에 의해 다른 인종들을 무시했다는 것이다. 19세기 초 미국으로 들어오는 노예들의 수가 점점 더 많아졌을 때 —내전이 발생하기 이전에는 4백만 명이었다— 인종주의는 노예매매를 정당화하는 데 쓰였다. 그러나 미국역사의 이런 어두운 장은 대부분 파묻혀 있었다.

모리슨은 이 시기에 대해 조사하여 파묻힌 역사를 발굴한다. "기억해내려는 시도에서 전체의 문제는 저항이다. 어느 누구도 기억하고 싶어 하지 않는다. 흑인들은 너무나 고통스럽기에 그렇고 백인들은 빚을 지고 있기 때문이다."

흑인문화에 대해 책을 쓰기 시작한 뒤 모리슨은 역사적으로 증명된 경우인 켄터키 출신의 마거릿 가르너에 집중한다. 가르너는 전 주인이 그녀를 찾아냈던 신시내티로 이사했다. 그 후 그녀는 딸이 노예 신분으로 살지 않도록 딸을 죽였다. 이 이야기는 계획된 역사적 3부작의 1권에 대한 토대가 된다. 첫 번째 책 〈사람의 자식〉은 1987년 출간된다. 제2권은 1992년 〈재즈〉라는 제목으로 발간되고, 제3권은 아직도 집필 중이다.

〈사람의 자식〉이라는 소설을 기점으로 그녀의 작업은 결정적으로 변한다. 토니 모리슨은 새로운 문예형식을 발견한다. 그녀는 풍부하게 역사적인 자료들을 모으고, 그것에다 이제 시공간적으로 폭넓은 허구의 줄거리를 세운다. 〈사람의 자식〉은 내전과 노예제도 폐지 후 시대의 진정한 모습들을 보여준다. 죽음이 '삶보다 더 어렵지 않았던' 시대의 모습을. 모리슨은 그 책을 인간증오의 희생자들로 남아 있는 '6천만 이상의 사람들'에게 바친다. 역설적인 모성애는 많은 망각의 시련에 대한 기호, 즉 개인에게 굴욕을 강요하고 권력을 통해 평범한 일상이 되었던 가족결합의 파괴로 귀결된다.

1873년 오하이오 주 신시내티, 흑인 변두리 지역. 블루스톤 로드 124번지에서 유령이 나온다. 그런데 이전에 한 아기가 살해된 사건이 있었다. 세테와 덴버는 그들을 괴롭히는 유령에게 아마도 '대화, 의견교환'이라는 희망에서 도울 수도 있음을 맹세한다. 그들은 서로 손을

잡고 외친다: "나와라, 나와라, 빨리 나와라."

어느 날 어린 흑인 소녀가 완전히 기진맥진해서 입을 다문 채 문가에 앉아 있다. 태양빛이 그녀의 얼굴 가득 내리비춘다. 그래서 세테, 덴버와 파울 D.는 처음에는 검은 옷과 그 아래 두 개의 풀어진 구두끈만을 알아본다. 이름이 뭔지 묻는 파울 D.의 물음에 낯선 소녀는 조용한 목소리로 '사람의 자식'이라고 대답한다. 영아살해자인 세테는 그녀가 묘비에다 '사람의 자식'이라고 새겨 넣었던 죽어버린 딸이 다시 그녀의 마음속에서 떠오르는 것으로 생각한다.

책을 읽을 때 사람의 자식이 이제 마법인지 아닌지 하는 긴장이 자꾸만 남는다. "유령은 믿을 수 없다. 실제로 전혀 믿을 수 없는 것이다. 그러나 노예제도는 훨씬 더 믿을 수 없는 것이다." 재차 마법이 여기서는 본질적인 역할을 한다. 그것을 통해서 기억활동이 진행된다. 마법적인 것은 그것과 과학 사이의 피상적인 모순을 지양함으로써 인식을 획득하려는 수단이다. 토니 모리슨은 또한 비현실적인 세계를 위해 대답을 보류한 채 작품 배후에 남는다. 그녀에게 두 가지 인식방법은 타당성을 가진다.

사랑이라는 이름으로 딸을 최악의 사태로 몰아넣은 어머니 세테라는 인물에 대한 모리슨의 관심은 어머니로서의 자신의 경험과 연관되어 있다. 그녀에게 어머니의 역할은 무엇인가 대단히 자족적인 의미를 지닌다. 왜냐하면 아이들의 어머니 이전에 인간으로서의 어머니 역할이 필요하기 때문이다. 모리슨은 말한다. "아이들은 다른 사람들이 흥미를 느끼는 모든 일에 매달려 있었다. 내가 소유하고 있는 것, 혹은 내가 감성적인지 하는 것에는 관심이 없었다. 이 모든 것이 그들에게는 스쳐 지나갈 뿐이었다… 내가 사람으로 무엇이 가치 있는 것인가에 대해 쌓아올렸던 기준이 무너졌다. 나는 더 이상 나만일 수가 없었다. 누군가가 나를 실제로 정확히 그렇게 필요로 했다."

〈사람의 자식〉으로 토니 모리슨은 1988년 국제 문학비평가상인 퓰리처상을 받는다. 또한 그 책은 많은 언어로 번역된다. 모리슨은 이 책이 이제 유럽의 독자들에게도 접근하게 되었다는 것을 어떻게 느끼는지 묻는 질문에 즉시 대답한다. "나는 내 책들이 번역을 통해 제3세계에도 접근하게 되었다는 것이 기뻐요. 프랑스어, 포르투갈어, 스페인어. 그것이 내게는 매우 중요해요. 그렇지 않으면, 그 책들이 아프리카에서, 상아해안이나 케냐에서는 읽힐 수 없을 테니까요."

토니 모리슨에게는 백인들에게 무언가를 계몽하는 것이 아니라, 흑인들을 계몽하는 것이 중요했다. 그녀의 글쓰기가 —특히 〈사람의 자식〉의 경우— 흑인들에게 얼마나 중요한가를 그녀에게 보낸 48명의 흑인 작가들과 비평가들의 아주 비범하고 솔직한 편지들에서 분명해진다. "당신은 우리가 우리의 민족적 환상에 대한 근심과 사랑을 측정해야 하는 도덕적이고 예술가다운 척도를 발굴했습니다." 인종 문제, 흑인 여성들의 사회적, 심리적 상황에 대한 그녀의 예술적 분석이 인정을 받은 것이다.

텍스트에 대한 토니 모리슨의 작업이 어떻게 보였는가, 또 그녀는 구상된 언어형성물에 얼마나 성공했는가? 이에 대해 모리슨은 대답한다. "한동안 숙고한 뒤에야 글을 쓰는데, 참 놀라운 과정이 발생한다. 처음에 글을 쓸 때는 잘못된 부분이 많아서 참 괴롭다. 다시 손보아 더 잘 될 수 있을지도 처음에는 몰랐다. 그런데 잘못되었다는 것이 내게는 퍽 인상적이었다. 내가 어떻게 말하고 써야 할지 방향을 잡았다면, 더 잘된 글이 나오게 될 놀라운 시간이 기다리고 있기 때문에 그런 것을 나는 전혀 개의치 않는다." 그녀는 끊임없이 생각에 잠겨 그녀가 어디로 가고 어디에 서 있어야 하는지 하는 그때마다 구상에 착수한다. 사소한 것들이 우연히 그녀의 머리에 떠오르고, 그녀는 이것들을 메모한다.

그녀에게 핵심적인 것은 텍스트를 시적으로 구성하는 상징들이다. 예를 들어 소설 〈술라〉에서는 술라의 아름다움과 그녀의 위험성이 '눈까풀 가운데서 눈가에까지 뻗어 있었던 그리고 줄기 있는 장미처럼 형성되어 있었던' 그녀의 사마귀에서 동일한 정도로 표현되어 있다. 은유는 열쇠처럼 한 장면, 한 인물이나 감정에 대한 이해, 예를 들자면 이상적인 부인 —그것은 사랑스러운, 부지런하고 충실한 부인을 뜻한다— 에 대한 남성적 환상에 대한 이해를 열어준다. 그런 부인은 '옷 가장자리의 장식', 즉 〈술라〉에서 언급된 것처럼 '술이 달린 가장자리를 숨긴 레이스와 주름'에 비교된다.

토니 모리슨은 문학의 사망에 대한 모든 소문에 분명히 반대한다. "소설은 죽지 않는다! 사람들은 소설가에게 미쳐 있다…. 사람들은 이야기를 듣고 싶어 한다. 그들은 기꺼이 그렇게 하고 싶어 한다. 이런 방법으로 사람들은 사물을 배운다. 이런 방법으로 사람들은 그들의 지식을 정리한다. 동화에서처럼, 신화에서처럼, 모든 것이 이야기이다. 그리고 그 때문에 소설은 중요하다!"

흑인 정체성에 대한 문학적 탐구를 토니 모리슨은 다음 소설에서도 계속한다. 1992년 발표되어 뉴욕 할렘가인 롤링 트웬티스에서 공연된 〈재즈〉에서 그녀의 관심은 결코 유명한 클럽들이나 재즈라는 홍미로운 이름에 관계된 것이 아니다. 그녀는 오히려 노예들의 후손들이 어떻게 도시 속으로 진입하는가, 거기서 음악이 어떻게 공통된 생활 느낌, 그들의 새로운 독립, 즉 획득한 자유를 표현하고 있는지를 묘사하고 있다. 토니 모리슨은 전혀 다른 조건들 하에서 다른 시대를 향해 어떻게 지방에서 대도시로 발자국을 옮겼으며, 거기서 느낌과 관계들이 어떻게 변화되는가, 기대와 병적인 쾌감이 생활을 어떻게 촉진하는지를 스스로 경험한다.

레녹스 애비뉴에서 한 부인이 한 떼의 새들과 살았다. 그녀의 남편은 십팔 세 때 그를 슬프고 동시에 행복하게 했었던 깊고도 끔찍한 사랑에 빠졌었다. 그는 이 강렬한 느낌을 유지하기 위해 애인을 쏴 죽였다. 그의 부인이 장례식에 갔을 때, 그녀는 소녀의 사후 경직된 얼굴을 토막 내고 싶었다. 사람들은 그녀를 땅에다 던져 넣고는 교회에서 빠져나갔다. 그녀는 눈 속을 헤쳐 집으로 돌아와서는 새들을 새장에서 꺼내다가 창문 앞에 내려놓는다. "얼어 죽든지 날아가든지 해라." 그중에는 언제나 말을 하던 앵무새도 있었다: "사랑해."

이 책의 서로 다른 목소리들이 이 줄거리에 반응한다. 재즈에서처럼 입에서 입으로 전해지는 이야기의 전통 및 자극적인 이야기 방법, 이는 흑인들의 가장 원초적인 표현형식으로 간주된다. 종종 누가 말했는지는 정해지지 않는다. "나는 이야기의 주인공을 책 자체인 것으로 상상했다. 스스로 고안되고 관찰되는 책 말이다. 책은 가령 궁극적으로는 텍스트보다 더 강한 인물에 비해 그리 중요한 것이 아니다. 그러므로 전체적인 것은 소설의 구성과 탈구성이다." 토니 모리슨은 언어형식을 실험하고, 주제를 즉흥적으로 연주하는 재즈의 구조를 소설

구성의 원리로 사용한다. "나는 재즈를 근원적으로 자극적이고 지극히 특별한 체험이 되도록 하기 위해 낯선 어떤 것으로 변화시키고자 한다. 나는 이런 방법이 매우 급진적이라는 사실을 발견했다."

뉴욕은 매력적이고 자극적이며 모든 가능성을 위해 열려 있는 도시이다. 도시는 클라리넷 소리와 수다 떠는 여인네들의 목소리, 사랑과 권투시합으로 가득 차 있다. "이와 같은 도시는 나를 신속하게 꿈꾸게 하고 사물 속으로 깊이 빠져들게 한다." 개인의 자기실현이라는 아메리칸 드림의 약속은 물론 높은 대가를 요구한다. 관계와 공속성이 의미를 잃어버리고 전통적인 생활형태는 더 이상 가치가 없다. 백인들의 세계에서 높이 평가되는 개인의 행복은 공동체와 서로에 대한 책임감을 가장 중요하게 생각하는 아프리카 문화와는 정반대이다. 이런 사회적 정체상태가 대도시를 쓰러트리고 과거의 흔적들을 말소시키고 가족사를 돌이킬 수 없도록 파괴한다. 남아 있는 것이라고는 환상과 감각 그리고 음악의 오락적 힘뿐이다.

흑인과 여성에 대해 언급된 언어는 사회적 권력수단에 속한다. 언어는 백인에 비해 흑인의, 남성에 비해 여성의 무력함을 주장하고 증명한다. "목표를 가지고 있는 남성은 기대에 부응한다고 하는 반면에 그런 여성은 '신여성'이라고 부른다." 노예제도의 역사와 여성사에 대한 그들의 연구는 오늘날에도 아직 존재하는 불평등을 드러내고 있다. 물론 토니 모리슨은 알고 있다. "우리 모두는 우리와 함께 자란 신화를 가장 사랑스럽게 고집하고 있다. 그 결과 작가로서 나는 독자들에게 흑인과 백인의 모든 사상을 새롭게 심사숙고할 것을 강요해야만 한다. 나는 매혹적이고 싶다. 나는 혁명적이고 싶다." 그녀는 아주 의식적으로 그녀가 미국 내의 흑인을 생각할 때면 '아메리카에 사는 아프리카 사람'에 대해 말한다. 토니 모리슨은 자신이 아프리카의 역사와 문화에 구속되어 있음을 느낀다. 그리고 그녀는 언제나 늘 미국인으로 동화되는 일에 대해 회의를 토로한다.

1989년 모리슨이 프린스턴 대학의 문예학 교수였던 이후로는 문학에 대한 연구와 이론이 그녀에게 점차 중요해진다. 1990년 그녀는 하버드 대학에서 아메리카 문화사를 강의한다. 특히 그녀는 아메리카 문학을 전통적인 문예학과는 다른 눈으로 보고 싶어 한다. 아메리카에 사는 아프리카 사람은 전통 북아메리카 문학에서 이미 언제나 하나의 테마였기 때문이다. "이때 내게 특히 중요한 것은 이것이 그들의 언어, 그들의 모습, 그들의 형식에 어떻게 영향을 끼치는 가이다. 내게 중요한 것은 전통적인 백인 이야기꾼들의 환상에 대한 아프리카적인 것의 영향이다." 그렇기 때문에 그녀는 검은 것, 다른 것, 나쁜 것을 즐겨 백인 서양사회와 특히 뚜렷하게 대조를 이루는 적절한 대비로 사용했다.

토니 모리슨은 이미 그녀의 6편의 소설로 유명해졌다. 그리고 28개의 언어로 번역된 그녀의 작품으로 몇 개의 문학상도 받았다. 그러나 노벨 문학상 후보자로 여겨지지는 않았다. 그래서 스웨덴 아카데미가 그녀에게 최초의 '아프리카-아메리카' 여성으로 1993년 10월 7일에 노벨 문학상을 수여했을 때, 국제 언론은 아주 놀랍다는 반응을 보였다. 회의적인 목소리들은 정치적 결정이라고 추측했다. 예를 들어 1992년 그녀에 앞서 카리브 해 서정시인 드렉 월코트의 경우에 중단된 논쟁이 다시 일기 시작했다. 그러나 흑인 여성의 혁신적 작품에 대한 높은 인정은 분명히 힘들었다.

토니 모리슨은 어떤 평판에 대해서도 그녀가 말하려 했던 것을 굽히지 않았다. "나는 복잡한 질문들에 대해 간단한 대답으로 나를 해고시키고 싶지는 않다…. 나는 살아남는 일에 관심이 있다. 누가 살아남고 누가 그렇지 못한지 그리고 왜 그런지에만 관심이 있다."

"옛날에 한 노파가 살았습니다. 장님이었으나 현명했습니다." 노벨상 수상 강연에서 토니 모리슨은 그녀의 동화부인과 마찬가지로 바벨탑 건설의 역사를 상기시킨다. 이제까지의 해석에 따르면 성서의 탑은 무너졌다. 너무 많은 언어의 혼란이 탑 자체의 건축양식을 무너뜨렸기 때문이라는 것이다. 토니 모리슨과 현명한 노파는 이때 다른 견해를 내놓는다: "아마도 파라다이스의 실현은 너무 일렀던 것 같습니다. 너무 지나치게 서둘렀던 것입니다. 어느 누구도 다른 언어, 다른 생각, 다른 이야기를 이해하려는 여유조차 없었는데도 말입니다. 만일 그런 여유를 가졌더라면, 그들이 상상하는 천국이 적어도 지척에 있었을지 모릅니다. 정말 복잡하고 까다롭기는 하지만 내세가 아닌 현세로서의 천국이 말입니다."

—바바라 폰 베히톨스하임

Christiane
Nüslein-Volhard

13 생명이 어떤 기능을 하는지 이해하기

크리스티아네 뉘슬라인-폴하르트(1942-)
노벨 의학상 1995

여느 때 같으면 1995년 10월 9일은 조용한 날이어야 했다. 크리스티아네 뉘슬라인-폴하르트는 오전에 튀빙겐의 막스 플랑크 연구소 내에 있는 자신의 실험실을 잠시 둘러볼 생각이었다. 정오경에 그녀는 자동차 판매원과 약속이 있었다. 그녀의 낡은 자동차가 모터 고장으로 멈춰버려서 그녀는 새 자동차를 구입할 예정이었다.

그런데 11시에 스톡홀름에서 전화가 걸려온다. 노벨위원회의 한 위원이 그녀가 노벨 의학상을 받게 되었다고 전화로 통보해왔던 것이다. 프린스턴의 에릭 비샤우스 그리고 파사나데의 에드워드 B. 리바이스와 공동수상이었다. '유전자가 초기의 태아발달을 어떻게 조종하는가 하는 신기원을 이루는 발견'이 수상이유였다.

이때 고요한 일상과 자동차 구입 건은 지나가 버린다. 뉴스는 급속도로 퍼진다. 벌써 한 시간 뒤에는 기자들이 달려와서 그녀를 놀라서 쳐다본다: 의학 분야에서 노벨상을 받는 최초의 독일 여성! 샴페인을 터트리고 건배한다. 여기저기서 카메라 셔터 소리가 요란하다.

"사랑하는 자니", 업무담당 연구소장인 페터하우젠은 간단한 인사말을 시작한다. "당신이 상을 받게 되리라는 것을 우리 모두는 이미 오래 전부터 알고 있었어요. 그리고 얼마 전부터 우리 또한 상을 기대하고 있었답니다. 실제로 90년대에 상당한 양의 학술표창이 튀빙겐의 한 여성 연구원에게 쏟아졌습니다. 1991년 알베르트-라스커 상, 1992년 의학 분야의 루이스 자네트 상과 유전학에 대한 그레고르-멘탈 메달, 1993년 생화학에 대한 한스 크렙스 메달. 그 밖에도 약간의 상들과 명예박사 학위들. 그러나 명예의 왕관인 노벨상이 주인을 기다리고 있었습니다."

"그 귀중한 소식을 이제야 들었습니다." 쉰두 살의 여성은 승리의 시간에 말한다. 그런 다음 긴장을 풀고는 회색의 곱슬머리가 약간 헝클어진 채로 행복하게 사진사들을 향해 미소를 짓는다. 호흡 정지와 깊은 만족의 순간, 그녀는 과연 목표를 달성한 것일까?

약 반년 전 크리스티아네는 튀빙겐의 슈페만 가(街)에 있는 그녀의 연구소로 나를 안내했다. 그녀는 영감에 차서 자신의 새로운 연구대상에 대해 말했다: 제브라 피쉬. 그녀는 내가 현미경으로 태아를 관찰하도록 해줬다. 놀랄 정도로 분명하게 검은 눈이 보이고, 각각의 우람한 근육이 인지되었다. 그리고 맥박 치는 심장! 노벨상 수상자는 이 물고기의 발달연구에 매혹당해 있었다: 물고기들이 이틀째 특징적인 줄무늬가 되는 색소반을 어떻게 만들고 있는지, 그것이 최고의 관심사이자 중요한 연구과제였다. "그러나 그것은 연구일 뿐이다. 우리는 그것의 유용성을 누구에게도 설명할 수는 없다."

그렇다. 이 여성과학자는 결코 목표에 이르지 못했다. 물고기의 줄이 어떻게 만들어지죠? 수정란에서 어떻게 태아가 되죠? 장미는 꽃봉오리 때 가시에 찔리면 어떻게 보이죠? 나는 계속 이런 질문들을 던졌다. 어린애 같은 질문이지만, 그것은 인류의 질문이었다.

"나는 생명이 어떤 기능을 하는지 이해하고 싶어요"라고 크리스티아네는 말한다. 그녀는 진화론의 발견자인 찰스 다윈과 발생학의 개척자인 데오도로 보베리를 자신의 본보기로 생각한다. 그러나 그녀는 요한 볼프강 폰 괴테를 시인이자 자연연구가로서 아주 특별히 좋아한다. 스톡홀름의 노벨상 강연에서 그녀는 괴테의 말을 인용한다: "모든 성분들은 영원한 법칙에 따라 형성됩니다. 그리고 가장 드문 형태가 비밀리에 원형을 보존하고 있습니다."

괴테의 출생지인 프랑크푸르트에서 그녀 역시 자랐다. 게다가 그녀는 2차 세계대전이 한창이었던 1942년 10월 20일에 마그데부르크에서 태어났다. 그렇지만 부모님은 곧 마인 강변의 도시로 이사했다. 유명한 내과의사인 할아버지 프란츠 폴하르트가 거기서 개업하셨기 때문이다. 아버지 롤프 폴하르트는 건축기사로 취직했다. 하스에서 태어나 유치원 교사로 일하던 어머니 브리기테 폴하르트는 이제 커져버린 자신의 가족을 위해 헌신하기 전에는 동프로이센 귀족가문의 자손들을, 그 후에는 베를린의 빈민굴의 아이들을 돌보았었다. 아이들 수가 다섯으로 늘어났다: 위로 딸이 셋(크리스티아네가 둘째이다), 아들 그리고 딸.

그녀의 최초의 기억은 음식과 관련이 있다고 크리스티아네 뉘슬라인-폴하르트는 설명한다. "나는 목을 아주 심하게 자극하는 아주 거친 오트밀을 기억해요." 그때는 흉작의 시기였다. 전쟁이 끝난 후에도 그것은 쉽사리 나아지지 않았다. 다행히도 외할머니 하스-묄만은 화가로 림부르크 근교의 농장에서 사셨다. 그리고 귀여운 손녀가 방문할 때면, 농부들이 그녀의 어리광을 받아주었다. "나는 껍질째 구운 감자와 구수한 돼지고기 냄새를 오늘날까지도 간직하고 있어요"라고 뉘슬라인-폴하르트는 말한다. 그녀가 요리하고 빵을 굽는 것을 좋아하는 것도 그녀의 어린 시절 경험에서 기인한다. 시골에서 그녀는 동물에도 관심을 가지기 시작했으며, 젖소, 말, 돼지, 닭과 도시에는 없는 모든 것들을 놀라서 바라보았다.

그렇지만 할아버지가 일 층에 개업하셨던 프랑크푸르트-작센 하우젠의 도시풍의 집에서도 많은 정신적인 자극들이 있었다. 위층에서는 아들의 일곱 식구가 살았다. "우리는 아주 큰 자유를 누렸으며, 부모님은 관심 있는 일을 하도록 우리를 격려해 주셨어요." 아버지는 아이들과 함께 도형을 그리고 모형을 조립했다. 어머니는 모든 가정·경제적 능력을 가르치시고, 좋은 책을 사다 주셨으며 예술적인 것을 장려하셨다. 모두가 하나의 악기를 배웠다. 크리스티아네는 그녀가 오늘날에도 연주하는 횡적(독일 플룻)을 선택했다. 그 밖에도 그녀는 즐겨 아리아를 소리 높여 불렀다. "당신네 딸 크리스티아네가 큰 소리로 노래를 부르면서 집에 들어오면, 사람들이 아주 깜짝 놀라요"라고 이웃들이 어머니에게 불평할 정도로 큰 소리로 그녀는 노래를 불렀다. 지금도 크리스티아네는 낭랑한 소프라노로 아리아를 부르곤 한다.

모두에게 '자니'라고 불렸던 어린 소녀는 자연과학에 대한 관심을 혼자 힘으로 키워나갔다. 자니가 가까운 숲에서 오랑캐꽃과 미나리아재비가 피어 있는 곳을 발견한 것이 열 살 무렵이었다. 제방의 둑에다 그녀는 달팽이 채집망을 설치했다. 자연도감의 도움으로 그녀는 식물들을 구별하는 법을 배웠으며, 곧 많은 토박이 새의 종류도 알게 되었다. 그녀가 열두 살이었을 때 부모님께서 크리스마스 선물로 생태학자 콘라드 로렌츠의 책을 사다 주셨다. "그는 가축과 새들, 물고기들과 이야기를 한다." 그것이 고등학교의 현대 생물학 수업과 마찬가지로 자연연구가가 되려는 그녀 초기의 결심을 강화시켜 준다.

작센 하우젠의 쉴러 학교는 당시 여학교였다. "우리에게는 (남자) 교사들과 인습에서 벗어난 인상 깊은 여교사들이 있었습니다"라고 노벨상 수상자는 상기한다. "우리에게 감정을 느끼게 하는 소년들은 없었습니다. 수학과 자연과학에 대해 소녀들은 아무것도 이해하지 못했습니다." 크리스티아네는 학교에 가는 것을 좋아했다. 생물학 외에 그녀가 좋아하는 과목은 독일어, 음악과 미술이었다. 그녀의 스케치 재능은 인상파 화가인 외할머니에게서 또한 훈련을 받았다. 그녀는 1962년 평균 평점 2.5로 고등학교를 마쳤다.

크리스티아네 폴하르트에 대한 교사의 소견은 이렇다: "크리스티아네의 재능이 모든 지식 분야에 상대적으로 잘 분포되어 있음에도 불구하고 성적은 관심의 차이에 따라 아주 다르다. 그래서인지 성적은 아주 제멋대로이고 어떤 과목은 소홀히 했던 반면에, 관심영역에서는 학교 기준을 훨씬 앞지를 정도로 몰두했다." 그 밖에도 교사의 소견은 당시에 이미 그녀에게는 '혼자서도 과학연구를 할 만한 소질'이 있음을 증명해 주고 있다.

오늘날 크리스티아네 뉘슬라인-폴하르트와 그녀의 청소년기에 대해 얘기하거나 그녀의 문서기록을 읽는 사람은 두 가지를 확인하게 된다. 첫째로 그녀는 고등학교를 졸업할 때까지의 시간에 대해 매우 긍정적이고 정확하게 기억하고 있다는 점이다; 그녀의 당시 교사들, 친구와 친척들과의 많은 접촉이 생생하게 남아 있다. 둘째로는 하나의 낱말이 눈에 띄게 자주 등장하는데 '관심'이란 낱말이다. 어린 소녀는 그녀가 접했던 거의 모든 것, 사람과 사물, 생명체, 책 등에 관심을 가졌다. 그녀는 열정이 아닌 관심의 싹을 길러 나갔다. 노벨상 수상자는 젊은이들에게 성공의 기회나 유행의 흐름에 주목하지 말 것을 충고한다. 그녀는 어느 고등학교 졸업식에서 학생들에게 말한다. "여러분이 정말로 관심 있는 일을 하세요. 그러면 여러분들은 아마도 성공할 것입니다."

그녀 자신은 좋지 않은 징조 속에서 생물학 연구를 시작했다. 1962년 2월 고등학교 졸업시험 날 사랑하는 할아버지가 돌아가셨다. 할아버지는 그녀의 정신적 후원자였다. 그녀는 할아버지와 함께 수학문제를 논하고 괴테에 대해 토론했었다. 이제 할아버지가 갑자기 돌아가셨기 때문에 크리스티아네는 형제자매의 교육적 발전을 걱정해야 하는 과제가 네 자매 중 '영리한 사람'인 자신의 몫이 된 것처럼 생각했다. 동시에 그녀는 낯선 세계, 즉 대학에서 스스로 자신의 올바른 길을 찾아내야만 했다.

그녀는 우선 화학과 물리학에 대한 기초 강의를 들었다. 곧 그녀는 동물학을 포기했다. 두 명의 강사는 이미 학교에서 전에 배웠던 것을 단조로운 방법으로 강의했다. 생리학 교수는 강의 첫 시간에 아무런 예고도 없이 살아 있는 개구리의 머리를 잘라서 그녀에게 충격을 주었다. "나는 다시는 수업시간에 들어가지 않았어요." 이에 반해 그녀는 식물학을 '아주 친근하게' 생각했다. 여기서 그녀는 현미경으로 본 단면을 깨끗하게 묘사해서 첫 칭찬을 들었다.

대학에서 그녀는 갑자기 꽤 목표지향적인 남성들의 관심을 끌었다. "물리학 시간이면 젊은 조교들은 강의실 한쪽에 서서 새로 들어온 여대생들을 기다렸다"라고 그녀는 당시의 장면을 기술한다. 그들은 좋아하는 여대생들을 연구소 파티에 초대했다. 크리스티아네도 마침 그 자리에 있었다. 그녀는 반은 득의만만하게, 반은 회의적으로 거기에 참석했다. 그래서 그녀는 물리학도이며 그녀보다 몇 살 더 많은 폴커 뉘슬라인을 알게 된다. 그는 유쾌한 대화파트너로서 그녀와 그녀의 의견에 진지하게 관심을 보였다. 그들은 서로 사랑했고 마침내 약혼한다.

폴커의 영향으로 크리스티아네는 자신의 전공을 바꿀 것을 진지하게 고려했다. 그녀는 점점 더 자주 물리학 강의와 실습에 참가했다. 화학강의에서 물질대사가 유기체에서 어떻게 이루어지는지가 다뤄졌을 때 비로소 그녀는 다시 살아 있는 자연을 연구하겠다는 자신의 본래의 관심사를 기억해냈다. 그녀는 다시 생물학을 악착같이 공부했으며, 그녀에게 프랑크푸르트에서 가능했던 것보다 더 많은 기초를 전달해줄 수 있는 커리큘럼을 찾았다. 그녀는 튀빙겐에 새로운 학업과정인 생화학 과목이 개설된다는 소식을 듣는다.

그래서 크리스티아네는 1964년 가을 튀빙겐 대학으로 옮겼다. 가슴이 두근거리지 않은 것은 아니지만, 이제 스물두 살의 젊은 여성은 가족과 애인을 두고 프랑크푸르트를 떠난다. 이제 그녀는 루스트나

우 교외에 있는 작은 다락방에서 홀로 살아가야만 했다. 석탄난로, 플러시제 소파와 지하실의 화장실이 전부였다. 처음에 그녀는 슈바벤의 작은 도시에서 너무 외로워서 집으로 그리워하는 편지들을 쓴다. 그러다가 그녀는 언어를 공부하는 친구를 만난다. 크리스티아네는 그녀가 있는 목가적인 마을로 이사한다.

1967년 폴커 뉘슬라인이 한 학기 동안 튀빙겐으로 온다. 두 대학생은 결혼한다. 그리고 전통에 따라 크리스티아네는 남편의 성을 따른다. 한 학기 뒤에 그들은 다시 헤어진다. 폴커는 프랑크푸르트에서 이론 물리학 연구를 계속한다.

튀빙겐에서도 크리스티아네는 대체로 물리학 강의와 실험에는 실망했다. '물리화학', '무기화학', '유기화학', 이것은 모두 중요한 기초 전공이다. 그러나 그 과목들은 그녀에게 너무 큰 부담을 준다. 그래서 생물학은 잠시 보류한다. 생명의 비밀에 대한 단서를 얻는 비전은 아직 채워지지 않는다. 점차 그녀는 자립적으로 탐색하러 다닌다. 과학적 문서와 식물학, 발생학과 미생물학 같은 몇 가지 흥미있는 특별 강의에서 필요한 지식을 구한다. 그녀는 처음에는 튀빙겐의 바이러스 연구를 위한 막스-플랑크 연구소에서 활동하는 연구가들의 세미나에 참석한다. 게르하르트 슈람, 알프레드 기러, 프리드리히 본회퍼와 하인츠 샬러, 그들은 생화학을 공부하는 학생들과 함께 단백질(프로테인) 합성과 유전물질 DNS의 증식에 대한 가장 최근의 연구성과를 토론한다. 그들의 실험대상은 박테리오파주(박테리아의 기생동물로 살아가는 바이러스)이다. 비교해보면 단순하게 구성된 이런 미생물들은 분자생물학이라는 아직 미천한 분야에서도 꽤 유용했다. 크리스티아네는 그녀의 학위연구를 이 영역에서 하기로 결심한다. 그리고 분자생물학자인 하인츠 샬러를 그녀의 지도교수로 결정한다.

"자립해서 과학적으로 연구할 수 있게 된 후로 너는 훨씬 더 명랑해졌어. 넌 참 잘 나가는 것 같아." 어느 날 친구가 자니에게 말한다. "농담하지 마." 자니가 대꾸한다.

1969년 그녀는 석사학위 논문("박테리오파주 FX 174 및 fd핵산을 DNS-RNS-잡종화 방법과 비교")을 마친다. 샬러는 그녀에게 박사학위를 위한 연구를 확대하라고 충고한다. 그녀는 충고를 받아들인다. 그러나 "다만 아직도 기술적인 개선이 필요했다. 그리고 성과는 아직 불확실했다. 나는 애써 해볼 만한 가치가 없다는 느낌을 받았다." 토론에서 그녀는 학위논문 주제 변경을 강행한다.

박사과정 학생은 이제 스스로 아주 순수한 RNS-동의인자, 즉 유전정보를 '해독할' 때 결정적인 역할을 떠맡는 단백질을 생산해 내기 위한 방법을 발전시킨다. 다른 생화학 박사과정 학생인 베르톨드 하이덴과 함께 그녀는 이런 RNS-동의인자들과 DNS의 결합위치를 고립시키고, 그것의 화학적 합성을 연구하고, 이런 방법으로 단백질 합성의 '출발점'과 조정기인 프로모터의 구조에 대한 관심을 이끌어 낸다. 그렇게 해서 1969년과 1977년 사이에 크리스티아네 뉘슬라인이라는 이름으로 서명된 —때로는 공동연구가로— 6편의 학술논문이 발표된다.

바이러스 연구를 위한 막스 플랑크 연구소 —나중에 여기서 발생생물학을 위한 MPI가 생긴다— 의 실험실에서 그녀는 지도교수 샬러의 과학적 공동연구가로 위촉된다. 비교적 젊은 과학자들은 그녀에게 종종 조언을 구한다. 연구팀에서 보여주는 그녀의 '강한 개성'은 경탄을 불러일으킨다. 동료들은 말한다. "크리스티아네의 연구와 다른 사람들의 연구를 비교하고 판단해 보면, 그녀는 아주 높은 자질을 가지고 있었어요."

이에 반해 서른 살의 자니는 스스로 험난한 많은 전선에서 싸워야만 할 거라는 느낌을 받는다. 그녀는 과학 분야에서 여성은 상당히 홀대받는다는 것을 자각한다. 한편으로 공동출판물에는 남자 동료인 하이덴의 이름이 늘 앞에 있어야 한다는 것을 당연한 이치로 생각하는 그녀의 지도교수가 있다. "그는 성공을 위해서 그것이 필요해!"라고 외친다. 다른 한편으로는 남편이 자신을 몰아대고 있으며, 가까운 친구들은 그녀에게 '정상적인 가정생활'을 받아들이라고 충고한다. 폴커-뉘슬라인은 -순전히 그녀 때문에- 물리학에서 생물학으로 전공을 바꿨으며, 프리드리히 본회퍼 교수의 연구실에서 공부한다. 가끔 그는 불확실한 학위 논문을 포기하고 어디든 지방의 공장시설에서 고정된 자리를 찾으려고 생각한다. "나는 거기서 무엇을 해야 하지? 주부로 지루하게 집에만 앉아 있어?" 그녀는 이런 생각을 참을 수 없었다. 그녀는 아이도 당분간 가지고 싶지 않았다. 박사학위 논문이 우선이었다. 과학자 부부에게 위기가 다가오고 있었다.

크리스티아네는 수년 뒤 '막스 플랑크 학회 내 여성 과학자들의 상황에 대하여'라는 강연에서 교섭에서 생겨날 수도 있는 조합원 투쟁에 대해 언급했다. "남성들은 무시당하는 것을 종종 여성들보다 참지 못한다. 사회적 압력이 개입하고 있다: 남성이 열정적으로 하루 종일 일을 하면, 그것은 정상적인 일로 간주되고 수용된다 … 반대로 여성이 열정적으로 하루 종일 일을 하면, 남편은 모든 면에서 불쌍하게 여겨진다 … 남성들은 부인이 자기보다 눈에 띄게 성공하면 종종 참으려 들지 않는다. 반대의 경우 일반적으로 문제가 생기지 않는다."

젊은 부부는 부담감 때문에 갈라선다. 별거에 들어가고 결국은 이혼한다. 크리스티아네는 이제 처녀 시절의 이름인 폴하르트를 다시 쓰는 것이 가장 좋을 것이다. 그러나 이미 그녀는 혼인명으로 많은 출판물을 낸 상태여서 그 이름을 버리지 않고 폴하르트를 뒤에다 붙인다.

학문에서도 크리스티아네는 더 이상 타협하고 싶지 않았다. 그래서 그녀는 효과적으로 활동하기 시작했다. 실상 내면적으로는 1973년 이래 자신이 세운 구상으로 지루해져 있었다. 그녀는 아직 해야 할 발견이 존재하는 새로운 연구영역을 뒤진다. 발달생물학자인 알프레드 기러가 폴리펜 히드라를 가지고 했던 이식실험과 복원실험이 그녀의 관심을 자극한다. 이때 중요한 것은 생명체에 있어서 형태형성과 자체의 유기구성이라는 기본적 과정이다. 여기서 그녀는 프리드리히 본회퍼의 중요한 권고를 받는다. 본래는 물리학자인 프리드리히는 단순 박테리아 E. Coli의 유전학을 연구한다. 그녀가 찾아낸 '숙고를 거듭하는 방법'으로 그는 박테리아에 있어 대량의 돌연변이를 생산해내고 그 돌연변이로부터 종을 소급해서 추론한다.

복잡한 생물학적 발달과정을 그런 방법으로 응용하는 일이 그녀에게는 현명한 과학적 전제처럼 보였다. 이제 그녀에게 없는 것은 적절한 실험대상뿐이었다. 그런데 크리스티아네는 어느 날 학술문헌을 공부하다가 파리의 돌연변이체에 대한 서술을 발견한다. "분명히 파리의 발달과정에 있어서 무엇인가 흥미로운 일이 실패했다. 틀림없이 아직도 더 많은 그런 돌연변이체가 있을 것이다"라고 그녀는 추정한다. 바젤의 바이오센트럴에서 일하는 과학자 발터 게링 교수가 그녀에게 파리실험을 위한 적절한 전문가로 생각되었다. 그는 특정 돌연변이체에 대해서 이미 논문을 발표한 바 있었다. 크리스티아네가

1973년 프라이부르크 회의에서 게링 교수를 만났을 때, 박사학위를 받은 뒤 포스트닥(박사 후 과정)으로 그에게 가도 되는지를 물었었다. 1975년 1월 준비가 끝난 젊은 여성 과학자는 장학금을 받고 스위스로 떠난다.

몇 주 뒤 그녀는 거기서 에릭 비샤우스를 만난다. 다섯 살 어린 매력적인 미국인은 막 파리의 어학 코스에서 돌아와 있었다. 그는 바이오센트럴의 카페테리아에서 그녀에게 파리에서 즐겼던 흥미로운 모험에 대해 많은 이야기를 들려준다. 영어로 하는 대화가 조금은 피곤해서 바젤 실험실의 신참은 잠자코 듣기만 했다. 그러나 미국 출신의 동료는 그녀에게 즉시 친밀한 감정을 느낀다. '천재적인 생태학자, 특히 별난 학자'는 오늘날에도 그녀를 감격하게 만든다. "그밖에도 그는 문화적으로 흥미 있는 역사와 음악에 대해 열정을 지닌 놀라운 대화파트너였다." 유감스럽게도 그는 그 후 곧 취리히의 새 자리를 찾아 떠났다. 그렇지만 그런 뒤에도 그들은 계속 만난다.

크리스티아네는 발터 게링의 실험실에서 조금은 무시당한다. 거의 모든 동료들이 현대 유전자 기술에서 토대를 이루는 DNS-무성증식이라는 새로운 기술로 전환한 것이다. 그러나 그녀는 돌연변이체를 이용하는 고전발생학을 고집한다. 이 분야의 풋내기가 고집스러운 태도를 보이고 있는 것이다. 그녀는 동물들을 현미경으로 관찰하고, 알과 애벌레, 번데기, 성충을 스케치한다. 스물두 시간 내에 0.5mm의 알이 애벌레로 발달한다. 13일 내에 거기서 파리로 변한다. "나는 처음부터 파리를 연구하는 일을 좋아했어요"라고 크리스티아네는 말한다. 과학이론가인 에벌린 폭스 켈러가 '유기체에 대한 느낌'이라고 불렀던 것을 그녀는 발전시킨다. 그것은 이미 생물학자인 미국의 옥수수 유전학자 바버라 멕클린톡에게 노벨상을 받게 해 준 성공적인 처방이었다. "나는 눈을 감아도 파리들이 내 앞에서 날아다니는 것을 보았어요. 나는 파리들을 꿈꿨어요." 그녀는 옛일을 상기하며 이렇게 말하곤 했다. 그녀는 확실히 중요한 가장 작은 변형을 밝혀내기 위해 정확하게 관찰해야만 했다. 또한 발달 돌연변이체를 찾아내기 위해 초기 애벌레 연구를 공부해야만 했다. 많은 돌연변이체들이 단 한 번도 거기서 파리가 되지 못할 정도로 강하게 방해를 받기 때문이었다.

돌연변이는 자연에서 저절로 생겨난다. 이는 모든 다른 생물체들과 마찬가지로 파리에도 적용된다. 그러나 실험실에서 과학자들은 성충을 관찰하거나 그들을 화학물질에 노출함으로써 여러 가능성을 찾고자 한다. 단명하는 곤충들에 있어서 연구가는 이런 방법으로 간섭하는 것에 양심의 가책을 느끼지 않는다. 그러나 그것이 그녀에게는 곤란했던 것 같다. "생리학 강의 때 비참하게 죽음을 당한 개구리를 그녀는 결코 잊지 못했다."

곧 크리스티아네는 행운을 얻게 된다. 첫 번째 돌연변이체를 발견한 것이다. 예를 들어 이미 전에 기술된 '두 개의 꼬리를 가진' 변이체가 그것이었다. 그것의 외관적인 모습은 어머니한테 물려받은 장애, 이른바 '모성 돌연변이체'라는 것이 이에 속한다. 뉘슬라인-폴하르트는 유전변형의 이런 부류가 특히 흥미있다는 것을 발견한다. 그렇지만 유전자 변형은 초기 태아발달에 있어서 어머니 영향이 특히 크다는 것에 대한 암시를 제공한다. 첫 번째 선발심사에서 그녀는 또 다른 모성 돌연변이체를 고립시킨다. 이 경우에는 애벌레의 등 구조가 배에도 나타나 있다. "그러므로 어머니가 알에다 어디가 위고 어디가 아래인지 미리 정보를 준다면?" 상당히 흥미로운 가설이었다. 그녀는 이 모성의 유전자 영향을 언젠가 좀 더 정확하게 연구하기로 계획한다.

그럼에도 불구하고 우선 그녀는 많은 수의 파리 유충을 확충하기 위해 실험의 방법론을 개선해야 했다. 이를 위해서 뉘슬라인-폴하르트는 어미파리를 흩어지게 하는 얇은 플라스틱 관 18개를 하나의 배터리에 연결한다. 그렇게 해서 그녀는 18개의 한 배에서 난 알을 한꺼번에 연구할 수 있게 된다. 알과 유충들은 정상적으로 흰빛을 띤 난막을 특수오일로 투명하게 함으로써 훨씬 잘 관찰될 수 있었다. 그것이 1977년까지 아직도 많은 연구가 뒷받침되어야 할 그녀의 첫 번째 파리-간행물이 된다.

논문이 발표되었을 때, 그녀는 이미 프라이부르크 생태학자 클라우스 잔더의 실험실로 여행을 반복했다. 거기서 그녀는 물에 대한 독일연구 단체의 장학금으로 1년을 지낼 수 있게 된다. 1년은 그녀의 야심 있는 계획을 위해서는 아주 짧은 기간이다. 그러나 그녀는 그 짧은 시간을 최대한 이용한다. 동료인 마르기트 샤르딘과 함께 그녀는 파리의 초기 포배(胞胚)로부터 개개의 세포를 제거하기 위해 레이저를 사용한다. 그런 다음 이런 마이크로 조작방법이 후기 유충의 마디 형성에 미치는 영향을 연구한다. 동시에 그녀는 이론적으로나 실제로 그녀에 의해 밝혀진 척추 돌연변이를 계속 연구한다. 이때 그녀는 이미 1977년에 어떤 물질의 등-배-측의 발달에 있어서는 집중화의 차이, 즉 기울기가 역할을 하는 것이 틀림없다고 단언한다. 그녀는 이 예측을 몇 년 뒤에서야 비로소 인상깊게 입증하게 된다.

그동안 뉘슬라인-폴하르트는 에릭 비샤우스와의 접촉을 한 번도 중단한 적이 없었다. 그리고 1979년 운명적으로 두 사람은 다시 결합한다. 두 사람은 서로 독립적으로 영국의 노벨상 수상자인 존 켄드류가 운영하는 하이델베르크 소재 유럽 분자생물학 실험실(EMBL)에 자원한다. 자니에게는 이미 두 번째 자원이었다. 처음에 그녀는 거절당했다. '존 경(卿)' —동료들은 그를 그렇게 불렀다— 은 여성들을 특히 신뢰하지 않았다; 그러므로 그도 예외는 아니다. 팀 내 얼마 안 되는 여성 과학자들은 그가 '남성 우월론자' 일거라고 은밀하게 속삭인다.

우리는 70년대에 대해 이야기하고 있다. 당시에는 새로운 여성운동이 독일에서 이목을 끌고 있었다. 독일에서 남녀차별행위는 더 이상 그렇게 간단하게 수용되지 않았다. 크리스티아네는 종종 여자 친구들과 함께 이에 대해 토론했다. 페미니즘 사상이 그녀에게는 낯설지 않았다. 그럼에도 불구하고 그녀는 페미니스트들 중에서는 아웃사이더로 느끼고 있었다. "여성으로서 어떻게 그렇게 추상적인 일에만 관심을 갖는가?"라고 사람들은 종종 그녀를 비난하기도 했지만, 그녀는 "그런 것은 아무튼 인간과 아무 관계도 없다"라고 답변했다. 그렇지만 이어서 몇 년 동안 점점 더 많은 여성들이 곧바로 또한 그들이 오랫동안 제외당해 있었던 곳 —남성이 지배하는 자연과학에서처럼— 에 끼어든다. "본보기보다 더 많은 여성들이 있다면 좋을 것이다. 하나의 예외, 일인자, 유일한 사람이 된다는 것은 몹시 피곤한 일이다"라고 크리스티아네는 몇 년 후에 단언한다.

두 번째 시도에서 켄드류는 정력적인 여성인 이 파리 연구가에게 기회를 준다. 그러나 그녀는 자신보다 젊은 에릭과 실험실 및 조교를 공동으로 이용해야 했다. 세 사람이 이제부터 일해야 하는 공간은 20제곱미터 크기로 건물에서 가장 작은 방이었다. "모든 것이 파리들이 살았던 플라스틱 상자와 함께 주위에 가득 쌓여 있었다. 초파리의 냄

새 또한 심했다. 한편에는 책상이 있던 공간이 유리판으로 나누어져 있었다. 거기서 세 사람은 그들이 들어오거나 나가고 싶을 때면 서로 부딪칠 수밖에 없었다." 가운데에는 에릭과 자니가 함께 쓰는 더블 현미경이 놓여 있었다. 이런 협소함이 처음에는 젊은 연구가들 사이에 긴장을 불러일으킨다. 에릭이 파리연구에서 더 많은 성과와 더 많은 출판물을 내려고 했던 반면에, 자니는 두 사람 중 더욱 활동적인 사람이었다. 그녀는 실험실을 장만하고, 현미경을 조달하고 연구비를 협상한다. "왜 너는 실험을 하지 않지?" 오히려 어느 날 에릭이 생각에 잠겨 그녀에게 물었다. "내가 이것저것 다 걱정해야 하기 때문이야." 그녀는 무뚝뚝하게 대답했다. "좋아, 내일부터는 너를 도와줄게", 에릭이 약속한다. 역할분담에 대한 객관적 이유는 그녀가 독일인으로서 세일즈맨과 연구소 직원을 더 잘 다룰 수 있다는 점이었다. 다른 이유는 그들의 서로 다른 개성에 있다고 비샤우스는 기억한다. "그녀는 물건들이 어떤 상태로 있어야 하는지 항상 정확히 알고 있었어요. 그리고 부득이한 경우에는 그것을 바꾸려고 노력했죠. 나는 이런저런 조건들에 맞추고 사소한 것은 타협함으로써 자신의 삶을 사는 유형이었거든요."

에릭과 자니, 두 사람은 그들이 좋아하던 구상을 가지고 하이델베르크로 떠났다. 에릭은 포배에 대한 연구를, 자니는 모성 돌연변이체에 대한 연구를 가지고 갔다. 그 테마는 에릭에게도 아주 흥미가 있었다. 그러나 곧바로 그들은 제한된 사정 때문에 공동 프로젝트에 집중해야만 한다는 사실이 그들에게 분명해진다. 공동 프로젝트를 수행해야만 그들은 또한 조교인 힐데가르트 클루딩을 효과적으로 이용할 수 있다. 그들은 우선 클루딩에게 마디 형성을 방해하는 '불구자'라는 이름의 돌연변이체를 보다 정확하게 연구하도록 시켰다. 그런 다음 점점 더 많은 돌연변이체를 모으고, 항상 새로운 형태를 발견해냈다. 이렇게 해서 흥미있는 의문점이 제기되었다: 마디로 이루어진 생물체에 있어서 올바른 마디의 수는 어떻게 형성되는가? 그것은 매력적인, 아직도 해결되지 않은 생물학의 기본 의문들 중의 하나이다.

그들은 '모성'에 한정된 것이 아니라, 결손에 의해서 태아의 총 유전인자에서 생기는 발달장애에 주목한다. 그래서 그들은 파리 세대의 발달과정 연구를 잠시 보류했다. 뉘슬라인-폴하르트와 비샤우스는 모든 상상할 수 있는 환절(環節)모양의 돌연변이체를 조사하고, 그것을 조종하는 유전자를 확인하기로 했다. 그들은 4개의 파리 염색체 중 하나인 염색체 2를 포착한다(세포핵 속의 DNS가 포장되어 있는 개개의 '소포'를 염색체라고 부른다).

추후에 관찰한 바에 의하면, 성공은 했지만 굉장히 무모한 결단이었다. 1995년의 노벨 위원회 또한 그렇게 생각했다. "그것은 물론 두 젊은 연구가의 용감한 결단이 만들어낸 성과입니다 … 문제는 연구해야 하는 유전자의 예측할 수 없는 수였는데, 이 때문에 전체 프로젝트는 그동안 실패할 수밖에 없었습니다." 여하튼 두 사람은 행운을 얻게 되었다. 일찍이 그들은 매혹적인 특성, 특수원칙을 지닌 돌연변이체를 발견했었다. 이런 동물들에게는 두 개마다 하나씩의 신체 마디가 구성되어 있다. 다른 동물들에게는 마디들이 완전하게 존재한다. 그러나 각 마디에서 한 부분이 없다. 그리고 그밖에 남아 있는 부분은 허구로 남아 있다. 학자들은 이것을 극성(極性)이라고 부른다. 세 번째 부류의 돌연변이체는 연속 마디에서 빈틈, 즉 갭을 지니고 있었다.

이런 발견 덕분에 유전자가 마디 형성을 어떻게 조종하며, 어떤 시간적 연속성 속에서 유전자가 작용하는지에 대한 많은 결론을 도출

할 수 있었다. 두 연구가는 그들이 나머지 염색체들을 자세히 관찰하기 전에 그들의 성과를 발표하기로 결정한다. "이런 방법으로 연구하는 경쟁자들은 거의 없었어요"라고 크리스티아네는 말한다. "그러나 우리는 혹시 누군가가 개별 성과를 가지고 우리를 앞지를 때까지 기다리고 싶지 않았어요."

그래서 '초파리의 마디수와 극성에 영향을 미치는 돌연변이'라는 논문이 생겨났다. 그 논문은 1980년 10월 30일에 두 사람의 이름으로 '네이처'지에 커버스토리로 게재되면서 전문가들로부터 박수갈채를 받는다. 15년 뒤에 뉘슬라인-폴하르트는 노벨상을 받는다. 그녀는 그들 두 사람이 함께 지명되었다는 것이 너무 행복하다고 말한다. "우리들 각자를 위해 그것은 최고의 논문들 중 하나입니다. 그리고 우리 두 사람은 우리 중 어느 누구도 다른 한 사람이 없었다면 이 일을 해내지 못했을 것이라는 사실을 알고 있습니다."

생물학자들이 의학상을 받게 되면, 노벨위원회는 발견의 의학적 측면을 강조하려고 애쓴다: 뉘슬라인-폴하르트와 비샤우스와 레비스에 의해서 발견된 것처럼 유전자가 원인인 인간의 기형, 예를 들면 농아, 얼굴기형과 색소변화를 수반하는 바르덴부르크스 신드롬이 일찍이 인식되었다. 다른 유전자들은 여러 종류의 암 발생에 역할을 한다. 그렇지만 뉘슬라인-폴하르트에게 있어 의사가 그것을 활용할 수 있도록 하는 것이 연구의 요점은 결코 아니었다. 그녀는 기초연구에 시종일관한 과학자였다. "내 연구의 주요 목적은 인류를 보다 영리하게 하는 데 있습니다."

'자니와 에릭의 초파리 공동연구를 통해 인류가 얼마나 더 영리해졌는지'는 1980년 하이델베르크에 있는 동료들에게는 그렇게 분명하게 나타나지 않는다. 거기서는 다수가 분자생물학에서의 하이테크 방법을 지지한다. 물론 두 사람은 시간을 두고 무엇인가 더 많은 공간, 특별히 마련된 '사색의 연구실'과 게르트 위르겐스 및 경험이 많은 공동 연구가를 얻는다. 에릭 비샤우스가 1981년 그의 3년 간의 위임기간이 끝난 뒤 미국 프린스턴 대학의 교수 임명을 받아들였을 때, 자니는 연장 허가를 받는다. 그럼에도 불구하고 에릭의 자리를 새로 채울 수 없다는 연구소 측의 통보를 받는다. 그녀는 이 때문에 튀빙겐의 프리드리히-미셔-실험실로 오라는 막스 플랑크 협회의 제안을 받아들인다.

1981년 봄, 그녀는 좋은 친구들을 만났던 옛 대학도시로 돌아온다. 그것은 다만 시한부 자리였으므로 성공의 도약은 전혀 아니었다. 5년 동안 그녀는 2명의 박사학위 과정 학생과 2명의 포스트닥 그리고 3명의 기술조교로 구성된 이른바 '후진그룹'을 지도해야만 했다. 그런 입장에 대해 서른여덟 살의 그녀는 "벌써 너무 늙었다." 하지만 그녀는 그런 것에는 개의치 않았고, 그녀의 계획인 모성 돌연변이체의 연구를 본격적으로 재개한다. "모두 이 일에 커다란 열광을 가지고 있었어요. 그리고 우리는 훌륭한 팀을 형성했습니다." 효과적인 연구는 빠른 결과로 나타난다. 중요한 유전자가 발견된 것이다.

드디어 마흔두 살의 크리스티아네 뉘슬라인-폴하르트에게 첫 번째 고정된 자리가 제공된다. 발달생물학을 위한 막스 플랑크 연구소의 다섯 명의 책임자 중 한 사람으로 그녀는 1985년부터 유전학에 대한 자신의 분야를 구축해야만 했다. 마침내 그녀는 대규모적인 연구를 시작할 수 있었다. 그녀는 30여 명의 과학자를 대표하고 있었지만 여전히 모두에게 그녀는 '자니'이다. 이제 그녀는 '당신'이라는 호칭에 가치를 둔다. 그들과 거리를 두어야만 하기 때문이다.

자니는 대학 졸업생과 박사과정 학생들에게 많은 것을 요구했지만, 동시에 그들 모두를 집중적으로 격려했다. "조교와 보조학생, 청소부에 이르기까지 그녀는 각자가 자신의 일을 신중하게 해낼 것을 기대했다." 매주 공동의 조찬 연구결과 모임이 개최된다. 거기서는 가장 최근의 연구가 이야기되고, 한 주를 계획하고 연구성과 및 연구의 진전과 후퇴에 대해 보고한다. 불평이나 요청도 제기된다. 토요일마다 팀장은 종종 손수 구운 케이크를 실험실로 가져온다.

특별한 매력은 크리스마스 축제에 대한 준비였다. 자니는 그녀의 팀을 자기 집으로 초대했다. "그런 다음 우리는 몇 그룹으로 나뉩니다. 가능한 한 나이와 지위에 따라 고루 섞입니다. 그리고 각 그룹은 크리스마스 과자를 굽는 요리법을 배우지요." 다 구운 후에는 함께 저녁을 먹었다. 가끔 그녀에게는 동료들과 함께 있는 시간이 너무 많은 것 같았다고 현재는 자신도 미국 케임브리지의 연구팀장인 루트 레만은 말한다. "그럼에도 불구하고 모든 것을 토론하고 함께 먹는 이런 일을 나도 내 실험실에서 똑같이 행하고 있습니다."

우리가 그녀의 지도 스타일을 모성적인 것으로 묘사하면 크리스티아네는 굳이 부인하지는 않는다. 그녀는 어째서 약간은 우롱기가 섞인 남성적 권력을 흉내 내는가? 그녀 자신은 박사과정 학생들과 포스트닥들을 가르친 뒤 '훌륭하게 키워 집에서 내보내게 될 딸들'이라고 당당하게 말한다. 물론 '아들들'에 대해서도 마찬가지이다. 어머니는 자식들이 학문을 배려하는 것에 대찬성이다.

그런데 공동 연구가들이 아이를 갖는다면? 아이가 없는 여성 연구가는 직업과 부모라는 이중부담이 자신에게 무엇을 의미하는지에 대해 전혀 환멸을 품지 않는다. "가족의 기반은 종종 직업에서 가장 많은 일을 할 때 형성된다. 따라서 여성들은 실제로 두 개의 직업을 동시에 병행하도록 하는 이런 상황을 강요받고 있다. 반면 직업이 없는 부인들은 남편들이 직업에 할애해야 할 시간을 빼앗아 간다. 나는 때때로 이런 남성 동료들을 부러워하며 관찰하기도 한다."

그럼에도 불구하고 그녀는 '어머니와 마찬가지로 스트레스를 받는 아버지들도 구체적으로 도울' 가능성은 있다고 생각한다. 막스 플랑크 협회는 연구소에 어린이 방을 설치하고 재정을 지원해야 한다는 것이다. 아직 그녀처럼 이를 위해 애쓴 남성 연구팀은 없었다! 실제로 막스 플랑크 연구소의 위원들은 그때부터 이런 생각에 주목했다. 그렇지만 공식적인 연구비를 아이들을 돌보는 데 쓰는 일은 그리 쉽지가 않다. 이를 금지하는 법률도 있다. 더구나 1994년 이래 인사과는 매년 학회의 고유 재산에서 나온 보조금을 부모 스스로에 의해 조직된 6개의 아이들 그룹에 분배하고 있다.

과학적 견지에서 볼 때 크리스티아네는 튀빙겐 시기에 모성 유전자의 역할, 태아 유전자와 모성 유전자의 공동작용이 분명해지는 곤충들의 초기 태아발달 모델에 대한 토대를 얻었다. 어미 파리는 알에다 부화하기 이전에 4개의 조종물질을 심어준다. 그 가운데 3가지 물질은 세로 방향을, 1가지는 생겨날 애벌레의 위-아래 방향을 확정해 준다. 조종물질 및 그 생산물들이 전체의 태아에게 분배된다. 그렇지만 똑같이는 아니다. 형태를 구성하는 물질의 기울기들이 생겨난다. 지구의가 경도와 위도 망으로 씌워져 있듯이 물질의 기울기들이 작은 조직을 가로-세로 방향의 구별되는 발달지역으로 나눈다. 특수 채색방법으로 연구자는 이 지역을 분명하게 할 수 있다. 집중화에 따라서 이제 그런 조정물질이 태아의 유전자를 활동시키거나 방해할 수 있다. 구별되는 유전자들은 구별되는 자리에 자신들의 프로그램을 설치한다. 복잡한 유기체가 생겨나는 것이다.

많은 개별 유전자들을 근거로 크리스티아네 뉘슬라인-폴하르트와 그녀의 동료들은 때때로 이런 작용의 증가를 입증할 수 있었다. 그녀는 그들이 간단한 질문에 명확한 답변을 했기 때문에 그것이 '아름다운' 성과임을 알고 있다. "세포들은 자신들이 무엇이 되어야 하는지를 어디서 아는가?" 그녀 자신은 강연과 포괄적인 논문으로써 새로운 지식의 보급에 기여한다. 그녀는 그것을 할 수 있다. 그녀는 자연 과학자에게 주목할 만하며 자명한 문체를 가지고 있기 때문이다. 그녀는 예를 들자면 로마 작가 플리니우스가 어린 곰들은 일정한 형태가 없는 덩어리로 태어난다고 생각했던 것처럼 그녀의 보고서를 즐겨 일화로 시작한다: "어머니는 그런 다음 그들을 핥아서 올바른 형태로 만들어 준다."

오늘날 그녀가 담당하는 실험실에는 전 세계에서 온 젊은 과학자들이 갖가지 유사한 과제를 두고 연구하고 있다: 어떤 사람들은 생화학적인 분석을 한다. 또 어떤 사람들은 태아조직에 대한 새로운 착색법을 시험한다. 전자 현미경을 사용하거나 컴퓨터로 자료들을 평가하기도 한다. 그룹의 몇몇은 오늘날에도 초파리를 연구한다. 아직도 '유전학'에서 '동물'의 모든 비밀들이 해명되지는 않았다.

그러나 크리스티아네 뉘슬라인-폴하르트는 그 동안 물고기의 종류인 '제브라 피쉬'라고 하는 새로운 연구대상으로 돌아섰다. "나는 파리에 있어 발달을 조종하는 유전자들이 척추동물에 있어서도 이런 일을 하는지 밝혀내고 싶습니다. 그러나 그들에 있어 차이는 무엇인지도 밝혀내고 싶습니다. 그런 물고기는 물론 곤충보다 인간과 훨씬 더 유사합니다." 그녀는 이미 1986년에 최초의 수족관을 연구소로 가져왔었고 90년대 초에는 3백만 마르크를 들여 새로운 수족관을 짓도록 했다.

복도에는 여러 줄로 수족관들이 나란히 놓여 있었다. 모두 7천여 개의 수족관이 있었다. 수족관마다 아주 작은 물고기, 좀 더 큰 물고기, 암컷, 수컷이 따로 헤엄치고 있었다. 물고기들의 유전적인 특성은 펠트펜 기호로 유리 위에다 기입했다. 물 공급과 환기는 어떻게 통제되는지, 물고기들은 얼마나 많은 빛을 필요로 하는지, 어떤 연령에 어떤 먹이가 가장 좋은지, 동물들은 언제 한 통에서 다른 통으로 옮겨져야 하는지 하는 모든 것을 생물학자는 스스로 익혀 자기 것으로 획득했다. "실험을 통해서 그렇게 했고 문헌은 거의 없었다. 각 물고기에 대한 처방전은 어쨌든 관상어 애호가들이 갖고 있었다."

강연회장에서는 그녀의 박사과정 학생들 가운데 한 명인 외르크 오덴탈이 영어로 발표를 했다. 제브라 피쉬의 척추 돌연변이가 주제였다. 그는 척수와 근육조직을 발달시키는 태아적 구조에 관해 자신의 관찰결과를 피력했다. "그건 고리로 꿰맞춘 듯한 관찰에 불과해요. 똑바른 구조는 빠져 있군요"라고 여교수가 단점을 지적했다. 비판은 매우 도움이 되었다고 외르크 오덴탈은 발표 뒤에 생각한다. 그리고는 "자니는 무언가 아주 특별했어요"라고 덧붙인다. "나는 그녀를 위압적으로 느끼지 않았어요. 그녀는 아주 솔직했으며, 솔직하게 의견을 말하곤 하죠." 그런 다음 그는 그녀의 과학적 충동, '관심 있는 사물들에 대한 느낌', 그녀의 지구력과 용기를 칭찬했다. 그는 강연회장을 떠나며 "내 흉 보지 말아요!" 라고 외치는 그녀를 보고 웃었다.

노벨상을 받은 게 그녀는 즐겁게만 생각되지는 않았다. 크리스티아네는 얼마 전 내게 이렇게 털어놓았다. "이 노벨상이라는 것 때문에 벌어지는 우스꽝스러움, 정말이지 어떤 실수도 저지를 수가 없답니다. 물론 지루한 연구는 아니에요. 터무니없는 판단도 아니고 어리석은 관찰도 아니에요." 그녀는 그 모든 표창을 통해 더 좋아진 것이 아니라, 오히려 더 나빠진 "자신에 대한 끊임없는 불만족"에 대해서도 언급했다. 그리고 그녀는 몇 주 동안 이리저리 헤매다니며 의례적인 행사를 주관하는 게 참을 수가 없었다고 했다. "늘 외출복을 입고 있었다니까요. 그럴 때면 몹시 고독했고 뭔가 잘못됐다고 생각했죠."

이 분이 두 달 전에 승리의 나팔을 울리고 의연하게 카메라 앞에서 웃던 그 여성입니까? 스톡홀름의 노벨상 축제 때 스웨덴 국왕과 담소하던 그분입니까? 노벨상으로 상금은 또 얼마나 받았습니까?

"물론 인정받은 것은 기뻐요. 그러나 우선 내게 중요한 것은 동료들의 인정입니다"라고 그녀는 고백한다. "많은 사람들이 내게 이렇게 말했습니다: 너는 그것을 받을만해. 지금이 그때야." 그렇지만 그렇게 오랫동안 제대로 평가받지 못했었던 감정은 그녀가 노벨상과 다음의 희망을 연관시킨다면 여전히 오래 영향을 끼칠 것이다: "아마도 나는 지금 조금은 더 진지하게 받아들여질 것입니다."

한 분야에서 그 일은 이미 일어났다. 그녀가 유명해진 이후 ―그녀는 1996년 프랑크푸르트시의 괴테 기념패와 독일 공로훈장을 받았다― 그녀는 연구정책을 결정할 때 조언해줄 것을 점점 더 자주 부탁받고 또 그렇게 한다. "나는 그것이 재미있어요"라고 그녀는 말한다.

그녀는 서로 다른 여러 위원회에도 참석하고 있다. 그렇게 하는 까닭은 단기간의 효과를 내려는 것만이 아니라 그보다는 재능 있는 후학을 발굴해야 하기 때문이다. 앞으로도 재능 있는 젊은 과학자들이 나타나 줄기차게 자신들의 관심을 추구할 수 있어야 하지 않겠는가? 여기서 아직도 목표에 이르지 못한 노벨상 수상자에게 새로운 과제가 보이는 것일까?

크리스티아네 뉘슬라인-폴하르트는 튀빙겐 교외 베벤하우젠의 낡은 목조 가옥에서 살고 있다. 그녀의 정원 울타리 뒤에는 두 개의 연못이 있다. 연못 사이의 좁고 긴 지대에는 커다란 수양버들이 그늘을 만들어주는 벤치가 놓여 있다. 크리스티아네는 휴식을 필요로 할 때면 더 자주 이 목가적인 장소로 돌아온다. 그녀는 "단순히 벤치에 앉아 꿈꾸듯 소일하는 것"을 즐긴다.

이렇게 뉘슬라인-폴하르트는 어린 소녀 시절처럼 줄곧 프랑크푸르트에 살고 있는 것이다. 당시의 어린 소녀는 즐겨 나무 꼭대기에 앉아서 명상에 잠기곤 했다. 그러다가 어머니가 "자니, 이제 뭔가 해야지!"라고 외치면 그때야 나무에서 내려왔었다. 오늘날은 그녀 스스로가 자신을 몰아댄다. '생명이 어떤 기능을 하는지'를 이해하고 싶은 여성에게는 아직도 해야 할 일이 너무나 많은 것이다.

—유디트 라우흐

14 Wislawa Szymborska 시련에서 눈물로 가는 길은 혹성 사이에 있다

비슬라바 쉼보르스카(1923-)
노벨 문학상 1996

"파리와 페테르부르크에서 파키스탄과 폴리네시아를 거쳐 파라과이와 포르투갈까지 이 세상 어디에 이 여성과 같은 두 번째 시인이 있습니까? 출판된 시마다 사건이 되고, 모든 시집이 문학 애호가들을 위한 축제가 된 시인이 있습니까? 모든 유행을 거부하고 항상 독자적으로 남았지만, 동시에 세계와 우리 인간의 천성에서 우리를 가장 많이 위로하고 괴롭히는 것을 제시하고 명명함으로써 철학자, 인류학자, 심리학자, 사회학자, 역사학자, 정치학자와 다른 시인들을 능가한 시인 말입니다."

이 말을 한 사람은 폴란드 문학비평가이자 시인인 스타니슬라프 바란차크였다. 그러나 그밖에도 비슬라바 쉼보르스카의 시를 아는 거의 모든 사람은 그녀의 시문학에 국경 없는 경이를 보이고 있으며, 그녀의 매력을 피할 수 없다. 처음부터 아주 독자적으로 어떤 문체방향이나 문학단체에 속하지 않은 시인은 오늘날 '여성시인 가운데 최고봉'으로 간주된다. 더 이상 그녀의 고국에서만이 아니라, 1996년 노벨상을 받은 이후로는 전 세계에서도 그럴 것이다.

그녀는 세계와 인간 존재의 진기함을 시에서 표현하고자 한평생 낱말을 찾아다녔다. 이런 시도의 고통을 그녀는 '친구들에게'라는 시에서 토로 한다:

시련에서 눈물로 가는 길은
혹성 사이에 있습니다.
환상에서 존재로 가는 도중에
우리의 어릴 적 머리칼은 백발이 됩니다.

그녀는 사람들은 세속에서만 '일상의 세계', '평범한 생활', '사건의 일상적 진행'에 대해 말하게 된다고 노벨상 수상식에서 설명했다. "그러나 낱말 하나하나가 숙고를 거쳐야 하는 시문학 언어에서는 일상적이거나 평범하거나 자명한 것은 아무것도 없습니다. 돌 하나도, 그 위에 떠다니는 구름도 마찬가지입니다. 낮과 밤 또한 그렇습니다. 특히 현존이란 것은 더욱 그렇습니다. 이 세상에 그 누구의 현존도 그렇게 일상적이거나 평범한 것이 아닙니다."

비슬라바는 1923년 7월 2일 브닌에서 태어났다. 그녀는 출생지에서 단지 몇 년 만을 보낸다. 그렇기는 해도 매우 인상 깊은 시간이 있

있다. "나는 대 폴린드에서 태어났습니다. 그것은 물론 어떻든 나의 공로는 아닙니다. 그렇지만 나의 아버지가 이곳에서 일하셨고 얼마 전까지만 해도 여전히 아버지를 기억할 수 있는 사람들이 여기서 살았습니다. 여기에 나는 많은 좋은 친구들을 가지고 있습니다. 그리고 그 사람들은 내가 우정이라는 감정을 얼마나 소중히 여기는지 잘 알고 있습니다. 여기서 나는 마침내 내 최초의 기억들에 속하는 풍경들을 발견했습니다. 나는 그때부터 훨씬 회화적이고 매력적이었던 많은 다른 풍경들을 보아왔습니다. 그렇지만 그것이 무엇을 의미할까요? 여기에는 나의 최초의 바다, 나의 최초의 숲, 나의 최초의 초원, 나의 최초의 구름이 있었습니다. 그리고 지금도 있습니다. 다만 그때보다는 작게. 그런 것들이야말로 사람들이 아주 깊은 기억 저편에 보관하고 있는 크고 행복한 비밀처럼 보호하고 있는 것들입니다."

아버지 빈센티 쉼보르스키는 수완가였다. 그는 수년간 자모이스키 공작의 재산을 관리했다. 그렇지만 그는 무엇보다도 문학을 좋아했다. 적어도 그는 매번 2내지 3그로센으로 칭찬해 주었던 다섯 살짜리 딸아이의 습작시를 좋아했다. 지금도 그녀는 그 돈으로 사들였던 '엄청난' 양의 사탕을 기억하고 있다.

비슬라바는 자신의 첫 산문습작을 아직도 생생하게 기억하고 있다. 그녀가 처음으로 애정소설을 손에 쥐었을 때는 아마 여덟 살이나 아홉 살쯤이었다. 그녀는 상기된 뺨으로 그 책을 탐독했으며, 끝까지 다 읽었을 때는 울적했다. 그래서 자신이 스스로 애정소설을 쓰기로 결심했다. 또한 그녀는 그 소설에 '정원의 이딜레'라는 제목을 단다. 그녀가 언젠가 잡지에서 보았던 그림이 이 제목을 달고 있었다. 그 그림은 만개한 장미 덤불 앞에서 사랑을 나누는 한 쌍을 묘사하고 있었다. 그녀는 오랫동안 남편과 떨어져 있던 젊은 부인의 이름이 분명히 '이딜레' 일거라고 생각했다. 그래서 그녀가 직접 쓴 소설은 다음의 문장으로 시작한다: "일찍부터 푸른 눈의 이딜레는 약혼자의 편지를 가져올 우편배달부가 나타나게 될 지평선을 응시하고 있었다." 다음 줄거리는 우편배달부대신 비밀스러운 형체가 나타나서는 무뚝뚝하게 뒤에서 무거운 '손'을 이딜레의 어깨 위에 올려놓는다는 정도로 제한된다. 비슬라바는 범죄소설도 많이 읽어서 그런 요소를 자신의 작품에 삽입하려고도 했다.

전반적으로 행복한 어린 시절이었다고 시인은 회고한다. "내게는 매우 현명한 부모님이 계셨어요. 아버지는 대화에 결정권을 가지고 계셨으며, 내 마음속에 떠올랐던 모든 질문에 답해 주셨어요. 그리고 어머니는 실질적인 일을 돌보셨지요." 결혼 전 이름이 안나 로터문트였던 어머니 안나 쉼보르스카의 조상은 수 세기 전에 네덜란드에서 넘어왔다고 한다.

2년 뒤 가족은 비슬라바가 2년간 초등학교를 다녔던 토른으로 이사했고, 거기서 1931년에는 크라쿠프로 이사했다. 여기서 그녀의 여생을 보내게 될 것을 비슬라바는 당시에는 예감하지 못했다. 그러나 새 거주지가 그녀의 마음에 들었다. 높은 천장, 낡은 가구들, 양탄자와 그림들이 있는 넓은 집이었다. 그녀는 초등학교와 우르슐린 고등학교에서 많은 친구들을 사귀었다. 더구나 또 다른 매력이 있었는데, 그건 바로 영화관이었다. 그녀는 가장 친한 친구와 함께 당시 어린 소녀들이 가서는 안 되던 극장으로 늘 달려갔다. 극장에서는 디트리히와 그레타 가르보, 특히 자신의 우상인 게리 쿠퍼와 에롤 플린이 나오는 영화가 상영되곤 했다.

보호받던 어린 시절은 1936년 비슬라바의 아버지가 돌아가셨을 때 금이 가기 시작해서 2차 세계대전이 발발했을 때 완전히 끝났다. 독일 점령의 길고 어두운 시대가 시작되었다. 크라쿠프는 전쟁의 사건과는 좀 떨어져 있었다. 그럼에도 불구하고 일상은 정상이 아니었다. 고등학교 졸업시험을 치르는 일이 폴란드 지성들에게는 근절되었기 때문에 음모적인 조건에서만 가능했다. 더구나 대학에 다니는 일은 상상할 수도 없었다. 오히려 이 시인 지망생은 독일의 강제노역을 피하기 위해 철도국에 직장을 잡아야만 했다.

그녀의 첫 번째 진지한 문학상의 시도는 이 시대에 유래한다 – 물론 한 번도 출판된 적이 없는 몇 편의 단편소설들. 1945년 3월 14일, 전쟁이 끝나기 직전 그녀는 처음으로 그녀의 이름이 신문에 인쇄된 것을 보았다. 그녀의 시 "나는 낱말을 찾는다"가 폴란드 일간지인 「드치에닉 폴스키」의 별지에 발간된 것이다. 시의 궁극적인 표현양식이 몇몇 단편들을 모아 "조립되었다"라고 몇 년 뒤에 주장했던 비슬라바의 장래 남편인 아담 블로데크가 일간지를 편집했다. 그야 어쨌든 이 처녀작은 후기 시들의 지적이고 예술가다운 섬세함과는 동떨어져 있었다. 그래도 새롭고 흥미로운 목소리는 당시 비평가들의 주목을 받았다.

1945년에 등단하는 일은 쉽지 않았다. 특히 만 스물두 살의 햇병아리인데다 전쟁의 비참함이 눈앞에 생생한 가운데서는 특히 그랬다. 그런데 1945년은 폴란드를 위해 열망했던 전쟁의 종식만을 의미하지는 않았다. 정치적인 관계와 사회적인 구조 또한 근본적으로 변했다. 붉은 군대의 진입은 해방만이 아니라, 공산주의의 도입이라는 결과로 끝났다. 게다가 1949년은 표면상 정치적 복수 정당주의의 시기가 일당 체제로 확정되었다.

문학의 새로운 과제에 대한 격렬한 토론은 마침내 40년대 말 마르크스주의로 돌아선 사회주의자와 문학비평가들 그룹이 그들의 주장을 관철할 때까지 계속됐다. 1949년 1월 폴란드 작가협회 회의에서 이 그룹은 '사회주의적 사실주의'를 문학의 표준노선으로 결정했다. 작가들은 이제 '그들의 혁명적 발전'의 현실을 묘사하고 '노동자들을 사회주의 정신에서' 교육시켜야 했다. 그들은 그들의 문체적, 언어적 수단을 이런 정치적인 목적에 종속시켜야 했다.

물론 스탈린식 특징의 새로운 문화정책은 모든 새로 설립되는 문학권에서는 강조되지 않았다. 바르샤바의 파괴는 문학의 풍경마저 변질시켰다. 그리고 그것은 지속적으로 이데올로기의 대립현상으로 나타났다. 가령 좌파문학의 가장 중요한 기관지인 「쿠즈니차(대장간)」가 생겨난 로즈에서 사람들은 성급하게 시민문학을 비판하고 '사실주의'라는 개념의 새로운 이해를 촉구했다. 이와는 달리 가톨릭 잡지를 중심으로 새로운 현상에 비판적이며 문학의 일방성을 거부했던 모든 지성인들은 크라쿠프로 모여들었다.

1945년에서 1948년까지 비슬라바는 오랜 전통을 가진 야기엘론스키 대학에서 폴란드학과 사회학을 전공했다. 가장 오래된 이 폴란드 대학은 높은 지적 수준으로 잘 알려졌을 뿐만 아니라, 항상 모든 수단을 동원해서 대학의 독립성을 방어했다. 독일 점령기에도 그것은 달라지지 않았다. 나치의 명령에 대항해 대학을 다시 열려고 했던 1939년 11월에는 대학의 전체 교수단이 이른바 '크라쿠프의 특수행동' 기관에 체포되어 작센하우젠과 다샤우의 정치범 강제수용소에 수감되었다. 거의 80명에 달하는 교수와 강사들이 이 사건의 결과로 죽음을 당했다. 끊임없는 방해에도 불구하고 대학은 곧 지하에서 다시 존재했다. 이미 1941년부터 대략 천여 명의 학생들이 참가했던 교수단이 결성되었다. 그렇다고 사람들은 전후에 옛 모교의 문학적이고 과학적인 전통에서 탈피하여 그 어떤 당수의 요구에 복종할 준비가 되어 있던 것도 아니었다.

대학의 이런 분위기에서 나온 그 무엇인가가 확실히 젊은 여대생에게 영향을 끼쳤다. 그녀가 등단한 지 3년이 지난 1948년 첫 시집을 내놓았을 때, 그 시집은 '이데올로기적 이유에서' 거절당했다. 그 안에는 전형적인 '지성인의 의심'이 너무 많이 담겨 있다는 것이었다.

다음의 습작, 즉 선집 "그래도 우리는 산다"는 문화부의 승인을 받아 1952년에 출간이 허락되었다. 이 책과 2년 뒤에 나온 책 '내가 하는 질문들'도 작가가 1954년 크라쿠프의 문학상과 1955년 황금 공로 십자훈장을 받았을 정도로 '참여 서정시'라는 개념의 당시 이해와 맞아떨어졌다. 사람들은 '귀족'이라는 별명으로 불린 젊은 시인이 시의 형식을 빌어 '입당하는 사람에게' 충고를 하거나 '고향을 향한 사랑에 대하여'에서는 다음의 노래를 부를 준비가 되어 있다고 평가됨을 알고 있었다:

오 고향의 땅, 밝은 흙이여!
나는 쓰러진 나무와 같지 않으니
너와 더불어 날마다 더 깊이 자라리라.
기쁨, 슬픔, 분노와 궁지에 가득 차서.
나는 끊어진 실이 아니니,

공허한 수다를 안중에 두지 않겠다.
우리는 이런 사랑 없이 살아가니
사랑 없이는 열매를 맺지 못하리라.

오늘날에는 이런 초기 시들 가운데 단 몇 편만이 선집과 시가선에서 발견된다. 이 시들은 그 생성시기의 특징을 분명하게 보여주고 있다. 시인 자신도 이런 작업을 오늘날 비판적인 거리를 두고 관찰한다. 그녀는 자신이 취했던 당시의 태도 또한 솔직하게 고백한다: "나는 당시 내가 쓰는 것이 옳다고 확신했어요. 그렇지만 이런 확고함에도 불구하고 내 시에 의해 영향을 받았을지도 모르는 독자들을 생각할 때 나는 죄책감을 지울 수 없었어요 … 이런 슬픔과 이런 죄책감이 없었더라면, 나는 그 시대의 경험을 결코 후회하지 않았을 거예요. 경험이 없이는 유일한 사물을 믿는 것이 어떤 것인지 몰랐을 거예요. 우리가 알고 싶지 않은 것에 귀를 틀어막는 것이 얼마나 쉬운 일인지도요. 그리고 낯선 진리와 대면할 때 우리가 지적 긴장 속에서 얼마나 멀리 갈 수 있는지도 몰랐을 겁니다. 나는 인류에 대한 사랑이 매우 위험한 감정이라는 것 또한 이해합니다. 사랑은 대개 권력을 가진 인간을 행복하게 하기 때문입니다. 그리고 무엇보다도 중요한 것은 내가 사람들은 특히 이런 맹목을 어떤 식으로든 극복한다는, 즉 다시 건강하게 될 수 있다는 결론에 이르렀다는 것입니다." 그녀의 경우 이 같은 고백은 신속히 뿌리부터 자신의 병을 치유하는 좋은 방법이었다.

비슬라바 쉼보르스카는 사회주의적 사실주의와 풋사랑을 끝낸 뒤로는 자신의 문학을 다시는 이데올로기의 하녀로 만들지 않았다. 마찬가지로 그녀는 독자에게 특정한 세계관을 전달하거나 하물며 떠맡

기려고 시도하는 법이 없었다. 따라서 그 후로는 개인적 경험의 정당성을 고집했으며, 완성된 대답대신 질문을 믿었다. 이는 남녀 독자들, 특히 젊은 사람들에게 인기 없는 정권의 업적에 대한 서투른 송가보다 훨씬 좋게 받아들여진다. 공식적으로는 항상 사회주의적 사실주의라는 표어가 통용되었다. 반면 대학생들과 초보 예술가들은 50년대에 오랫동안 다른 주문들을 찾고자 했다. 프랑스 파리라든가 줄리엣 그레코, 실존주의, 검은 스웨터, 재즈 등이 그들을 매료시켰다.

쉼보르스카는 1957년과 1962년에 발간된 두 시집 〈예티를 부르는 소리〉와 〈소금〉으로 1963년 예술장관상을 받았다. 그러나 이번의 공식적 인정은 비평계와 독자층의 성급한 관심을 불러일으켰다. 마침내 그녀는 좁은 테마와 문체적인 틀을 벗어나서 자신의 문체를 찾는 데 성공했다. 그녀가 지닌 문체의 특징은 무엇보다 특정한 것이 아니라는 데 있다. 시마다 문체를 달리했으며, 그때마다 주요 이념, 테마, 장르에 따라 다른 면모를 드러냈다. 이런 문체의 유동성 때문에 테마의 풍부함과 자기비판적 거리에 대한 성향이 그녀의 특징적 표지가 되었다. 그녀는 이때부터 이른바 '56세대'의 가장 중요한 서정시인으로 간주되었다.

50년대 초 이래로 신생 '인민공화국'이 공고화되면서 폴란드 사회에는 점점 더 불만족이 커져가고 있었다. 밀려드는 산업화, 계획경제의 도입을 국민에게 요구하는 부자유, 의견을 달리하는 데 대한 보복조치, 존재의 불확실성, 냉전의 서막, 이 모든 것은 1956년의 사건들 속에서 해결의 밸브를 발견하게 되었다: 포젠에서의 노동자들의 저항과 그 결과로 생겨난 변화의 조짐이 그랬다. 새로 선출된 서기장 블라디슬라우 고물카는 스탈린주의의 종식을 선언하면서 당과 국가의 획기적인 민주화를 약속했다. 이른바 '폴란드의 10월'이 그것인데, 정치적인 '해빙기'가 도래한 것이다.

문학에서도 신선한 바람이 불기 시작했다. 새로운 창작성이 사회주의적 사실주의의 틀을 깨트렸으며, 문학의 전통을 새로이 발견하면서 서유럽의 현대 철학적, 문예적 사조를 지향했다. 이런 부흥은 1955/1956년에 몇 명의 작가를 등단하게 한 서정시에서 가장 분명하게 나타났다. 그들의 작품은 많은 새로운 주제와 문체의 방향을 제시했다. 갑자기 세련된 언어수단으로 일상적이고 사소한 일들을 높게 평가하고자 했던 '추의 경탄자들', 그런가 하면 그들의 시문학에 고대의 모티브를 삽입했던 '고전주의자들'이 등장했다. 그들이 하나의 완결된 그룹으로 나타나지는 않을지라도 그들은 '56세대'라는 개념으로 폴란드 문학사에 기록된다.

크라쿠프의 정치적이고 지적인 분위기는 비슬라바가 자신의 고유한 문체를 찾도록 도와주었다. 하지만 새로운 일을 맡게 된 것도 대단히 중요한 동기였던 것 같다. 1953년 이 여성시인은 크라쿠프의 주간지 「문학적 삶」의 편집위원이 되었으며, 잡지를 위해 그녀는 1966년까지 서정시를 편집하고, 1967년 6월 이후로는 계속된 칼럼 '특별강좌'에 글을 썼다. 이 칼럼은 1973년, 1981년과 1992년에 책으로 엮어져 출간될 정도로 인기가 있었다. 소개된 책들은 지적인 일기, 메모, 연대기와 잡기장 사이로 끼어들어 그녀에게 종종 텍스트를 위한 출발점이 되곤 했다: 아는 사람들, 체득한 사물들과 읽은 책들을 기억하기 위한 인간 본성, 세계의 상태, 자연의 속성, 언어의 미학과 더 많은 것들을 위한 텍스트들.

비슬라바가 엄밀히 말해 페미니즘에서 멀어졌다고 해도 그녀의 책은 남성독자만이 아니라, 특히 여성독자들로부터 외면되는 법이 없었다. 그녀가 눈에 띄게 종종 여성의 입장을 대표했다는 것은 그녀가 매번 여성적인 이성, 경이, 동감을 표현했다는 데 있었다. 그녀는 카사노바의 기억에 대한 비평 끄트머리에 다음과 같이 썼다: "마이어 혹은 뮐러 중 한 사람은 자신의 체험에서 도망칠 의도를 가진 애인의 길이 얼마나 비통한지를 알고 있다. 카사노바는 그것에 방해받지 않고 엄청나게 매번 소지품들을 한데 모아 꾸렸다. 심지어 몇 명의 숙녀들은 이때 그를 도와주었다. 그들이 실망했을까? 싫증이 났을까? 지루해했을까? 이런 질문들을 던져서 나는 세계여성의 날을 위해 기여하고 싶다."

통찰력과 유머의 배합은 쉼보르스카의 시만을 특징짓는 것이 아니라, 그녀를 사적인 인간으로서도 특징짓는다. 그녀는 한편으로는 끊임없이 어두운 지적인 눈 속에, 그녀의 좁은 입술 속에 영리한 미소를 숨기고 있었다. 그녀의 친구들은 그녀가 상황에 따라 유머러스하게 대처하는 능력을 지니고 있으며, 곧바로 그런 상황들을 문학적 소재로 수집했다고 주장한다. 오늘날에도 사람들은 그녀가 평온하게 연단에 등장해서 책상에 앉아 고개를 숙이고는 갑자기 소리 내 웃기 시작했던 브뤼셀에서의 낭독회에 대해 이야기 한다: 그녀의 시 '황금 발을 가진 책상'에 관해 이야기하려는 중이었는데, 마침 강연회장의 책상다리가 황금빛 포일로 감겨져 있었던 것이다.

그녀는 자신의 시에 대한 암시로 코믹한 결과들만을 가져온 것은 아니다. 특히 프랑스 잡지들과 그림엽서 등을 모았다. 그녀의 친구들은 그녀가 오래된 잡지와 모든 종류의 텍스트로 자신의 스케치나 그림을 만든 유명한 콜라주에 열중한다. 그녀는 그것을 나중에 엽서로 보내거나 독자적인 주석으로서 기증하게 될 자신의 책 속에 붙여 넣는다. 그것은 '모든 약국과 의약품 창고에서 구할 수 있는 것처럼' 갑자기 그녀의 시 구절 옆에 나타난다. 그녀가 헌정한 책들에는 다음과 같은 글들도 들어 있다. "너희들이 훨씬 절박하게 전구, 성냥, 햄, 따뜻한 내의, 양념, 레몬, 치즈와 진짜 재미있는 책을 필요로 한다는 것을 내가 물론 알고 있다고 하더라도 나는 너희들에게 이 소박한 책자를 보낸다"라고 그녀는 경제위기가 휘몰아치던 해에 썼다. 이처럼 그녀의 책은 헌정사 및 편지들과 콜라주로 합성되어 있다.

1967년에 비슬라바 쉼보르스카는 그녀의 다섯 번째 시집 〈백 가지 기쁨〉을 출간했다. 1972년에는 〈모든 경우들〉, 1976년에는 〈큰 숫자〉가 뒤따랐다. 각기 다른 성격의 시집들이었는데, 그 시들의 매력이 어느 정도 비밀을 포함하고 있다는 데 기인하는 것은 아니었다. 적어도 철학적 정의라는 의미에서 신비로운 영감 같은 것은 없었다. 그렇다고 그 시들이 그리 간단하게 일반적으로 쉽게 해석될 수 있다는 것을 뜻하는 것도 아니었다. 다만 그녀의 시들은 일상적인 대상들과 직관적인 형상들에 의거하여 충실하게 혹은 의문형식으로 표현되고 있었다.

겉보기에 소박한 일상어의 매력적인 어조로 그녀는 질문을 한다: 이런 원칙은 점점 더 자주 비슬라바의 시작(詩作) 방법의 기초가 된다. "시인들도 계속해서 '나는 몰라요'라고 말해야 합니다"라고 몇 년 뒤 그녀는 노벨상 위원회에서 말한다. "모든 시는 이런 문장에 대한 대답을 찾으려고 노력하는 특징을 지닙니다. 그러나 마지막 마침표가 종이에 찍히자마자 시인은 망설이기 시작합니다. 그리고 이런 특정한 대답이 다른 시인과 결코 다르지 않으며, 더욱이 불충분한 임시변통에 불과하다는 게 시인에게는 분명해집니다."

그래서 자신이 자주 인용하는 시 "두 번 오는 것은 아무것도 없다"에서 그녀가 자연의 성질을 고찰할 때는 회의에 대한 태도가 나타난다:

> 장미? 무엇이 장미인가?
> 그것은 꽃인가? 돌인가?

그녀는 자신의 시적 상상력과 관련해서도 회의적이었다. 물론 시인으로서 '글쓰기의 기쁨'을 표출하고 있는 것은 분명하다:

> 철자화된 암노루는 철자화된 숲을 통해 어디로
> 달려가는가?
> 철자화된 물을 마시기 위해서,
> 물은 암노루의 먹이를 카본지처럼 반사시키는가?
> 왜 암노루는 머리를 드는가? 무슨 낌새라도 챘는가?
> 진실에서 도망치는 네 개의 다리에 의지해서
> 암노루는 내 손가락에 잡힌 귀를 쫑긋 세운다.

구체성과 추상성, 의도와 긍정, 표면상의 순진성과 지적인 통찰력 사이의 이런 동요는 비슬라바 서정시의 근본이 되는 힘이었다. 항상 시인은 우울하고 아이러니한 미소를 짓고 있다. 그녀가 리포터 형식으로 사건을 보도하고, 자유롭게 결정하고 판단할 가능성들을 궁리하

거나 자신의 존재를 숙고하든지 마찬가지이다. 그녀의 시 '큰 숫자'를 보자:

지구상의 40억 인구,
그리고 나의 상상력은
그들이 늘 있었던 것처럼 존재한다.

아이러니는 이런 시학에 던지는 모든 질문에 대해 진지하게 숙고하도록 독자를 움직이는 수단이다. 그녀는 그녀를 둘러싸고 있는 실존적 현실을 탐구하고 심지어 자신의 직업이 문제가 될 만큼 그것의 불쌍한 측면을 세상에 소개하려고 노력한다:

권투선수의 의미를 지닌 뮤즈는 결코 존재하지 않는다.
으르렁거리는 대중을 너는 우리에게 허락하지 않았다.
홀 안에는 열두 명의 관객이 있다.
시간이 시작된다.
비가 내리기 때문에, 절반은 거기 있는 것이다.
나머지는 친척들이다. 뮤즈!

커다란 제스처가 본디 그녀의 특성은 아니다. 그렇지만 그녀는 무엇인가 기본적인 정당성이 그녀의 이해와 모순된다면 제스처가 커진다. 이미 한 번 그녀는 유사한 결심을 품고 행동했었다: 철학자 콜라코브스키가 수정주의라는 문책을 받고 처벌 때문에 바르샤바 대학에서 나오고 정당에서 제외되었던 1966년 일이었다. 트집을 잡힌 사람들과의 연대에서 많은 지성인들이 그들의 당원증을 반납했다. 그들 중에는 비슬라바 쉼보르스카도 있었다. 15년 후 그녀는 편집일에서도 은퇴함으로써 공산주의 정부가 개인에게가 아니라, 단체의 다수에게 설명했었던 전쟁에 저항했다. 그녀는 그 후 자신의 독자적인 서평을 발행했다: 계엄상태 중에도 우선은 편집일에 매우 활동적이었던 크라쿠프 잡지 「피스모(문자)」, 그 다음에는 브레슬라우 월간지 「오더강」, 마지막으로는 바르샤바의 「유권자 신문」에다 서평을 썼다.

비슬라바가 거의 30년 동안 참고 견뎠던 작업장을 포기했다는 것이 시인을 조금은 고립상태로 몰아넣었다. 그녀의 오랜 동반자였던 작가 코르넬 필리포비츠가 죽은 80년대 말 이래로 그녀는 혼자 틀어박혀 지내는 경우가 많아졌다. 필리포비츠와는 '가장 중요하고 오래 계속된 감정'을 주고받던 사이였다. 학창시절 큰 목소리의 쾌활한 아담 블로데크와의 결혼은 2년 뒤 실패했고, 그 후 그녀는 몇 번 사랑하는 남자를 만났다. 그리고 그때마다 사랑의 양상은 달랐다고 한다. 그렇지만 이 마지막 코르넬 필리포비츠에 대한 사랑은 그녀에게 가장 많은 것을 의미했다고 한다. 그들은 한 번도 같이 살지 않았다. 그들은 이런 결합을 필요로 하지 않았다. 오히려 '나란히 내달리는 두 마리 말'처럼 지냈다. 가끔 그들은 며칠씩이나 서로를 보지 못했다. 그녀가 시를 쓰는 일에, 그가 소설 쓰는 일에 매달려 있을 때면 그랬다. 그녀는 그와 함께 하는 여행을 특히 좋아했다. 그녀는 그와 함께라면 세상 끝까지라도 갈 수 있다고 생각했다. 23년 동안 그들의 관계는 계속되었다. 하지만 '금혼식'은 그들에게 허락되지 않았다. 다음은 그녀의 시 '금혼식'의 구절이다:

종족은 시들고, 비밀은 서서히 꺼져가네.
유사함 속에서 차이가 만나네.
흰색 속의 모든 색깔처럼.

1976년 한 권의 책이 발간된 뒤로 비슬라바 쉼보르스카는 그저 간간이 작품을 발표했다 — 몇 편의 시집에는 프랑스 문학 번역, 에세이나 짧은 산문도 있다. 10년 뒤인 1986년에서야 그녀는 새 시집 〈다리 위의 사람〉을 발표했다. 그 시집은 얄팍했지만 비평계는 즉시 그녀의 최고의 책으로 선정했고, 80년대 최고의 시적 성과물 중의 하나로 격찬했다.

쉼보르스카는 이 시집에서 모든 시기의 정치적 사건들에 대해 거의 자신의 입장을 표명하지 않는다. '시대의 아들'이라는 시 내용이다:

모든 너의, 우리의, 너희의
낮의 일,
밤의 일은 정치적이다.

여하튼 그녀는 낮의 사건을 그녀 자신의 두 개의 상반된 감정이 병존하는 방식으로 고찰함으로써 모든 모순이 분명해지는 거리를 만들어낸다. 표제시에서 그녀는 처음에 외견상 무해한 그림을 만들어낸다:

첫 눈에 특별한 것은 아무것도 없다.
사람들은 물을 본다.
사람들은 물가 중 한 곳의 물가를 본다.

사람들은 강을 거슬러 힘겹게 움직이는 나룻배를 본다.
사람들은 물 위의 다리와 다리 위의 사람들을 본다.

그런 다음 갑자기 그림의 평범함이 깨어진다:

여기서 주석을 그만두는 일은 곤란하다:
작은 그림은 결코 책임이 없지 않다.
사람들은 시간의 법칙을 고려하는 일을 그만두었다.
사람들은 시간으로부터 사건의 진행에 미치는
영향을 빼앗았다.
사람들은 경멸했다. 그리고 사람들은 시간의
품위를 빼앗았다.

이 책의 시들은 80년대 초 생겨났다. 폴란드의 독자들은 몇몇 정형화된 내용의 이중성을 즉시 이해했다. 책 끝에는 "나는 낱말에 대한 믿음을 잃어버렸다. 검열은 나에게 믿음을 다시 주었다"라는 스타니슬라브의 가장 유명한 잠언 중 하나가 적혀 있다. 그녀의 책은 순식간에 매진되었다.

일 년 전(1980) 폴란드 펜클럽은 이미 그녀에게 상을 준 바 있었다. 그녀의 마지막 책 〈끝과 처음〉이 출간된 지 3년 뒤인 1996년 가을에 펜클럽은 또 그녀에게 상을 준다. 펜클럽 회장인 아르투르 미드치르체스키는 물론 노벨상만이 오직 비슬라바 쉼보르스카의 지위를 올바로 평가할 수 있음을 알고는 있지만 그래도 그녀를 표창하기로 결정했노라고 익살스럽게 말했다.

그녀는 인기를 얻기 위해 노력하지 않았다. 자기 나라에서도 외국에서도 결코 그렇게 하지 않았다. 그럼에도 불구하고 그녀의 서정시가 해외 독자에게 이르는 데는 결코 오랜 시간이 걸리지 않았다. 그 사이 그녀의 시들은 36개 국어로 번역되었다. 50년대 이후 쉼보르스카와 깊은 우정을 맺어왔던 독일 번역가 칼 데데치우스가 그녀의 책을 번역하기 시작했다. 4권으로 된 명시선집에 들어 있는 그의 번역은 본질적으로 여성시인이 90년대 독일어권의 최고상 중 두 개를 수상하도록 하는 데 기여했다(1991년 괴테 상과 1995년 헤르더 상). 아주 특별한 결정이었다. 폴란드 문학은 국경을 벗어나서는 상을 쉽게 받지 못했다. 폴란드 문학은 비폴란드 독자들에 의해 실제로 이해되고 강조되기에는 너무 민족적이고 너무 개인적이며 너무 비교(秘敎)적이라고 늘 비난이 쏟아졌었다. 수십 년 전부터 이런 선입견과 싸워야 했던 데데치우스는 그 사이 그 점에 대해 탁월한 답변을 마련해놓고 있었다: "폴란드 문학은 모든 다른 문학들처럼 민족적이다. '파우스트'를 읽거나 괴테의 소설을 읽을 때 우리는 사전 없이는 읽을 수 없다. 혹은 역사를 들춰내야 한다. 세익스피어 작품들 역시 영국의 역사를 모르고는 이해되지 않는다. 폴란드 사람들 각자가 모든 지적인 노력 없이 그것을 이해할 정도로 그것이 자명하다면 그 말은 순전히 교만이다. 그런 일은 있을 수 없다. 폴란드 사람들 역시 모든 다른 민족들처럼 문학에 자기들의 생활철학과 역사를 가공해 넣는다. 그렇기 때문에 약간의 정보가 제공되어야 폴란드 문학의 이해가 가능하다."

적어도 단서들이 있어야 지난 200년간의 폴란드 역사를 아는 데 도움이 된다. 특히 폴란드 사람들은 항상 극단의 상황에 처한 채 국가가 아닌 공동체로서 주장하도록 강요당하며 살아왔음을 알아야 한다.

분단, 민중봉기와 전쟁의 현실을 우선 직시해야만 한다. 그런 다음에야 비로소 사람들은 특별한 폴란드 모랄, 자유에 대한 열망, 애국심 및 신앙심, 상징, 비밀문서통신이나 암호화된 문서 같은 성향의 폴란드 문학 특징을 이해한다.

1996년 10월 노벨 문학상 수상자가 알려졌을 때, 비슬라바 쉼보르스카는 겨울 요양지인 차코파네에서 쉬고 있었다. 그녀는 지난 몇 년 동안 '작가의 집'에서 작은 방으로 이사하여 새로운 시를 쓰고 있었다. 그녀가 수상자일 수도 있다는 것을 그녀는 별로 고려하지 않았다. 이미 그녀가 2년 전부터 가장 중요한 후보자에 속했다는 사실만이 그녀의 눈에는 높은 표창으로 간주되었다. 비슬라바는 자신을 한 번도 그리 대단하게 여긴 적이 없었다. 그녀는 자신의 시 '묘석'에서 이에 상응하는 비문을 오래전에 새겨 넣었다:

> 여기 콤마처럼 유행에 뒤진,
> 몇 편의 시를 지은 작가가 잠들어 있다.
> 비록 유골이 작가의 그룹에 속하지는 않을지라도,
> 유골은 영원의 정원에서 평화를 누리고 있다.
> 그 때문에 그녀의 무덤은 이렇게 뿌연 서리나
> 부엉이와 깍정이보다 더 나은 것으로 장식되지 않았다.
> 여행자여, 서류가방에서 컴퓨터를 가져오라,
> 그리고 쉼보르스카의 운명에 대해 조금만 생각하라.

그런데 갑자기 기쁜 소식이라니! 가장 짧은 시간 내에 작고 조용한 하숙집이 왕궁과 정신병원을 섞어놓은 것처럼 요란하게 변해버렸다. 한 시간 뒤에 벌써 그녀는 한 떼의 기자들에게 둘러싸여 있었다. 그녀는 그들의 질문에 특유의 당혹스러움과 유머를 섞어 대답했다. 서점에 그녀의 책이 한 권도 없다는 놀라움에 대해 그녀는 일화를 들어 대답했다. "한때 사람들이 카토에게 왜 포럼(고대 로마광장)에 그의 기념물이 없는지를 물었습니다. 카토가 대답했습니다: 사람들이 내게 왜 나의 기념비가 있느냐고 묻는 것보다 왜 없느냐고 물어볼 때가 나는 더 좋거든요."

비슬라바 쉼보르스카가 어떻게 글을 썼는지 그동안 상당한 사람들이 알고는 있었다. 그러나 그녀가 어떤 사람인지는 아주 적은 사람들만이 알고 있었다. 다만 그녀가 자신에 대해 말했던 모든 것이 그녀의 시 속에 나타날 뿐이었다. 그녀는 강조한다. "말이 아주 생생하고 지속적인 연결을 위해 시인에게 복종하는 지의 여부에 대해서는 여하튼 누구에게도 접근하지 않는 영역에서 결정됩니다." 그래서 시인의 일상, 즉 그의 작업은 그만큼 절망적이다: "누군가가 책상에 앉거나 소파에 누워서 움직이지 않고 벽이나 천장을 쳐다봅니다. 이 사람은 단번에 일곱 줄을 써내려 갑니다. 15분 후에는 벌써 그 중 한 줄을 지웁니다. 그리고 이어서 아무 일도 일어나지 않은 채 또 한 시간이 지나갑니다 … 누가 자신이 이렇게 보이기를 바라겠습니까."

아무튼 그녀의 시가 어떻게 탄생했는지를 그녀는 밝히고 있다. 그녀는 이를 위해 책상이나 종이와 연필도 필요로 하지 않는다. 시는 그것이 쓰이기 전에 우선은 완전히 그녀의 머릿속에 존재해야만 하기 때문이다. 그녀가 필요로 하는 것은 여명과 책상다리로 앉기에 꼭 맞는 안락한 소파뿐이다. 모든 낱말, 모든 콤마가 머릿속에 '자리를 잡고 앉으면' 비로소 그녀는 불을 켜고 종이를 집어 든다. 그렇다고 그렇게 적혀진 시가 독자에게 이른다는 것을 의미하는 것은 아니다. "내 방에는 휴지통이 있습니다"라고 그녀는 말하곤 했다. "저녁에 쓴 시를 다음 날 아침 다시 한 번 읽습니다. 그런데 하루의 시간이 바뀐다 해서 시가 늘 생겨나는 것은 아닙니다." 이처럼 그녀는 자신에게 엄격하다.

이때 그녀의 인상이 결코 엄격한 것은 아니다. 그 반대로 중간키에 가냘프고 높은 이마 위로는 환상이 가득한 검은 고수머리, 지금은 회색 단발인 그녀는 소녀 같은 인상을 준다. 부드러운 목소리, 당혹스러운 미소, 깍듯한 예의, 이 모든 것은 사람들 모두 —친구들과 그녀가 몇 년 전부터 살고 있는 낡은 4층짜리 건물의 주민들— 가 말하듯이 그녀의 겸손하고 교양 있는 모습을 전해준다. 그 집은 크라쿠프의 시내로부터 전차로 서너 정거장 떨어진 조용한 거리에 있다.

여성시인은 토마스 만, 스위프트와 몽테뉴를 존경한다. 그녀는 사무엘 페리스의 일기장을 자주 들추고, 찰스 디킨스의 '픽윅클럽'을 모르는 사람이 있을 것이라고는 상상하지 못한다. 그녀가 좋아하는 영화감독은 페데리코 펠리니이다. 누구보다도 그녀는 재즈싱어인 엘라 피츠제럴드를 좋아한다. "나에게 있어 그녀는 거인이다. 그리고 나는 아직도 내 생각을 바꾸는 일이 일어날지 의심하고 있다."

모든 형태의 공개에 대한 그녀의 혐오는 잘 알려져 있다. 그녀가 자신의 환상에 찬 헌정을 마련해서 친구에게 보낼 수 있는 작은 시집은 그녀에게 비싼 전집판 이상을 의미한다. 많은 대중 앞에서의 중요한 강연은 단 한 번도 소수의 아는 사람들과의 흥미 있는 대화를 대신할 수 없었을 것이다. 그리고 이 강연은 최대한 열두 명으로 구성되어야 했다. 열세 명부터는 그녀에게 벌써 '군중'이었다. 다만 그녀의 독자들이 문제 된다면, 그녀는 숫자의 많고 적음을 상관하지 않는다. 아마도 그녀에게는 독자층의 조성이 특히 중요했기 때문일 것이다. "내 독자들은 결코 사치스러운 생활을 하는 사람들이 아닙니다. 그들은 책을 한 권 사게 되면 남은 돈이 얼마인지를 즉시 살펴볼 그런 사람들입니다. 그럼에도 불구하고 그들은 책을 삽니다."

비슬라바 쉼보르스카는 그녀가 편애하는 것이 무엇인지를 시에서 가장 잘 보여준다: 가끔은 상황을 진술하거나 일화를 들춰냄으로써, 가끔은 그녀의 시 '가능성들'에서처럼 농짙은 자화상 형식에서:

> 나는 영화를 더 좋아한다.
> 나는 고양이를 더 좋아한다.
> 나는 바르테 강변의 떡갈나무를 더 좋아한다.
> 나는 도스토옙스키보다 디킨스를 더 좋아한다.
> 나는 인류의 친구로서 인도주의자보다 나를 더 좋아한다.

—마르타 키요브스카

작가소개

01 코르둘라 톨미엔 1951년 괴팅겐에서 출생하였다. 수학, 물리학과 역사를 전공하였고, 어린이 책을 쓰며 역사학자로 활동 중에 있다. 1986년 독일 아동문학상인 페터-헤트링 상을 받았으며, 1996년에는 세계 최초의 여교수인 '소피아 코발레브스카야' 전기로 독일 청소년 문학상을 받았다.

02 이레네 슈트라텐베르트 1954년 괴팅겐에서 출생하였다. 교육학을 전공하였으며, 현재 함부르크에서 프린트 미디어, 라디오 방송과 TV(NDR, SWF) 기자로 활동 중이다.

03 클라우디아 에버하르트-메츠거 1958년 라인 강변의 빙엔에서 출생하였다. 생물학과 독어독문학 전공을 하였다. 생물학과 의학을 주제로 책을 쓰며, 현재 만하임의 형태학 전문대학에서 '의사소통 과정에서의 텍스트'라는 분야에서 강사로 활동 중이다.

04 샤를로트 케르너 1950년 스파이어에서 출생하였다. 국민경제와 사회학을 전공했으며, 캐나다와 중국에서 유학생활을 하였다. 1980년 이래 주로 저술활동에 열중하고 있으며, 최근에는 뤼벡에서 프리랜서 기자와 작가로 살아가고 있다. GEDOK-문학상을 받았다.

05 하니아 루차크 1955년 단치히에서 출생하였다. 생화학을 전공하여 박사학위를 받았고, 1987년부터는 「쥐트도이체 차이퉁」의 과학면 편집인으로, 그 후로는 함부르크의 GEO-편집인으로 자리를 옮겼다. 독일 에이즈 재단의 기자상(1989)과 독일 병원협회의 기자상(1992)을 받았으며, 1994년에는 국제적인 요세프-로트 상을 받았다.

06 수잔네 파울젠 1962년 후숨에서 출생하였다. 생물학을 전공하였으며, 과학 분야의 저널리스트로서 프리랜서로 활동 중이다. 피네베르크에 살며, GEO와 다른 잡지들에도 기고하고 있다. 특히 분자생물학과 그 분야에서 일하는 사람들에게 관심이 많다.

07 레나테 리스 1959년 마인츠에서 출생하였다. 생물학 박사학위를 취득하였으며, 1987/88년에는 GEO Wissen의 기자로 활동하였다. 그 후 7년 동안 편집인으로 활동하고 현재는 하이델베르크에서 프리랜서로 학술기자와 전문서 기자로 활동하고 있다.

08 비르기트 지켄베르거 1963년 프랑크푸르트에서 출생하였다. 화학을 전공하였으며, 박사학위 후에 화학산업 기금의 장학금을 받아 과학 저널리즘에 종사하였다. 1997년 이래로 프랑크푸르트에서 프리랜서로 활동 중이다.

09 도르테 베너 1961년 스토쿰에서 출생하였다. 원예학을 공부한 후 역사와 독어독문학을 연구하고, 현재 영화제작에 참여하면서 NDR과 도이칠란트 라디오에서 기자로 활동 중이다. 1990년 베를린에서 미얀마 민주주의 운동의 원조단체인 '미얀마 프로젝트'를 공동으로 설립했다.

10 크리스티아네 코르프 1960년 뮌스터에서 출생하였다. 독어독문학, 역사와 예술사를 전공하였다. 함부르크에서 「슈테른」, 「슈피겔」과 「쥐트도이체 차이퉁」의 문화담당 기자로 활동하고 있다.

11 루이트가르트 코흐 1953년 볼츠나흐에서 출생하였다. 사회 교육학을 전공했으며, 1984년부터 1991년까지 「taz」의 편집인으로, 그 후에는 생태잡지 「Nature」의

문화면을 담당. 현재 ZDF-여성잡지인 「모나리자」의 공동편집인이다.

12 바바라 폰 베히톨스하임 1953년 본에서 출생하였다. 생물학과 독어독문학을 전공하였으며, 1987년 이래 본에서 WDR, DLF 방송사와 「쥐트도이체 차이퉁」의 기자로 활동 중이다. 문예작품 번역가로 활동하며, 이 전공을 뒤셀도르프 대학에서 가르치고 있다. 그녀의 특수 분야는 북아메리카 여성문학이다.

13 유디트 라우흐 1956년 함부르크/자르에서 출생하였다. 생물학 박사학위를 받은 후 기자가 되어 여성월간지인 「EMMA」의 편집인으로 활동하다 현재는 튀빙겐에 살면서 슈투트가르트의 잡지 「Das Beste」의 리포터로 일하고 있다.

14 마르타 키요브스카 1955년 크라쿠프에서 출생하였다. 크라쿠프와 뮌헨에서 독어독문학을 전공하였으며, 프리랜서 기자이다. 그녀의 특수영역은 폴란드의 문학과 문화이다. 현재 번역가로도 활동하고 있으며, 1989년 오스트리아 청소년 서적 번역상을 수상했다.